UN HÉROS POUR KASSIE

UN HÉROS POUR KASSIE (DELTA FORCE HEROES, TOME 5)

SUSAN STOKER

1

____

À : Graham
De : Kassie
Objet : Salut

Salut, Graham. Je m'appelle Kassie. J'ai vu ton profil sur le site *Toi Émoi* et je me suis dit que tu avais l'air intéressant. J'aimerais qu'on discute.
Kassie

* * *

À : Graham
De : Kassie
Objet : Encore moi

Salut, Graham. C'est moi, Kassie (encore une fois). Je t'ai

envoyé un message, la semaine dernière, mais je n'ai pas reçu de nouvelles de ta part. Je me suis dit que j'allais réessayer, au cas où mon message se serait perdu parmi les centaines que tu reçois chaque semaine. ☺

Peut-être que je pourrais te parler un peu de moi ? Peut-être que si tu me connais mieux, tu envisageras de me répondre. Je vis depuis toujours à Austin. J'ai une sœur qui est en terminale au lycée. Elle habite avec nos parents dans le quartier de Barton Creek, qui se trouve juste à l'ouest d'Austin (au cas où tu ne connaîtrais pas). J'ai trente ans et je suis la gérante d'un magasin de vêtements JCPenney. Je ne suis ni grande ni petite. Pile au milieu, un peu moins d'1 m 70.

Mince, j'essaie de trouver quelque chose de plus intéressant à mon sujet, mais je n'y arrive pas.

Tant pis. On dirait que tu es en train de pêcher sur ta photo de profil. Moi aussi, il m'est arrivé d'aller à la pêche, mais je n'ai jamais pris le moindre foutu machin. Par contre, j'ai bien aimé la balade en bateau. ☺

Voilà, c'est moi. J'espère avoir de tes nouvelles.

Kassie

* * *

À : Graham

De : Kassie

Objet : Je suis un loup-garou en pleine métamorphose...

... sur le point de partir en quête d'un partenaire...

☺

OK, c'est un mensonge (sans blague !), mais tu reçois sans doute des tas et des tas d'emails qui ont pour objet des trucs aussi ennuyeux que « salut » ou « tu es mignon ».

Vu que tu n'as pas réagi à mes deux messages précédents, j'imagine que tu n'es pas intéressé, mais je me suis dit que j'allais essayer une dernière fois, au cas où une ex complètement cinglée aurait piraté ton profil et détruit tous tes messages.

De toute façon, je n'ai rien d'autre pour te convaincre de me donner une chance.

Je ne suis pas quelqu'un de spécial. Je ne suis pas riche, je ne suis pas belle. Je ne suis pas super intelligente et je n'exerce pas un métier passionnant. J'ai simplement pensé que tu serais le genre d'homme à me ressembler. Ennuyeux et normal.

Merde, je ne voulais pas dire « ennuyeux » au sens de « ennuyeux », mais… Je vais la boucler à partir de maintenant, histoire de ne pas m'enfoncer davantage. Lol.

Maintenant que je t'ai probablement insulté et que tu lèves les yeux au ciel en te demandant pourquoi je t'écris et pourquoi tu es toujours en train de lire mes élucubrations, je vais te laisser.

J'espère que tu trouves ce que tu es venu chercher sur ce site. Bonne chance.

Kassie

* * *

À : Kassie

De : Graham

Objet : Re : Je suis un loup-garou en pleine métamorphose...

* * *

Maintenant tu as mon attention ☺

Si je n'ai pas répondu à ton message, c'est que je ne vérifie pas mon profil très souvent. Pour être honnête, la seule raison pour laquelle je me suis inscrit à Toi Émoi, c'est parce que mes potes m'ont plus ou moins encouragé à le faire. En règle générale, je ne réponds même pas aux messages que je reçois. Je devrais supprimer mon profil, mais va savoir pourquoi, je l'ai conservé.

Dans ce cas, pourquoi est-ce que je te réponds ? Parce que tu m'as fait rire. À gorge déployée. Ce que j'apprécie le plus chez une femme, c'est son sens de l'humour.

Comme tu le sais, je m'appelle Graham. J'aime pêcher. Je mesure 1 m 83 et j'ai trente-deux ans. Je suis militaire et je vis près de Fort Hood.

Je ne peux pas dire qu'on m'ait déjà traité d'ennuyeux, mais j'apprécie le qualificatif. ☺ Je suis juste un homme qui accomplit son devoir pour son pays, qui aime passer du temps avec ses copains et boire une petite bière à l'occasion.

Mais dis-moi, toi, pourquoi cherches-tu un gars sur un site de rencontres ? D'après ce que je vois sur ta photo de profil, tu es jolie, rien à voir avec un gros loup-garou velu en pleine métamorphose. Lol.

Je hâte de discuter encore avec toi.

Graham

* * *

À : Graham

De : Kassie

Objet : Les photos peuvent être trompeuses

Je ne ressemble pas à un gros loup-garou velu sur ma photo de profil parce que je suis sous ma forme humaine, idiot ☺

Plus sérieusement, pour être honnête, cette photo a près de quatre ans, même si je n'ai pas beaucoup changé depuis. Les cheveux châtain clair, les yeux noisette, pas grosse, mais pas maigre non plus. Je déteste faire du sport et je suppose que ce n'est pas ton cas, vu que tu es militaire. Disons que je n'ai jamais vu l'intérêt, car je déteste me faire souffrir. Cela dit, j'essaie de vivre sainement...tu sais, genre me garer sur les places tout au fond du parking, emprunter les escaliers quand je peux, des choses comme ça. Mais le sport ? Non.

Qu'est-ce que tu fais à l'armée ? Quelle est ta SPM, ta Spécialité Professionnelle Militaire ? (Tu n'es pas impressionné que je connaisse le jargon ? Ne t'emballe pas, cela dit... J'ai cherché « acronymes de l'armée » dans Google et c'est celui-là qui est venu. Ha !) Je suis sortie une fois avec un gars qui travaillait à l'armée et, pour être honnête, il était un peu trop enthousiaste à mon goût. J'espère que tu n'es pas le genre d'hommes à dire « waouh » tout le temps. Mon ex gémissait même « waouh » au lit quand il... enfin, tu vois. ☺

Il faut que tu saches, je suis bien plus amusante en ligne qu'en réalité. La plupart du temps, je suis introvertie... eh oui, je sais, c'est bizarre pour une commerçante, mais je n'aime pas être entourée. J'en suis capable, mais si j'avais le choix, je resterais chez moi. Tout ce que je cherche à dire, c'est que tu ne dois pas t'habituer à mon humour. Je me ferme comme une huître quand je suis avec des gens que je ne connais pas et je suis le genre de personne à trouver la bonne réplique avec deux heures de retard à peu près. (Tu as vu cet épisode de *Seinfeld* ? OMG, c'est hilarant quand George Costanza sort : « Le magasin de cons a appelé, il est en rupture de toi ! » HAHAHAHAHAHA)

OK, ce n'était pas si drôle que ça, mais c'est tout à fait moi. Et mon sens de l'humour est décidément tordu. Si jamais nous nous rencontrons en vrai, je risque de vous vexer, toi et les trois quarts des personnes qui seront dans les parages.

J'aimerais en apprendre plus sur toi. Tes parents ? Tes frères et sœurs ? Quand tu bois une bière avec tes amis, tu en descends deux ou tout un pack de douze ? Je suis intéressée par tout ce que tu voudras bien me dire !

Je dois y aller, c'est la pleine lune et je sens monter en moi le besoin de me transformer. ☺

Kassie

✴ ✴ ✴

À : Kassie

De : Graham

Objet : C'est dangereux...

C'est dangereux de se garer tout au fond d'un parking. Je trouve que c'est génial de vouloir faire des pas supplémentaires, mais tu ne devrais pas te mettre en danger pour y parvenir. Surtout si tu travailles dans un magasin. Je suppose qu'il t'arrive de terminer quand la nuit est tombée ? Fais-moi plaisir, trouve un autre moyen d'effectuer tes pas. ☺

Quant à ce à quoi je passe mes journées, je ne peux pas dire grand-chose sur mon travail… tu sais, la sécurité opérationnelle et tout ça… (Puisque tu as cherché les acronymes dans Google, tu devrais savoir ce que ça signifie. ☺) Mais je peux te dire que je suis un 21B.

Et crois-moi, la dernière chose que je sortirais, en compagnie d'une femme, ce serait bien « waouh »… si tu vois ce que je veux dire. ☺

Il n'y a rien de mal à être introverti. Et je ne dis pas ça en l'air. J'en ai fini et bien fini des jours où je voulais passer mon temps dans les bars ou les clubs. Rester chez moi, apprécier un bon dîner, discuter, peut-être regarder un film ou une émission de télé, pour moi, c'est la manière idéale de passer une bonne soirée. Cela dit, ne t'inquiète pas, je sais m'en sortir quand je suis en public, alors tu peux rester en retrait et te contenter d'observer.

Je parie que tu es hilarante dans la réalité… tu t'imagines seulement ne pas l'être. Toute personne capable de citer George Costanza est archi cool à mes yeux. Et désormais, je n'ai plus à redouter de te blesser par ma tendance au sarcasme. Donc youpi !

Comme toi, j'ai une petite sœur. Qui s'appelle Jade. Elle n'a que deux ans de moins. En ce moment, elle vit à Chapel Hill et enseigne à l'Université de Caroline du Nord. C'est elle qui a siphonné toute l'intelligence de la famille. ☺

Et pas de souci, Kass, j'apprécie une bonne bière de

temps à autre, mais je suis loin d'être alcoolique. J'accorde bien trop d'importance à la forme physique pour m'infliger ça. Les soldats avec lesquels je travaille comptent sur ma tablette de chocolat comme moi sur les leurs. Mais c'est gentil à toi d'avoir demandé.

Dis-moi plutôt, il faut que tu attendes la pleine lune pour te métamorphoser ou tu peux te transformer à volonté ?

À bientôt, Graham

* * *

À : Graham

De : Kassie

Objet : Est-ce que tu es de ces gars...

... qui achètent un flingue à leur femme et l'inscrivent à des cours d'auto-défense pour s'assurer qu'elle « ne risque rien » ? Tu sais que le danger est bien plus grand d'avoir un accident de voiture que d'être tenu en joue ou agressé ? Mais... je comprends ton point de vue. Quand je fais la fermeture du magasin, je me gare toujours sous un lampadaire et je demande à un vigile de m'escorter jusqu'à ma voiture. Avant que tu me le dises, je sais que je ne peux pas faire confiance aux vigiles parce qu'ils sont en général sous-payés et pourraient m'agresser, je le sais. J'appelle toujours l'une de mes amies avant de partir et elle reste en ligne jusqu'à ce que je sois dans ma voiture, portières verrouillées.

Pour tout te dire, échanger avec toi est sans doute le

comportement le plus « dangereux » que j'aie eu depuis longtemps. Si ça se trouve, tu es un tueur en série de soixante-trois ans qui rôde sur Internet pour dénicher des photos de types avenants à utiliser en guise d'image de profil et attirer des femmes entre ses griffes. Et oui, je sais que l'inverse pourrait être également vrai... mais heureusement pour toi, ce n'est pas le cas. Je suis vraiment Kassie Anderson. Trente ans. Et je vis dans la région d'Austin. Même si je songe à déménager. Parfois, on a besoin de s'éloigner de son passé, tu vois ce que je veux dire ? Tu connais quelqu'un qui aurait un appartement à louer de ton côté ? Je plaisante... à moitié.

Mais merci de t'inquiéter pour ma sécurité.

Donc tu es ingénieur militaire, c'est ça ? (Tu es censé être impressionné par mes compétences en recherche Google, maintenant ! ☺) Les mines, les ponts et tous ces trucs. Ça m'a l'air... ennuyeux. Lol (Désolée, c'était méchant.) Plus sérieusement, tu dois être sacrément intelligent. Sans doute trop pour moi. (Et je ne crois pas un instant que ta sœur ait hérité de toute l'intelligence de ta famille, donc bref).

Vu que tu es un gars... tu pourrais éclairer ma lanterne ? Pourquoi les hommes éprouvent-ils le besoin d'envoyer des photos de leur queue aux femmes sur Internet ? Je ne pige pas. Est-ce qu'ils s'imaginent que je vais ouvrir leur message et m'extasier : « Oh, mon Dieu, quelle grosse bite ! Je vais lui répondre tout de suite et lui demander qu'on se retrouve dans une ruelle sombre, histoire d'opérer sur-le-champ un rapprochement étroit. » Sérieusement, si je suis honnête, les pénis ont déjà un aspect bizarre. À pendouiller, à ballotter, alors pourquoi un mec s'imagine-t-il que c'est OK (ou sexy, ou cool) d'envoyer une photo de sa queue à une femme qu'il n'a jamais rencontrée et avec qui il n'a jamais discuté ?

D'accord, je pige que l'inverse ne paraît probablement pas grossier aux mecs. Si tout à coup les femmes se mettaient à envoyer des photos de leurs nichons à des hommes pris au hasard, je suis presque sûre qu'ils y seraient tous favorables. Du genre : « Oh super, j'ai eu trois paires de nibards supplémentaires aujourd'hui ! Waouh ! » (Regarde un peu le mot que je viens d'employer ! Hé hé !)

Bref, peut-être que tu pourrais m'expliquer ça, parce que je ne pige pas le truc. (Et dans le même ordre d'idée, le gars qui siffle une femme dans la rue : est-ce qu'il s'imagine qu'elle va être flattée et s'approcher pour lui proposer un rencard ? Ça n'a aucun sens à mes yeux.)

À ce propos, j'ai sans doute outrepassé toutes les limites que nous sommes censés respecter ici. Il y a probablement un employé de Toi Émoi qui surveille nos messages et quand je me connecterai demain, je découvrirai que j'ai été virée du site pour avoir soulevé la question de « la photo de bite ». ☺

J'espère que tu as passé une bonne journée aujourd'-hui. La mienne a été super. J'ai géré des connards du matin au soir qui m'en voulaient parce que leur carte de crédit avait été refusée et prétendaient que les vêtements de leur choix se trouvaient bien sur le portant des habits à moins cinquante pour cent et non sur celui des moins dix pour cent... alors qu'il était évident qu'ils avaient juste retiré l'autocollant d'une chemise pour le mettre sur celle qu'ils voulaient acheter. (Je t'avais prévenu que ma vie était ennuyeuse.)

Je ne pense pas te l'avoir déjà dit, mais merci de servir notre pays. Je sais que certaines personnes n'aiment pas entendre ça, pourtant je tenais à te le dire quand même.

Kassie

* * *

À : Kassie

De : Graham

Objet : Non. Simplement non.

Je n'ai pas la moindre idée de la raison pour laquelle certains hommes pensent qu'envoyer des photos de leur matos est cool. Ou sexy. Ou bien qu'une femme qu'ils ne connaissent pas puisse avoir la moindre envie de voir ce truc-là. Cela étant, je ne pense pas que j'aimerais voir des photos de nichons pris au hasard, mais n'hésite pas à m'envoyer les tiens…

JE PLAISANTE ! ☺ Je ne suis pas un pervers. Je ne te cacherai pas que j'ai parcouru Tumblr à l'occasion et que j'ai vu mon comptant de nudité, mais dans le monde numérique d'aujourd'hui, tout peut être surveillé. Textos, emails, appels téléphoniques et, oui oui, même nos messages ici, sur Toi Émoi. Un système à l'épreuve des hackers, ça n'existe pas. Ne l'oublie jamais, Kassie. Quoi que tu aies dit, ou à qui, tes propos peuvent toujours te revenir pour te mordre les fesses ou t'aider.

Je suis désolé que tu aies à gérer des connards. Ça m'arrive à moi aussi, mais pas de la même manière… et au moins, moi, je peux les descendre ☺ Je plaisante. (Plus ou moins.)

Tu as bien travaillé en cherchant ma SPM sur Google. ☺ Quand on y pense, il y a vingt ans, avoir ce genre d'informations au bout des doigts aurait été impossible. Ça facilite probablement le boulot d'un criminel ou d'un terroriste parfois. À ce propos, si tu n'entends plus parler de moi de temps à autre, ne panique pas. C'est à cause du travail. Parfois, quand je suis trop pris par mon job, je ne peux pas me connecter.

Cela étant dit, je t'aime bien, Kassie Anderson (et si ton nom n'était pas aussi répandu, je te gronderais de me l'avoir communiqué en entier, ainsi que ton âge et l'endroit où tu vis... mais comme il y a plus de cent cinquante femmes appelées Kassie Anderson à cent kilomètres à la ronde autour d'Austin, je ne t'en ferai pas trop voir... eh oui, j'ai mené ma petite enquête sur toi !). Ça fait quelque temps qu'on s'envoie des messages, toi et moi, et je peux te dire avec cent pour cent de certitude que j'aimerais te connaître mieux. Est-ce que tu envisagerais éventuellement qu'on se rencontre en vrai ? Nous pouvons faire ça de la façon qui te conviendra. Je peux effectuer le trajet jusque chez toi, ça ne me prendra qu'une heure et quelques, ou bien tu pourrais venir ici. On se verrait dans un endroit public, afin que tu te sentes en sécurité.

Et histoire que tu sois au courant, c'est la première fois que je fais une chose pareille. Je n'ai jamais eu envie de rencontrer quelqu'un avec qui j'ai échangé en ligne. Et je ne te raconte pas des bobards. Réfléchis-y.

Graham

* * *

À : Graham

De : Kassie

Objet : Je suis désolée

Je suis désolée de ne pas t'avoir écrit pendant un moment. Je dois reconnaître que ton dernier message m'a fait flipper. Je veux dire, ça n'aurait pas dû, parce que je t'apprécie, moi aussi, mais je me suis mise à réfléchir et à me trouver bien stupide d'avoir discuté en ligne avec un homme que je ne connais pas vraiment. Donc, je serais encore plus stupide de te rencontrer pour de vrai.

Mais le fait est que j'en ai envie. Je n'aurais jamais cru être intéressée un jour par un autre homme de l'armée, après mon expérience avec mon ex. Austin n'est pas vraiment une ville militaire BCBG, si tu vois ce que je veux dire. Mais après y avoir bien réfléchi, je me suis dit que je n'avais pas vraiment le choix. Je suis très attirée par toi et j'aimerais tenter le coup.

Mais, Graham, sache que quand je t'ai envoyé mon premier message, je ne pensais pas que tu me répondrais. Je prenais ça à la rigolade. Je me suis dit que je t'enverrais un email ou deux, que tu m'ignorerais et que l'affaire serait close. Mais ensuite, tu m'as répondu. Je me suis laissé cueillir par ta gentillesse et j'ai oublié que les histoires d'amour dans la vraie vie, ça ne marche pas pour moi, en général. C'est l'une des raisons pour lesquelles je suis introvertie.

Quoi qu'il arrive, ce n'est pas ta faute, c'est entièrement la mienne. OK ?

Kassie

* * *

À : Kassie
  De : Graham
  Objet : Ne t'excuse pas

Je suis désolé si je t'ai fait flipper. Ce n'était pas du tout mon intention.

Les histoires d'amour dans la vraie vie ne marchent pour toi ? Tu es bien la fille de ta photo de profil, n'est-ce pas ? Parce que je la trouve fascinante, cette femme. Tu ressembles à la jolie fille qu'on peut croiser dans sa rue... et, autant que tu le saches, j'ai craqué sur ma voisine durant toute l'école primaire. Elle était au collège, portait des lunettes et s'asseyait tous les soirs sur la terrasse, à l'arrière de sa maison, pour faire ses devoirs. ☺

Tout ce que je te demande, c'est une rencontre. On avisera après.

Et ne va pas penser que je n'ai pas saisi : il se passe autre chose que ce que tu m'as raconté dans ta vie. Je suis plutôt observateur et je peux lire entre les lignes. Mais on ira en douceur. D'accord ?

J'espère que ta semaine de travail a été bonne et que tu n'as pas flingué qui que ce soit. ☺

Graham

* * *

À : Graham
  De : Kassie
  Objet : Pas de flingage

. . .

Tu seras heureux d'apprendre que je n'ai tiré sur personne aujourd'hui... même si j'ai été à deux doigts de le faire. ☺ Nous ne devrions sans doute pas plaisanter là-dessus, tu sais (mais je trouve quand même ça drôle).

Merci pour ta compréhension concernant cette histoire de rencontre. Je vais continuer à y réfléchir.

Tu as déjà regardé *Esprits criminels* ? L'épisode d'hier soir était dingue et flippant. J'ai l'esprit assez tordu et je vois des types dangereux à tous les coins de rue, mais c'était dément ! Garcia est mon héroïne. Dans la vraie vie, impossible de trouver des infos aussi facilement qu'elle le fait, mais ça n'empêche pas la série d'être amusante à regarder (et non, je n'ai pas oublié ce que tu as dit : tout peut être piraté et pisté, et c'est peut-être malsain de ma part, mais je trouve que c'est plutôt cool... surtout parce que si tu me tues, tous nos messages subsisteront pour que quelqu'un t'identifie et te localise). ☺

OK, je suis épuisée. Je vais faire bref. J'espère que ta semaine s'est bien passée.

Kassie

P.S. Est-ce que tu as un surnom ? J'y ai pensé : dans tous les films et émissions que j'ai vus, les soldats en avaient de super cool. ☺

* * *

À : Kassie

De : Graham

Objet : Surnom

. . .

Oui, j'en ai un : c'est Hollywood. Tu sais comment ce genre de choses nous colle aux basques, hein ? En général, ça vient d'un truc embarrassant qu'un soldat a fait ou dit, ou de son apparence physique. Ses potes le baptisent et il ne peut plus s'en défaire. Donc ouais, Hollywood. On m'a lancé une fois que j'étais si beau que je devrais aller à Hollywood. Bien entendu, l'un de mes connards de potes l'a entendu, et le tour était joué.

Je n'ai pas vu l'épisode d'*Esprits criminels* qui est passé l'autre soir, mais je vais le regarder en ligne. Si tu as balisé, je veux savoir pourquoi... comme ça, je pourrai tenir les monstres à distance à l'avenir. Et tu serais surprise d'apprendre toutes les informations qu'on peut dégotter en tapant sur son clavier...

Je dois aller au mariage d'un ami, aujourd'hui, mais je tenais à t'écrire un petit message pour que tu saches que j'ai pensé à toi. Passe un bon week-end.

Hollywood

* * *

À : Graham
 De : Kassie
 Objet : J'aime bien

J'aime bien ton surnom. J'ai examiné encore une fois ta photo de profil (OK, j'avoue... je l'ai examinée plusieurs fois) et, même si tu portes une casquette de baseball qui te descend sur les yeux, tu me fais penser à Colin Egglesfield. ☺

Je suis désolée de n'avoir pas été sur le site plus tôt. Ça

a été de la folie au boulot.
Kassie

* * *

À : Kassie
De : Graham
Objet : Vérification

Je voulais juste vérifier. Ça fait un moment que je n'ai pas eu de nouvelles de ta part. Tout va bien ? Tes messages me manquent.
Hollywood

* * *

À : Graham
De : Kassie
Objet : Juste occupée

Je vais bien. Je suis juste occupée.
C'est un mensonge. Je suis en vrac. Tu devrais supprimer mon contact et oublier jusqu'à mon existence. Sérieusement. Pour ton bien.
Kassie

* * *

À : Kassie
De : Graham

Objet : Je n'y arrive pas

Je n'arrive pas à t'oublier. Je ne sais pas comment, mais tu t'es insinuée sous ma peau et je n'arrête pas de penser à toi, et maintenant, je suis inquiet. Qu'est-ce qui cloche ? Tu peux me parler. Je suis doué pour écouter les gens.
Hollywood

* * *

À : Kassie
De : Graham
Objet : Bal de l'armée

Salut, Kassie. Je n'ai pas beaucoup de temps, alors je vais faire bref. Nous discutons depuis suffisamment long-temps pour que je te le dise, tu me plais beaucoup. Tu es amusante, attentionnée, et j'aimerais te rencontrer en personne. Cela dit, je ne veux pas que tu te sentes coin-cée. Il y a un bal de l'armée dans quelques semaines. C'est un événement chic qui aura lieu à Austin. Je me suis dit que tu voudrais peut-être m'y accompagner. Nous verrons si l'alchimie que nous sentons en ligne fonc-tionne aussi en face à face. Si c'est le cas, alors je me réjouirai de continuer à te voir. Sinon, ce n'est pas grave. Qu'en penses-tu ?
Hollywood

* * *

Kassie Anderson baissa les yeux sur son téléphone avec appréhension, alors qu'il tintait dans sa main. Elle espérait recevoir encore des nouvelles de Hollywood, mais elle était également inquiète de ce qu'il allait dire. Elle était dépassée par la situation dans laquelle elle se trouvait, sans avoir aucune idée de la manière de s'en extraire.

En découvrant que l'email ne provenait pas de Hollywood, Kassie eut envie d'éteindre son téléphone et de l'ignorer, mais elle ne pouvait pas. Elle le savait. Ouvrant le message, elle ne fut pas surprise par ce qu'elle y lut.

Jacks est ravi de tes progrès. On passe à l'étape suivante. Au rapport, dès que possible !

Kassie eut envie de vomir.

Son ex n'allait pas la laisser tranquille. Jamais.

Quand il avait été arrêté pour kidnapping et agression, elle avait cru pouvoir enfin se détendre, elle avait cru qu'elle en avait fini avec lui. Mais elle s'était fait des illusions. Peu importait qu'il se trouve derrière les barreaux. Il avait assez d'amis pour la garder à l'œil. Si elle ne se pliait pas à ses exigences, elle devrait payer.

Son téléphone tinta à nouveau. Un autre message.

Celui qu'elle attendait de la part de Hollywood.

Kassie lut son mail à deux reprises, les yeux baignés de larmes. Il voulait la rencontrer. Parce qu'il l'*appréciait*. Pas seulement la rencontrer, mais l'emmener au bal de l'armée. Elle avait lu des choses à ce sujet quand elle avait effectué des recherches passionnées dans Google sur tout ce qui avait trait à l'armée. Ces bals, c'était une grosse affaire et il l'avait invitée. Elle.

Richard ne l'avait jamais invitée à un bal officiel, mais il l'avait fait venir à l'une de ses réunions entre militaires de son cercle. Il lui avait raconté comment se déroulaient les bals militaires officiels, des événements chics, et il en avait même « recréé » un dans son appartement.

Le pire moment avait été quand il avait fallu boire à même un saladier. Richard avait affirmé qu'il s'agissait d'une tradition, que tout participant devait boire, que si l'on était dans l'incapacité de répondre à une question, on s'y collait, et que si l'on regardait quelqu'un de travers, hop, un autre verre.

Quelle horreur ! Affreux. Richard avait déversé dans le saladier tous les alcools qu'il avait sous la main, ainsi que de la sauce épicée, de la sauce Worcestershire et tout ce qui rendrait le breuvage exécrable. Le « grog » était conçu comme une punition et il avait pris un immense plaisir à la punir, elle, aussi souvent que possible, en lui posant des questions dont il savait pertinemment qu'elle ignorait la réponse, riant pendant que ses amis la tenaient à bras-le-corps pour la forcer à avaler le liquide.

Kassie frissonna, espérant de tout cœur que Hollywood ne l'obligerait pas à boire du grog à même un saladier.

Mais surtout, Hollywood ne méritait pas ce qu'elle lui faisait. Pour ne rien arranger, elle l'appréciait sincèrement. Elle aussi ressentait une alchimie entre eux. Ce qui avait commencé comme une vengeance exigée par son ex s'était changé en tout autre chose.

Elle avait envie de répondre non à Hollywood. De lui

dire qu'elle ne voulait plus le voir ni lui parler, mais c'était impossible. C'était Jacks qui détenait les cartes.

Lentement, elle saisit sa réponse, regrettant chacun de ces mots :

Avec plaisir. J'ai hâte de te rencontrer. Kassie.

2

____

— Ça me fait plaisir que tu aies finalement recommencé à sortir, déclara Karina avec un immense sourire.

Kassie et sa petite sœur passaient en revue des habits sur un portant.

— Ce n'est quand même pas un événement si important, répliqua Kassie pour ce qui lui semblait la millième fois.

— Mais si. Tu n'as été avec personne depuis Richard. Je commençais à penser que c'était terminé pour toi.

Kassie essaya de ne pas soupirer. Ses parents et sa sœur étaient au courant d'une partie de ce qu'elle avait enduré avec son ex, mais pas tout. Elle était embarrassée d'être restée aussi longtemps avec Richard. Elle s'était sentie sale, dégoûtée d'elle-même quand elle avait eu l'impression de ne pas pouvoir tourner la page. Naturellement, ce n'était pas par choix.

Karina continuait à l'informer en détail de ce qu'elle pensait de son futur rendez-vous au bal de l'armée :

— C'est vrai, Richard était mignon, bien sûr, mais

c'était injuste qu'il veuille te voir rester à la maison à l'attendre, pendant qu'il faisait tout ce qui lui plaisait. Si je sors un jour avec un soldat, pas question que je marine ici à Austin alors qu'il part faire ses trucs de son côté. J'insisterai pour qu'on se marie et je déménagerai sur son lieu d'affectation.

Kassie tiqua en entendant cette remarque. Elle savait que sa sœur n'avait pas l'intention de se montrer désobligeante, mais n'empêche, ses paroles la faisaient souffrir. Richard avait répété sans relâche qu'il voulait l'épouser et qu'ensuite, elle le rejoindrait là où il était basé. Mais ça ne s'était jamais produit. Après sa blessure, les allusions au mariage avaient disparu et il était devenu encore plus possessif à son égard. Kassie l'aurait épousé les yeux fermés, avant l'accident, mais même si cela faisait d'elle une mauvaise personne, elle était soulagée que ça ne se soit pas passé ainsi, étant donné l'homme qu'il était devenu. Après l'horrible épisode avec le saladier de grog, lors de la fausse sauterie militaire, elle avait lentement essayé de prendre ses distances avec lui, sans succès.

— Je n'arrive pas à croire que tu aies accepté de sortir avec un autre gars de l'armée, poursuivit Karina. Parce que tu étais catégorique : plus jamais de militaire.

— Je sais, mais j'ai réalisé que ce n'étaient pas exactement les militaires que je n'aimais pas, c'était Richard lui-même.

— Oh, mon Dieu ! s'écria soudain Karina, si fort qu'elle flanqua la frousse à Kassie. (Les trois femmes qui se trouvaient près d'elles tournèrent brusquement la tête dans leur direction.) J'ai trouvé la robe parfaite !

Elle s'empara d'une tenue sur le portant et la souleva pour la montrer à sa sœur.

Kassie resta sans voix.

Karina et elle étaient proches, malgré les treize années qui les séparaient. Kassie mettait un point d'honneur à parler à sa sœur presque chaque soir et à se rendre chez leurs parents pour la voir au moins une fois par semaine. Elles avaient les mêmes goûts, bien que sa cadette soit plus extravertie et sociable qu'elle ne l'était.

La robe que tenait sa sœur était somptueuse. Kassie tendit la main vers la tenue avant même de se rendre compte de ce qu'elle faisait. D'un violet profond presque noir, avec de courtes manches raglan et un décolleté en V, sur le devant comme dans le dos. Elle donnait l'impression de coller au buste avant de s'évaser au niveau de la taille avec ce qui semblait des kilomètres de tissu tout fin. Kassie pouvait presque l'imaginer en train de virevolter autour de ses jambes quand elle marcherait. En un mot, c'était la plus belle robe qu'elle ait jamais vue.

— On dirait qu'elle sera trop longue, dit-elle à mi-voix.

— Essaie-la, insista Karina. Tu pourras toujours la faire modifier.

Kassie acquiesça, puis déglutit avec difficulté. Jusqu'à cet instant, elle n'avait pas vraiment conscience qu'elle allait bel et bien participer à un bal militaire. Fréquenter des soldats, c'était intimidant, surtout après avoir rencontré les amis de Richard. Discuter avec Hollywood par Internet était une chose, mais se retrouver face à lui en était une tout autre. Elle l'appréciait, certes, mais elle lui mentait en même temps, et cela la rongeait.

Elle ne lui avait écrit que sous la contrainte, si bien que la sympathie qu'il lui inspirait était un inconvénient supplémentaire. S'il s'était comporté comme un mufle, elle aurait eu moins de mal à faire ce qu'elle s'apprêtait à faire.

— Viens, bécasse. Grouille-toi, la houspilla Karina.

Kassie jeta un coup d'œil à sa sœur et hocha la tête. Elles se dirigèrent côte à côte vers les cabines d'essayage. Elle n'entendit même pas ses bavardages sur le trajet. Karina lui ressemblait beaucoup, mais Kassie savait qu'elle ne serait jamais aussi jolie que sa sœur. Karina était pom-pom girl, elle avait joué dans l'équipe de volleyball et participé à deux pièces de théâtre. Elle ne laissait personne la cataloguer dans un stéréotype et elle avait des amis dans tous les recoins de son lycée. Elle était extravertie, sympathique et n'avait aucun souci en perspective.

Kassie voulait que cela reste ainsi.

Penser aux mains de Dean, l'ami de Richard, posées sur elle lui donnait envie de vomir. Quand Richard avait été enfermé dans la prison fédérale de Fort Leavenworth, au Kansas, Kassie s'était imaginé en avoir terminé avec la terreur qu'il exerçait sur elle. Mais apparemment, quand on était un connard obsessionnel, ni les barrières ni les fils barbelés ne pouvaient vous arrêter.

Il avait demandé à son ami de longue date de reprendre les choses là où il les avait laissées. Dean mesurait autour d'1 m 80, possédait une musculature imposante, des cheveux brun foncé qu'il gardait longs, avec une coupe proche du mulet des années 1980. La plupart du temps, il les attachait en une queue-de-cheval qui pendait mollement dans son dos et, plus d'une fois, Kassie avait eu envie de prendre une paire de ciseaux pour la lui couper tellement cette queue de rat était répugnante.

Il avait des lèvres fines qu'il pinçait lorsqu'il était contrarié, ce qui donnait presque l'impression qu'il en était totalement dépourvu. Et un nez long, osseux. Quant à ses yeux, si elle avait dû les qualifier, elle aurait dit qu'ils étaient « perçants ».

Il n'était pas séduisant, mais il était costaud. Elle en avait fait l'amère expérience quand il l'avait immobilisée pendant que Richard l'obligeait à boire son ignoble mélange.

Dean la suivait partout. Kassie n'aurait pas été surprise qu'il soit là à l'espionner, dans le parking du centre commercial, en attendant que sa sœur et elle en ressortent. Il savait avec qui elle passait son temps, et la seule fois où elle avait essayé de sortir avec un homme un soir, après l'incarcération de Richard, il avait fait irruption dans le restaurant pour s'installer au bar, à côté de la table où elle était assise avec le gars. Il avait pris des photos d'elle avec son téléphone pendant toute la soirée.

Le lendemain, Dean l'avait appelée pour lui annoncer que Richard n'était pas content d'apprendre qu'elle avait essayé de le tromper.

Kassie voulait quitter Austin. S'en aller loin de Dean. Loin des souvenirs de sa vie avec Richard. Et elle avait été à deux doigts de mettre son projet à exécution quand ce dernier avait fait monter les enchères.

Désormais, il n'utilisait plus Dean pour la menacer : il avait jeté son dévolu sur sa sœur. Lorsque Kassie faisait quelque chose qui déplaisait à Richard, Dean la remettait dans le droit chemin en proférant des menaces à l'encontre de Karina.

Elle voulait aller trouver la police, mais elle redoutait plus que tout la réaction de Dean. Alors, elle ne cessait de remettre la démarche à plus tard, espérant que Richard finirait par être trop absorbé par sa nouvelle vie derrière les barreaux et que Dean et ses hommes les oublieraient, sa famille et elle.

Quand il lui avait annoncé que Richard voulait qu'elle aborde l'un des types de l'armée qui avaient « ruiné sa vie », afin de disposer d'informations de l'intérieur qui lui permettraient de trouver le moyen de les faire tous tomber, Kassie avait catégoriquement refusé. Elle ne voulait surtout pas devenir une espionne et causer davantage d'ennuis à un groupe de soldats que Richard avait déjà terrorisés. Le fait qu'il ait kidnappé une femme et un enfant la rendait malade.

Et pourtant, voilà où elle en était. À essayer une robe pour un bal militaire. Exactement ce qu'elle ne voulait pas voir arriver. Mais elle ferait tout ce qu'il faudrait pour garantir la sécurité de sa sœur. Même affronter sa peur en jouant ce genre de rôle.

— Allez ! Dépêche ! la relança Karina depuis l'extérieur de la cabine. Je veux te voir !

Kassie laissa son jean tomber au sol et enfila la robe, dont elle remonta la fermeture éclair avant de se tourner vers le miroir.

Elle lui allait parfaitement. Comme si elle avait été taillée à son intention. Elle n'était pas trop longue. Assortie à des talons, elle serait même de la longueur parfaite. Le V du décolleté descendait assez bas pour être sexy, mais pas suffisamment pour trop en dévoiler. Kassie avait toujours eu la sensation d'être trop pulpeuse, mais cette robe, qui accentuait pourtant ses courbes, les rendait sexy au lieu de lui donner l'impression d'être ronde.

Elle pivota et s'examina de dos. L'échancrure plongeait bas, révélant la bride de son soutien-gorge. Elle se promit de faire une halte au rayon lingerie avant de partir. Un soutien-gorge banal ne ferait pas l'affaire avec cette robe.

Kassie tourna sur elle-même et le tissu se souleva en volutes dans un tourbillon violet, avant de se reposer autour de ses jambes. Ses cheveux bruns l'imitèrent, balayant sa poitrine quand elle s'arrêta. Elle avait une chevelure épaisse, luxuriante, qui mettait des heures à sécher, mais Kassie l'aimait en secret, car elle la considérait comme l'un de ses meilleurs atouts.

Pour la première fois depuis très, très longtemps, elle se sentait belle.

À l'évidence lasse d'attendre, Karina ouvrit la porte de la cabine.

— Qu'est-ce que tu es lente ! Alors je... Oh, mon Dieu, je savais qu'elle t'irait ! s'écria-t-elle. On pourrait relever tes cheveux et tu as le collier qui irait parfaitement avec cette tenue. Tu sais, celui avec un pendentif. Il plongera dans ton décolleté et attirera l'attention sur tes attributs. (Kassie leva les yeux au ciel, mais sa sœur continua, pas déstabilisée pour autant.) Il faut qu'on te trouve un soutien-gorge qui te remontera les seins, mais sans qu'on voie la lanière dans le dos. Et des bas. Tu ne peux pas porter une robe comme celle-ci sans bas. Qui montent à mi-cuisse, évidemment. Tu dois aussi avoir la paire d'escarpins noirs qui se marie avec. Oh, mon Dieu, Kass, j'adore cette robe !

— Moi aussi, convint-elle.

Les sœurs échangèrent un sourire.

— Je suis trop impatiente pour la soirée dansante du mois prochain, reprit Karina.

— Quelqu'un t'a proposé d'être ton cavalier ?

Karina secoua la tête.

— Non, mais c'est encore trop tôt.

— Tu as des vues sur un joli garçon ? la taquina Kassie.

— Il y a un nouveau très sexy, au lycée.

— Ah oui ? insista-t-elle distraitement.

Ses yeux étaient braqués sur son reflet dans le miroir. Elle n'en revenait pas de la splendeur de cette robe.

— Oui. Il a des cheveux châtain clair qui lui tombent sur le front. Quand il secoue la tête pour les chasser de ses yeux, j'ai juste envie de tomber dans les pommes. Chaque fois qu'il te regarde, tu as l'impression d'être la chose la plus importante au monde. C'est comme si ses yeux bleus te plongeaient dedans. C'est intense et génial. Oh, et puis il est grand et musclé, mais pas au point que ses muscles fassent des bosses, ce qui serait répugnant. Il est en terminale, pourtant on dirait qu'il a bien plus que dix-huit ans. (Elle frissonna.) D'après la rumeur, il a dû redoubler une année ou deux en raison de problèmes familiaux. Mais il vient juste de déménager à Austin et il a envie de décrocher un vrai diplôme plutôt qu'une équivalence. Bref, arrêtons de parler de moi et allons voir ce qu'on peut trouver question sous-vêtements !

Kassie éclata de rire devant l'excitation débridée de sa sœur. Le shopping n'était pas son activité favorite, mais chaque journée qu'elle pouvait passer en compagnie de Karina était réussie à ses yeux. Elle ferait n'importe quoi pour elle. Y compris sortir avec un gars de l'armée qu'elle avait rencontré en ligne et lui soutirer des informations à transmettre au voyou qui tenait lieu d'ami à son ex, afin qu'ils trouvent comment continuer à tourmenter cet homme.

Seigneur, elle se haïssait de s'abaisser à ce genre de pratiques !

— Je t'attends dehors. Grouille ! lui intima Karina avant de quitter la cabine exiguë.

Pour que sa sœur soit en sécurité, Kassie ferait tout ce qui était en son pouvoir. Elle devait simplement rencontrer Hollywood, voir si elle pouvait obtenir une information susceptible d'intéresser Dean, puis elle ne reverrait jamais ce militaire sexy.

Elle examina une fois de plus son reflet avant de fermer les yeux, au désespoir. Le hic, c'était qu'elle savait : ça ne mettrait pas pour autant un point final à cette histoire. À l'instant où elle donnerait une info à Dean, Richard et lui en voudraient davantage. Elle se faisait des illusions si elle s'imaginait que la nuit du bal mettrait un terme aux menaces de Richard à l'encontre de Karina ou d'elle-même.

Kassie se sentit soudain très lasse. Épuisée. S'il n'en tenait qu'à elle, elle dirait à Dean d'aller se faire voir. Elle se fichait bien de ce qu'il lui ferait. Il pourrait la frapper – ce ne serait pas la première fois –, la faire licencier – là encore, ce ne serait pas la première fois que Richard ou Dean l'obligeraient à prendre un nouveau travail –, mais comme ils touchaient à sa famille, elle n'allait pas répliquer et, à l'évidence, ils avaient pigé le truc.

Des larmes lui mouillèrent les yeux alors qu'elle abaissait la fermeture éclair de sa robe pour la quitter. Si seulement elle avait quelqu'un sur qui s'appuyer, elle ne se sentirait pas aussi seule. Autant rêver de décrocher le jackpot de dix millions de dollars. Ça ne risquait pas d'arriver. Pas avec Dean qui espionnait chacun de ses mouvements et les rapportait à Richard.

Prenant une profonde inspiration, Kassie suspendit la robe et renfila ses vêtements. Pleurer sur sa vie n'allait rien y changer. Elle devait juste survivre à cette journée. Puis à celle du lendemain. Puis au surlendemain. Un jour à la fois. C'était ainsi qu'elle avait affronté toutes les épreuves jusqu'à présent. C'était ainsi qu'elle affronterait ce que la vie lui réserverait à l'avenir.

Sa famille était ce qui comptait le plus à ses yeux. Elle serait fichue si Richard l'en dépossédait.

3

<hr>

— C'est bon, j'en ai ma claque, annonça Harley.

— Quoi ? fit Rayne, en même temps qu'Emily lâchait :
« Pas déjà. »

— Ça fait deux heures qu'on est ici. Vous avez essayé
toutes les robes de la boutique, les filles. Vous avez trouvé
ce que vous vouliez porter, mais pas question que je
prolonge le supplice de deux heures supplémentaires, le
temps que vous vous dégottiez les accessoires, chaussures, sous-vêtements, collants et sacs à main parfaits,
j'en passe et des meilleurs, pour ce bal pourri, répliqua
Harley.

Elle se tenait là, bras croisés, dévisageant les deux
femmes.

— Tu es sûre que tu ne veux pas essayer une autre
robe ? insista Rayne. Tu as choisi la première que tu as
essayée.

— Je suis plus que sûre. Sérieusement, j'en suis au
point où j'ai envie de tout envoyer au diable et de rester
chez moi dans mon pantalon de jogging pour travailler

sur mon code. Je sais combien c'est important pour Coach, mais j'en ai assez.

Emily l'enlaça d'un bras.

— D'accord. Pas de problème, je peux te ramener chez toi et revenir ici pour que Rayne et moi finissions nos emplettes.

Harley secoua la tête.

— Non, j'ai déjà écrit à Coach. Il est occupé, mais il m'envoie Hollywood, qui arrive aussi vite qu'il peut.

Rayne plissa les yeux.

— Tu as déjà dressé ton plan d'évasion ?

— Tout à fait, répondit Harley sans l'ombre d'un remords. Je voulais éviter que vous surgissiez avec un truc pour me culpabiliser et m'obliger à rester.

Rayne et Emily gloussèrent.

— Bon, d'accord, tu as bien joué le jeu, approuva Rayne. Merci de nous avoir accompagnées. La robe que tu as choisie est superbe. Coach perdra la tête quand il te verra dedans.

— Je sais, admit Harley sans la moindre vanité.

Son téléphone tinta et elle baissa les yeux sur l'écran pour lire le message.

— C'est Hollywood. Il m'attend dehors. (Elle serra Rayne et Emily dans ses bras.) On se reparle plus tard, les filles.

Les deux autres femmes lui dirent « au revoir » et Harley sortit, sa nouvelle robe jetée sur son bras. Elle avisa aussitôt Hollywood dans le Highlander de Coach. Il s'était garé au bord du trottoir et attendait à côté de la portière passager, les bras croisés. Ses doigts tapotaient impatiemment sur ses biceps. Il portait l'uniforme de camouflage pixélisé de l'armée, que ses camarades et lui arboraient au quotidien, autrement dit qui n'avait rien d'inhabituel dans cette région du Texas.

Comme tous les soldats de l'équipe, Hollywood était bel homme, mais il avait ce quelque chose en plus qui attirait l'attention du sexe opposé, quel que soit leur âge. Harley aperçut au moins cinq femmes y regarder à deux fois en le voyant planté près du véhicule. Elle appréciait son physique à sa juste valeur, mais elle-même n'avait d'yeux que pour Coach.

— Salut, Hollywood. Merci d'être venu à ma rescousse, lui souffla-t-elle quand elle se retrouva près de lui.

— Pas de problème.

Harley savait que ce n'était sans doute pas tout à fait vrai, mais elle s'abstint de lui demander des précisions. Elle l'autorisa à lui ouvrir sa portière et à se charger de sa robe avant qu'elle n'entre dans le véhicule. Elle était gênée par tout le mal que les gars se donnaient pour la traiter comme la reine d'Angleterre, mais elle avait appris à l'accepter.

Hollywood suspendit sa robe à un crochet au niveau de la banquette arrière et grimpa sur le siège conducteur. Ils se trouvaient dans la rue qui conduisait chez elle quand le téléphone de Hollywood sonna. Il jeta un coup d'œil à l'appareil accroché à sa ceinture, puis reporta son attention sur la route.

Quand la sonnerie retentit à nouveau, Harley demanda :

— Tu veux que je regarde pour toi ?

Hollywood hésita, mais attrapa finalement son téléphone, le déverrouilla de la pointe du pouce et le lui tendit.

— En règle générale, ça me serait égal. Les gens peuvent bien attendre. Mais nous sommes en plein milieu d'une affaire, au travail, alors si c'est Ghost, il faut que je surveille.

— Pas de problème, répondit Harley en jetant un coup d'œil au téléphone. C'est un email d'une certaine Kassie. (Levant les yeux vers Hollywood, elle eut la surprise de le découvrir impatient, de voir son expression pragmatique se muer en une mimique de plaisir.) Tu veux que je te le lise ?

— Oui, s'il te plaît.

Elle était encore plus étonnée qu'il la laisse lire un message personnel, mais surtout ravie. Comme les autres, elle savait que Hollywood avait une cavalière pour le bal de l'armée de la semaine suivante, mais elle ignorait tout de la femme qu'il avait invitée. Il était resté complètement muet sur leur rencontre et tout le reste. Aussi jeter un petit coup d'œil sur cette femme mystérieuse était-il irrésistible.

Elle cliqua sur l'icône de l'email et lut à haute voix :

— « En tant que militaire, tu sais comment dissimuler un corps afin que personne ne le trouve, non ? Je suis à deux doigts d'en finir avec les connards du boulot. Je viens juste de gérer une bonne femme qui voulait nous retourner une robe sous prétexte qu'elle ne lui allait pas. Alors qu'il était évident qu'elle l'avait portée à une fiesta. Le tissu sentait le parfum et il y avait même des taches de transpiration au niveau des aisselles. Quand je le lui ai fait remarquer et que je lui ai dit que nous ne pouvions pas reprendre des vêtements ayant été portés, elle a piqué une crise, menacé de me faire renvoyer, déclaré qu'elle déconseillerait à toutes ses amies de venir faire leur shopping ici. Bref, elle s'est comportée comme une garce. Imagine que je rende au magasin la robe que je vais porter au bal. Je suis près de mes sous, mais pas à ce point, bon sang. Bref, j'espère que ta journée s'est mieux passée que la mienne. Et pour répondre à ta question, non, je ne descends pas à l'hôtel. Je pourrais difficilement justifier la dépense alors que je vis si près du centre-ville (je t'avais prévenu que j'étais près de mes sous). Passe une bonne fin de journée, Kassie. »

Le silence se fit dans l'habitacle dès que Harley referma la bouche. Elle leva les yeux vers Hollywood et découvrit le petit sourire qui s'était dessiné sur son visage avant qu'elle débute sa lecture. Il s'était épanoui en un sourire jusqu'aux oreilles.

— Tu l'aimes vraiment bien, laissa-t-elle échapper.

— Pardon ?

— Tu l'aimes vraiment bien.

Hollywood haussa les épaules.

— Oui. Je ne lui aurais pas demandé de m'accompagner au bal si ce n'était pas le cas.

— Comment l'as-tu rencontrée ?

— Sur Internet.

— Vraiment ?

— Vraiment, répondit Hollywood en la dévisageant. Pourquoi ?

Ce fut au tour de Harley de hausser les épaules.

— Je ne sais pas. Je veux dire, tu es le gars le plus sexy de l'équipe. Alors, c'est drôle que tu aies rencontré quelqu'un sur Internet. Tu lui as demandé si elle descendait à l'hôtel ?

Heureusement, Hollywood était habitué aux changements de sujets opérés par Harley dans une conversation.

— Oui.

— Et elle vit à Austin ?

— Oui, Harley. Pourquoi toutes ces questions ? s'agaça-t-il.

— Parce qu'on ne sait rien de cette femme. Si elle doit devenir membre du groupe, on aimerait la connaître un peu.

Hollywood décocha un rapide coup d'œil à Harley, puis il reporta son attention sur la route.

— Ne commence pas à t'imaginer que je vais l'épouser, répliqua-t-il d'une voix calme. Il ne s'agit pas de ça. Je ne l'ai encore jamais rencontrée en chair et en os. Oui, elle me plaît bien, mais je ne la connais pas. Pas vraiment.

— Que sais-tu, alors ? s'enquit Harley, refusant de lâcher prise.

Hollywood soupira, puis répondit :

— Elle a trente ans et une sœur en terminale au lycée. Comme tu l'as sans doute deviné, elle travaille dans une boutique, mais elle n'aime pas spécialement son job. J'ai l'impression qu'elle n'est pas très à l'aise avec le fait que j'appartienne à l'armée, pourtant elle essaie de ne pas se laisser perturber par cet état de fait. Cela dit... ajouta-t-il avant que sa voix ne s'éteigne.

— Cela dit... quoi ?

— Je ne sais pas. Elle est drôle et me fait rire, mais je suis certain qu'elle cache quelque chose.

— Bien entendu, confirma aussitôt Harley.

Hollywood ricana dans sa barbe, mais elle poursuivit sans s'émouvoir :

— Elle t'a rencontré en ligne, tu ne l'as jamais vue en vrai. Tu es extrêmement séduisant, elle est intimidée, Hollywood. Je me rappelle comment je me conduisais avec Coach la première fois que je l'ai rencontré. Tu dois comprendre que la plupart des femmes normalement constituées ne sont pas habituées à ce que des hommes super canon s'intéressent à elles. Je ne sais pas à quoi elle ressemble, mais je devine qu'elle se rapproche sans doute plus de Rayne, Emily ou moi que d'une pom-pom girl des Dallas Cowboys. Rien d'étonnant à ce qu'elle te cache une partie de ce qu'elle est. C'est à toi de la mettre à l'aise et de faire tomber ses défenses afin qu'elle puisse te dévoiler ses véritables pensées et sentiments.

— Me demander de dissimuler un corps, ça n'est pas dévoiler ses véritables sentiments ? plaisanta-t-il.

— Tu vois ce que je veux dire, insista Harley, dont les lèvres ne se retroussèrent même pas face à cette tentative pour alléger l'ambiance.

— En effet, et je me rends bien compte qu'une rencontre en ligne signifie que des tas de sujets n'ont pas été abordés. Mais il y a plus que ça. Je n'arrive pas à mettre le doigt dessus, pourtant j'ai l'impression qu'elle n'est pas seulement mal à l'aise à cause d'Internet, elle cache quelque chose.

— Sois prudent, alors, lui conseilla Harley. Je t'apprécie trop pour te voir assassiné par une timbrée rencontrée sur Internet.

Harley tourna la tête et regarda par la vitre. Ils étaient arrivés devant chez elle sans même s'en rendre compte. Elle se pencha, attrapa son sac et voulut ouvrir sa portière, mais la main de Hollywood se posa sur son bras pour arrêter son geste.

— Elle ne va pas m'assassiner, mais tu as raison. Elle me plaît. Je ne suis pas un imbécile, je sais que ce qu'il y a entre nous pour l'instant est assez superficiel. Nous nous entendons bien par mail, mais j'ai peur qu'il en aille autrement quand nous nous rencontrerons. Ce sera dommage, parce que je l'apprécie vraiment beaucoup. Je déteste quand on la traite comme de la merde à son travail, mais je ne peux rien y faire. La seule réponse à ma disposition, c'est de la faire sourire et d'embrayer sur ses plaisanteries. Cela étant, je n'arrive pas à m'empêcher de penser qu'elle me cache bien plus que son boulot qu'elle déteste. C'est ce que je veux dire. Je ne suis pas seulement une belle gueule, même si c'est ce que la plupart des gens voient quand ils me regardent.

Harley plongea dans les yeux marron intenses de Hollywood.

— Je sais. Les filles et moi, on verra ce qu'on peut découvrir sur elle au bal.

— Non, surtout pas, répliqua-t-il sur-le-champ. Je ne veux pas que vous espionniez pour mon compte. Je détesterais cette idée. Je veux apprendre par moi-même tout ce qu'il y a à savoir. Ce serait sournois et fourbe de vous lâcher sur elle, les filles. Promets-moi que vous n'allez pas la cuisiner pour obtenir des informations.

— Promis, répondit aussitôt Harley. Ça me débecterait de découvrir qu'on m'a cuisinée, si j'étais à sa place.

— Tout à fait.

— Maintenant, laisse-moi et retourne aux manœuvres militaires auxquelles tu t'amuses avec mon homme, d'accord ? J'ai déjà perdu bien assez de temps comme ça au centre commercial avec Rayne et Emily. J'ai un million de choses à faire pour la nouvelle version du jeu *This is War*. Tu as une idée de l'heure à laquelle Coach va rentrer, ce soir ?

Hollywood haussa les épaules.

— Je ne sais pas trop. Si tout se passe comme nous le voulons, aux environs de dix-huit heures, sans doute. Sinon, il se peut que ce ne soit pas avant demain matin.

Harley s'immobilisa, un pied hors du SUV, et demanda :

— Vous allez devoir partir, les garçons ? Est-ce qu'on va pouvoir se rendre au bal ?

— Nous serons au bal, déclara fermement Hollywood. Je ne vais pas laisser passer ma chance de rencontrer Kassie.

— Super, approuva Harley avec un hochement de tête avant de quitter le véhicule.

Elle claqua la portière et s'empara de sa robe sur la banquette arrière. Comme Hollywood abaissait la vitre du côté passager, elle ajouta :

— Kassie... J'aime bien ce prénom.

Il sourit.

— Moi aussi. À plus.

— À plus. Merci de m'avoir sauvée du centre commercial.

— Je recommence quand tu veux.

Harley le regarda remonter la vitre et quitter le parking. Ses pensées fusaient dans mille directions alors qu'elle se dirigeait vers son appartement. Il était évident que Hollywood était intrigué par la mystérieuse Kassie, et désormais, elle l'était tout autant.

4

Kassie s'assit sur l'immense canapé, plus nerveuse qu'elle ne l'avait été depuis très longtemps. La présence d'hommes vêtus d'élégants uniformes bleus dans les parages ne faisait rien pour arranger la situation. Elle ne pouvait s'empêcher de repenser aux soirées militaires auxquelles elle avait assisté avec Richard. L'expérience avait été affreuse, la goutte d'eau qui avait achevé de détruire leur relation. Aussi difficile que soit l'idée de mettre un terme à ces deux années de vie commune, elle savait, sans le moindre doute possible, qu'elle ne voulait plus rien avoir à faire avec cet homme... ou ses amis.

Désireuse de s'occuper les mains et de ne pas paraître sur le point de vomir en attendant l'arrivée de Hollywood, Kassie dut résister à l'envie de sortir son téléphone pour avoir l'air absorbée par ce qu'elle y lirait.

Karina s'était rendue chez elle et l'avait aidée à se préparer pour le bal. Elle lui avait donné des astuces de maquillage et elles avaient pris un million de photos. On était samedi et Karina ne pouvait pas rester longtemps parce qu'elle devait aller au lycée : il y avait un match de football américain et les pom-pom girls devaient être présentes de bonne heure afin de détendre l'atmosphère et accueillir les équipes sur le terrain. Kassie regrettait de manquer le match, elle s'efforçait d'assister à tous les événements auxquels participait Karina, mais sa sœur n'allait pas lui reprocher sa défection du jour.

Elles avaient gloussé et échangé des cancans tout en préparant Kassie pour la soirée. Karina lui en avait dit davantage à propos du mystérieux garçon de son lycée et lui avait confié qu'il était peut-être bien intéressé par elle. La nouvelle n'enchantait pas Kassie, mais sa sœur étant presque une adulte, elle n'avait rien dit. C'était chouette de la voir aussi enthousiaste à propos d'un garçon.

Kassie avait tenté de lui cacher la folie de Richard aussi longtemps que possible, mais la dernière fois qu'il s'était trouvé chez elle, Karina avait été témoin des hurlements qu'il poussait à l'encontre de sa sœur. Comme elle avait essayé d'intervenir, Richard avait reporté son attention sur elle. La soirée s'était avérée désastreuse et, à la suite de cela, sa petite sœur avait rechigné à s'engager en amour avec qui que ce soit... jusqu'à maintenant.

Une fois Kassie habillée, maquillée et sommée par sa sœur de passer une bonne soirée et de « prendre son pied », elle était partie pour le centre-ville. Il était encore tôt – Kassie était toujours en avance, où qu'elle aille. À présent, elle était assise dans le hall de l'hôtel *Four Seasons* du centre-ville d'Austin, à attendre impatiemment l'arrivée de Hollywood.

Elle avait commencé par l'appeler Graham, mais depuis qu'il avait pris l'habitude de signer tous ses mails par « Hollywood », elle lui donnait mentalement ce surnom, elle aussi.

Elle essaya de ne pas gigoter en balayant la foule du regard. Les femmes portaient de fabuleuses robes longues de toutes les couleurs. La plupart étaient foncées, noires ou bleu marine, mais il y en avait également des orange ou des jaunes. Elle était censée être émerveillée par ces hommes dans leurs uniformes élégants, mais honnêtement, ils faisaient ressurgir en elle les mauvais souvenirs du « bal » que Richard avait donné dans son appartement. Si elle ajoutait à cela ses amis en uniforme, elle préférait se concentrer sur les femmes plutôt que sur les hommes.

Elle sentit son téléphone vibrer dans la pochette qu'elle avait sur les genoux, annonçant l'arrivée d'un texto ou d'un email. Kassie songea à l'ignorer, ce devait être sa sœur. Cela dit, c'était peut-être Hollywood. S'il annulait, elle n'aurait plus qu'à repartir.

Ouvrant son petit sac, elle en sortit son téléphone et y jeta un coup d'œil, certaine d'y lire un message d'encouragement de la part de sa sœur ou quelques mots envoyés par Hollywood. Ce ne fut pas le cas.

Amuse-toi bien. Suce-lui la queue, laisse-le te la mettre bien profond, ça n'a aucune importance, contente-toi de faire ce qu'on te demande. À ce propos, Karina est très mignonne ce soir dans sa tenue de pom-pom girl.

Kassie prit une courte inspiration et éteignit l'écran de son portable, qu'elle remisa, telle une automate, au fond de son sac. Puis elle fixa un point droit devant elle pour refouler ses larmes par la seule force de sa volonté. Dean avait déjà menacé de s'en prendre à Karina par le passé, bien évidemment, c'était d'ailleurs la raison pour laquelle elle se trouvait dans ce hall d'hôtel, mais ses insinuations n'avaient jamais été aussi directes.

Le fait qu'il se trouve au match de foot, en train de regarder sa sœur, lui donnait envie de hurler de frustration.

Kassie prit sur-le-champ la décision d'alerter ses parents et sa sœur. Elle en avait assez de leur cacher les démons qu'étaient Richard et Dean. Sauf qu'aucun des deux n'était idiot. Le texto qu'elle venait de recevoir de Dean n'était pas exactement ce que l'on pourrait qualifier d'amical, mais il ne contenait rien non plus qui puisse être interprété comme une menace patente... même si c'était bel et bien le cas.

Kassie n'était pas bête, elle non plus. Pourtant, garder plus longtemps ces menaces secrètes relevait de la stupidité pure et simple. Bon sang, c'était une idiotie de les avoir couverts, mais elle pensait honnêtement que Richard se lasserait d'elle et disparaîtrait. Elle disposait de la preuve de menaces sous-entendues dans les textos et les emails émanant de Dean. Pour le reste de ce que Richard lui avait infligé, ce serait sa parole contre la sienne. Tant pis.

Elle devait aller trouver la police et obtenir une mesure d'éloignement. Même si ce n'était pas grand-chose, ce serait mieux que rien. Elle avait besoin de récupérer sa vie.

Kassie jeta un coup d'œil à sa montre. Hollywood ne devrait pas tarder à arriver. Elle savait vaguement à quoi il ressemblait, mais pas exactement. Sur sa photo du site web, il était passable, au mieux. Le chapeau qu'il avait sur la tête dissimulait l'essentiel de son visage à l'appareil. Impossible de dire s'il était grand et bien fait de sa personne. Ses bras avaient l'air musclés quand il tenait le poisson sur le cliché.

Un trio de femmes franchit la porte d'entrée de l'hôtel et Kassie les dévisagea, béate d'admiration. Elles étaient époustouflantes. Si les femmes qui déambulaient ici et là étaient jolies, ces trois-là donnaient un nouveau sens au mot.

Elles mesuraient à peu près la même taille, plutôt grandes, surtout avec leurs talons. La plus grande d'entre elles portait une robe noire qui moulait son corps svelte. C'était la tenue la plus pudique des trois, dotée de manches longues, d'une encolure haute, si bien qu'aucun centimètre de peau n'était visible en dessous de son cou. Pourtant, la robe était sexy, et même si elle était près du corps, elle n'avait strictement rien de dévergondé. C'était une tenue de grande classe, qui parvenait à allonger encore la taille déjà élancée de sa propriétaire.

Une autre de ces femmes était à l'exact opposé. Elle portait également une robe descendant jusqu'au sol, ainsi que le voulait l'usage pour un événement officiel de l'armée, mais la tenue dépourvue de manches avait un décolleté dégagé, une taille empire et plusieurs couches de tissu. Elle étincelait grâce aux strass cousus sur le corsage. À la différence de la première femme, qui était mince, celle-ci affichait de jolies courbes. La robe en dissimulait certaines, mais il était évident que cette femme était sûre d'elle et de son corps. Elle rejeta la tête en arrière en éclatant de rire à un propos d'une de ses amies, et Kassie remarqua que plusieurs hommes s'étaient alors retournés pour l'observer.

La troisième portait une robe bleu clair qui tenait davantage de la jupe de sirène : l'arrière de la robe traînait légèrement par terre quand elle se déplaçait, tandis que le devant était juste assez relevé pour dévoiler le bout de ses beaux escarpins bleus quand elle marchait. Elle avait jeté un châle blanc en travers de ses épaules, mais Kassie distinguait la dentelle qui la couvrait du cou à la taille.

Elles paraissaient à l'aise les unes avec les autres et l'on voyait bien qu'elles ne se rendaient absolument pas compte de l'effet produit par leur allure. Elles n'entrèrent pas dans la salle de bal, mais restèrent au contraire près des portes, attendant à l'évidence ceux qui les avaient déposées en voiture.

Kassie sourit en son for intérieur. Même quand elle sortait avec Richard, certaine qu'elle l'épouserait un jour, il n'avait jamais été assez courtois pour la déposer à la porte d'un établissement avant d'aller garer sa voiture. La pensée ne lui avait sans doute jamais traversé l'esprit. Kassie n'y avait pas accordé d'attention auparavant, mais en voyant ces trois amies rire et bavarder, en sachant qu'elles avaient des hommes attentionnés qui les avaient laissées devant l'entrée de la salle de réception afin qu'elles n'aient pas à traverser le parking sur leurs talons et risquer de salir leurs robes, elle éprouvait une sensation douce-amère.

Les yeux de Kassie vagabondèrent une fois de plus autour du hall. Hollywood et elle avaient convenu de se retrouver ici avant les festivités, et il avait suggéré qu'ils aillent prendre un verre au bar avant le début du bal. Ils ne disposaient pas de beaucoup de temps, mais Kassie appréciait la possibilité de lui parler en tête-à-tête avant d'avoir à affronter les formalités et les traditions du bal. Elle frémit en y songeant, mais elle prit une inspiration pour se calmer.

Elle s'en voulait d'être obligée de manipuler Hollywood. Elle avait entendu parler de tout ce que Richard avait infligé à une certaine Emily et à sa fille, Annie, et elle était atterrée de savoir que son ex était passé à deux doigts de tuer des gens. Pourtant, égoïstement, elle était en partie soulagée de ne pas s'être elle-même retrouvée dans cette situation. Richard l'avait frappée à plusieurs reprises, assez pour ne pas lui laisser le moindre doute quant au fait que, s'il n'avait pas été enfermé en prison, il aurait fini par lui causer de graves blessures... peut-être même par la tuer.

Mais espionner l'un des hommes que Richard rendait responsables de son incarcération n'était pas quelque chose qui la mettait à l'aise. Même s'il s'agissait ainsi de préserver Karina. Les choses devaient changer. Et elle allait commencer par avouer à sa famille comment Richard et Dean la terrorisaient. Peut-être que s'ils étaient au courant, l'emprise que les deux hommes exerçaient sur elle diminuerait. Elle trouverait plus tard comment procéder par la suite.

Son attention fut attirée par les portes de la salle qui s'ouvraient de nouveau et elle tourna la tête pour voir un groupe d'hommes pénétrer dans l'hôtel. Trois d'entre eux se dirigèrent vers les femmes qu'elle avait admirées un peu plus tôt. Elle eut presque l'impression d'assister à un spectacle interdit quand ils retrouvèrent leurs petites amies respectives. On aurait dit qu'ils ne s'étaient pas vus depuis une année au lieu de quelques minutes tout au plus.

Leur démonstration publique d'affection n'avait rien d'inapproprié, pourtant elle était si intime que d'une certaine manière, c'était un peu le cas. Une caresse par-ci, un regard d'adoration par-là, et la façon dont ils embrassaient leurs femmes... Waouh ! Kassie détourna les yeux pour changer de point de mire, et elle détailla le reste du groupe. Ils étaient habillés de la même manière, tous en uniforme, et pourtant bien différents les uns des autres.

Deux hommes accrochèrent aussitôt son œil. Le premier était le plus grand et le plus robuste du groupe. Mesurant au moins deux mètres, il affichait un air farouche, d'autant plus effrayant qu'une cicatrice lui barrait la joue. Kassie se fit mentalement la promesse de rester à tout prix loin de lui. Son expression renfrognée et impatiente lui rappelait trop Richard quand il était furieux pour quelque chose qu'elle avait ou n'avait pas fait.

Le deuxième retint son attention tout simplement parce qu'il était beau. Un homme ne devrait pas avoir le droit d'être aussi beau. Il avait des cheveux foncés un poil trop longs, qui bouclaient au niveau de sa nuque et lui tombaient sur le front, ce qui l'obligeait sans cesse à les repousser. Ses pommettes étaient saillantes, ses lèvres roses et charnues, son nez parfait et, bon sang, lorsqu'il sourit, Kassie aurait pu jurer avoir entendu plusieurs femmes retenir leur souffle alentour.

Il était si attirant que c'en était presque effrayant. Son uniforme lui allait à la perfection, avec son nœud papillon noir, sa chemise blanche, sa veste et son pantalon bleu foncé... Si elle n'avait pas déjà eu sa petite idée, elle aurait pensé qu'il s'agissait d'un mannequin professionnel portant l'uniforme pour une séance photo. Kassie savait apprécier un bel homme, mais celui-ci était au-delà de la beauté.

Elle se força à détourner le regard. A priori, il n'avait pas de cavalière, mais elle était absolument certaine qu'il avait rendez-vous avec elle ici. Les hommes comme lui ne restaient jamais célibataires.

Elle baissa de nouveau les yeux vers sa montre et soupira. Elle avait horreur que les gens soient en retard. Un mauvais point pour Hollywood... même si elle n'était pas en train de les compter. Plus elle réfléchissait à ce qu'elle faisait ici et à ce que cette soirée allait impliquer, plus elle devenait nerveuse. Elle était impatiente de passer du temps avec lui. Si seulement Hollywood se montrait.

* * *

— Eh, Hollywood, où est ton rendez-vous ? demanda Beatle avec son accent traînant, si caractéristique du Sud.

Quand ils étaient en mission, il pouvait le perdre et prendre l'intonation de n'importe quel citoyen du pays où ils se trouvaient, mais chez lui, détendu et avec ses amis, son accent naturel revenait avec une force et une aisance redoublées.

— Je suis presque certain que c'est elle, là-bas, sur le canapé, souffla-t-il à son ami, en lui indiquant une femme assise seule dans le hall.

Comme si la manœuvre avait été concertée, Truck, Beatle et Blade tournèrent tous les trois la tête en même temps pour regarder dans la direction indiquée par Hollywood.

— La fille en robe violette ? demanda Blade.

Truck n'ouvrit pas la bouche, mais son sifflement parla pour lui.

— Bon sang, tu te récupères toujours les jolies nanas, pleurnicha Beatle.

— Arrêtez ça, bande de salopards, leur intima Hollywood en donnant un coup dans l'épaule de Blade. Ça ne se voit pas qu'elle est déjà nerveuse ? Et vous, les chacals, vous la reluquez comme si elle était un morceau de viande : ça ne va pas l'aider à se sentir mieux.

— C'est elle ? chuchota Harley à ses côtés.

Hollywood se retourna pour découvrir la jeune femme, le sourire jusqu'aux oreilles.

— Oui.

— Dans ce cas, va la chercher, lui ordonna-t-elle en le gratifiant du coup d'épaule qu'il venait de donner à son coéquipier une seconde plus tôt.

— Et vous, filez dans la salle, lança Hollywood au groupe. Je vous retrouve avant de franchir la haie d'honneur. On va d'abord se prendre un verre au bar.

— Malin, concéda Rayne. L'alcool devrait la détendre et tu feras un peu sa connaissance avant d'avoir à accomplir tous les trucs protocolaires.

— Tout à fait. Et maintenant, bon vent, insista Hollywood.

— J'ai bien peur qu'elle ne nous ait vus et qu'elle se demande pourquoi elle est coincée avec toi, lâcha Truck en souriant.

— La ferme, rétorqua-t-il en tournant le dos à ses amis pour regarder la femme sur le canapé.

Il les entendit rire en prenant ses distances, mais il cessa de s'en préoccuper quand il vit les yeux de la femme s'écarquiller de façon comique à son approche.

Dès qu'il fut assez près pour distinguer ses iris, Hollywood sut qu'il s'agissait de Kassie. Il avait si souvent regardé sa photo sur le site de rencontres qu'il aurait reconnu ses jolis yeux noisette en n'importe quelles circonstances. Elle se leva quand il fut tout près, mais ses yeux n'en restèrent pas moins ronds comme des soucoupes. Ils exprimaient un mélange de terreur, de confusion et de désir. Il se moquait de l'excitation ou de la confusion, mais il détestait la frayeur qu'il lisait sur son visage.

— Salut. Tu es Kassie, n'est-ce pas ? demanda-t-il doucement, la main tendue pour la saluer.

Elle baissa les yeux dessus, avant de revenir vers son visage. L'espace d'une seconde, Hollywood se dit qu'elle n'allait pas lui serrer la main, mais finalement elle lui tendit la sienne.

— Oui. Je suis Kassie. Graham ? Hollywood, je veux dire ?

Elle avait la paume froide, mais douce. La seconde main de Hollywood vint envelopper ses doigts délicats afin de la rassurer et de la réchauffer en même temps.

— C'est bien moi. Je suis ravi de te rencontrer, Kassie. Tu es splendide.

C'était la vérité.

Hollywood n'arrivait pas à détacher les yeux de son visage. Elle avait lâché ses cheveux dont les pointes s'enroulaient autour du corsage sur sa poitrine. Elle ne devait pas le savoir et serait probablement consternée de l'apprendre, mais ceci ne faisait qu'attirer l'attention vers ses seins, au lieu de les dissimuler derrière les mèches. Le violet profond de sa robe ressortait de façon splendide sur sa peau. Il avait envie de l'enlever, de s'asseoir avec elle dans une pièce tranquille et de chercher à mieux la connaître. La dernière chose qu'il souhaitait, c'était d'affronter des officiers collet monté et le protocole du bal de l'armée.

— Merci. Tu n'es pas mal non plus.

Les mots étaient polis, mais il perçut une trace de ce qu'il prit pour de... la déception ? Il lui lâcha la main et recula d'un pas afin de lui laisser de l'espace. Il était rare qu'il soit immédiatement attiré par une femme, et c'était rageant qu'elle ne semble pas éprouver la même chose. Il avait dû se tromper en lisant du désir dans son regard, un peu plus tôt.

— Tu sais, commença-t-il doucement, si tu as changé d'avis, ce n'est pas grave. Je veux dire, les rencontres en ligne, c'est la loterie. Je suppose que ce que tu t'étais imaginé de mon apparence ne colle pas avec la réalité. J'étais déjà attiré par toi en me fiant à ta photo sur le site, mais je comprendrais que ce ne soit pas réciproque. On peut annuler tout de suite, si tu veux. Il n'y aura pas mort d'homme.

Pendant un moment, elle eut l'air sidérée, puis elle baissa les yeux vers ses mains cramponnées à un petit sac. Elle le tritura quelques secondes avant de se décider à relever la tête. Elle croisa son regard et laissa échapper :

— Tu es vraiment beau garçon.

— Euh... merci ? fit-il, sans comprendre où elle voulait en venir.

— Je ne m'attendais pas... Ta photo n'était pas très nette et je... (Sa voix s'éteignit tandis qu'elle tentait de rassembler ses pensées, avant de lâcher finalement.) Nous sommes mal assortis.

— Kass, je ne comprends pas ce que tu essaies de me dire.

— Simplement... je ne pensais pas que tu serais aussi beau.

— Et c'est un problème ?

— Eh bien... commença-t-elle en haussant les épaules.

Hollywood se passa une main dans les cheveux, soupirant de frustration.

— Je hais ces bals, marmonna-t-il dans sa barbe avant d'ajouter d'une voix plus normale : S'il te plaît, donne-moi une chance de te montrer à quel point je t'apprécie.

Il ne pouvait pas lui dire qu'il aurait souhaité ne pas être aussi beau. Il aurait paru superficiel et stupide. Mais toute sa vie, il avait été jugé sur son physique. C'était à dessein qu'il avait mis une mauvaise photo sur le site, parce qu'il voulait une femme qui apprenne à le connaître vraiment. Et pas quelqu'un qui lui écrive parce qu'il était sexy.

Il la vit déglutir avec difficulté, puis prendre une profonde inspiration.

— Je suis désolée, je me montre très impolie. Disons que je ne m'attendais pas à voir quelqu'un d'aussi beau. Je pensais plutôt rencontrer le gars d'à côté.

— Tu as envie de sortir avec ton voisin ? demanda-t-il avec un sourire pour lui faire comprendre qu'il plaisantait.

Il eut le soulagement de la voir pouffer.

— C'était une façon de parler. Si tu avais rencontré mon voisin, tu saurais à quel point cette supposition est erronée. Il doit avoir vingt ans et il s'imagine être un cadeau de Dieu pour les femmes. (Elle lui tendit de nouveau la main.) On peut recommencer ? Salut, je suis Kassie Anderson. Ravie de te rencontrer.

S'emparant une nouvelle fois de sa main glacée, il répliqua :

— Graham Caverly. Tu peux m'appeler Hollywood. C'est chouette de te rencontrer, Kassie.

Ils se sourirent pendant quelques secondes avant qu'il ne lui demande, sa main toujours dans la sienne :

— Tu as froid ? Tu as un châle ?

— Non, ça va, répondit-elle. Mes mains donnent toujours l'impression d'être gelées. La faute à une mauvaise circulation ou à quelque chose de ce genre, je suppose.

— Préviens-moi, si tu as froid. Une fois que nous aurons franchi la haie d'honneur, je pourrai te passer ma veste.

Elle leva les yeux vers lui comme s'il venait de lui annoncer qu'il allait lui offrir un million de dollars. Fâché qu'elle soit aussi étonnée par son geste, Hollywood lui demanda :

— Ça te dirait de prendre un verre avant qu'on entre ?

— J'aimerais beaucoup.

Hollywood la relâcha, avec la sensation d'être un idiot parce qu'il eut aussitôt envie de refermer ses doigts autour des siens. Après quoi, il tendit le bras pour lui désigner le bar de l'hôtel, à l'autre extrémité du hall.

— Les femmes d'abord.

Il eut l'occasion d'admirer son fessier tandis qu'ils se dirigeaient vers le bar. Il aurait dû se trouver un peu pervers, mais Kassie Anderson avait le genre de postérieur que tout homme viril apprécie. Rond et charnu. Elle ne mesurait pas 1 m 80, mais n'en était pas si éloignée que ça. Il ne voyait pas ses pieds, mais supposait qu'elle portait des talons, autrement dit, elle devait faire une quinzaine de centimètres de moins que lui. Il aimait bien Rayne, Emily et Harley, mais il préférait les femmes plus petites et Kassie Anderson avait la taille idéale.

Ils pénétrèrent dans le bar et Hollywood l'orienta vers une petite table à l'écart. Il tira une chaise pour Kassie, puis s'installa en face d'elle, ce qui lui permettait de surveiller l'entrée. Il avait beau vouloir se focaliser uniquement sur elle, le soldat de la Delta Force était trop enraciné en lui. Il nota la présence du couloir, qui conduisait à la cuisine, sur la gauche : ce serait une sortie possible, de même que la porte de secours, de l'autre côté du bar.

— Bonjour, je peux vous servir quelque chose à boire ? demanda la serveuse en plaçant deux serviettes devant eux, sur la table ronde.

Elle sourit à Hollywood et se pencha légèrement pour lui offrir un aperçu de son décolleté.

— J'aimerais une margarita avec des glaçons, répondit Kassie. Mais pas de sel.

— Pour moi, ce sera n'importe quelle boisson à la pression, enchaîna Hollywood sans jeter un œil à la quantité de chair féminine que la serveuse lui mettait généreusement sous les yeux.

Celle-ci hocha la tête et lui passa le bout des doigts sur le bras dans ce qui fut presque une caresse, avant de répliquer :

— Je m'appelle Becky. Si vous avez besoin de quoi que ce soit, faites-le-moi savoir.

Ignorant le flirt évident de la serveuse, Hollywood se délecta de la vue de la femme en face de lui. Elle se mordillait nerveusement la lèvre, cependant elle soutenait son regard. Elle avait les plus longs cils qu'il ait jamais vus chez une femme et ceux-ci faisaient encore plus ressortir ses yeux noisette. Il aurait pu la regarder jusqu'à la fin des temps, mais comme ça la rendait nerveuse, il déclara :

— Merci d'avoir accepté de me rencontrer. J'ai l'impression de très bien te connaître, même si, en réalité, nous sommes presque de parfaits étrangers.

— Je n'aurais pas dit *de parfaits étrangers*, le taquina-t-elle. Je sais que tu aimes pêcher, que tu es dans l'armée et que tu pourrais probablement quitter ce job pour un autre, dans l'industrie du cinéma, si l'envie t'en prenait.

— Si je pouvais changer de tête, je n'y manquerais pas, répliqua Hollywood d'une voix basse, intense.

Sans lui laisser la possibilité de répondre, il poursuivit :

— Depuis toujours, les femmes voient mon physique bien plus que la personne que je suis. Je dois le reconnaître, quand j'avais vingt ans, j'ai avalé toutes ces conneries, mais maintenant que j'ai vieilli, je déteste ça. Les femmes se moquaient bien que je préfère les chats aux chiens, ou qu'à mes yeux, la meilleure sensation au monde, ce soit de me lever tôt pour aller courir avant que le reste du monde ne se réveille. Tout ce qui les intéresse, c'est de prendre une photo de moi pour la poster sur les réseaux sociaux ou voir si elles peuvent m'attirer dans leur lit. L'avantage de t'avoir rencontrée en ligne, c'est que nous avons pu apprendre à nous connaître sans que les pièges de l'apparence physique n'entrent en ligne de compte.

Il n'avait pas eu l'intention de laisser échapper tout ça, mais il ne pouvait plus le ravaler, désormais.

Kassie resta silencieuse un moment avant d'admettre :

— J'imagine que c'est ce que les femmes ressentent, la plupart du temps. Si elles ont ne serait-ce que cinq kilos de trop, on les juge, parce qu'elles ne ressemblent pas aux actrices de cinéma ou aux mannequins des publicités. Et si une femme pèse vingt, voire quarante kilos de plus que ce que l'industrie de la mode a décrété « joli », on lui donne le sentiment d'être inférieure, en quelque sorte. Je dois l'avouer, je suis intimidée par ton physique, Hollywood. Je ne suis pas hideuse, mais comme la majeure partie des femmes, je n'ai pas du tout le sentiment d'être jolie. Alors, tu dois me laisser un peu de temps pour me faire à l'idée que tu n'es pas le gars simple d'à côté qui aime pêcher, mais le plus bel homme que j'aie jamais rencontré.

— C'est dans mes cordes, promit-il aussitôt, charmé par sa franchise.

— Cela dit, reprit-elle en plissant le nez, tout en souriant du même coup pour lui montrer qu'elle plaisantait, je ne suis pas sûre d'apprécier cette histoire de jogging au petit jour. Je ne suis ni une adepte de l'exercice physique, ni quelqu'un du matin.

Hollywood s'esclaffa avec elle et lui attrapa la main. Il la porta à lui en s'inclinant afin de l'approcher de ses lèvres. Il lui embrassa alors le revers de la main, notant à nouveau combien ses doigts paraissaient froids dans les siens.

— Je te signale que tu n'es absolument pas hideuse : tu n'es pas seulement jolie, tu es à couper le souffle.

— Attends de me voir le matin, sans maquillage, les cheveux en bataille après que j'aurai dormi n'importe comment, avec mes vêtements d'intérieur.

Il ne pouvait rien imaginer de plus sexy que ce qu'elle venait de décrire. Chez une femme, il avait toujours préféré le naturel à l'apprêté, au fardé et à l'officiel... même si Kassie sur son trente-et-un était époustouflante.

Comme si elle venait de réaliser que ses propos pouvaient paraître présomptueux, elle balbutia :

— Enfin, je veux dire... ce n'était pas une invitation, c'était juste...

Hollywood gloussa et tenta de la rassurer :

— Je vois ce que tu veux dire, Kass. Mais sache qu'un homme véritable aime l'apparence de sa femme, indépendamment de ce que la société considère comme beau. Qu'elle fasse du 34 ou du 50, et tout ce qui existe entre les deux. Du moment qu'elle l'aime et que c'est quelqu'un de bien, l'enveloppe reste une enveloppe.

Ils se sourirent pendant un instant, jusqu'à ce que leur serveuse revienne, brisant l'intimité de ce moment.

— Et voilà. Une margarita et une Lone Star à la pression pour le beau soldat que nous avons là.

Hollywood refusa de lâcher la main de Kassie. Il se contenta de déplacer leurs doigts entrelacés vers le bord de la table afin que Becky ait la place de déposer leurs verres.

— Avez-vous besoin d'autre chose ? susurra-t-elle sans le quitter des yeux.

— Non merci. Mon ami et moi, nous vous le ferons

savoir, le cas échéant, répliqua Kassie d'un ton égal, un sourire aussi étincelant que forcé sur les lèvres.

— Bien entendu, marmonna Becky en se redressant. Profitez bien de vos boissons.

Hollywood s'empara de sa bière, de sa main libre, et la souleva.

— Je voudrais porter un toast : puissions-nous passer une bonne soirée et mieux nous connaître l'un et l'autre.

Il marqua une pause, le temps qu'elle prenne sa boisson, elle aussi, puis il ajouta :

— Et à ma charmante cavalière, qui me protège contre les serveuses tellement zélées qu'elles dépassent les bornes.

Ses joues s'empourprèrent, mais Kassie lâcha simplement :

— Puissions-nous passer une bonne soirée.

Sur ce, elle entrechoqua son verre au sien.

Il lui offrit un grand sourire et prit une gorgée de sa bière. Il avait été nerveux à la perspective de cette rencontre, curieux de voir si l'alchimie qu'il avait éprouvée au cours de leur correspondance en ligne perdurerait une fois qu'ils se verraient en chair et en os. C'était bel et bien le cas. Il brûlait de lui faire rencontrer ses amis et de continuer à en apprendre davantage sur elle. La soirée ne pourrait que se passer au mieux, à partir de maintenant.

5

———————

La soirée ne pourra que se détériorer, à partir de maintenant.

En temps normal, Kassie n'était pas d'un naturel pessimiste, mais alors que Hollywood et elle se dirigeaient du bar vers la salle de bal, elle ne pouvait empêcher sa nervosité de croître. Les traditions militaires dont Richard lui avait parlé n'étaient que des âneries, elle avait effectué des recherches sur Google après son soi-disant bal, mais quand bien même son ex lui avait menti sur ce qui se passait lors d'un véritable gala militaire, elle était fébrile et manquait d'assurance. Cependant, comme elle avait annoncé qu'elle y accompagnerait Hollywood, elle ne pouvait plus reculer, désormais.

Elle essuya subrepticement sa main libre sur le tissu de sa robe et pria pour la suite.

— Tu as dit qu'un de tes ex était dans l'armée, fit Hollywood. Tu es déjà allée à un bal auparavant ?

Avec une profonde inspiration, Kassie répondit :

— Non, pas vraiment. Une fois, il a invité quelques amis, ils ont tous revêtu leur uniforme et ils ont fait mine de suivre le protocole militaire, mais j'ai regardé sur Internet une fois qu'ils ont eu terminé, parce que certaines choses qui s'étaient déroulées à ce moment-là ne m'ont pas paru correctes.

Elle savait qu'elle parlait trop, incapable de se retenir.

— Ce que je veux dire, c'est que la plupart des choses qu'il a faites étaient basées sur les traditions militaires, pour autant que je sache, mais il les a modifiées et... bref... la réponse à ta question est « non ».

Il pinça les lèvres, mais s'abstint de commenter son bavardage.

— Donc tu dois savoir à quoi t'attendre, à peu près. Pour récapituler, ça commence par une heure de cocktail, où nous discutons les uns avec les autres. Après, nous franchirons tous la haie d'honneur. Je te présenterai à l'adjudant, puis nous passerons sous cette haie. Je ne sais pas très bien qui sera présent ce soir, mais les officiers les plus haut gradés, quels qu'ils soient, formeront cette haie avec leurs cavalières. Ensuite nous dînerons, puis les traditionnels discours débuteront. Et enfin, place à la danse. Tu as des questions ?

Kassie secoua la tête. Non. Elle avait compris le concept, après ses recherches en ligne, seulement ce qu'elle avait traversé avec Richard et ses amis était encore très frais dans son esprit, même si les événements s'étaient produits il y avait plus d'une année.

— Bien. Je suis très impatient de te présenter à mes amis.

— Tu les connais depuis longtemps ? demanda-t-elle pour essayer de détourner son esprit du bal.

— Ces gars-là, oui. Ça fait deux ans que nous travaillons ensemble. Ce sont comme mes frères. Deux d'entre eux ont une petite amie stable et un autre est marié.

— Hmmm, marmonna Kassie en s'efforçant de ne pas paraître indifférente.

Malheureusement, elle se rappelait certaines des choses que Richard lui avait imposées et elle espérait de tout cœur que les résultats de ses recherches s'avéraient exacts. Après tout, ce n'était pas comme si tous ces hommes et femmes, habillés avec élégance, allaient lui faire subir le traitement atroce que Richard et ses amis lui avaient infligé... Du moins, elle ne le pensait pas.

— Truck doit son surnom au fait qu'un jour, il a mangé un moteur et Beatle cache trois femmes mystérieuses dans la cave de sa maison.

— Cool, dit Kassie dont les yeux balayaient l'assistance en tous sens, alors qu'ils entraient dans la salle de bal.

Il ne faisait pas sombre, Dieu merci, mais les lumières ne brillaient pas non plus avec l'intensité la plus vive. Elle regarda autour d'elle, intriguée de découvrir en quoi consistait un véritable bal militaire. D'accord, l'appartement de Richard ne saurait y ressembler de près ou de loin, mais elle s'était demandé si la salle de bal s'apparenterait à celle, un peu ringarde, d'un bal de promo ou si elle serait plus distinguée, comme elle l'imaginait.

Quand Hollywood la prit doucement par les épaules pour l'adosser contre un mur, elle leva les yeux vers lui, surprise.

— Qu'est-ce que... ?

— Tu n'écoutes pas un mot de ce que je dis, Kass. Que se passe-t-il ?

— Bien sûr que si, je t'écoutais, protesta-t-elle.

— Qu'est-ce que je viens de dire ?

— Hmm...

Kassie se creusa la cervelle en s'efforçant de faire appel à ses souvenirs, mais elle se rendit compte qu'elle n'en avait aucune idée.

— Relax, lui intima Hollywood. Tu te comportes comme si nous venions d'entrer dans une salle de torture. Bon sang, moi qui pensais que j'étais le seul à détester ces pince-fesses, acheva-t-il, plus pour lui-même que pour elle.

— Je suis désolée, murmura-t-elle en le regardant dans les yeux, cette fois. Je suis nerveuse, c'est tout.

— Tu n'as aucune raison de l'être, la rassura Hollywood.

— Je ne veux pas te ridiculiser.

— Kass, à moins que tu enlèves ta robe et que tu commences à danser nue sur les tables, tu ne peux pas me causer le moindre tort.

Elle leva les yeux vers lui et lui adressa un petit sourire.

— Je n'en ai aucune intention... Je ne me déshabille que pour mon travail de nuit.

Tout en plaisantant avec Hollywood, elle tentait de contrôler le tremblement de ses membres.

Il lui répondit par un petit sourire canaille, mais s'abstint de tout commentaire à l'exception de « tant mieux ». Après l'avoir longuement dévisagée, il ajouta :

— Peut-être que je sors des limites imparties, mais j'aimerais te serrer dans mes bras.

— Tu es sérieux ?

— Tout à fait.

Kassie réfléchit à sa proposition et se dit qu'elle était plus que tentante.

— J'aimerais beaucoup, moi aussi.

Sans rien ajouter, il s'avança et enroula les bras autour d'elle, un dans le dos tandis que l'autre se posait entre ses omoplates. Il l'attira doucement contre lui.

Kassie ferma les yeux tout en plaçant timidement les mains autour de la taille de Hollywood. La sensation de son corps solide contre le sien contribua grandement à l'aider à se détendre. Hollywood n'était pas Richard. Rien à voir. Il n'essayait pas de la tripoter, il la serrait seulement dans ses bras. Et la sensation était géniale.

— Détends-toi, Kass. Tout va bien se passer, chuchota-t-il.

La main qui s'était posée entre ses omoplates remonta vers son crâne pour l'inciter à laisser aller sa tête contre son épaule.

Elle pressa la joue sur sa veste bleu foncé et aventura les bras un peu plus loin autour de lui, si bien qu'ils reposaient désormais dans son dos.

— Respire, murmura-t-il.

Kassie prit une profonde inspiration. Puis une autre. Puis encore une autre. Hollywood sentait divinement bon. Elle percevait les odeurs laissées par le passage de son uniforme au pressing, mais ce fut sa fragrance boisée qui l'incita à relever le menton et à enfouir de nouveau le nez dans son cou.

Elle sentit sa main se déplacer de l'arrière de son crâne vers sa nuque, mais elle se concentrait trop intensément pour découvrir la source de l'odeur stupéfiante qui émanait de lui pour véritablement prêter attention à ce mouvement. Elle prit une nouvelle inspiration. Là. Elle était nettement plus forte dans son cou.

— Tu es en train de me renifler ? s'enquit Hollywood d'une voix douce.

Embarrassée d'avoir été démasquée, Kassie tenta d'échapper à son étreinte, mais celle-ci se resserra autour d'elle, lui interdisant toute fuite. Décrétant qu'il valait mieux ne pas avoir à le regarder, elle reposa la joue contre sa poitrine et lâcha :

— Ça se pourrait.

Elle sentit son torse bouger lorsqu'il expira par la bouche.

— Je ne peux pas dire qu'une femme m'ait déjà reniflé par le passé.

— Elles ne savent pas ce qu'elles ont raté, plaisanta Kassie.

— Tu aimes ?

Elle hocha la tête contre son torse.

— C'est subtil. Mais ça montre que tu as fait des efforts ce soir. Ou peut-être que tu as simplement utilisé du savon. Dans les deux cas, j'aime beaucoup.

— C'est sans doute l'odeur de mon après-rasage.

Incapable de résister, Kassie remua entre ses bras et passa le nez le long de sa mâchoire pour le humer une nouvelle fois.

— Tu sens bon, répéta-t-elle, même si c'était inutile.

Hollywood recula d'un pas et plaça une main sous son menton pour le lui soulever, l'obliger à le regarder.

— Tu es pleine de contradictions, Kassie Anderson. Par moments, tu es drôle et tu me fais rire, et dans la seconde qui suit, tu te comportes comme si tu redoutais que le croque-mitaine surgisse de nulle part. Ensuite, tu me renifles et tu m'expliques à quel point, selon toi, je sens bon.

Elle haussa les épaules, un peu embarrassée.

— Je ne cherche pas à me montrer contradictoire.

— J'aime bien. En revanche, si tu te mets à renifler mes amis comme tu l'as fait avec moi, je vais me fâcher.

Elle lui sourit.

— Je ne le ferai pas, promis. Mais il faut que tu le saches... J'aime l'odeur des hommes. Du moins quand ils y mettent du leur. Rich... euh... mon ex s'en fichait. Il affirmait que l'eau de toilette, c'était « pour les gonzesses ». Je suis capable de complimenter des inconnus dans un ascenseur ou des serveurs parce que j'ai trouvé leur parfum suave.

— D'accord, je note. Ton ex avait tort. Vouloir sentir bon pour sa cavalière ou sa femme ne fait pas d'un homme une « gonzesse ». Contrairement à refuser le moindre effort pour lui plaire.

Oh, bon sang ! Hollywood disait et faisait tout ce qu'il fallait. La culpabilité menaçait de la submerger de nouveau. Kassie s'en voulait de le mener en bateau. Jusqu'à présent, il avait été extraordinaire. Certainement pas le connard que Richard ou Dean lui avaient dépeint.

Elle déglutit péniblement. Karina. Elle devait se rappeler sa sœur. Elle faisait cela pour elle.

— On ne devrait pas aller retrouver tes amis ? demanda-t-elle.

Plus tôt elle se serait acquittée de cette tâche, mieux ce serait. Elle ignorait le genre d'informations que Dean lui demandait de récolter, mais quelqu'un dirait peut-être quelque chose qu'elle pourrait lui transmettre.

— Oui, convint Hollywood sans conviction tout en cherchant à croiser son regard.

Pour quelle raison, elle l'ignorait, mais elle espérait que la culpabilité qu'elle éprouvait à l'idée de lui mentir ne brillait pas tel un flambeau sur son visage.

Il laissa retomber ses bras et entrelaça ses doigts aux siens pour les serrer avant d'affronter la vaste salle. Tandis qu'ils avançaient dans la pièce, Hollywood adressait des hochements de tête à des personnes de l'assistance. Kassie lui agrippait la main comme s'il s'agissait d'une corde de sécurité.

Au bout de deux minutes, il les conduisit vers le groupe d'hommes et de femmes qu'elle avait remarqués un peu plus tôt. Si elle se sentait déjà intimidée avant, elle l'était encore davantage à présent.

— Salut, Hollywood, le salua l'un des hommes quand ils arrivèrent devant le groupe.

— Salut, Beatle. Je vous présente Kassie Anderson.

Elle agita légèrement la main, un peu gauche, comme si elle n'était pas à sa place.

— Salut !

— Oh, mon Dieu, j'adore ta robe ! s'exclama l'une des femmes. Cette couleur est extra. Au départ, j'ai cru qu'elle était noire, mais je vois maintenant qu'elle est violet foncé.

— Merci, balbutia Kassie en se cramponnant sans le vouloir à la main de Hollywood.

— Je m'appelle Rayne, ajouta la femme qui l'avait complimentée en lui tendant la main en signe de bienvenue.

Kassie dut lâcher Hollywood pour serrer la main de Rayne, mais elle sentit alors la paume de son cavalier se déplacer vers le bas de son dos tandis qu'elle se penchait en avant pour saluer son interlocutrice.

— Je suis bien contente de te rencontrer, lui glissa-t-elle.

— Je suis Emily, se présenta l'autre femme d'un ton égal. Et moi aussi, je suis enchantée de te rencontrer.

Kassie lui serra la main.

Il ne restait plus que la dernière.

— Moi, c'est Harley. Je sais, c'est un drôle de nom. Mes parents étaient bikers, alors ils ont donné à leurs enfants le nom de ce qu'ils chérissaient par-dessus tout.

— Je m'appelle Kassie, répondit-elle. Avec un K. (Elle haussa les épaules.) Mes parents à moi ont jugé que ce serait mignon d'être la seule avec un nom orthographié de cette façon. Quand ma petite sœur est arrivée, ils ont décidé de s'en tenir au thème du K. Alors ils l'ont baptisée Karina.

— Le gars à côté de Rayne, c'est Ghost, Emily est mariée à Fletch, et Harley sort avec Coach. Les autres sont Beatle, Blade et Truck, expliqua Hollywood pour achever les présentations.

Une fois qu'elle eut salué chacun de ces hommes d'un petit hochement de tête, Truck déclara :

— Quelqu'un parmi vous désire un punch, mesdames ? Je vais chercher des verres.

Kassie regarda l'endroit indiqué par cet homme robuste et tressaillit. Elle avait cherché des yeux un saladier de grog, et à présent, elle se demandait comment elle avait pu les rater. Sur une longue table placée contre le mur opposé, il y avait deux énormes bols de punch.

— Je ne veux pas de grog, laissa-t-elle échapper.

— Pardon ?

— Un grog ? Elle a bien dit un « grog » ?

— Quoi ?

Les questions, posées dans un murmure, émanaient des amis de Hollywood, mais Kassie guettait sa réaction.

— Je ne sais pas ce que j'ai fait de travers, mais je t'en prie, ne m'oblige pas à boire ce truc.

Elle savait qu'elle paniquait, sans pour autant être capable de se contrôler. Ses recherches lui avaient appris que le bol de grog était l'un des éléments véridiques dans le gala militaire farcesque qu'avait organisé Richard.

— Kass... commença Hollywood, mais elle l'interrompit.

— Je te promets que ça va aller, je ne te causerai pas d'embarras, mais simplement, ne me fais pas boire ce truc. Ça va me donner envie de vomir, je le sais. C'est ...

— Kassie, la coupa Hollywood d'un ton sévère en plaçant les mains de chaque côté de son cou pour l'obliger à le regarder. Ce n'est pas un bol de grog, c'est du punch, rien de plus.

Elle fronça les sourcils et leva les yeux vers lui, désorientée, pour agripper sa main comme si sa vie en dépendait. Elle ne vit rien d'autre que ses yeux inquiets qui la dévisageaient. Il n'avait pas entendu ses amis chuchoter.

— Du punch ?

— Oui, Kass. Du bon vieux nectar de fruits et d'alcool, probablement très dilué. Du punch aux fruits, pas du grog.

Elle se racla la gorge.

— Tu en es sûr ? Il y a toujours du grog ici, je l'ai lu sur Google.

Hollywood tourna légèrement la tête sans la quitter du regard.

— Blade, est-ce que tu pourrais parler à Kassie de la tradition du bol de grog ?

— Naturellement. Il y en a souvent dans les cérémonies militaires officielles. C'est une tradition qui remonte aux chevaliers de la Table ronde. En raison du poids des armures à l'époque, il était difficile de se déplacer pour se chercher un verre. Alors, on l'utilisait comme punition à l'encontre des plus indisciplinés ou de ceux qui avaient dépassé les bornes. C'est toujours le cas aujourd'hui. En général, il y a une version alcoolisée et une version non alcoolisée. Les gens que l'on reconnaît coupables d'avoir enfreint une règle, n'importe laquelle, doivent boire au bol de grog.

— Ces cérémonies officielles, elles consistent en quoi ? demanda Hollywood sans quitter Kassie des yeux.

— Elles sont destinées aux membres de telle ou telle unité, afin d'entretenir la camaraderie, répondit aussitôt Blade.

— Et les épouses, petites amies ou autres partenaires sont-elles invitées ?

— Non, se contenta de répondre Blade.

Hollywood plissa les yeux.

— Quand as-tu participé à cette histoire de bol de grog, ma belle ? chuchota-t-il à Kassie.

— Je... euh...

Soudain, elle eut une conscience aiguë des regards que les hommes et les femmes présents braquaient sur elle. Elle ravala péniblement sa salive, gênée sans que sa terreur ait été apaisée.

— Est-ce que ton ex t'a emmenée à un événement où l'on a recouru au bol de grog ? Tu as vu des gens y boire ? insista Hollywood.

— Un soir, il a organisé quelque chose chez lui, qui a inclus cette tradition, répondit-elle avant de se mordiller la lèvre. Je t'en ai parlé. Ses amis étaient venus en uniformes de gala. Comme d'habitude, j'ai mal fait tout un tas de trucs et j'ai dû en boire toute la soirée. Ils trouvaient ça drôle.

Hollywood ferma brièvement les yeux. Elle aurait pu jurer qu'elle avait entendu ses amis marmonner : « L'enfoiré » dans leurs barbes, mais avant qu'elle puisse ajouter quoi que ce soit, il rouvrit les yeux et déclara avec le plus grand sérieux :

— Je suis désolé que tu aies eu à subir ça, Kassie. Comme Blade te l'a expliqué, le bol de grog est réservé aux soirées où ne participent que des soldats. Je ne peux pas nier que c'est brut de décoffrage, mais c'est censé se dérouler dans la joie et la bonne humeur. Et je te le jure, tout ce qu'il y a dans ce bol de punch, ce soir, c'est du punch. Rien de plus fort. D'accord ?

Kassie hocha la tête, honteuse à présent. Elle s'était ridiculisée. Elle savait que Richard n'avait pas suivi le protocole militaire. Le grog était bel et bien une tradition en vigueur, mais seulement lors de cérémonies privées... qui excluaient les compagnes ou les membres de la famille.

— J'ai l'impression que je n'aime pas trop ton ex, marmonna Hollywood qui se redressa tout en cherchant à lui prendre la main une fois de plus.

— On est deux, répliqua-t-elle avec un petit rire nerveux.

— Bon, maintenant que la question est réglée... est-ce que quelqu'un voudrait un gobelet de punch aux fruits délayé et à peine buvable ? demanda sèchement Truck.

— Oh, avec une description pareille, qui pourrait refuser ? s'esclaffa Emily.

— Quatre godets, quatre ! lança Truck en levant son menton à l'adresse de Kassie pour ce qui, pensa-t-elle, devait être un geste rassurant, mais qui ne fit que la perturber davantage.

Le costaud revint au bout de deux minutes, offrant aux femmes les doses promises.

Kassie jeta un regard dans son verre, redoutant toujours un peu qu'il s'agisse d'un mélange de vinaigre, de sauce piquante et de tout ce que Richard avait trouvé de dégoûtant à verser dans le grog lors de sa fête. Elle essaya discrètement de renifler le breuvage avant d'en avaler une gorgée, mais Hollywood, qui l'observait, la prit sur le fait.

Sans un mot, il lui ôta doucement le godet des mains et le porta à ses lèvres pour en boire quelques gouttes afin de lui montrer qu'elle n'avait rien à craindre. Puis il le lui tendit et l'encouragea d'un petit signe de tête.

Kassie se sentit ridicule en sirotant une gorgée de liquide rouge. Il correspondait exactement à la description de Truck, rien d'autre qu'un punch coupé à l'eau. Alors, accablée par la certitude d'être une idiote, elle laissa la conversation se dérouler autour d'elle, écoutant plus qu'elle ne participait.

— Je n'arrive pas à croire que Mary ne nous ait pas accompagnés ce soir, fit Rayne avec une petite moue. L'un d'entre vous aurait dû l'inviter, ajouta-t-elle, accusatrice, en scrutant Beatle, Blade et Truck.

— Je l'ai fait, lâcha ce dernier avec nonchalance.

— Ah oui ?

— Oui. Elle a refusé.

Truck ne paraissait pas si contrarié que cela d'avoir essuyé un refus.

— Mince alors. Elle ne me confie plus rien, constata tristement Rayne.

Ghost lui passa un bras autour des épaules et la serra contre lui sans dire un mot.

— Ne le prends pas personnellement, la réconforta Truck. Elle tente de s'acclimater à son nouveau travail, à une nouvelle ville et au fait que sa meilleure amie soit quasiment mariée.

— Peu importe, protesta Rayne. Nous avons été proches comme des sœurs aussi loin que remontent mes souvenirs. Quand elle a subi sa chimio, nous avons passé presque toutes nos journées ensemble. Quelque chose cloche et ça me tue qu'elle me repousse.

— Je ne pense pas que tu doives le prendre personnellement, renchérit Emily d'une voix douce. Après notre kidnapping, à Annie et à moi, elle a été géniale. Elle nous a fait la cuisine et elle a gardé Annie pendant plusieurs nuits, histoire que Fletch et moi, on essaie de digérer ce qui s'était passé. Laisse-lui un peu de temps. Une amitié aussi solide que la vôtre ne peut pas disparaître. Elle essaie juste de comprendre comment s'intégrer à ta vie, maintenant que tu as Ghost.

Kassie avala son punch de travers. Elle dévisagea Emily, les yeux écarquillés. Il s'agissait bien d'Emily ? La fameuse Emily ?

— Est-ce que ton nom complet est Emily Grant ? demanda-t-elle.

Tout le monde tourna les yeux vers elle quand la principale intéressée répondit :

— Oui, avant. Maintenant, c'est Emily Fletcher. Je me suis mariée il y a deux semaines.

Kassie eut la sensation que son esprit tourbillonnait. Elle savait que ces hommes étaient ceux que Richard haïssait, mais l'information ne s'était pas vraiment enracinée dans son esprit. Elle se les était figurés comme des ploucs, plus rustauds, plus bêtes. Or pour l'instant, ils avaient été adorables avec elle. Elle n'arrivait pas à faire coïncider les diatribes de Richard et de Dean à leur encontre avec les personnes charmantes qui lui faisaient face en cet instant.

— Tu la connais ? demanda Fletch, intrigué.

Kassie s'empressa de secouer la tête.

— Non, pas vraiment, mais j'ai lu ton histoire dans le journal, répondit-elle en tentant de sortir une explication qui tienne la route face à ces hommes pour justifier sa connaissance du nom de jeune fille d'Emily.

— Saletés de journaux, grommela Fletch.

Sa femme eut un petit sourire triste.

— Oui, je n'aurais jamais cru que je sois célèbre un jour. Et certainement pas que je me ferais kidnapper par un soldat complètement cinglé.

— Mais vous allez bien, maintenant, ta fille et toi ? s'enquit Kassie qui brûlait de se rassurer.

Emily acquiesça.

— Oui, super bien. Annie s'est imaginé qu'il s'agissait d'une aventure excitante. J'ai détesté cette expérience, mais Dieu merci, ma fille est résiliente et plus aventureuse qu'agitée.

— Tant mieux, approuva Kassie, absolument sincère.

Plus elle découvrait les hommes et les femmes qui l'entouraient, plus son anxiété croissait. S'ils apprenaient qui elle était, ils allaient la détester. Et cette pensée lui devenait de plus en plus odieuse.

Un carillon retentit à travers la salle et tous les hommes se tournèrent vers la porte.

— C'est l'heure de la haie d'honneur, constata Blade.

— Chouette, c'est mon moment favori de la soirée, lança Coach en enroulant un bras autour de Harley.

Kassie se raidit. Bon sang, la haie d'honneur. Des images de ce que Richard l'avait obligée à faire affleurèrent dans son esprit. Une fois de plus, en raison de ses recherches, elle savait que sa version en était pervertie et tordue, mais elle ne pouvait s'empêcher de frémir quand elle y repensait.

— Ce n'est pas aussi affreux que tu crois, lui chuchota Hollywood à l'oreille, tout en lui ôtant doucement son gobelet des mains pour le poser sur une table à proximité. Je resterai à côté de toi du début à la fin.

Chacun commença à se diriger vers les portes et Hollywood entraîna Kassie à sa suite, dont l'esprit était retourné à cette fameuse nuit, dans l'appartement de Richard.

Ils quittèrent la salle et pénétrèrent dans le hall d'entrée, où une ligne s'était formée, conduisant dans une autre salle, plus grande, destinée au bal. Une fois qu'ils auraient franchi la haie d'honneur, ils dîneraient... si Kassie parvenait à avaler quelque chose. Elle était nerveuse et percevait tout ce qui l'entourait comme une menace.

— Tu es vraiment tendue. Ça va ? lui demanda doucement Hollywood qui s'était penché pour lui parler à l'oreille.

Elle se borna à hocher la tête.

— Je ne crois pas, non, répliqua Hollywood en la faisant une fois de plus pivoter vers lui. Qu'est-ce qui cloche ?

— Rien.

— Kassie !

— C'est juste que... J'ai fait l'expérience d'une haie d'honneur désastreuse.

— Nom d'un chien, grommela Hollywood. Qu'est-ce que ce connard t'a forcée à faire à son soi-disant bal, cette fois ?

Beatle et Blade les encadraient. Kassie ne voulait pas vraiment admettre ce que Richard lui avait imposé. Elle pinça les lèvres, nerveuse, avant de lâcher finalement, dans l'espoir d'être drôle :

— Comment dit-on, déjà ? Quand on stresse, il faut essayer d'imaginer quelqu'un en sous-vêtements.

Hollywood soupira, comme s'il comprenait qu'elle n'avait aucune intention de lui confier ce qui s'était passé avec son ex.

— Ça marche quand tu es sur le point de prononcer un discours, Kass. La haie d'honneur, c'est une autre tradition qui remonte loin en arrière. C'est ennuyeux et, d'un certain point de vue, archaïque, mais ça ne présente rien d'effrayant. Nous allons donner nos noms à l'huissier et il nous annoncera. Puis nous passerons devant la rangée formée par les officiers les plus gradés et les sous-officiers présents ce soir. Tu vas leur serrer la main, tu leur diras « bonjour » et tu continueras ton chemin. Point barre. C'est tout ce qui va se passer.

— Je sais.

Ce qui était bel et bien le cas, mais n'empêchait pas ses souvenirs de se démener dans son esprit.

— Qu'est-ce qu'il t'a forcée à faire ?

Elle se passa nerveusement la langue sur les lèvres, mais ne répondit pas. Si elle avait été embarrassée alors, ce n'était rien en comparaison avec ce qu'elle éprouverait en révélant à Hollywood ce que Richard lui avait infligé.

— Dis-le-moi, je pourrai te rassurer et chasser le désespoir de ton visage. Je déteste ça, ma belle. Je déteste que ce souvenir te mette aussi mal à l'aise. Tu veux partir ? Rien ne nous empêche d'y aller. En fait, je pense que c'est ce que nous allons faire. Beatle, dis à Ghost que...

— Il m'a obligée à embrasser tous ses amis à la queue leu leu, lâcha Kassie.

Hollywood la regarda avec une telle expression d'horreur qu'elle s'empressa d'ajouter, sur le ton de la plaisanterie :

— Je sais bien que ça ne va pas se passer comme ça ce soir. Imagine de quoi les hommes auraient l'air avec des tas de marques de rouge à lèvres sur le visage, une fois que ce serait terminé !

— Quand tu parles d'*embrasser*, qu'est-ce que tu veux dire ? demanda Hollywood d'un ton glacial. Sur la joue ?

Kassie secoua la tête.

— Un petit bécot ?

De nouveau, elle fit non de la tête tout en se mordillant la lèvre. Il était vraiment en rogne. Elle aurait dû tenir sa langue.

— Laisse-moi formuler la chose clairement : il t'a forcée à passer devant ses amis en rang d'oignons et à leur rouler une pelle ? Alors qu'il se tenait juste à côté ? Putain, mais qu'est-ce qui ne tourne pas rond chez ce gars ?

Hollywood avait élevé la voix assez fort pour que Blade et Beatle l'entendent. Kassie coula un regard dans leur direction et grimaça. Ils avaient l'air tout aussi horrifiés.

Hollywood se tourna vers Blade :

— On revient tout de suite.

Puis il attrapa la main de Kassie et l'entraîna vers le début de la haie.

Paniquée, elle tira d'un coup sec sur sa main, mais il refusa de la lâcher.

— Hollywood, je t'en prie, je sais que ce n'est pas vrai, c'est un connard et...

Sa voix s'éteignit quand ils dépassèrent la foule attroupée à l'entrée de la salle de bal et qu'il l'attira à l'écart, contre le mur. Il s'y adossa et la prit entre ses bras, le dos contre son torse. Puis il la tint fermement enlacée.

Il se pencha alors pour lui poser le menton sur l'épaule et lui chuchota à l'oreille :

— Regarde, Kass. Voici à quoi ressemble une haie d'honneur dans un bal de l'armée. Une véritable haie d'honneur, et pas ce que ton ex t'a obligée à faire.

Sans un mot, Kassie regarda, les yeux écarquillés. Des soldats, en couple ou célibataires, se présentaient à l'huissier en début de haie, et celui-ci se tournait pour clamer leur nom alors qu'ils saluaient le premier gradé de la rangée. Après quoi, ils avançaient, serrant des mains tour à tour. Personne ne s'attardait, personne n'embrassait qui que ce soit. Tout le monde souriait poliment. Le cérémonial se déroulait exactement comme elle l'avait lu sur Internet.

Humiliée une fois de plus par ce qu'elle avait avoué à Hollywood et par ce que Richard l'avait contrainte à faire,

Kassie se mit à trembler de la tête aux pieds. Il resserra son étreinte autour d'elle, l'empêchant de se répandre en un million d'éclats mortifiés à ses pieds.

Portant une fois de plus les lèvres à son oreille, Hollywood lui parla doucement. Son souffle chaud lui envoyait des frissons à travers tout le corps en effleurant la chair sensible de son lobe.

— Il est évident que ce que ton salopard d'ex t'a raconté et obligée à faire était de la pure connerie. Il s'est servi de toi et il t'a abusée. Ce n'est pas acceptable. Absolument pas. Je suis affreusement désolé de ce qui t'est arrivé. Je suis heureux que tu aies eu assez de jugeote pour aller te renseigner en ligne sur ce qu'est un véritable bal, mais je suis toujours affligé de ce que tu as d'abord eu à traverser. L'armée est une affaire de respect, ma belle. Bien sûr, nous pouvons être de sacrés connards, mais les traditions sont censées honorer ceux qui nous ont précédés, pas rabaisser ni insulter.

Il prit une longue inspiration et frotta doucement le nez contre son cou, comme elle l'avait fait un peu plus tôt avec lui. Kassie l'entendit inhaler profondément son odeur avant de reprendre :

— Il est hors de question que je laisse quelqu'un te manquer de respect. Tant que tu es avec moi, personne ne te touchera. Personne ne t'embrassera. Et il est évidemment exclu que je reste à regarder ça sans rien faire. Je suis du genre possessif quand il s'agit de mes copines. Je ne partage pas. Je ne te partagerai jamais.

Il l'écarta enfin pour la faire pivoter entre ses bras.

Kassie sentit son cœur battre beaucoup trop vite, mais elle aimait se trouver dans les bras de Hollywood. Au lieu du sentiment d'emprisonnement qu'elle éprouvait avec Richard, elle se sentait protégée et en sécurité.

Il se pencha pour l'embrasser sur le front, avant de demander :

— Ça va ?

— Je suis désolée. Je ne voulais pas passer ma soirée à flipper.

— Je ne te fais aucun reproche. Si j'étais passé par les mêmes épreuves que toi, je paniquerais, moi aussi. Mais fais-moi confiance quand je te dis que rien de ce qui se passera ce soir ne te causera de l'embarras ni de l'humiliation. Nous allons dîner, puis il y aura les discours qui vont sans doute te faire mourir d'ennui. On portera des toasts à l'armée, à Fort Hood et à nos unités. Et ensuite, on dansera. Un joli bal, tout ce qu'il y aura de respectable. Personne n'enlèvera ses habits, d'accord ?

Kassie savait qu'il tentait une plaisanterie et elle lui en fut reconnaissante.

— Mince alors, moi qui portais mes cache-tétons et tout le tralala !

Il sourit et secoua la tête, amusé. Passant un index sur l'arête de son nez, il répliqua simplement :

— Si tu as la moindre inquiétude à propos de quoi que ce soit, demande-moi, je te promets que je ne me moquerai pas.

— D'accord. Même si tu dois savoir que tout ce qui est sur Internet est forcément vrai. Je frétille d'impatience de voir le défilé de lions, de tigres et d'ours qui est censé clore tout bal de l'armée.

L'expression de Hollywood valait son pesant d'or : comme s'il espérait qu'elle plaisantait sans en avoir la certitude absolue. Kassie tenta de garder le visage impassible, mais peine perdue. Elle serra les lèvres et dut même se les mordre pour réprimer le sourire qui voulait à tout prix se former.

— Bon sang, soupira Hollywood. Pendant une seconde, j'ai cru que tu parlais sérieusement. À l'évidence, je vais devoir rester sur mes gardes avec toi.

— J'ai tendance à plaisanter quand je suis nerveuse. Je vais essayer de me contrôler.

— Surtout pas, j'aime bien, répliqua-t-il en se penchant pour l'embrasser une nouvelle fois sur le front.

Il lui prit la main et ils repassèrent les portes pour gagner leur place dans la file d'attente.

— Tout va bien ? s'enquit Truck quand ils revinrent.

— Au poil.

— Est-ce que je peux savoir ce que son connard d'ex a fait dans sa haie d'honneur ?

— Non, se contenta de répondre Hollywood.

— Je te le dirai plus tard, glissa Blade à Truck d'une voix qui semblait contrariée.

Kassie rougit et se mordilla nerveusement la lèvre. Bon sang, ces gars devaient penser qu'elle était une parfaite idiote. Elle se retint de justesse de faire une mauvaise plaisanterie.

Ils avancèrent lentement dans la file jusqu'à ce que leur tour arrive. Kassie observa avec la plus grande attention comment Harley, Rayne, Emily et leurs hommes respectifs franchissaient la haie d'honneur. Puis ce fut au tour de Blade, Truck et Beatle.

— Ne t'arrête surtout pas de respirer, ma belle, lui murmura Hollywood avant d'indiquer leurs noms à l'huissier.

Avant même d'en avoir conscience, ils avaient

descendu la rangée et c'était terminé. Durant toute l'épreuve, Hollywood n'avait jamais retiré la main du bas de son dos, lui communiquant le soutien dont elle ignorait avoir besoin pour tenir ses souvenirs à l'écart.

— Où voulez-vous vous asseoir ? demanda Rayne sans s'adresser à qui que ce soit en particulier.

Ghost conduisit leur groupe vers une table à une extrémité de la salle.

Suivant l'exemple général, Kassie demeura debout derrière son siège. Quand la salle de bal se fut remplie et devint bruyante, elle se pencha vers Hollywood pour lui demander :

— Pourquoi personne ne s'assied ?

Sans lui faire remarquer que sa question était stupide ni la rabaisser, Hollywood répondit :

— Nous calquons nos gestes sur ceux des femmes à la table d'honneur. On considère qu'il est grossier de s'asseoir avant elles.

— Oh.

À la petite sauterie de Richard, elle avait dû servir les hommes et, comme cela ne lui avait pas semblé déplacé – il exigeait toujours qu'elle le serve pour qu'il puisse manger le premier –, elle n'avait pas effectué de recherches à ce sujet.

Finalement, les femmes à la table d'honneur prirent place, et chaque homme de leur propre table tira la chaise de sa cavalière. Kassie sourit à Hollywood avant de s'asseoir lentement. Après quoi, il s'installa à ses côtés.

Elle s'empara du programme qui se trouvait sur leur table afin de l'étudier alors que la soirée commençait. D'abord, ils se relevèrent tous au moment où les couleurs furent hissées. Ils restèrent debout pendant l'hommage, ainsi que plusieurs toasts.

Puis un projecteur fut braqué sur une table proche de l'avant de la salle. Couverte d'une nappe blanche, elle était ornée d'une rose rouge dans un soliflore dont le sommet était entouré d'un ruban jaune. Un verre était retourné sur la table, une seule bougie et une chaise vide complétaient l'ensemble.

Les lumières décrurent et un homme posté à l'avant de la salle commença à parler.

— Cette nappe est blanche, symbole de la pureté des motivations de ceux qui répondent à l'appel du service. Cette rose rouge nous rappelle la vie de ces Américains… et de ceux qu'ils aimaient ainsi que des amis qui ont gardé la foi tout en cherchant des réponses. Le ruban jaune symbolise notre inquiétude permanente, notre espoir de les voir revenir et notre détermination à répondre de leurs actes. La tranche de citron nous rappelle l'amertume de leur sort quand ils sont faits prisonniers et portés disparus dans un pays étranger. La pincée de sel symbolise les larmes de ceux qui sont portés disparus et de leurs familles, qui souffrent toujours de leur absence après des décennies d'incertitude. La bougie allumée traduit notre espoir de les voir revenir, vivants ou morts. Le verre est placé à l'envers pour symboliser leur incapacité à porter un toast avec nous. La chaise est vide, enfin, parce qu'ils manquent toujours à l'appel. Observons une minute de silence pour nos héros disparus.

Personne n'esquissa le moindre geste dans l'immense salle de bal. Personne ne se racla la gorge ni ne pipa mot.

Au bout d'une minute, l'homme sur l'estrade reprit la parole :

— Levons nos verres d'eau en l'honneur de l'agence chargée de retrouver les corps des militaires américains prisonniers ou disparus au combat. Que nos efforts pour la servir soient couronnés de succès et que tous ceux qui œuvrent pour notre nation à l'heure actuelle rentrent sains et saufs.

Toutes les personnes présentes dans la pièce levèrent leur verre, portant un toast aux hommes et femmes disparus. Kassie ferma les yeux afin de refouler l'émotion qui s'était emparée d'elle.

Sentant une main sur sa cuisse, elle se tourna vers Hollywood.

Il ne dit rien, mais la dévisagea comme s'il pouvait lire dans son esprit. Comme s'il savait les choses affreuses que Richard avait faites. Poussée à lui parler, en quelque sorte, Kassie déclara :

— Avant le repas de la réunion organisée par mon ex, il a appelé cette table la « table du traître ». Il a prétendu que la table blanche était là pour mieux révéler le sang qui avait coulé à cause de ses forfaitures, l'assiette vide parce qu'il ne méritait pas de manger, la rose représentait les larmes des femmes et des enfants qui pleuraient ceux qu'ils aimaient, le ruban jaune symbolisait la vengeance et la chaise vide indiquait qu'il ne méritait pas de s'asseoir à la table d'une société civilisée.

La colère qui brûlait dans les yeux de Hollywood la vrillait de son intensité, mais Kassie savait qu'elle n'était pas dirigée contre elle.

— À ce stade, au cours de cette stupide soirée, j'avais compris qu'il était saoul. Tout le monde sait ce que symbolise un ruban jaune. Il faudrait être idiot pour ne pas le savoir. Quand j'ai effectué des recherches sur les événements officiels de l'armée, le lendemain, j'ai trouvé une photo exacte de la table qu'il avait appelée celle « du traître » et j'ai lu les mots qui viennent d'être prononcés par l'orateur.

Elle marqua une pause et reporta son regard vers l'avant de la pièce, sur le symbolisme déchirant de la table vide.

— C'est bien plus beau à haute voix, comme ce soir, chuchota-t-elle.

Les discours se poursuivirent, mais Kassie n'y prêtait guère attention. Elle sentit Hollywood se pencher vers elle et, une fois encore, ses lèvres s'approchèrent de son oreille.

— J'aimerais bien passer une minute en tête-à-tête avec ton ex, Kassie. Il a délibérément abâtardi les traditions les plus honorées de l'armée.

— J'ai honte d'être restée aussi longtemps avec lui.

— Il n'y a rien dont tu doives être gênée. C'est lui qui devrait l'être, à cause de ce qu'il a fait. Gêné et honteux.

— Je suis désolée pour cette histoire de traître, marmonna-t-elle. Même si je savais que cela ne pouvait pas être vrai, il lui a donné un enrobage si crédible…

Hollywood posa un doigt sous son menton et l'obligea à tourner la tête vers lui.

— Tu n'as pas à être désolée de quoi que ce soit. Il a peut-être donné des allures crédibles à son récit, et toi, tu as été assez intelligente pour savoir qu'il avait tort et mener tes propres recherches.

Sans ajouter quoi que ce soit, Hollywood posa ses lèvres sur les siennes, lui donnant le baiser le plus doux qu'elle ait jamais reçu. Juste un rapide effleurement et pourtant, c'était l'échange le plus intime de sa vie.

Elle leva les yeux vers lui, le souffle de plus en plus court.

— Dorénavant, tu sais.

Elle opina du chef et se passa la langue sur les lèvres. Elle y sentit le goût de Hollywood, elle l'aurait juré, mais c'était idiot, il ne l'avait même pas véritablement embrassée.

Les yeux de son cavalier se posèrent sur ses lèvres et elle vit ses pupilles se dilater.

Mon Dieu, bon sang ! Elle, Kassie Anderson, faisait de l'effet à cet homme. Cet homme qui pourrait avoir toutes les femmes présentes dans cette salle. Elle n'avait aucune idée de la manière de gérer la situation.

Tout le monde autour d'eux répéta un toast, les tirant de leur transe. Kassie se détourna et leva son verre, sans savoir de qui l'on honorait la mémoire, ce qui ne l'empêcha pas de participer.

Comment cette soirée pouvait-elle être à la fois la pire et la meilleure de sa vie ? Elle ne le comprendrait sans doute jamais, mais c'était bel et bien le cas. On aurait dit que Hollywood l'appréciait – et même, qu'il l'aimait bien. De son côté, elle s'intéressait à lui. Il était compréhensif, doux, drôle, courtois, sexy et il l'avait embrassée. Seulement, si elle se trouvait ici, c'était uniquement parce que Richard voulait des informations sur les hommes et les femmes autour de cette table, afin de pouvoir les utiliser contre eux. Elle ignorait ce qu'il comptait leur infliger, mais si le kidnapping d'une femme et de son enfant ne suffisait pas, elle ne voulait pas savoir ce qu'il projetait.

À l'instant même où les serveurs commençaient à

leur apporter des assiettes bien garnies, Kassie décida qu'elle devait se montrer honnête avec Hollywood avant que la soirée se termine. Elle ne pouvait pas, en toute conscience, poursuivre la relation qui semblait se tisser entre eux si elle conservait ce secret.

Il ne serait pas content, elle le devinait. Mais avec un peu de chance, il comprendrait en entendant pourquoi elle avait agi de la sorte.

Elle sourit, curieusement reconnaissante envers son ex de lui avoir fait ce chantage qui l'avait conduite à écrire au soldat assis à ses côtés.

6

Hollywood sourit à la femme entre ses bras. Finalement, une fois levé le malentendu du début de soirée, les choses s'étaient apaisées quand le dîner avait commencé. Il n'arrivait pas à croire qu'elle ait accepté de l'accompagner au bal malgré l'expérience que lui avait infligée son ex. Le connard absolu, ce type !

Kassie s'était assez détendue pour s'entretenir ouvertement avec les filles de la bande. Elle avait également ri et plaisanté avec ses coéquipiers. L'un dans l'autre, c'était le meilleur rencard de sa vie. Pour une fois, il appréciait l'un des bals officiels de l'armée, un exploit !

Le seul élément bizarre de la soirée – mise à part la conviction de Kassie qu'on allait la forcer à boire un grog – était survenu vers le milieu du repas. Le téléphone de Truck avait sonné. Il s'était levé et avait quitté la table à l'instant où il avait entendu le nom de son interlocuteur. Présentant ses excuses à la tablée, Hollywood l'avait suivi, désireux de s'assurer que tout allait bien.

Truck s'était ouvert à lui, plus qu'à quiconque dans

88

l'équipe, sur l'état de sa relation avec Mary. Elle avait recommencé une chimio, mais sans en informer Rayne. Les deux hommes n'aimaient pas devoir cacher quelque chose à la femme d'un de leurs coéquipiers, mais Mary avait supplié Truck de garder tout cela pour lui.

Hollywood n'était pas d'accord avec le raisonnement de la jeune femme, selon lequel elle aurait déjà trop pris de temps à Rayne lors de son premier combat contre le cancer et ne voulait pas recommencer, toutefois ce n'était pas à lui d'en décider.

Il rattrapa Truck dans le hall et entendit la fin de sa conversation.

— ... me faudra une heure pour revenir. Ça ira jusque-là ? Et Annie est endormie ? Bien. Non, tu as bien fait, non, tu ne me déranges pas au milieu de quoi que ce soit. Le bal est ennuyeux, de toute façon.

Truck émit un petit rire, mais Hollywood n'y perçut aucune gaieté.

— Mary, je t'ai déjà dit que tout allait bien. Tu as fait exactement ce qu'il fallait. Je serai là dans une heure. Non, je ne leur dirai pas que je reviens pour t'aider à garder Annie. Tu vas simplement devoir me faire confiance, d'accord ?

Sa voix se brisa.

— Ne pleure pas, Mary. Je sais que tu détestes ça. Mais on va surmonter cette épreuve, exactement comme on l'a fait la dernière fois. Je me moque de ce que disent les statistiques, tu vas le terrasser une deuxième fois. Oui, tout va bien. Allonge-toi. Détends-toi. J'arrive aussi vite que possible. Salut.

Dès qu'il eut raccroché, Hollywood demanda :

— Ça va, Mary et Annie ?

— Oui. Annie dort. Mary a eu une chimio hier et elle n'arrête pas de vomir. Elle s'inquiète de ne pas arriver à s'occuper d'Annie. Si quelque chose arrive, elle pense qu'elle ne sera d'aucune utilité. Donc je vais rentrer et m'occuper de toutes les deux jusqu'au retour de Fletch et d'Emily, demain.

Sachant qu'il y avait bien plus que cela entre Truck et la meilleure amie de Rayne, Hollywood insista :

— Tu veux que je mette Em au courant ?

— Tu ferais ça ?

— Naturellement.

— Ne leur parle pas de la chimio, l'avertit Truck.

— Bien sûr que non, le rassura Hollywood sans s'offusquer.

— Merci. J'apprécie vraiment.

— Tu sais ce que tu fais ? se sentit-il obligé de demander.

— Oui, je sais exactement ce que je fais, répondit Truck avec un hochement de tête résolu.

— Mary n'a pas été très gentille avec toi par le passé, rappela-t-il à Truck, même si celui-ci ne l'avait sans doute pas oublié.

— Écoute, je sais que vous vous faites du souci pour moi, les gars, mais ce n'est pas nécessaire. Mary protégeait Rayne. Elle était furieuse contre Ghost et se défoulait sur moi. Tous les sarcasmes qu'elle m'a lancés n'étaient pas dus à de l'antipathie.

Hollywood observa son ami avant d'opiner du chef.

— Elle va s'en sortir ?

— Putain, oui, si j'ai voix au chapitre, répondit Truck avec emphase.

— Super. Sois prudent au volant. On se voit plus tard.

Hollywood avait regagné la salle de bal et annoncé au groupe que Truck était rentré prêter main-forte à Mary pour s'occuper d'Annie. Il avait rassuré Emily, Fletch et Rayne, répétant à de multiples reprises que ce n'était rien, que Mary et Truck pourraient prendre soin d'Annie jusqu'à leur retour chez eux, le lendemain.

À présent, Hollywood se trouvait sur la piste de danse avec Kassie. Elle épousait parfaitement la forme de ses bras et, même s'ils ne dansaient pas vraiment, mais se balançaient plutôt d'avant en arrière, Hollywood s'en fichait éperdument, heureux de la serrer contre lui.

— On pourrait parler ? lui demanda Kassie après qu'ils eurent dansé sur plusieurs chansons.

— Bien sûr, ma belle.

— Pas ici. Est-ce qu'il y aurait un endroit où nous pourrions marcher, par exemple ?

Inquiet, Hollywood baissa les yeux sur elle. Quand une femme vous disait qu'elle voulait parler, cela ne laissait jamais rien présager de bon, et il n'aimait pas être incapable de déchiffrer les pensées qui défilaient en ce moment dans la tête de Kassie. Il avait cru que les révélations sur ce qui lui était arrivé entre les mains de son ex étaient terminées. Qu'avait donc bien pu faire cet homme sous couvert de traditions de l'armée ? Décidément, il ne pouvait pas l'encadrer. Vraiment pas. Kassie était déjà passée par toute une gamme d'émotions et il aimait bien la femme détendue et décontractée qu'il avait entre les bras. Pas question qu'autre chose vienne la contrarier ce soir.

— Il me semble qu'il y a un petit jardin après le hall. Ça pourrait faire l'affaire.

— Super.

Hollywood recula et la guida vers la sortie de la salle de bal. En passant devant Coach, il lui adressa un petit signe du menton pour l'informer qu'ils s'éclipsaient quelques minutes. Même s'ils se trouvaient sur le territoire national, à un gala officiel, aucun d'entre eux ne se départait jamais de sa vigilance ni de l'attention qu'il portait à ses coéquipiers. Ces précautions leur avaient sauvé la vie à de nombreuses reprises.

Hollywood et Kassie sortirent de la salle pour gagner une petite aire de promenade derrière l'hôtel. Des lampes avaient été suspendues dans les arbres, conférant à l'endroit une atmosphère romantique où l'on se sentait aussi en sécurité. Des bancs bordaient les allées. Kassie marcha droit vers l'un d'entre eux et s'y assit.

Hollywood la suivit, soudain plus nerveux qu'il ne l'avait été au cours de toute la soirée. Non seulement il avait envie de la revoir, mais il en avait besoin. Dès le départ, cela avait bien collé entre eux et il avait eu la joie de constater que la femme pleine d'humour qui lui envoyait emails et messages était exactement la même en chair et en os.

— Qu'est-ce qui se passe ? demanda-t-il en s'emparant d'une de ses mains perpétuellement froides.

Lui prendre les doigts et les glisser entre ses cuisses pour les réchauffer quand ils étaient assis l'un à côté de l'autre lui paraissait déjà naturel. Il n'avait de cesse de vouloir la toucher.

— Je passe une excellente soirée, commença Kassie. Et avant de continuer, je voudrais que tu saches que j'aimerais te revoir.

— Super, fit Hollywood, soulagé. Parce que moi aussi, j'aimerais te revoir.

Elle lui adressa un sourire hésitant.

— Je ne savais pas trop à quoi m'attendre de cette soirée et tu connais l'expérience de fiesta militaire que m'a concoctée mon ex. Même si j'ai effectué des recherches sur le sujet, je n'en étais pas absolument certaine.

— Je suis surpris que tu aies accepté de venir. Surtout si tu pensais avoir à ingurgiter un bol de grog, répliqua Hollywood en toute franchise.

— À ce propos, reprit Kassie avec une pointe de réticence, je...

— Quoi donc ? Tu peux tout me dire, Kass.

— D'accord, bon, tu sais que mon ex est un connard. Il n'est plus dans le paysage, mais un ami à lui me suit partout et fait de ma vie un enfer. J'ai essayé de l'ignorer, mais ça n'a pas marché.

À ses côtés, Hollywood se raidit.

— Il te harcèle ?

Kassie secoua la tête.

— Pas vraiment, mais...

— S'il te suit partout et que tu n'en as pas envie, il te harcèle, répliqua Hollywood d'une voix sans appel. Tu es allée voir les flics ?

— Non. Mais je vais le faire la semaine prochaine.

Elle leva sa main libre et lui sourit, alors qu'il continuait à la dévisager.

— Je le jure. Je ne peux plus affronter la situation toute seule. Je m'en rends compte à présent. Mais je dois d'abord en informer ma famille.

— Tu veux que je t'accompagne au poste de police ? s'enquit Hollywood sans trop savoir pourquoi la question avait surgi, mais convaincu, en revanche, de détester la pensée que l'on persécute la femme assise à ses côtés.

Ils ne sortaient pas tout à fait ensemble, cependant il y avait quelque chose entre eux. Et il tenait à elle.

— Peut-être. Mais il y a plus grave, Hollywood.

— Plus grave ?

— Oui, répondit Kassie. Ça fait près d'un an que le copain de mon ex me cause des ennuis. Ils s'entendent comme larrons en foire depuis toujours. Mais il faut que tu saches : quand j'ai commencé à sortir avec Richard, il était doux et gentil. C'est sa mission outre-mer qui l'a changé. Il prétendait qu'une explosion avait eu lieu trop près de lui ou quelque chose comme ça. Il en est sorti indemne, mais ça lui a secoué le cerveau. Les toubibs ont dit qu'il allait bien, pourtant je ne pense pas que ce soit le cas. L'expérience l'a transformé. Il m'avait demandé de l'épouser. Ensuite, quand il est rentré au pays, il est devenu plein de haine. Ce n'était plus l'homme avec lequel j'étais sortie. J'ai essayé de me montrer compréhensive, car la dernière chose que je voulais, c'était de rompre alors qu'il avait été blessé en mission, mais après la sauterie qu'il a organisée chez lui, je n'avais plus le choix. Son ami d'enfance avait tenté de s'engager dans l'armée en même temps que lui sans réussir les tests de base. Tous les deux, ils se sont entraînés selon un programme conçu par mon ex. Jour et nuit, ils répétaient sans relâche. Richard a enseigné à son ami tout ce qu'il avait appris. Quand il est revenu de l'étranger, il s'est débrouillé pour que son ami approuve tout ce qu'il disait ou faisait. On aurait dit une secte, tu vois le genre. Ils me faisaient peur. L'un comme l'autre. J'ai essayé de rompre avec Richard, mais il a refusé.

Hollywood n'aimait pas la tournure que prenait ce récit, mais il demeura silencieux pendant que Kassie continuait.

— J'ai honte de l'admettre, mais j'ai laissé notre relation se prolonger trop longtemps, en partie parce que j'espérais voir Richard redevenir l'homme dont j'étais tombée amoureuse et aussi parce que je redoutais sa réaction si j'impliquais la police, je crois. Mais surtout, j'ignorais comment me dépêtrer de cette histoire. Les quelques mois où mon ex a été envoyé à la base de Fort Hood ont été des mois de béatitude, parce que je n'avais plus à me soucier de lui. Mais il y avait toujours son ami Dean pour garder un œil sur moi. C'est devenu vraiment affreux au cours des derniers mois. Mon ex était dingue, il n'arrêtait pas de parler de toutes sortes de trucs déments, des histoires de vengeance entre autres.

Tout à coup, Hollywood éprouva un mauvais pressentiment. Il sentit les poils se hérisser sur sa nuque et se raidit.

— J'ai tenté plusieurs fois de lui faire entendre qu'il imaginait des choses et qu'il avait besoin d'aller voir un médecin, mais il ne m'écoutait pas. Je ne faisais jamais rien de bien et il était toujours en colère. J'étais terrifiée. Je le suis toujours, d'ailleurs. Quand Richard a été emprisonné, l'année dernière, j'ai cru que j'étais enfin libre. Je me suis dit que j'allais pouvoir reprendre ma vie en main.

Elle l'avait déjà dit à une ou deux reprises, mais le déclic se produisit enfin dans la tête de Hollywood. Il espérait vraiment qu'il s'agissait d'une coïncidence, malgré un affreux pressentiment. Il relâcha son emprise sur la main de Kassie, souffrant aussitôt d'une sensation de manque qu'il choisit pourtant d'ignorer.

— Quel est le nom de famille de ton ex petit ami ? demanda-t-il.

— Tu dois comprendre à quel point j'étais terrifiée, s'empressa de répliquer Kassie, s'essuyant les mains sur la jupe de sa robe. Dean n'arrêtait pas de me suivre partout et de me transmettre des messages de mon ex.

— Quel est le nom de famille de ton ex, Kassie ? répéta Hollywood.

— Jacks. Richard Jacks, murmura-t-elle.

— Putain de merde.

— Je sais, fit-elle à toute allure, les mots se bousculant dans sa bouche. Quand il m'a dit que je devais te chercher sur un site de rencontres, je ne voulais pas le faire, mais il ne m'en a pas laissé le choix. Et je ne m'étais pas imaginé que j'allais t'apprécier autant.

— Donc, tu es en train de m'espionner en fait, lâcha Hollywood d'une voix blanche.

Il n'éprouvait plus aucun des sentiments positifs que lui avait inspirés la femme assise à côté de lui.

Elle secoua frénétiquement la tête.

— Non, ça n'a rien à voir. Je...

— Tu m'as envoyé ces messages parce que Jacks t'a dit de le faire. Puis tu es devenue amie avec moi et tu t'es arrangée pour que je t'invite ce soir, afin que tu puisses lui faire ton compte-rendu.

— Dans une certaine mesure, mais...

Hollywood ne la laissa pas terminer.

— Quelle blague, cracha-t-il. J'étais en train de m'imaginer que j'avais enfin rencontré quelqu'un qui m'appréciait pour qui j'étais, au lieu de mon physique, mais au bout du compte, je me retrouve avec pire que ça.

Tu ne vaux pas mieux que les groupies des casernes à la recherche d'un coup d'un soir.

— Hollywood, non, je...

— Alors, qu'est-ce que tu vas lui raconter, Kassie ? Tu vas lui révéler que Coach sort avec quelqu'un, maintenant, histoire qu'il puisse pourchasser cette femme aussi ? Tu pourrais peut-être lui glisser également le nom de Mary, lui raconter qu'elle est la meilleure amie de Rayne et particulièrement vulnérable en ce moment.

— Non, écoute. Jamais je ne...

— Épargne-moi cette complainte, la coupa Hollywood qui se leva en la toisant du regard. Je ne veux pas entendre ça. Je pensais vraiment que tu n'étais pas comme les autres. J'ai été furax quand tu m'as parlé du bol de grog et de cette pseudo haie d'honneur. Mais visiblement, tout ça, c'était de la mise en scène, n'est-ce pas ? Une histoire que vous avez concoctée, tous les deux, pour que je te plaigne. Tu t'es sans doute tapé tous ses potes, non ? Est-ce que vous avez bien rigolé, tous autant que vous étiez, en voyant la terreur de la petite Annie quand elle a été droguée et arrachée à sa voiture accidentée ? Peut-être que vous avez trouvé marrant de faire chanter Emily pendant tous ces mois et de la voir tomber malade parce qu'elle n'avait pas assez d'argent pour manger, alors qu'elle refilait tout à Jacks ?

— Non ! Bon sang, Hollywood, arrête de me couper la parole et écoute-moi, je n'ai pas...

— Pourquoi devrais-je t'écouter ?

Hollywood était lancé. Il la distinguait à peine à travers le halo rouge qui lui obstruait la vue. Jamais il n'avait été aussi furieux, lui semblait-il. D'une part parce que Kassie lui avait vraiment plu, et d'autre part parce que Jacks n'en avait pas fini de leur pourrir la vie à son équipe et à lui.

— Tu es de mèche avec Jacks. Il est en prison et il continue à essayer de nous emmerder. Passe-lui un message de notre part, à mes amis et à moi, veux-tu ? Dis à son pote de le lui transmettre. Peu importe ce qu'il fabrique, on lui bottera quand même le cul. Jacks est un misérable petit trouillard et il restera toute sa vie un loser.

Hollywood continuait à toiser Kassie. Elle s'était levée, elle aussi, et affrontait son regard, les bras croisés. Elle paraissait abattue et effrayée. Il avait horreur de la voir ainsi, mais sa trahison lui retournait l'âme.

— Je sais que c'est un loser, répliqua Kassie sans hausser la voix. C'est ce que je me tue à te répéter. Si tu me laissais achever une phrase, tu...

Le seul fait de l'écouter parler lui brisait le cœur. Il ne pouvait pas la laisser continuer. Sans quoi, il aurait envie de la plaindre et il céderait. Ses coéquipiers passaient avant tout.

— Pourquoi laisserais-je quelqu'un qui nous a trompés, mes amis et moi, me sortir encore d'autres mensonges ? Rentre chez toi et raconte-lui toutes les infos qui te passeront par la tête. Mais Kassie – ce n'est peut-être même pas ton véritable nom –, si on touche à un seul des cheveux d'un seul de mes amis, je te le ferai payer.

Elle ne tenta plus de répliquer, se contentant d'affronter son regard.

— Alors, plus rien à ajouter ? railla-t-il.

— Tu n'écouteras rien, alors pourquoi je prendrais cette peine ?

— Cette soirée a été un parfait gâchis, déclara-t-il amèrement. Tu es un gâchis.

Sur ce, il se détourna, s'efforçant d'ignorer l'expression douloureuse de Kassie lorsque sa dernière insulte atteignit sa cible. Il regagna le hall de l'hôtel d'un pas raide et fonça vers les ascenseurs. Il assena un coup de poing sur le bouton, bouillonnant de rage pendant qu'il attendait l'arrivée d'une cabine.

Il devait informer ses coéquipiers que Jacks les avait toujours dans son viseur et ne reculait devant rien pour mandater des gens depuis sa cellule. Il pénétra dans l'ascenseur dès qu'il arriva et appuya sur le bouton de son étage.

La dernière vision qu'il eut de Kassie Anderson, ce fut celle de son dos quand elle franchit les portes de l'hôtel. Elle avait la tête baissée et les épaules affaissées. L'inverse d'une femme fière de ce qu'elle venait de faire… mais son attitude n'y changeait rien : elle l'avait fait.

Hollywood détendit son nœud papillon et soupira, soudain épuisé. L'adrénaline refluait dans son corps, le laissant abattu et sans énergie. Trente minutes plus tôt, il était au sommet du monde et, à présent, il avait l'impression d'avoir été torturé pendant des jours par les Talibans.

Tout en sortant de l'ascenseur, puis en remontant le couloir vers sa chambre, il réfléchit à ce que la journée du lendemain allait lui apporter. Il laisserait une nuit de répit à ses amis, puis ils devraient décider ensemble de ce qu'ils allaient faire.

Jacks était de retour et il utiliserait tout et tout le monde pour obtenir ce qu'il voulait. À savoir la vengeance.

7

— Laisse-moi formuler ça de façon directe, lâcha Ghost sur un ton excédé. L'ex de Kassie est Jacks et elle t'a ciblé en ligne, sur un site de rencontres, afin d'en apprendre davantage sur nous et de rapporter des infos à ce fils de pute ?

— Oui, lâcha Hollywood.

— Tu en es sûr ? demanda Coach. Honnêtement, je n'ai pas eu l'impression qu'elle était ce genre de personne.

— J'en suis sûr, elle me l'a dit elle-même. Je ne voulais pas y croire, moi non plus.

Les six hommes se tenaient dans la chambre de Hollywood, discutant de ce qu'il avait appris la nuit précédente sur Kassie et leur vieil ennemi, Jacks.

Rayne, Emily et Harley dormaient toujours quand il avait convoqué ses coéquipiers par texto. Truck était retourné à Temple, mais ils le mettraient au courant des événements quand ils rentreraient à leur tour.

— Je ne pige pas, intervint Beatle. Qu'est-ce qu'il

espérait vraiment dégotter par l'entremise de Kassie ? Ce n'est pas comme si on parlait à tort et à travers de nos missions et de tout le reste. Alors, quoi... elle était censée rendre compte de ce que tu avais mangé au dîner et de ta façon d'embrasser ?

Hollywood se passa une main dans les cheveux et haussa les épaules. Il aurait bien aimé avoir la présence d'esprit de l'embrasser, de l'embrasser *vraiment*, au lieu de se contenter d'un petit baiser sur les lèvres avant qu'elle ne lui lâche sa bombe.

— Je n'en ai aucune idée. Comment savoir à quoi s'attendre avec ce Jacks ? N'empêche, ça me fout en rogne qu'elle m'ait utilisé.

— Ça ne semblait pas être le cas, répliqua Fletch sans hésiter. En fait, d'après la façon dont tu lui tenais la main, j'ai eu l'impression que vous vous entendiez bien, tous les deux.

— Pourquoi tu n'es pas fou de rage ? laissa échapper Hollywood. C'est ta femme et ta gosse qui ont été kidnappées par ce connard. Tu devrais sortir les crocs en apprenant que Kassie a tenté ce coup foireux.

Fletch se pencha en avant et riva sur Hollywood un regard qu'il ne sut interpréter.

— Je sais que c'est ma femme qui a eu un flingue pointé contre sa tempe. J'en suis pleinement conscient, et j'ai regretté un millier de fois que Rock n'ait pas collé une balle dans le crâne de ce fumier. Mais tu sais, Hollywood, c'était Jacks qui tenait ce flingue, pas Kassie. Je ne pense pas que la femme que j'ai rencontrée hier soir puisse faire de mal à une mouche. Apparemment, quand elles sont allées aux toilettes, elle a rigolé avec Emily et Rayne comme si elle n'avait rien à se reprocher. Ma femme l'a appréciée et je me fie à cent pour cent au jugement d'Em.

Hollywood secoua la tête, peu convaincu.

— Elle m'a menti, vieux. Sa seule raison de me contacter, c'était qu'elle essayait de récolter des infos.

— Pour commencer peut-être, mais pourquoi a-t-elle continué ensuite ? répliqua Fletch. Elle aurait pu raconter à Jacks que tu n'avais pas mordu à l'hameçon. Ou que tu ne semblais pas intéressé. Pourtant, ce n'est pas ce qu'elle a fait, visiblement. Elle a continué à t'envoyer des emails.

— Parce qu'elle avait besoin d'informations ! s'emporta Hollywood.

Fletch s'adossa dans sa chaise et secoua la tête.

— Je ne pense pas.

— Putain, je n'y crois pas, grommela Hollywood.

— Pourquoi t'a-t-elle parlé de Jacks ? intervint Ghost dont la colère était à présent contenue.

— Va savoir, lâcha Hollywood.

— Non, sérieusement, insista-t-il. Vous étiez en train de vous rapprocher. Vous vous êtes tenu la main toute la soirée. Elle pouvait faire de toi ce qu'elle voulait. Peux-tu dire honnêtement que tu ne l'aurais pas emmenée dans ta chambre si elle en avait manifesté le moindre désir ? Pourquoi t'aurait-elle parlé de Jacks si les choses se passaient aussi bien ?

La chambre se fit silencieuse pendant de longues secondes, jusqu'à ce que Hollywood se hasarde :

— Parce qu'elle se sentait coupable.

— Oui, convint Ghost. Je suis sûr que c'était le cas. Mais il n'empêche que ça ne l'obligeait toujours pas à te révéler ce merdier. Elle aurait pu laisser la soirée se terminer, rentrer chez elle, puis trouver n'importe quelle excuse pour ne plus te revoir, si elle se sentait vraiment mal de ce qu'elle avait fait. Au lieu de ça, elle t'a tout avoué. Et pendant qu'on y est... pourquoi a-t-elle obéi aux ordres de Jacks ?

Hollywood dévisagea ses amis. La question parut faire écho dans son cerveau. Pourquoi ? Il pressa les doigts sur son front et tenta de chasser par un massage le mal de tête qui logeait là depuis qu'il avait découvert la vérité sur Kassie.

— Elle t'a expliqué pourquoi ? insista Beatle.

Hollywood s'efforça de ressusciter les événements de la soirée.

— Elle a raconté que Jacks avait un pote – Dean, si je me souviens bien – qui avait raté les épreuves préliminaires, mais appris tous les trucs militaires grâce à Jacks. C'est lui qui la suit partout. Quand j'ai compris que Jacks était son ex et quand elle a reconnu ce qu'elle avait fait, je ne lui ai pas vraiment laissé la chance de s'expliquer.

— Il la menace, conclut Fletch sans une once de doute dans la voix.

— Il est derrière les barreaux, lui rappela Hollywood.

— Mais pas son pote, répliqua Ghost.

— Merde.

Soudain, Hollywood se sentit mal. C'était lui qui avait été lésé dans cette situation, mais d'une façon ou d'une autre, il se sentait coupable de n'avoir pas écouté les explications de Kassie.

— Garde un œil sur tes amis et encore plus sur tes ennemis, lâcha sèchement Blade.

— Pardon ?

— Garde un œil sur tes amis...

— Je t'ai entendu, abruti, le coupa Hollywood. De quoi tu parles, bordel ?

— Si Jacks en est toujours à réfléchir au châtiment qu'il espère nous infliger, est-ce qu'on n'aurait pas intérêt à avoir auprès de nous quelqu'un ayant accès à lui pour nous communiquer des infos ? Est-ce qu'on ne voudrait pas que Kassie nous aide à comprendre les atouts qu'il garde dans sa manche et les personnes qui l'aident ? Sinon, on avance à l'aveuglette, ce qui revient à courir au-devant de l'échec total.

— Cette situation est déjà complètement tordue, mais tu marques un point.

— Tu devrais lui envoyer un email, suggéra Ghost. Lui dire que tu es désolé, que tu veux lui parler.

— En d'autres termes, je devrais lui mentir comme elle m'a menti ? demanda Hollywood à son ami.

— Tu le ferais ? répondit-il du tac au tac avec une perspicacité troublante.

Bon sang. Il aimait ses amis et le fait que parfois, ils semblaient lire dans les pensées les uns des autres, mais en cet instant, cette capacité s'avérait horripilante. Il tenait à se cramponner à son irritation. Il tenait à ce que ses amis pestent contre Kassie, s'indignent de sa fourberie et la jugent impardonnable. Au lieu de quoi, ils recouraient à la logique et l'obligeaient à réfléchir vraiment sur ce qu'elle devait traverser.

Avant qu'il puisse répondre à Ghost, le téléphone de Hollywood tinta, indiquant la réception d'un nouveau mail. Le coup d'œil qu'il jeta à son appareil le fit tiquer. Il dut y regarder à deux fois.

— Merde, grommela-t-il.

— Qu'est-ce qui se passe ? le pressa Blade. C'est Truck ? L'une de nos femmes ? Annie ?

— Non. C'est Kassie. Elle m'a envoyé un message.

Comme il ne bougeait plus, mais continuait à fixer l'écran des yeux, Ghost lui intima, impatient :

— Vas-y, lis-le.

Hollywood opina du chef et cliqua sur le mail. Les hommes dans la pièce ne firent plus le moindre bruit tandis qu'il lisait dans sa tête les mots écrits par Kassie.

Quand il s'arrêta et ferma les yeux, Ghost attaqua.

— Tu veux en parler ? Si c'est au sujet de Jacks, ça nous concerne tous.

— Je sais, dit Hollywood en fourrageant dans ses cheveux coupés court.

En l'espace d'un battement de cœur, la colère qu'il avait éprouvée à exposer la situation à ses amis s'était muée en frustration et en perplexité.

— Elle est fâchée. Et elle a bien le droit de l'être. Je me suis conduit comme un con.

— Je ne pense pas... commença Coach, mais Hollywood l'interrompit.

— Non, elle a raison. J'apprécie ton soutien, mais je ne l'ai vraiment pas laissé parler. Je n'ai pas arrêté de lui couper la parole tellement j'étais dégoûté, parce qu'elle me plaisait et que je me sentais humilié en pensant qu'elle était avec moi juste à cause de Jacks.

— Qu'est-ce qu'elle dit ? demanda Ghost.

Hollywood s'éclaircit la gorge et lut l'email de Kassie à ses amis.

À : Hollywood

De : Kassie

Objet : Je suis désolée

Je suis désolée. Je le répéterai aussi souvent que nécessaire pour que tu m'écoutes. Je suis désolée. Tellement désolée.

Je suis désolée, mais je suis aussi en rogne. Contre toi.

Je n'étais pas obligée de te parler de Richard. Je n'étais pas obligée de te révéler pourquoi je t'avais contacté la première fois, pourtant je l'ai fait. Et tu ne m'as même pas écoutée quand j'ai essayé de t'expliquer.

Richard m'a frappée. Ça fait mal. Si mal que je ferai n'importe quoi pour éviter que ça se reproduise.

Il m'a forcée à embrasser ses amis répugnants.

Il m'a forcée à boire cette horreur appelée « grog ».

Il a inventé des traditions de l'armée comme cette foutue « table du traître » et il a cherché à m'y faire croire aveuglément.

Je ne me suis plus jamais sentie en sécurité avec lui depuis qu'il a été blessé. Pas une seule fois.

En revanche, je me suis sentie en sécurité avec toi. Même deux heures seulement après t'avoir rencontré, je savais que tu ne me ferais jamais de mal. Hélas, je me suis trompée. Tu n'as pas utilisé tes poings, mais tu m'as quand même blessée.

Tu veux savoir pourquoi je t'ai contacté sur le site ?

Parce que Dean, l'ami de Richard, fait planer une menace sur ma petite sœur. Je m'en moquerais s'il me menaçait, moi, ça n'aurait rien de nouveau. Il le fait en permanence. Mais il espionne Karina. Il m'a dit que si je ne te contactais pas et n'essayais pas de t'extorquer des informations... Quelles informations ? Si tu es sexy en uniforme ? Ces idiots ne sont même pas fichus d'élaborer un plan digne de ce nom. Si je ne leur apportais rien, il allait faire disparaître Karina et je ne la reverrais plus jamais.

Ça, c'était quelque chose que je ne pouvais pas ignorer. C'était une chose d'être blessée à cause de ce que j'avais fait, mais si Dean faisait du mal à Karina, je ne pourrais jamais me le pardonner.

Voilà pourquoi je t'ai contacté.

Même si je rechignais à faire la moindre chose ordonnée par Richard et Dean, je t'ai écrit. Et puis, j'en suis venue à te faire confiance. Tu m'as donné l'impression d'avoir quelqu'un à mes côtés pour une fois. Je savais que tu serais contrarié et je ne t'en ai pas voulu, mais si tu avais au moins écouté ce que j'avais à te dire et décidé ensuite que tu ne voulais plus avoir affaire à moi, je l'aurais accepté. Sauf que tu ne m'as même pas accordé une chance.

Ça vaut ce que ça vaut, mais sache que je suis désolée de t'avoir envoyé ce premier message pour de mauvaises raisons. Cependant, à partir du moment où tu m'as répondu, j'ai échangé avec toi parce que tu me plaisais. Toi.

J'espère que tes amis et toi resterez sains et saufs. À l'évidence, Richard est toujours furax contre vous. Je ne sais pas ce qu'il projette, mais je suis quasi certaine que ça implique de vous voir morts et enterrés. Même si je suis contrariée, triste et furieuse contre toi, je ne voudrais pas te savoir mort. Alors, prends soin de toi.

Bonne chance.

Kassie

. . .

Au risque de passer pour un fou, Hollywood ne pouvait s'empêcher d'éprouver de la fierté pour Kassie. Après qu'il l'eut empêchée de s'excuser, elle aurait pu regagner ses pénates et ne plus jamais lui adresser la parole. Mais elle l'avait contacté sans savoir s'il allait rejeter son message avec aussi peu de considération qu'il avait repoussé sa personne, la nuit précédente. Bien qu'elle ait été maltraitée par Jacks et ses amis, elle n'avait pas peur de lui tenir tête. Il s'était comporté comme un connard, même si sa réaction pouvait se justifier, étant donné la nouvelle qu'elle venait de lui annoncer. Cependant, il aurait dû au moins l'écouter. Il appréciait son obstination et le fait qu'elle refuse de baisser les bras.

Ce qu'il n'aimait pas, c'était que Jacks utilise son ami pour faire du chantage à quelqu'un d'autre. Il avait déjà causé bien assez de mal à Emily. Ils devaient mettre un terme définitif à ce merdier. C'était urgent.

Il se leva.

— Tu vas aller la voir chez elle ? s'enquit Ghost.

— J'en ai envie, oui. Mais je dois d'abord trouver où elle habite.

Son ami lui sourit.

— Tu vas demander à Beth ?

— Exact, répondit Hollywood sans le moindre remords.

Trouver une adresse, ce serait un jeu d'enfant pour la hackeuse dont ils avaient fait la connaissance au cours des deux derniers mois.

— Tu as besoin de soutien ? s'enquit Blade. Elle va te

faire passer un sale quart d'heure. Ça me flanque presque la trouille.

Hollywood dévisagea son ami qui souriait jusqu'aux oreilles.

— Non.

— Tu veux que je mette Tex ou Beth sur le coup pour qu'ils te dégottent des infos sur ce Dean ? proposa Coach.

— Avec plaisir. Nous devons également savoir comment il communique avec Jacks. Son courrier est censé être surveillé, de même que ses appels téléphoniques. L'un d'entre vous connaît-il quelqu'un à Leavenworth ?

Tous secouèrent la tête et Ghost déclara :

— Je vais vérifier avec Truck. Il semble avoir des contacts partout.

— J'apprécie ce que vous faites. Maintenant, si ça ne vous dérange pas, il faut que j'aille ramper devant une femme.

Ses amis lui sourirent.

— Sérieusement, Hollywood, insista Fletch. Si tu as besoin de quoi que ce soit, dis-le-moi. Em veut aller se promener sur la Sixième Rue, alors je vais rester en ville pendant quelques heures.

— Je n'y manquerai pas. Je dois encore trouver un moyen d'assurer la sécurité de Kassie en sachant qu'elle habite à une heure de chez moi. Ainsi que celle de sa sœur. Éliminer Dean de l'équation. Et faire comprendre à Jacks qu'il ne doit plus jamais ne serait-ce que repenser à son ex petite amie, marmonna Hollywood.

— Eh... C'est à cause de Kassie que tu m'as demandé si mon appartement était à louer ? demanda Fletch tout à coup.

Hollywood haussa les épaules, légèrement embarrassé.

— Elle a mentionné une fois en passant qu'elle cherchait à quitter Austin.

Fletch se leva, s'approcha de lui et lui posa une main sur l'épaule.

— Si elle en a le besoin ou l'envie, il est à elle. Aussi longtemps qu'il lui plaira.

— Même si Jacks est son ex ? insista Hollywood.

C'était une question bête, mais il devait savoir si Fletch allait lui en tenir rigueur, d'une manière ou d'une autre.

— *Surtout* parce que Jacks est son ex. Je suis bien placé pour savoir que ce fumier peut gâcher la vie des gens. Après ce qui est arrivé à Em et le braquage lors du mariage, ma maison est plus sûre que Fort Knox. Personne ne pète sur ma propriété sans que je le sache et reçoive une notification sur mon téléphone.

Hollywood ricana.

— Merci, mon pote, j'apprécie ton geste. Je ne sais pas si elle en aura besoin ou si elle le souhaitera, mais c'est rassurant de savoir que cette option existe.

— À ton service. Même si nous ne sommes pas de même sang, nous sommes des frères à cent pour cent.

Des acclamations firent écho à cette déclaration tout autour de la pièce et Hollywood sourit en songeant à ce que Kassie avait dit au sujet de l'armée.

— Allez, maintenant, tout le monde dehors, que je puisse aller m'excuser auprès de Kassie, lança-t-il en ouvrant la porte de sa chambre d'hôtel.

Une fois que tous furent sortis et que Hollywood eut reçu un texto de Beth lui indiquant l'adresse de Kassie, il tenta de réfléchir à ce qu'il allait lui dire, sans succès. Elle lui avait présenté ses excuses, mais en réalité, c'était lui qui aurait dû s'excuser vis-à-vis d'elle. Il était en droit de se sentir contrarié, mais il avait eu tort de ne pas la laisser s'expliquer. Savoir qu'elle avait agi comme elle l'avait fait parce que sa sœur était en danger ne faisait que renforcer son malaise.

Si quelqu'un avait menacé sa sœur Jade, il aurait fait tout ce qui était nécessaire pour assurer sa sécurité. Hollywood savait qu'il devait commencer par implorer le pardon de Kassie pour ne pas l'avoir écoutée la veille au soir, puis l'aider à trouver un moyen de retourner le désir de vengeance de Jacks contre lui. Si ce type ignorait que Kassie lui avait tout avoué, ils pourraient l'utiliser pour découvrir ce qu'il avait projeté et les démolir, son connard d'ami et lui.

8

Kassie était épuisée. Il était tard, ce dimanche soir, et elle n'avait pas beaucoup dormi la nuit précédente, après être rentrée du bal. Trop de pensées se bousculaient dans sa tête. Tantôt elle était triste, tantôt elle avait le cœur brisé, puis soudain elle était hors d'elle. Hollywood ne lui avait pas laissé la moindre chance de parler. De lui expliquer pourquoi elle s'était pliée au plan inepte concocté par Richard et Dean.

Il n'en aurait pas moins été en colère et il serait parti en claquant la porte, mais il aurait au moins eu toutes les cartes en mains. Elle savait qu'une partie de sa peine tenait du fait qu'elle aimait beaucoup cet homme et qu'il l'avait laissé tomber sans ménagement. Juste au moment où elle avait besoin de quelqu'un pour prendre sa défense, de quelqu'un qui se tienne à ses côtés, qui lui prenne la main et lui dise que tout irait bien. Elle n'avait jamais connu cela. Elle pensait l'avoir trouvé avec Richard, puis il y avait eu cette stupide explosion pendant qu'il était à l'étranger, et cela avait tout flanqué par terre.

Quand elle s'était péniblement levée ce matin, elle n'était pas seulement affligée de ce qui lui avait filé entre les doigts, à savoir le premier homme qu'elle ait vraiment apprécié depuis Richard, mais elle était également un peu déçue. Elle avait envoyé un mail à Hollywood. Où elle s'excusait une nouvelle fois et lui expliquait ce qu'il ne lui avait pas laissé dire la nuit précédente.

Puis elle avait enfilé ses habits de grande fille et fait ce qu'elle aurait dû faire il y avait bien longtemps.

Elle effectua son premier arrêt chez ses parents. Jim et Donna Anderson devaient savoir ce qui se passait exactement dans la vie de leur fille aînée. Et ce, depuis ces deux dernières années à peu près. Ils devaient savoir quel genre de gus était Richard Jacks.

Comme on pouvait s'y attendre, ils commencèrent par être choqués. Son père avait apprécié Richard quand il l'avait rencontré pour la première fois. Il ne l'avait pas beaucoup vu après sa blessure et il avait refusé de croire ce que les journaux avaient raconté à propos de ce qu'il avait fait à Emily et à sa fille. Mais le récit de Kassie sur le sort misérable qu'il lui avait réservé vers la fin de leur relation et les maltraitances verbales et physiques qu'il lui avait infligées fit beaucoup de mal à son père.

Elle était son premier enfant, la petite fille de son papa. Et quand elle lui avait montré les mails et les textos qu'elle avait reçus de Dean, lesquels émanaient théoriquement de Richard, il avait reçu un choc. Très violent.

Malheureusement, elle devait aussi leur avouer que le danger n'était pas écarté. Elle leur expliqua comment Dean menaçait désormais Karina. Son père commença alors à perdre les pédales. Il déambulait à pas lourds dans la pièce, jurant qu'il n'était pas question que Dean pose la main sur l'une de ses filles. Kassie se sentit soulagée de voir ses parents prendre la menace au sérieux. Elle savait qu'elle avait été stupide de ne pas s'en remettre à eux plus tôt.

Puis elle dut informer sa sœur que quelqu'un l'espionnait. La terreur qui se peignit sur le visage de Karina la bouleversa. C'était pour cette raison qu'elle n'avait rien dit jusque-là. Elle détestait l'idée que sa petite sœur ait à traverser cette épreuve. Elle était en terminale. Son bal de fin d'année aurait lieu dans deux semaines. Elle ne devrait pas avoir à se soucier d'autre chose que de l'université où elle voulait postuler pour l'année prochaine, de ses numéros de pom-pom girl et de ses notes.

Kassie repartit après que Karina eut promis de faire attention, non sans lui avoir assuré qu'elles parleraient bientôt plus longuement de la situation.

Ensuite, elle s'était rendue au poste de police pour y faire état du harcèlement dont elle était l'objet de la part de Dean. Elle n'avait aucune preuve de l'implication de Richard, vu qu'il était derrière les barreaux, mais du moins l'avait-on écoutée. Les policiers avaient fait une copie de toutes les preuves, textos et mails que Kassie avait apportés. Ils lui avaient conseillé d'être très prudente, de les informer si elle avait d'autres éléments à leur communiquer et lui avaient suggéré de demander une ordonnance restrictive à l'encontre de Dean.

Elle promit de se pencher sur la question, mais elle était d'ores et déjà satisfaite sur un point : s'il arrivait quelque chose à sa sœur ou à elle – Dieu les en préserve –, la police aurait une piste par laquelle commencer.

Kassie n'avait rien avalé ce matin-là, trop angoissée. À présent, elle était affamée, mais elle n'avait envie que d'une chose après son entretien avec l'inspecteur : rentrer chez elle. Inquiète de la situation, Karina n'avait pas cessé de lui envoyer des textos pendant la journée et tout ce que Kassie désirait, c'était grimper dans son lit et remonter ses couvertures par-dessus sa tête.

Elle se gara sur le parking de son immeuble et regarda alentour. Elle ne vit rien qui sorte de l'ordinaire, mais Dean pouvait très bien se trouver dans l'une de ces voitures sans qu'elle le soupçonne.

Agacée de se montrer aussi paranoïaque, Kassie frissonna, mais prit une profonde inspiration et ouvrit sa portière. Même si son courage l'abandonnait, elle pouvait le feindre. Attrapant son sac à main et sa sacoche contenant les preuves qu'elle avait transportées toute la journée, elle sortit de la voiture. D'un coup de hanche, elle claqua sa portière, la verrouilla avec sa télécommande et fila d'un pas vif vers l'entrée de son immeuble.

Comme d'habitude, elle emprunta les escaliers pour gagner le premier étage et se figea en ouvrant la porte qui donnait sur son couloir.

Hollywood se tenait appuyé contre le mur jouxtant la porte de son appartement. Les pieds croisés au niveau des chevilles, les bras sur le torse, il avait la tête baissée, comme s'il dormait.

L'espace d'une infime seconde, Kassie songea à tourner les talons et à s'enfuir. Il ne l'avait pas encore aperçue. Mais elle prit alors une profonde inspiration. Non. Elle n'avait rien fait de mal et elle en avait par-dessus la tête d'avoir peur en permanence. Elle ne

pensait pas avoir la force de surmonter des récriminations, mais tant pis. C'était sa vie, elle s'était flanquée
elle-même dans le pétrin, elle devait donc gérer les conséquences de ses actes.

Elle s'avança dans le couloir, la tête haute. Elle n'avait
pas effectué plus de cinq pas dans sa direction que Hollywood releva les yeux et les braqua sur elle.

Kassie ne parvenait pas à déchiffrer l'émotion tapie
derrière son regard. Elle était épuisée et la pensée d'essuyer une nouvelle harangue de la part de Hollywood lui
donnait envie de pleurer. Malgré toutes ses injonctions à
se montrer forte, elle ne l'était vraiment pas pour le
moment. Baissant les yeux sur ses clefs, elle les passa en
revue jusqu'à ce qu'elle ait celle de son appartement sous
la main.

Dépassant Hollywood sans ouvrir la bouche, elle
enfonça la clef dans la serrure.

— Comment as-tu trouvé où j'habitais ? demanda-t-
elle, décidant de passer à l'offensive.

— J'ai une amie hackeuse, répondit-il calmement,
comme s'il ne venait pas d'admettre avoir incité quelqu'un à enfreindre la loi pour dénicher son adresse. On
peut parler ? poursuivit-il à voix basse.

— Il me semble que tu as été très clair, hier soir,
rétorqua Kassie, fière de constater que sa voix n'avait pas
chevroté.

— Je me suis conduit comme un connard, reprit-il.
J'aurais dû t'écouter. Je suis content que tu m'aies envoyé
ce mail.

— D'accord, c'est bon, grommela Kassie en tournant
la clef pour ouvrir la porte.

Elle se tourna vers Hollywood qui se tenait toujours à côté et, plantant ses yeux dans les siens, elle espéra que son langage non verbal serait aussi sonore que clair.

— Tu es pardonné. Maintenant, va-t'en.

Elle aurait réussi son coup s'il ne l'avait pas touchée. Elle lui aurait refermé la porte au nez et elle aurait repris le cours de sa soirée. Mais avant qu'elle puisse se réfugier à l'intérieur, il avait posé une main sur son bras et lâché d'une voix douce :

— S'il te plaît, laisse-moi entrer pour qu'on puisse parler. Je t'attends depuis la fin de la matinée.

Elle le dévisagea, sidérée, en s'efforçant d'ignorer la chaleur de ses doigts sur son bras.

— Tu as passé toute la journée ici ?

— Oui. Six heures.

Poussant un profond soupir tout en fermant les yeux, Kassie tenta de ressusciter sa colère du matin, quand elle lui avait envoyé son message. Mais elle n'en avait tout simplement pas l'énergie.

— D'accord. Mais je suis épuisée, alors tu vas devoir être bref.

Il hocha la tête, sans rien répliquer.

Kassie déplaça le bras de façon à en déloger sa main et pénétra dans son appartement. Il la suivit à l'intérieur et elle sentit ses yeux sur elle pendant qu'elle laissait tomber ses clefs dans un bol sur une table juste à côté de la porte.

— Verrouille derrière toi, lui demanda-t-elle avant de s'éloigner sans même un regard.

Son appartement n'était pas bien grand, mais le loyer était abordable. Une cuisine fonctionnelle, quoique petite, une table basse, une télévision d'une taille correcte et des rayonnages pleins de livres. Quand sa vie était devenue atroce, elle avait toujours pu se rabattre sur les livres pour surmonter l'épreuve. Des photos de sa famille étaient partout en évidence, de même que les preuves qu'une femme pour le moins désordonnée vivait ici.

Des prospectus jonchaient la table basse, de la vaisselle sale s'empilait dans l'évier, une couverture était roulée en boule au bout du canapé, deux paires de chaussures gisaient au hasard sur le sol et des bougies à demi consumées émaillaient les surfaces. Kassie haussa mentalement les épaules. Peu importait. Ce n'était pas comme si elle l'avait invité.

Elle posa par terre, au pied du canapé, le sac contenant les preuves qu'elle avait montrées au policier et à ses parents. Son sac à main atterrit à côté. Puis elle s'assit, avec l'impression de porter le poids du monde sur ses épaules. Ce n'était pas exactement l'attitude volontaire et va-t'en-guerre qu'elle devrait adopter devant Hollywood, mais elle n'avait pas assez de force pour se montrer autrement, pour le moment.

Les coussins en daim gris l'enveloppèrent et elle soupira de soulagement. Le canapé avait été l'un de ses premiers achats quand elle avait emménagé et elle ne l'avait pas regretté une seconde. Il avait coûté cher, mais il était extrêmement confortable et c'était exactement ce dont elle avait besoin en cet instant.

Fermant les yeux, Kassie s'imagina qu'elle était seule, que sa vie ne partait pas en sucette, que sa petite sœur n'avait pas pleuré toutes les larmes de son corps après avoir découvert qu'un connard flippant et dégoûtant l'espionnait et voulait lui faire du mal.

— Tu veux que j'aille te chercher quelque chose à boire ?

La voix de Hollywood avait fait irruption dans la petite bulle de solitude où elle feignait de se trouver. Ouvrant les yeux, elle tourna la tête et le vit, planté à côté de l'accoudoir du canapé, qui l'observait avec inquiétude.

— Non. On peut en finir, s'il te plaît ?

Hollywood contourna la table basse et vint s'asseoir à côté d'elle. Se tournant pour lui faire face, il remonta une jambe si bien que son genou lui effleura la cuisse. Il se pencha en avant et lui attrapa la main pour entremêler ses doigts aux siens, comme il l'avait fait le soir précédent. Or à présent, au lieu de se sentir en sécurité, Kassie avait la sensation d'être prisonnière.

Elle voulut retirer sa main, mais il raffermit son emprise.

— Calme-toi.

— Me calmer ? Pas question.

Elle tira de nouveau, frustrée qu'il ne la libère pas.

— Je ne sais pas ce que tu veux que je te dise. Lâche-moi, Hollywood.

— Non. Et tu n'as pas à dire quoi que ce soit. C'est moi qui vais parler. Je me suis comporté comme un con, hier soir. À ma décharge, tu m'as pris au dépourvu, mais ce n'est pas une excuse. Tu dois comprendre que je considère Jacks comme un terroriste. Au même titre que l'État islamique, les Talibans, les extrémistes... quel que soit le nom qu'on leur donne. Sérieusement, c'est comme ça que je le vois. Et donc j'étais là, en train de profiter au maximum de notre premier rendez-vous, à me demander comment j'avais bien pu faire pour te trouver enfin, à me réjouir de ce que tu me paraissais absolument parfaite pour moi, quand tu as largué ta petite bombe.

Kassie gémit et tira plus fort, mais Hollywood se contenta de renforcer son étreinte. Elle ne voulait pas entendre ça. Absolument pas. Elle tendit sa main libre pour essayer de desserrer les doigts de Hollywood. Mais il n'eut qu'à placer son autre main sur les deux siennes pour l'immobiliser sans difficulté. Il se mit à parler plus vite, comme s'il la sentait sur le point de craquer.

— Je ne peux pas nier que j'étais furax, mais ma colère venait du fait que j'avais perçu une connexion entre nous. Puis je me suis réveillé ce matin avec le senti-ment d'avoir perdu quelque chose de précieux. Et commis une grosse erreur. J'ai parlé avec mes amis et ils m'ont aidé à comprendre ce que je savais déjà. Kassie...

Il marqua une pause et la regarda droit dans les yeux.

— Je sais que tu n'avais pas à me révéler pourquoi tu m'avais contacté la première fois. Le fait que tu me l'aies avoué me montre en fait à quel point tu es honnête. Si je t'avais laissé une chance de t'expliquer, hier soir, je sais que j'aurais réglé mon problème et réalisé combien tu étais courageuse.

Kassie ferma les yeux, effrayée de constater qu'elle cédait. Sa volonté de lui résister ne tenait plus qu'à un fil. Sa journée entière n'avait été qu'épreuves. Elle le sentit qui lui glissait une mèche de cheveux derrière l'oreille, alors qu'il se remettait à parler.

— Je suis désolé que tu aies vécu avec la menace de Jacks au-dessus de ta tête. Je suis désolé qu'il ait levé la main sur toi. Et je suis vraiment désolé que tu aies des problèmes avec son ami. Laisse-moi t'aider, Kassie.

— Pourquoi ? murmura-t-elle.

— Pourquoi je veux t'aider ? lui fit préciser Hollywood.

Kassie hocha la tête et ouvrit les yeux. Elle devait voir son visage quand il répondrait. Elle serait sûrement en mesure de déceler s'il était sincère ou s'il lui racontait des bobards.

Il ne se défila pas et la regarda droit dans les yeux.

— Parce que je n'ai jamais ressenti de connexion avec aucune femme comme avec toi. Il y a un an, je n'aurais peut-être pas pu comprendre ce qu'il y avait entre nous, mais depuis que j'ai vu mes amis faire l'expérience du véritable amour, je ne veux pas renoncer si c'est ce que je ressens. Autrefois, si une femme m'avait avoué ce que tu m'as avoué, je l'aurais laissé tomber sans plus jamais repenser à elle, mais je suis tout bonnement incapable de me conduire ainsi avec toi. D'une manière ou d'une autre, tu t'es insinuée à l'intérieur de moi et tu y as pris racine.

Ignorant les propos sur le « véritable amour » – pas question qu'elle s'y appesantisse –, elle sentit ses lèvres se retrousser malgré elle.

— Donc, je suis un virus ? C'est ce que tu essaies de me dire ?

Il répondit à son sourire.

— Non, ma belle, je suis seulement en train de t'expliquer que j'ai eu beau essayer de te faire passer par pertes et profits, la nuit dernière, je n'ai pas réussi. Nous avons fini par nous connaître plutôt bien, rien qu'avec nos échanges d'emails. Notre rencontre d'hier soir n'a fait que confirmer qu'il y a quelque chose de spécial entre nous. Il me semble que tu le ressens avec la même force que moi, sans quoi tu ne te serais pas hasardée à me parler de Jacks. Tu m'as trouvé et vice versa. Je ne veux pas gâcher tout ça. Bien sûr, tu m'as contacté parce que Jacks t'avait ordonné de le faire. Peu importe. Si je ne détestais pas autant ce fils de pute, je le remercierais.

Sidérée, Kassie leva les yeux vers l'homme qui se tenait à côté d'elle. Elle n'arrivait pas à croire que c'était le même qui, la nuit dernière, avait déclaré, furibond, qu'il ne voulait plus jamais la revoir. Celui qui lui disait maintenant que leur relation avait un avenir.

— Je suis tout à fait d'accord pour travailler avec tes amis et toi, pour vous dire ce que je sais de Richard et ce qu'il projette, même si je n'en ai aucune idée. Je ferai office de messagère et je vous donnerai tous les renseignements que vous voudrez. Je lui communiquerai de fausses informations et je servirai même d'appât si c'est nécessaire. Je le ferais même sans être ton amie, Hollywood. Je déteste ce qu'il a infligé à Emily et à sa fille. Tu n'as pas besoin de me susurrer de belles paroles et de prétendre m'apprécier simplement pour coincer Richard.

À présent, il avait l'air fâché. Kassie aurait dû avoir peur de lui, mais elle savait que, même en colère, il ne la toucherait pas. La soirée de la veille l'avait prouvé. Il était furieux, mais il ne l'avait ni frappée, ni attrapée, ni bousculée, ni quoi que ce soit qui puisse la blesser sur le plan physique.

— Je ne te déclare pas mon affection pour te pousser à jouer l'appât. Bon sang, Kassie, il m'arrive d'être un connard, mais pas à ce point. Je ne suis pas là non plus parce que je veux que tu fasses office de messagère. Mes amis et moi sommes en mesure de nous occuper de ce fumier sans t'impliquer. Je veux juste te connaître mieux, t'inviter à dîner, regarder des films avec toi, faire la connaissance de Karina et la regarder encourager son équipe de foot. Bref, je veux Kassie Anderson. Je n'ai pas d'arrière-pensée, ma belle. Je ne suis qu'une personne qui désire en fréquenter une autre et qui espère s'en rapprocher.

— Oh...

Une réponse pour le moins lamentable, mais c'était tout ce qu'elle avait trouvé.

— C'est un « oh, oui » ou un « oh, non » ? voulut savoir Hollywood.

— Un « oui », je suppose.

— Même si ce n'est pas un « oui » franc et massif, je prends. Maintenant, dis-moi, tu n'aurais pas faim ? Je suis affamé. Je ne voulais pas courir le risque que tu rentres pendant que je partais déjeuner.

— Mes voisins ne t'ont rien dit ? Ça m'étonne qu'ils aient apprécié te voir rôder dans le hall, ajouta-t-elle en essayant de ne pas se sentir coupable qu'il ait passé toute la journée ici.

— Quelques personnes m'ont demandé qui j'étais et ce que je faisais, répondit Hollywood en haussant les épaules. Je leur ai expliqué que j'étais ton petit ami et que nous nous étions disputés. Que j'étais ici pour implorer ton pardon. Ils ont paru se satisfaire de mes explications, certains m'ont même donné des astuces pour revenir en grâce auprès de toi.

— Je ne veux même pas savoir lesquelles, grommela Kassie.

— T'offrir des roses, te préparer à dîner, te masser les pieds et te laisser m'enchaîner au lit pour faire de moi ce que bon te semblera, lui exposa Hollywood, impassible.

Elle sentit sa mâchoire se décrocher.

— Tu plaisantes ?

— Non. Je n'ai pas apporté de fleurs et je ne pense pas que nous soyons tout à fait prêts pour la gymnastique en chambre, même si, je dois bien le reconnaître, la pensée de me retrouver à ta merci n'a rien pour me rebuter, sache-le, du moment que la réciproque est envisageable. En revanche, je peux préparer quelque chose à manger, si ça ne te dérange pas. Et puis, même si je ne l'ai jamais fait, je peux sans doute arriver aussi à te prodiguer un massage des pieds à peu près potable.

Kassie secouait déjà la tête avant qu'il ait achevé sa tirade. Elle refusait d'imaginer cet homme splendide dans son lit. Ça n'arriverait pas. Quand il la connaîtrait mieux, il découvrirait qu'elle était bien trop ennuyeuse à son goût et il décamperait.

— Je suis fatiguée, Hollywood. Dès que tu seras parti, je vais m'écrouler.

— Tu dois manger, répliqua-t-il, inquiet.

— Non. Ce n'est pas comme si je maigrissais à vue d'œil. Je survivrai, même si je saute un repas, déclara-t-elle en se désignant de la pointe du menton.

Hollywood fronça les sourcils pendant quelques secondes, puis il lui demanda avec une intonation étrange :

— Où étais-tu, aujourd'hui ?

— Euh... bredouilla-t-elle, incapable de trouver une réponse assez rapide.

— Je t'ai attendue tout l'après-midi. Tu n'avais pas de sacs de courses quand tu es arrivée ici, donc tu n'étais ni à l'épicerie ni dans un centre commercial. Tu es allée voir ta famille ?

Il était futé, elle devrait s'en souvenir s'il restait dans sa vie. Elle hocha la tête.

— Oui, j'essaie d'aller les voir la plupart des week-ends.

Hollywood lui posa une main sur la nuque et lui passa doucement le pouce le long de la mâchoire. Ses autres doigts réchauffaient la peau sensible derrière son oreille.

— Tu leur as parlé de Dean et Jacks ?

Kassie hocha la tête.

— Ils n'étaient pas contents.

— Je l'imagine bien. Et Karina ? Elle saura se conduire avec prudence ?

Elle hocha de nouveau la tête et pinça les lèvres pour essayer de refouler les larmes qui menaçaient. La dernière chose dont elle avait besoin, c'était qu'on la prenne en pitié. Elle avait été comme ça toute sa vie durant : stoïque et forte... jusqu'à ce qu'on lui manifeste de la compassion. Alors, elle craquait.

— Oh, ma belle, je suis désolé.

Elle plissa les yeux pour essayer de ravaler ses larmes. Elle compta un battement de cœur, puis croassa :

— Ça va. J'aurais dû leur en parler il y a longtemps.

— Tu as eu une journée difficile, murmura Hollywood en l'attirant dans ses bras.

Et vlan ! Elle n'aurait pas pu retenir ses larmes même si on lui avait offert un million de dollars. La compassion de Hollywood et surtout sa présence vinrent à bout de ses résistances. Les bras recroquevillés devant elle, Kassie se cramponnait à son T-shirt, secouée de sanglots.

Elle ne savait pas exactement pourquoi elle pleurait. Le stress, sa nuit sans sommeil, les hauts et les bas de sa relation avec lui, le fait de savoir sa sœur terrifiée... C'était un tout.

Hollywood ne dit pas un mot. Il se contenta de la soutenir d'une main dans son dos tandis que l'autre lui caressait les cheveux d'une manière apaisante. Sans relâche. Depuis le sommet de son crâne jusqu'au milieu de son dos, et en sens inverse.

Quand elle pensa avoir enfin recouvré le contrôle, gênée au plus haut point, Kassie recula. Elle passa les doigts sous ses yeux pour en essuyer les dernières larmes sans parvenir à croiser le regard de Hollywood.

— Tu te sens mieux ?

Elle secoua la tête.

— Pas vraiment. Maintenant, j'ai le visage mouillé et toujours pas la moindre idée de ce que je dois faire avec Dean.

Elle ne pouvait pas lui mentir, pas après la journée qu'elle venait de passer et la compassion qu'il lui avait témoignée.

Il gloussa et se déplaça vers le bord du canapé.

— Très bien. Pourquoi tu ne t'allongerais pas ? Repose tes yeux pendant que je nous prépare quelque chose à manger.

Kassie leva alors la tête vers Hollywood. Il n'avait pas l'air répugné par ses larmes et ce qui devait être un visage incroyablement bouffi. Il ne semblait pas se soucier de la persistance de ses reniflements, comme si elle souffrait d'une allergie carabinée.

— Qu'est-ce que tu fabriques ? murmura-t-elle, déboussolée.

Il se pencha pour l'embrasser sur le front.

— Je vais nous préparer à dîner.

Elle secoua la tête.

— Non, je voulais dire, ici, avec moi.

— Comme je te l'ai expliqué, je vais préparer à dîner. Allonge-toi, Kassie. Détends-toi.

— Je ne peux pas, grommela-t-elle, mais elle hissa tout de même ses pieds sur les coussins et les replia sous ses fesses.

— Dans ce cas, tant pis, contente-toi de rester allongée et pense à toutes les splendeurs culinaires que je vais te concocter.

Elle lui sourit.

— Tu sais cuisiner ?

— Tu vas devoir attendre pour le découvrir... répliqua-t-il en lui renvoyant son sourire.

— Ça va te faire un long trajet pour rentrer chez toi, ajouta Kassie, même s'il était certainement déjà au courant.

Hollywood se contenta de hausser les épaules.

— Pas trop, juste une heure.

— C'est un long trajet.

Il se pencha sur elle, posant les mains sur le coussin de chaque côté de ses épaules.

— Conduire jusqu'à El Paso, oui, c'est un long trajet, souffla-t-il. Une heure de route, ce n'est rien. Et histoire que tu le saches, le fait que tu vives ici et moi à Fort Hood ne va pas m'empêcher de faire l'effort de venir te voir. Si cela signifie que je dois arriver ici à 18 h 30 et repartir à 22 heures, parce que je dois me lever à 4 heures du mat' pour un exercice physique, c'est ce que je ferai. Je suis tout à fait prêt à effectuer deux heures de route pour passer ne serait-ce que trente minutes à mieux te connaître.

— C'est insensé.

— Non, c'est de la détermination, rétorqua-t-il en l'embrassant une fois de plus sur le front. Ferme les yeux, Kass, ajouta-t-il en se redressant. J'ai un repas à préparer.

N'ayant rien d'autre à faire, elle obéit.

———

9

— Salut, Hollywood, fit la voix de Kassie dans son oreille.

Deux semaines s'étaient écoulées depuis le bal de l'armée.

Il était resté ce premier soir dans son appartement, où il avait préparé un dîner simple de spaghettis et de pain à l'ail fait maison. Ils avaient discuté de tout et de rien pendant qu'ils mangeaient. Elle lui avait raconté qu'elle s'était rendue au poste de police et l'avait mis au courant de tout ce que Dean avait dit et fait depuis l'arrestation de Jacks. Une fois de plus, Hollywood s'était senti coupable de ne pas l'avoir laissé parler la nuit précédente, mais il avait fermement repoussé ce sentiment. Il était là, désormais, et il ferait tout ce qui était en son pouvoir pour assurer la sécurité de Kassie.

Il avait tenu cet engagement. Il avait demandé à Beth, la femme qui avait dégotté l'adresse de Kassie et travaillait à présent pour son ami Tex, de lui dénicher tout ce qu'elle pourrait à propos de Dean. Il avait informé son commandant de la situation et du fait que Jacks communiquait avec son ami, menaçant Kassie depuis sa cellule. Il tenait à savoir si son chef pouvait faire quelque chose à ce sujet. Il s'était fait un devoir de s'assurer que la jeune femme n'ait plus jamais la sensation de se battre toute seule. Il ne supportait pas l'idée qu'elle ait pu se sentir isolée, sans la moindre échappatoire.

Il avait également parlé d'elle à Emily, qui ne conservait pas la moindre animosité à son encontre. Elle lui avait expliqué ce qu'elle avait éprouvé quand Jacks l'avait fait chanter et qu'elle avait cru ne pas avoir d'autre choix que de lui payer les sommes qu'il exigeait. Jacks était peut-être un sale type, ce n'était pas un imbécile pour autant. Il savait qu'il menaçait la personne la plus vulnérable de la vie d'Emily, et désormais de celle de Kassie, de sorte qu'elles se plient à ses exigences.

Hollywood l'avait vue ou lui avait parlé tous les jours depuis ce dîner, deux semaines plus tôt. Certains jours, il avait fait exactement ce qu'il avait promis, arrivant après le travail pour la voir quelques heures avant de regagner ses pénates. D'autres jours, si Kassie ou lui travaillaient tard, il s'arrangeait pour lui parler au téléphone. Et il lui envoyait des emails ou des textos au quotidien, plusieurs fois par jour. Simplement pour la saluer, lui raconter sa journée et, plus globalement, être en contact avec elle.

Le lien ténu qu'ils avaient tissé se renforçait. Kassie était la première personne à qui il avait envie de parler quand il se levait et la dernière quand il allait se coucher. Il détestait l'idée qu'elle vive à Austin, mais dès qu'il aurait réussi à éloigner Jacks et Dean de sa vie, il espérait pouvoir la convaincre de déménager à Temple. Ce n'était pas gagné, pourtant jamais encore il ne s'était senti aussi protecteur, impliqué ou même excité vis-à-vis d'une femme. Kassie était rapidement devenue la personne la plus importante de sa vie. C'était fou, mais son âme semblait se fixer quand il était avec elle.

Elle était la femme qu'il lui fallait. Il le savait jusque dans la moelle de ses os. Il aurait voulu lui demander d'emménager avec lui, mais sa conviction ne signifiait pas que la réciproque était vraie. Il était plus qu'évident qu'elle serait difficile à convaincre, toutefois Hollywood était prêt à relever le défi. Il la courtiserait tous les jours pendant des années s'il le fallait, espérant qu'elle porte enfin son alliance à l'annulaire.

Ce week-end, Kassie venait le voir pour la première fois. Comme elle s'était plainte d'être stressée, Hollywood s'était arrangé avec Fletch pour qu'elle séjourne dans l'appartement au-dessus de son garage. Elle ne travaillait pas ce week-end, et il voulait qu'elle soit en mesure de se détendre sans soucis pendant au moins deux jours.

Il aurait aimé qu'elle loge chez lui, or même s'ils se rapprochaient de plus en plus, il ne voulait pas lui mettre la pression et l'obliger à faire ce pour quoi elle n'était pas prête. Il savait qu'elle était vite devenue indispensable à son bien-être, mais elle n'en était probablement pas parvenue au même stade en ce qui le concernait. Surtout après tout ce qui s'était passé avec son ex. Qu'elle ait accepté de faire le voyage sans qu'il insiste beaucoup, voilà qui en disait long sur son niveau de stress.

Hollywood n'avait pas prévu beaucoup d'activités pour leur week-end. C'était déjà formidable de passer plus de quelques heures avec elle, même si l'un des passages obligés de son séjour consistait en une rencontre avec les gars pour discuter de la situation de Jacks. Dean n'était pas en ville, ces jours-ci, mais dès qu'il reviendrait, Hollywood avait le sentiment que la situation allait rapidement empirer, surtout quand ce salopard découvrirait à quel point Kassie et lui s'étaient rapprochés en son absence. Le plan visant à ce qu'elle les espionne, lui et le reste de son équipe, n'avait pas exactement fonctionné comme Dean et Jacks l'avaient projeté.

— Salut, Kass, répondit-il, le téléphone coincé entre son oreille et son épaule. Où es-tu ?

— Je viens juste de partir. Je devrais arriver dans une heure et quelques. C'est bon ?

— Bien sûr, la rassura Hollywood. Tu viens directement chez moi, d'accord ?

— Oui. J'ai rentré ton adresse dans mon GPS et ça me semble assez simple à trouver.

— Comment va ta sœur ?

— Ça va. Nous n'avons pas vu Dean, ni elle ni moi, mais je suis sûre qu'il rôde encore dans les parages. Plus il attend pour me contacter, plus je suis nerveuse. Mais pour être honnête, je ne suis pas certaine que Karina fasse très attention à lui. Elle se met la tête dans le sable, en quelque sorte. Elle a flippé quand je lui en ai parlé la première fois, mais depuis, je pense qu'elle essaie juste d'oublier Dean afin de supporter la vérité.

— Elle doit faire attention, la prévint Hollywood.

Kassie soupira.

— Je sais et je pense qu'elle le sait aussi, mais je ne peux pas rester avec elle vingt-quatre heures sur vingt-quatre, sept jours sur sept. Elle va au lycée, moi au travail. Je lui reparlerai. Je fais de mon mieux.

— Je le sais, mon cœur. Je ne cherchais pas à insinuer quoi que ce soit d'autre.

Il se radoucit en percevant de l'abattement dans sa

voix.

Avec un peu de chance, après ce week-end, son équipe et lui auraient un plan pour gérer Dean et Jacks, et elle se sentirait peut-être mieux. Hollywood saisit le regard que Truck posait sur lui et lui adressa un signe du menton pour lui indiquer qu'il partait.

— Tu as parlé récemment avec l'inspecteur à qui tu as montré les textos et les mails ?

— Oui. Il m'a dit qu'ils recherchaient Dean, mais qu'ils n'avaient pas été capables de le localiser pour l'instant. C'est vraiment bizarre que quelqu'un puisse se cacher comme ça. Mince, chaque fois que je me retournais, il était là. Je n'arrive pas à croire qu'ils ne puissent pas le trouver.

— C'est assez facile d'échapper aux radars si tu ne veux pas être repéré, répliqua-t-il avant de demander : Tu as obtenu l'ordonnance restrictive ?

Elle garda le silence et Hollywood devina ce qu'elle allait dire avant qu'elle ouvre la bouche.

— Non, mais je vais faire la demande.

— On en parlera ce week-end. Tu ne peux pas continuer à repousser cette démarche.

Il s'empressa d'ajouter avant qu'elle puisse polémiquer – il connaissait d'avance ses objections et il les tuerait dans l'œuf :

— Je vais te laisser te concentrer sur la route. Sois prudente. Préviens-moi quand tu seras presque arrivée. Je t'attendrai.

— D'accord. À bientôt.

— Salut.

— Salut.

Hollywood raccrocha et monta en voiture. Il avait vu

Kassie trois jours plus tôt, lorsqu'il était allé chez elle mardi, après son travail, pourtant il éprouvait une excitation qui frisait le ridicule à l'idée de la revoir. Sur son terrain à lui, cette fois-ci. Il n'avait jamais rien ressenti de pareil en sortant avec une fille. Il avait passé de bons moments avec telle ou telle femme, sans jamais éprouver une impatience semblable, un tel enthousiasme à l'idée de les retrouver.

Il se sentait plus lui-même avec elle qu'avec qui que ce soit d'autre, en dehors de sa famille et de ses coéquipiers. Elle appréciait son physique, mais il savait qu'elle n'était pas avec lui pour cette raison. Avant de la rencontrer, il n'avait pas conscience de l'importance que cela revêtait à ses yeux.

Hollywood consulta sa montre et hocha la tête. Il avait amplement le temps de se doucher et de se changer avant son arrivée. Il n'avait pas oublié cette fois-là, quand elle avait enfoui son nez dans son cou pour inhaler son odeur. Si elle appréciait son après-rasage, il veillerait à conserver ce parfum pour elle.

Une heure plus tard, Hollywood attendait devant son immeuble. Kassie avait appelé cinq minutes plus tôt pour annoncer qu'elle quittait l'autoroute et ne devrait plus tarder. Il regarda sa Honda Accord quatre portes se garer sur le parking. Elle avait à peine fini sa manœuvre qu'il était devant sa portière pour la lui tenir pendant qu'elle sortait.

Sans réfléchir, Hollywood la prit par la taille et l'attira à lui. Il baissa la tête et s'empara de ses lèvres. Ils s'étaient déjà embrassés, mais jamais comme ça. Un long baiser, fougueux et passionné. Tout en lui dévorant la bouche, Hollywood percevait le parfum de son shampooing mélangé à son odeur naturelle. Il n'avait même pas regardé ce qu'elle portait, il n'avait eu qu'une seule idée en tête : l'embrasser.

Il sentit les mains de Kassie agripper l'ourlet de son T-shirt et il l'attira dans son étreinte jusqu'à sentir chacune de ses courbes. L'ayant relâchée assez longtemps pour balbutier : « Salut, mon cœur », il posa une main dans son dos pour la presser contre lui. Il ne lui laissa pas la moindre chance de répondre. Prenant de nouveau sa bouche, Hollywood aurait pu jurer qu'il entendait les oiseaux chanter et les cloches sonner. C'était ridicule, mais rien dans sa vie n'avait été aussi bon que les lèvres et la langue de Kassie qui remuaient à l'unisson des siennes.

Au bout de plusieurs minutes de béatitude, il finit par la relâcher, inclinant le haut du corps.

— Ça va ? demanda-t-il.

— Oui, fit-elle dans un souffle. Bien mieux maintenant que je suis ici.

— Super.

Ils se sourirent pendant un moment.

— Tu as besoin de quelque chose avant qu'on monte ? s'enquit Hollywood, curieusement peu enclin à bouger ne serait-ce que d'un centimètre.

Kassie secoua la tête.

— Étant donné que je dors chez Fletch, ce soir, je vais laisser mon sac dans la voiture.

Hollywood la fit pivoter, lui passa un bras autour de la taille et referma la portière de sa voiture. Il la précéda dans l'escalier qui menait à son appartement, soudain inquiet de ce qu'elle penserait de son logement. Il n'était pas en mesure de veiller sur elle au jour le jour, alors maintenant qu'elle était là, il avait envie de l'enfermer à l'écart du monde. Le seul endroit où il soit certain que Jacks ou Dean ne pourraient l'atteindre, c'était derrière cette porte. C'était donc là qu'il l'emmenait.

Soupirant de soulagement quand le verrou cliqueta dans son dos, il s'efforça de ne pas penser au fait qu'elle dormirait dans l'appartement au-dessus du garage de Fletch, ce soir, et non chez lui.

— Tu as fait bonne route ? demanda-t-il en souriant.

— Oui. Contre toute attente, la circulation n'a pas été trop chargée. Je pensais que la sortie d'Austin serait un cauchemar. Je parie qu'en me voyant arriver, on m'a dégagé la voie, plaisanta-t-elle.

— C'est bien normal. Tu veux faire le tour du propriétaire ?

— Évidemment.

Hollywood lui fit visiter son appartement. Aucune description n'était nécessaire. La porte donnait sur le séjour, une pièce ouverte dont la partie cuisine était visible depuis le seuil. On y apercevait des ustensiles en acier immaculé et des plans de travail en granite. Il ne possédait pas de table de cuisine, mais des tabourets rangés sous un bar.

— Comme tu peux le voir, c'est la cuisine et la pièce à vivre, expliqua-t-il sommairement.

Il s'efforça de voir son appartement du point de vue de Kassie. Il avait quelques photos de ses proches sur l'étagère murale, notamment de sa sœur et de la famille de sa sœur. Il y avait également un cliché de ses amis et lui au mariage d'Emily et de Fletch. La mariée avait insisté pour la séance photo, et bien lui en avait pris, car peu de temps après, la réception avait pris une fâcheuse tournure. Ensuite, elle avait fait encadrer la photo et en avait offert un exemplaire à chacun. Bien alignés, Ghost, Fletch, Coach, lui-même, Beatle, Blade, Truck et Fish portaient leurs uniformes bleus et souriaient comme des idiots.

Kassie fonça droit dessus, un grand sourire aux lèvres. Elle souleva le cadre massif et examina le cliché de 20 cm x 25 cm.

— Je reconnais tout le monde sauf ce gars-là, dit-elle en tournant la photo.

— C'est Fish, répondit Hollywood.

— Fish ?

— Eh oui. Parce qu'il nage comme un poisson.

— Hmm, je ne l'ai pas vu au bal, constata Kassie.

— Il n'y était pas. Il n'aime pas trop la foule. Pour te la faire brève, il se trouvait en mission au Moyen-Orient et tous les gars de sa section ont été tués. Truck lui a sauvé la vie et nous avons ramené ses fesses en sécurité. C'est l'un des nôtres désormais.

— Il va bien ? demanda-t-elle en fronçant les sourcils.

Hollywood haussa les épaules.

— De mieux en mieux. Il a perdu une partie d'un bras et il part en retraite de l'armée pour raisons médicales, mais il a presque terminé sa thérapie. Il a parcouru un chemin sacrément difficile et nous sommes vraiment heureux de le compter parmi nos frères.

— Ça me fait très plaisir pour lui, souffla Kassie. Je souhaite à tout soldat blessé d'avoir des amis dans votre genre qui l'attendent à la maison.

— Moi aussi, convint Hollywood qui se demanda une fois de plus comment il avait seulement pu imaginer que Kassie cherche à l'utiliser de son plein gré et sournoisement pour renseigner Jacks.

Elle se montrait gentille et attentionnée envers tous ceux qu'elle avait rencontrés, même Fish qu'elle n'avait jamais vu.

— Tu veux visiter le reste de mon appartement ?

Kassie hocha la tête, mais ses yeux s'attardèrent un long moment sur la photo. Finalement, elle replaça le cadre sur l'étagère et se retourna pour lui sourire.

— Tu es sexy dans ton uniforme, mais je pense que je te préfère comme ça...

Elle pointa le doigt dans sa direction.

— Jean, vieux T-shirt et baskets miteuses. C'est plus... toi.

Ça alors ! Elle le tuait. Incapable de trouver les mots qui rendraient justice à ce qu'elle lui faisait éprouver, Hollywood lui prit la main pour en embrasser le dos et l'entraîna de l'autre côté du salon. Il lui fit contourner le canapé de cuir, la table basse et le siège inclinable. Il l'emmena dans le couloir, désignant au passage un placard, une salle de bains d'appoint, une chambre qu'il utilisait comme salle d'entraînement, un placard à linge et enfin sa chambre. Ravalant son émotion avec difficulté, ainsi que la sensation d'ouvrir la porte sur une vie nouvelle, il tourna la poignée.

Kassie fit un pas à l'intérieur, esquissant un petit rire.

Hollywood sourit.

— Qu'est-ce qu'il y a ?

— Tu n'as pas de lit, commenta-t-elle comme s'il l'ignorait.

— Bien sûr que si, répliqua-t-il en regardant le matelas posé à même le sol.

Ce n'était pas la chambre la plus élégante, mais il avait une commode pour ranger ses vêtements, sur laquelle trônait un poste de télévision, et une petite table de chevet où il avait posé un réveil numérique et où il laissait son pistolet quand il dormait. L'ensemble lui convenait.

— Non, tu as un matelas, rectifia-t-elle.

Hollywood sourit, appréciant l'air détendu et heureux de Kassie.

— D'accord, mais c'est l'essentiel. Et sache que ce matelas est aussi confortable que n'importe quel lit où j'ai dormi. Je n'ai jamais vu la nécessité de me prendre la tête à acheter un sommier.

Ce qu'il ne lui disait pas, c'était que lorsqu'il était en mission, il dormait d'ordinaire dans la saleté, la boue ou le sable. Ce matelas, c'était du grand luxe en comparaison.

Kassie secoua la tête

— Tu ne peux pas te passer de lit, Hollywood.

— Pourquoi ?

Au lieu de répondre, elle demanda :

— Tu invites vraiment des femmes chez toi pour les séduire, puis tu les conduis dans ta chambre, rien que pour leur montrer ça ?

Hollywood savait qu'elle plaisantait, mais à ses yeux, il était fondamental qu'elle sache la vérité.

— Je n'ai jamais invité la moindre femme ici, Kassie.

Son sourire s'effaça alors qu'elle levait les yeux vers lui, mais elle ne dit rien.

— Je ne ramène plus de femme chez moi, chérie. J'ai trente-deux ans, ma période de tournées des bars est loin derrière moi. Je n'ai été qu'avec deux femmes au cours des quatre dernières années. En partie parce que j'ai été occupé, mais aussi parce que ça me rendait malade qu'elles soient seulement avec moi pour mon physique. Ça peut paraître prétentieux, je sais, mais c'est ce que j'ai vécu. Et aucune de ces deux femmes n'a mis un pied chez moi. Ni dans ma cuisine, ni dans mon salon et encore moins dans ma chambre. Ce matelas connaît le poids de mon corps et seulement de mon corps.

Hollywood ignorait quelle serait la réponse de Kassie à sa déclaration passionnée. Peut-être serait-elle ravie qu'il n'ait pas couché ici et là, ou bien surprise qu'il ait le cran d'aborder le sujet, mais ce qu'il n'avait pas prévu, ce fut son large sourire et les trois pas qu'elle effectua vers son matelas pour se jeter dessus.

Elle gloussait en se retournant sur le dos, sans cesser de trémousser ses fesses d'avant en arrière. Elle montait et descendait les bras, écartait et resserrait les jambes, comme si elle essayait de dessiner la forme d'un ange dans ses draps.

— Qu'est-ce que tu fabriques ? demanda-t-il, déconcerté.

— Dorénavant, tu ne pourras plus raconter que tu es la seule personne à t'être allongée sur ce matelas, répondit-elle entre deux éclats de rire. Maintenant, il a été contaminé par une fille.

Hollywood avait beau savoir qu'il connaissait Kassie depuis deux semaines seulement, ce fut à ce moment précis, en la voyant gigoter sur son matelas pour le taquiner, qu'il tomba amoureux d'elle sans retour en arrière possible. Sans exagérer, et même amoureux fou ! Il savait que certaines personnes ne le croiraient pas, affirmeraient qu'il était impossible de tomber amoureux d'une femme rencontrée en ligne, après l'avoir vue uniquement quelques fois en chair et en os. Mais ces personnes se tromperaient.

Il aimait Kassie Anderson d'un amour absolu et elle serait à lui, quoi qu'il advienne.

Sans crier gare, Hollywood bondit.

Il se baissa sur elle, épinglant son corps sous le sien. Elle gloussait toujours, mais tenta de repousser son torse pour le faire bouger.

— Non, Hollywood, c'est trop tard. Il est déjà contaminé. Tu ne peux plus rien y faire.

Ce fut seulement quand il se laissa complètement tomber sur elle que Kassie cessa de rire, même si elle souriait toujours. Alignant son entrejambe sur le sien, conscient qu'elle sentirait ainsi son érection, il lui attrapa les mains pour les placer au-dessus de sa tête et les y maintenir avec l'une des siennes. Quand il descendit en s'appuyant sur un coude, il effleura ses tétons devenus durs.

Elle prit une profonde inspiration et se tortilla sous lui avant de s'immobiliser.

Il sourit lorsqu'elle ferma les yeux et arqua le dos pour se presser plus fort contre lui.

— Je ne crains pas la contamination par une fille, lui souffla-t-il. En fait, j'espère qu'un jour, tu infesteras ce matelas... pour de bon.

Il sentit son sourire s'élargir en la voyant s'empourprer. Puis elle rouvrit vaillamment les paupières et leva les yeux vers lui.

— J'infesterai ton lit si tu infestes le mien.

Hollywood en resta sans voix pendant quelques instants, puis il laissa tomber sa tête et enfouit le nez dans son cou. Elle s'inclina pour lui laisser davantage d'espace et il la sentit écarter un peu les jambes jusqu'à ce que ses genoux repliés lui enserrent les cuisses.

— Bon sang, Kassie.

Elle éclata de rire et il recula.

— Qu'est-ce qui me vaut la chance inouïe de t'avoir ici, dans mon lit ? demanda-t-il, plus pour lui-même que pour elle.

Mais, bien évidemment, elle lui répondit quand même.

— Je pense que tu délires, dit-elle en haussant les épaules. C'est moi la veinarde. Mais peu importe.

— Tu as tort à cent pour cent, lui chuchota-t-il. Je sais reconnaître une bonne chose quand j'en vois une. Si Jacks et tous les autres gars que tu as fréquentés au cours de ta vie ne s'en sont pas aperçus, tant pis pour eux. Mais à présent, tu es à moi. Ils ont eu leur chance. Je vais passer mes journées à faire en sorte que tu saches à quel point tu es précieuse. Je déteste penser qu'il a pu te donner l'impression de ne pas être une femme étonnante et merveilleuse. Mais si ça te chante de continuer à croire que c'est toi la chanceuse, libre à toi.

— Tu es dingue, Hollywood.

— Non, ma chérie, répliqua-t-il sans sourire. Tu n'as simplement pas été traitée comme tu le méritais. Mais cette période difficile est terminée. Désormais, mon but dans la vie, ce sera de te montrer ce qui t'a manqué. De te montrer comment un homme traite la femme qui compte le plus dans sa vie.

Confuse, elle fronça les sourcils, mais changea ostensiblement de sujet de conversation. Elle souleva la tête et suivit sa mâchoire du bout du nez, non sans le humer ce faisant.

— Tu sens bon. J'adore ça.

— Merci.

— De rien.

— Mais autant te prévenir, Kassie, ce n'est pas toujours le cas.

Il lui sourit, posant doucement l'index sur son nez.

— Il y a quarante-cinq minutes, si tu m'avais humé, tu aurais reculé d'horreur et même refusé de te trouver dans le même appartement que moi, sans parler du même lit.

— Eh bien, j'apprécie l'effort, s'esclaffa-t-elle.

— Tu as pu manger un bout en venant ici ?

Elle secoua la tête.

— Non, j'étais trop impatiente d'arriver.

Il apprécia cette réponse. Elle n'avait pas dit qu'elle était trop impatiente de le voir, mais c'était sous-entendu. Il s'en contenterait.

— Tu as faim ?

— Je n'aurais rien contre le fait de manger, répondit-elle en hochant la tête.

Sachant qu'il devait bouger, sans quoi il risquait de ne plus jamais la laisser partir, Hollywood se leva en passant mains et genoux par-dessus son corps.

— Je prépare des steaks, des haricots verts et de la salade. Ça te va ?

— Parfait.

S'arrêtant devant le matelas, il tendit les mains.

— Viens, je t'aide.

— Va savoir pourquoi, j'ai l'impression d'être assise par terre, lança-t-elle malicieusement.

— Parce que tu l'es presque.

Elle lui tendit ses mains et il grimaça en sentant combien ses doigts étaient froids. Une fois qu'elle fut debout, il serra ses paumes entre les siennes pour les frotter vivement.

— Je n'arrive pas à m'habituer à la fraîcheur de tes mains.

— Ça ne m'embête pas, dit-elle en haussant les épaules.

— Eh bien moi, ça m'embête, répliqua-t-il sans tergiverser.

Quand il les eut frictionnées pendant un moment, il en attrapa une, entremêla leurs doigts et l'entraîna hors de sa chambre. L'ayant installée au bar de la cuisine, il lui versa un verre de vin rouge, puis il sortit les steaks qu'il avait mis à mariner et s'attela à l'ouvrage.

Trois quarts d'heure plus tard, rassasiés, ils s'assirent sur son canapé de cuir. La télévision était éteinte et ils discutaient.

— J'aime beaucoup la facilité avec laquelle on échange, toi et moi, lui confia Hollywood. Je l'ai remarqué depuis notre premier message. Tu n'as aucun problème pour parler de ce qui te traverse l'esprit.

— Inutile de me le rappeler, gémit Kassie. Je n'arrive pas à croire que j'aie jacassé sur les photos de bites.

Hollywood ricana.

— J'attends toujours une photo de nichons de ta part.

— Eh bien, il va falloir que tu continues à attendre, mon gars, le réprimanda-t-elle. Pas question que j'envoie des photos dénudées à qui que ce soit. Avec la chance que j'ai, Richard trouverait comment pirater mon téléphone ou mon ordinateur et elles atterriraient sur Porn Hub ou un truc du genre.

Il l'attira contre lui en riant.

— Je n'ai pas besoin de photos, Kass. J'attends de les

voir en vrai.

Elle se mordilla la lèvre.

— Je ne suis pas ce qu'on appellerait une star du porno, Hollywood.

— Et ?

— Et je me suis dit que je devrais te prévenir, avant qu'on en arrive à se contaminer mutuellement, fit-elle en tentant de plaisanter.

— Je ne cherche pas la perfection, ma chérie. Je veux une femme qui soit passionnée. Qui me désire autant que je la désire. Je veux quelqu'un avec qui je puisse rigoler. Qui ne se soucie pas plus du physique que de ce qu'il y a à l'intérieur d'une personne. Et je sais avec certitude, après le baiser que nous avons échangé un peu plus tôt, que la seule chose qui va m'importer, quand nous nous retrouverons nus l'un face à l'autre, c'est de savoir où et comment tu aimes que je te touche, et combien de temps tu vas mettre à jouir pour moi.

Elle frissonna et murmura sans le regarder :

— Je ne pense pas que ça mettra longtemps.

Hollywood lui souleva le menton du bout de l'index.

— J'aime ce que je vois quand je te regarde, Kass. Tu n'as pas à t'inquiéter le moins du monde.

— Je te rappellerai ces paroles si tu es déçu quand nous enlèverons nos habits.

Appréciant qu'elle ait dit « quand » et non pas « si », Hollywood se contenta de sourire et l'attira plus étroitement contre lui.

Comme elle l'avait fait la plupart des soirs où il lui avait rendu visite, elle se pelotonna contre son flanc, sous son impulsion. Ils restèrent silencieux pendant un moment avant qu'il ne change de sujet. Même s'il brûlait de l'avoir nue dans son lit, le moment ne semblait pas propice, ce soir-là. S'il était honnête avec lui-même, il voulait que la menace représentée par Jacks et Dean soit éliminée, avant de songer à la mettre dans son lit. Il désirait massacrer tous les dragons pour elle.

— Pourquoi n'as-tu pas demandé d'ordonnance restrictive, Kass ? J'ai l'impression que ce serait l'étape qui s'impose, désormais.

Elle soupira et enfouit plus profondément la tête contre son torse. Elle était assise à côté de lui, les genoux repliés, les deux bras enroulés autour de ses épaules.

— Pour deux raisons, répondit-elle sans même essayer de le repousser. Primo, j'ai peur que ça fasse enrager Dean ou Richard à tel point qu'ils décident d'arrêter de tourner autour du pot pour entreprendre quelque chose de drastique. Et secundo, ça coûte beaucoup d'argent d'embaucher un avocat. J'ai quelques économies, mais aucune idée de ce que projettent ces deux enfoirés. S'ils s'arrangent pour me faire virer de mon appartement, me blesser ou, pire encore, blesser ma famille, je veux avoir de l'argent en réserve pour être en mesure de réagir.

Hollywood se tourna et embrassa le sommet du crâne de Kassie avant de lui passer une main rassurante sur le bras qu'elle lui avait posé sur le ventre.

— Je ne vais pas prétendre qu'une ordonnance restrictive garantira ta sécurité. Je pense que nous savons tous les deux que ce n'est pas le cas, mais honnêtement, je ne pense pas que ni Jacks ni Dean se soucieront que tu le fasses. Ils sont assez arrogants pour la considérer comme sans importance.

— Dans ce cas, pourquoi en demander une ? s'enquit

Kassie à juste titre.

— Parce que c'est un caillou de plus dans leurs chaussures, s'ils décident d'entreprendre quelque chose de stupide. Les flics sauront qu'il y a un litige entre vous et si quelque chose se produit, ils seront enclins à relier ça aux agissements de Dean au lieu de laisser tomber.

Kassie laissa échapper un soupir.

— Oui, tu as raison.

— Et pour ce qui est de ta seconde objection...

— Je ne te laisserai pas me donner de l'argent pour ça, le coupa-t-elle.

— Je n'allais pas t'en proposer. Si j'avais pensé ne serait-ce qu'une seconde que tu accepterais, j'aurais d'ores et déjà embauché un avocat pour toi et je t'aurais donné ma carte de crédit. Ce que j'allais te dire, tout d'abord, c'est que, même si je n'ai jamais eu l'occasion d'en demander une, je ne pense pas qu'une simple demande revienne très cher. Et je voulais te dire ensuite que la sœur de Harley est avocate. Une avocate d'enfer. Je sais qu'elle t'aiderait.

Kassie se redressa et le regarda.

Hollywood suivit ses sourcils froncés du bout du doigt.

— Quelles sombres pensées te traversent l'esprit, Kass ?

— Je ne comprends pas ce que nous faisons.

— Qu'est-ce que tu veux dire ?

— Ça, répondit-elle en désignant l'espace entre eux. Toi et moi. Je veux dire, la façon dont on s'est rencontrés est si tordue que ça n'est même pas drôle. Mais tu m'as pardonnée et moi aussi, pour t'être comporté en crétin. Pourtant maintenant, on... sort ensemble, j'imagine...

mais sans avoir vraiment parlé de Richard, de ce qu'il a fait et de ce qu'il veut. Tu t'infliges une heure de route pour me voir, plusieurs fois par semaine, on ne s'est embrassés qu'une fois, je veux dire vraiment embrassés, et c'est juste... Je ne sais pas ce qu'on fabrique, conclut-elle, frustrée.

— Est-ce que tu m'apprécies ? demanda Hollywood.

— Eh bien oui, sinon je ne serais pas ici, répondit Kassie sans la moindre hésitation.

— Et c'est réciproque. Si je me suis comporté comme un crétin, c'est parce que je t'appréciais trop. Et c'est ce qui est le plus important entre nous. Je n'ai pas pardonné à Jacks. Pas une seule seconde, mais il ne peut aller nulle part pour le moment, donc Dean est la menace la plus sérieuse à prendre en compte à l'heure actuelle. J'ai envie de te connaître sans que la menace de ces connards ne plane au-dessus de nous, même s'ils sont à l'origine de notre rencontre. Ça ne m'a pas dérangé de faire le trajet jusqu'à Austin pour te voir. En fait, j'en ai profité pour décompresser sur la route. Je sais où j'aimerais que notre relation nous mène et dans ce que j'imagine, je n'aurais pas à conduire jusqu'à Austin trois ou quatre fois par semaine, parce que tu vivrais ici, à Temple, où je te verrais tous les jours.

— Je pourrais faire le trajet jusqu'ici, moi aussi, objecta timidement Kassie en feignant d'ignorer cette dernière phrase.

— Absolument pas. Je ne veux pas te savoir sur les routes aussi tard. Ce n'est pas sûr.

— Alors, c'est sans danger pour toi, mais pas pour moi ? protesta-t-elle avec bon sens.

— Honnêtement ? C'est tout aussi risqué. Mais je

préfère que ce soit moi plutôt que toi qui pâtisse d'un éventuel accident.

— Ça n'a aucun sens, lui renvoya-t-elle du tac au tac. Tu le sais, n'est-ce pas ?

Hollywood haussa les épaules.

— Tu m'as bien entendu quand je t'ai dit que je t'appréciais, non ?

— Je ne suis pas sourde.

Ignorant son sarcasme, il poursuivit :

— Et comme je t'apprécie, jamais je ne te placerai dans une situation où tu risques d'être blessée. Ce qui signifie notamment ne pas te faire conduire tard dans la nuit. Ne pas t'appeler quand je sais que tu es au volant, en chemin pour ton appartement. T'aider à dénicher un avocat pour demander une ordonnance restrictive contre Dean. Ne pas te laisser servir d'appât à cette ordure et trouver comment assurer la sécurité de Karina tout en mettant définitivement Jacks hors d'état de nuire. Tu piges ?

Kassie le dévisagea un moment avant de répondre d'une voix douce :

— On ne se connaît que depuis deux semaines.

— Non, rétorqua Hollywood. Nous nous connaissons depuis bien plus longtemps que ça.

— Tu vois ce que je veux dire, protesta Kassie. Tu ne devrais pas te sentir aussi responsable de moi. Je suis une grande fille, responsable de ses actes.

— Tu ne peux pas dire à mon cœur ce qu'il doit ressentir, objecta-t-il avec sincérité. Il y a quelque chose d'irrésistible en toi, Kass. En fait, je peux comprendre pourquoi Jacks est à ce point obsédé. Évidemment, il l'est de façon malsaine alors que moi, je suis tout à fait normal, du genre à vouloir te connaître mieux, te proté-ger, te nourrir et te faire l'amour jusqu'à ce que tu ne veuilles plus bouger.

Kassie secoua la tête, exaspérée, mais elle sourit quand même.

— Oh, c'est une attitude bien différente, en effet.

Hollywood avait beau aimer son sens de l'humour, il retrouva son sérieux :

— Ça n'a rien à voir, chérie. Je te respecte. Je veux que tu fasses ce que tu aimes pendant le reste de ton exis-tence. S'il s'agit de travailler comme gérante dans ton magasin, ainsi soit-il. S'il s'agit de quitter ton boulot pour faire du patin à roulettes autour du globe, très bien. Mais quoi que ce soit, je veux être à tes côtés, à t'encourager et à te soutenir. Malheureusement, c'est impossible tant que ton ex est là à t'angoisser, si Dean te harcèle et que tu es inquiète à propos de ta petite sœur. En revanche, ce que je peux faire, c'est t'aider à comprendre ce merdier afin que tu puisses reprendre ta vie. Si possible avec moi.

Elle le dévisagea pendant une seconde, puis se pelo-tonna de nouveau entre ses bras comme si elle était une poupée de chiffon.

— J'adorerais.

— Tu me laisseras t'aider ? insista-t-il.

— Oui.

— Par tous les moyens à ma disposition ?

Kassie se rassit à moitié et plongea son regard dans le sien.

— Pourquoi ai-je l'impression que ça cache quelque chose ?

— Réponds à ma question, Kass. Est-ce que tu vas me laisser t'aider à te débarrasser de ton ex et de Dean, une bonne fois pour toutes, afin que tu puisses commencer à vivre ta vie... si possible avec moi ?

— J'ai toujours rêvé de quitter Austin, lâcha-t-elle bizarrement, sans répondre à sa question.

— Kass... la prévint Hollywood.

Ignorant sa repartie, elle reprit :

— Je n'ai jamais eu d'idée très précise de l'endroit où je voulais aller. J'ai songé à la Floride, mais je sais que c'est très humide là-bas et mes cheveux risquent de se transformer en un enfer de boucles permanent. J'aime les montagnes, alors j'ai même pensé à m'établir dans le Colorado, mais je risque d'y mourir de froid. La neige, c'est bien joli, mais vu que j'ai passé toute ma vie au Texas, je vais me transformer en glaçon dès qu'il fera moins cinq. Si j'ai les mains froides maintenant, elles vont probablement geler et se détacher si je vis quelque part où les températures tombent régulièrement au-dessous de zéro.

Elle leva alors les yeux et Hollywood eut l'impression qu'elle pouvait lire au fond de son âme.

— Alors, peut-être que je devrais y aller pas à pas et déménager dans une petite ville du Texas. Après tout, si mon petit ami est dans l'armée, il devra sans doute bouger et se retrouver en mission dans un endroit exotique.

— Génial, murmura Hollywood. Tu as envie de voyager, Kass ?

— Il me semble que oui. Mais pas tout le temps. J'aimerais avoir une maison dans laquelle revenir. Un endroit que je connais bien, où j'aurais des amis à qui je pourrais raconter ce que j'ai fait et vu pendant mon absence.

— J'ai envie de t'offrir tout ça, fit-il avant de marquer une pause, puis de lui demander, une fois de plus : Tu me laisseras t'aider... à ma façon ?

Il savait qu'il lui mettait la pression, mais il avait besoin de le lui entendre dire.

Elle céda et lui donna ce qu'il attendait.

— Oui, Hollywood. S'il te plaît, aide-moi. Ça fait si longtemps que je me sens seule. Je ne suis pas très douée pour demander de l'aide, mais tout ce que tu pourras faire pour éloigner Richard et Dean de ma famille et de moi sera le bienvenu. Je suis prête à reprendre le contrôle de ma vie. D'arrêter de regarder en permanence par-dessus mon épaule.

Ce n'était pas le moment de lui révéler qu'à sa demande, Beth exerçait déjà une surveillance électronique des mails et du téléphone de Dean et qu'elle avait pu insérer dans son téléphone une appli secrète lui permettant de suivre chacun de ses déplacements. L'une des raisons pour lesquelles Hollywood n'avait pas jugé nécessaire de faire déménager Kassie ou sa sœur, c'était que Dean se trouvait au Kansas depuis une semaine et demie, où il rendait visite à Jacks et complotait sans doute contre son équipe, contre Kassie et Karina. Les fils de pute.

Mais il avait appris la veille par Beth que Dean rentrait au Texas. Voilà pourquoi Kassie passait le week-end à Temple avec lui. Ils devaient mettre un plan au point. Parce qu'il ne faisait aucun doute que Dean et Jacks en avaient un et qu'il impliquait probablement Kassie.

— Demain, nous allons retrouver mes amis et notre commandant, à la base. Il est au courant de tout ce qui concerne Jacks en raison de ses méfaits passés. Nous devons l'empêcher d'agir, puis nous débarrasser de Dean. Pour que tu n'aies plus besoin de regarder sans cesse par-dessus ton épaule. Je vais m'en assurer.

— Tu as déjà organisé la réunion ? demanda Kassie, à l'évidence surprise.

— Oui.

— Tu étais tellement sûr que j'accepterais ton aide ?

— Kassie, répliqua Hollywood avec le plus grand sérieux. Tu allais recevoir cette aide, que tu le veuilles ou non.

— Pourquoi ?

La question était sortie dans un souffle. Ce n'était pas un véritable mot.

Il lui toucha la joue, puis il se pencha et effleura ses lèvres des siennes.

— Parce qu'à la seconde où je t'ai vue pendant que tu m'attendais sur le canapé du hall, j'ai su.

— Su quoi ?

— Que tu étais faite pour moi. Tu n'étais pas en train de tripoter ton portable. Tu déployais des efforts déses-pérés pour paraître à l'aise alors que, de mon point de vue, je me rendais bien compte que c'était loin d'être le cas.

— Ça n'a pas de sens, protesta-t-elle. Tu as décrété que j'étais faite pour toi parce que j'avais l'air nerveuse ?

Les lèvres de Hollywood se retroussèrent.

— Oui.

Elle plongea dans ses yeux pendant de longues secondes. Elle ne s'était pas précipitée hors de la pièce en hurlant devant la sincérité de ses paroles, et Hollywood lui en sut gré.

— Je peux te poser une question ? demanda-t-elle.

— Bien sûr. Tu peux toujours me demander ce que tu veux. Tu dois savoir, cela dit, que je peux ne pas être en mesure de répondre. Je ne te mentirai pas, mais si je déclare que je ne peux pas te révéler certaines choses, c'est que je ne peux pas. Je ne suis ni un cachottier ni un connard, je ne peux pas, c'est tout.

— Ce truc de sécurité opérationnelle, c'est ça ? s'enquit Kassie avec un sourire.

Elle se remémorait à l'évidence l'une de leurs premières conversations par email.

— Tout à fait.

— Bon, c'est raisonnable. Mais ma question, c'est : pourquoi ? Pourquoi Richard vous déteste-t-il autant, tes amis et toi ?

Hollywood soupira. Puis il se tortilla jusqu'à se retrouver allongé sur le canapé. Il entraîna Kassie dans son mouvement, afin qu'elle se retrouve prise en étau entre son corps à lui et le dossier du canapé.

— Nous l'avons battu à un exercice d'entraînement, lâcha-t-il succinctement.

— Et ? insista-t-elle, visiblement perplexe.

— Et rien. C'est tout. C'était un entraînement tout ce qu'il y avait d'officiel, d'approuvé par notre base. Mes amis et moi, on était les « méchants » ; Jacks et son unité, les « gentils ». Sa section était censée infiltrer la nôtre dans une ville composée de containers. Nous les avons tués – enfin, pas « tués », mais on leur a tiré dessus avec les lasers que nous utilisions – juste après qu'ils ont mis le pied dans le périmètre de la zone cible. (Il haussa les épaules.) Jacks l'a mal pris.

— Tu plaisantes ? s'écria Kassie d'une voix étrange.

— Non.

— Si, tu plaisantes.

C'était une affirmation, cette fois. Kassie se redressa pour essayer de grimper sur le corps étendu de Hollywood.

Il lui attrapa les cuisses afin de l'immobiliser.

— C'est quoi, le problème ?

— Le problème ? répéta-t-elle, luttant contre son étreinte. Le problème, c'est que mon ex est un dément ! Je savais déjà qu'il était fou, mais là, c'est confirmé. Sérieusement. Vous ne faisiez que votre travail ! Ce n'est pas une raison pour péter les plombs, faire chanter une femme et les kidnapper, son gosse et elle ! Il lui a pointé un flingue sur la tempe, Hollywood. C'est ignoble ! Et il a piqué sa crise parce qu'il avait perdu à un jeu ?

— Kassie, sérieusement, c'est...

— Non, Hollywood, c'est insensé ! Et il n'en a toujours pas terminé ! Se faire tirer dessus et jeter en prison, ça ne lui a pas suffi pour revenir à lui. Il essaie encore de gagner ! (Elle secoua la tête.) Je te le jure, il n'était pas comme ça quand nous avons commencé à nous fréquenter. Il était normal. Je ne serais jamais sortie avec quelqu'un qui aime droguer les gens et les menacer de mort.

— Je le sais bien. Viens ici, lui intima Hollywood, l'attirant de nouveau entre ses bras.

Elle se rallongea, mais demeurait crispée et toujours contrariée, à l'évidence.

— Dis-moi que tu plaisantais, reprit-elle d'une voix douce. Dis-moi que ce n'est pas la seule raison de son attitude.

— Je suis désolée, mon cœur, mais non.

— Je ne peux pas cautionner ce qu'il a fait, chuchota Kassie. Mais j'aurais bien aimé que l'armée l'aide quand il a été blessé. Si on avait remarqué son changement de personnalité après l'explosion, je ne me retrouverais pas dans cette situation en ce moment.

— L'armée n'est pas parfaite, admit Hollywood. Elle n'est pas faite de télépathes. J'aimerais pouvoir te certifier qu'on y prend soin de tous les soldats blessés avec l'attention et la prévenance qu'ils méritent, mais nous savons toi et moi que ce serait un mensonge. C'est une institution gouvernementale. Je pense qu'un grand nombre de gens en charge des Anciens combattants font leur travail avec zèle, mais ils sont submergés. Cela étant, je vais te dire quelque chose...

Il marqua une pause, désireux de s'assurer que Kassie entendait et comprenait ce qu'il était sur le point de dire.

— Quoi ? murmura-t-elle.

— Je déteste ce qu'il a fait. Je déteste ce qu'il t'a fait. Mais si rien de tout cela ne s'était produit, si Jacks n'avait pas reçu sa blessure au cerveau, perdu à cet entraînement, kidnappé Emily et Annie... nous ne serions pas là où nous sommes en ce moment.

Elle redressa la tête et posa le menton sur la main qu'elle avait laissée sur son torse. Après avoir longuement étudié son regard, elle lâcha d'une voix douce :

— Tu en es vraiment persuadé.

— C'est un fait. Oui, j'en suis persuadé.

— J'ai manqué de peu de l'épouser, ajouta-t-elle.

— Et tu aurais treize gosses, à l'heure qu'il est, la taquina Hollywood.

— Et je pèserais trois cent cinquante kilos.

— Et tu participerais à une émission de télé-réalité,

histoire de perdre du poids et d'avoir encore plus de gosses.

Se piquant au jeu, Kassie renchérit :

— Je serais basée dans un endroit lointain, comme l'Alaska.

Ils restèrent silencieux quelques minutes avant que Kassie ne commente :

— Pendant au moins toute l'année dernière, je me suis demandé : « Pourquoi moi ? » J'ai eu des moments d'apitoiement, où j'étais déprimée par tout ce qui m'arrivait. Je ne comprenais pas ce que j'avais fait de mal pour souffrir de ses mains. Je me sentais misérable, effrayée et perdue. Mais maintenant, en ce moment, j'ai honnêtement l'impression que le jeu en valait la chandelle.

Les yeux écarquillés, Hollywood sentit les battements de son cœur s'accélérer en l'écoutant. Pourtant, elle n'avait pas terminé.

— Je ne sais pas où nous allons, si ce qu'il y a entre nous va tourner court et si nous garderons de bons souvenirs de l'aventure que nous avons vécue avec cette personne que nous avons rencontrée un jour en ligne, mais je te le jure, Hollywood, ce n'est pas l'impression que j'ai. Je n'ai jamais encore rien éprouvé d'aussi fort pour qui que ce soit. Même si je dois me sentir un peu garce en pensant ce que je pense, et beaucoup moins en le disant, je lui suis reconnaissante de ce qu'il a fait... parce que ça m'a conduit à toi.

La main de Hollywood se déplaça sans que son cerveau ne le lui ordonne. Il la referma sur la nuque de Kassie et l'attira vers lui. Ses lèvres se heurtèrent aux siennes, sans douceur. Leurs dents s'entrechoquèrent, mais cela ne les ralentit pas, ni l'un ni l'autre. Hollywood fit remonter sa main, qui s'enfouit dans ses cheveux et il tira, la plaçant dans une position plus propice pour qu'il puisse plonger dans sa bouche.

Ils s'embrassèrent sur son canapé comme si c'était la dernière fois qu'ils se retrouvaient ensemble. Quand Hollywood ouvrit les jambes et allongea Kassie sur lui, son sexe se positionna exactement là où il brûlait de se trouver, pressant contre l'entrejambe de Kassie. Il sentait la chaleur qui en émanait, irradiant à travers leurs jeans pour venir le marquer au fer rouge.

Les mains de Kassie remontèrent sur son torse, le frottant et le caressant alors qu'ils continuaient à s'embrasser. Hollywood y mit tout l'amour qu'il ne pouvait exprimer verbalement, pour lui montrer sans recourir aux paroles tout ce qu'elle signifiait pour lui et lui assurer qu'il veillerait sur elle, quoi qu'il arrive.

Au bout de plusieurs minutes, Kassie s'écarta légèrement et chuchota :

— J'en déduis que tu ne me vois pas comme une garce parce que j'ai ce genre de pensées.

— Non, je ne te vois pas comme une garce. Et si tu en es une, alors je suis un connard, parce que je l'ai dit en premier, répliqua-t-il sans détacher les yeux de son visage rougi et de ses lèvres gonflées qui luisaient de sa salive.

C'était très sexy et il n'y avait rien qu'il désirait davantage qu'enfouir sa queue tout au fond d'elle, histoire que Kassie ne sache plus où elle finissait et où lui commençait. Il dut lutter pour maîtriser le désir qui se déchaîna dans son corps quand elle gigota contre lui.

— Et ce canapé, alors ? demanda-t-elle.

— Qu'est-ce qu'il a, ce canapé ?

— Il a déjà été contaminé par des filles ? Ou faut-il que je m'en charge aussi ?

Le reflet qu'il perçut dans ses yeux quand elle prononça cette phrase et la manière dont elle se mordilla la lèvre en lui souriant lui tirèrent un éclat de rire, tête rejetée en arrière. Il n'avait jamais eu ce genre de relation. Où il pouvait se retrouver la proie du désir sexuel pendant un instant et s'esclaffer dans la seconde qui suivait.

— Tu peux contaminer tout ce que tu veux dans ma vie, chérie. La vermine de Kassie y sera toujours la bienvenue.

Ils se sourirent. Hollywood était toujours dur et brûlait de pénétrer la femme allongée sur lui, mais son désir s'était mué en douleur, une douleur sourde qu'il parvenait à surmonter. Il savait que l'attente et l'anticipation de leur union rendraient le passage à l'acte encore plus excitant et explosif.

— Tu veux regarder un film ?

Apparemment en proie à la même volupté que lui, Kassie posa la tête sur son épaule, caressant sa mâchoire de la pointe de son nez. Elle se tortilla jusqu'à trouver une position agréable, un bras replié tandis que l'autre reposait sur le torse de Hollywood, la main sous sa nuque.

La garder ainsi pelotonnée contre lui, complètement détendue, devint le nouveau but de la vie de Hollywood. Il voulait offrir cela à Kassie tous les soirs. Il affronterait tout ce que lui réserverait son statut de soldat de la Delta Force s'il pouvait rentrer chez lui chaque soir et tout lui donner.

— Ça dépend du film, répondit finalement Kassie.

Ils avaient déjà abordé le sujet à l'occasion d'une

discussion en ligne et Hollywood connaissait exactement les goûts de Kassie en matière de cinéma.

— *Full Metal Jacket* ?

Il sentit plus qu'il ne vit son nez se froncer.

— Non, déclara-t-elle avec emphase. Qu'est-ce que tu as d'autre ?

Hollywood nomma plusieurs films qu'elle ne manquerait pas de rejeter, il le savait, riant intérieurement en la voyant refuser catégoriquement chacun d'eux. Il attrapa la télécommande et alluma la télévision pour afficher son compte Netflix.

— Arrête-moi quand quelque chose te semblera intéressant.

Peu de temps après, elle indiqua :

— Celui-ci.

— *Sahara* ?

— Oui, il a tout : de l'aventure, de l'humour, de l'action... J'aime bien.

— Tu es sûre que ce n'est pas parce que Matthew McConaughey joue dedans ? la taquina Hollywood, qui n'avait absolument rien contre ce film.

Il l'avait déjà vu, lui aussi, et bien apprécié.

— Pfff, gloussa-t-elle. Il est pas mal, mais c'est Steve Zahn que j'aime là-dedans. Il est hilarant. Il pourrait être simplement le pote du héros, mais c'est lui qui porte le film. Chaque fois que je le vois, j'ai envie de lui envoyer un chapeau puisqu'il n'arrête pas de perdre le sien.

— Il est bon, c'est vrai, convint Hollywood qui posa la télécommande sur la table basse et se rencogna dans le canapé avec Kassie dans ses bras.

Il ne se rappelait pas avoir jamais passé une meilleure soirée.

10

───────

Kassie roula sur un lit étonnamment confortable et fronça les sourcils, se demandant ce qui l'avait réveillée. Elle était épuisée, mais dans le bon sens. Avec Hollywood, ils avaient regardé *Sahara*... enfin, elle, oui, mais Hollywood s'était endormi au bout de trente minutes. Il avait dû avoir une semaine plutôt chargée, parce qu'elle ne pensait pas que sombrer ainsi dans le sommeil corresponde à son *modus operandi* habituel. Elle avait passé l'heure et demie suivante (ou à peu près) à mémoriser la sensation de son corps musclé contre le sien, alternant les minutes où elle suivait le film et celles où elle le regardait dormir.

Elle n'avait toujours pas vraiment compris comment il en était arrivé à la conclusion qu'elle était la femme avec laquelle il voulait être, mais elle avait connu assez d'embûches dans la vie pour ne pas chercher à le dissuader de l'apprécier. Il prétendait que c'était lui le chanceux dans cette histoire, mais elle savait, sans l'ombre d'un doute que ce n'était pas vrai. Loin s'en fallait.

Il était mécontent quand elle l'avait réveillé après la fin du film, et il lui avait présenté ses excuses pour s'être endormi ainsi. Puis il avait refusé de la laisser conduire jusque chez Fletch, insistant pour l'y emmener lui-même.

Kassie avait cédé, parce qu'il était agréable de se sentir l'objet d'autant d'attentions. Il l'avait embrassée à en perdre la tête quand ils étaient arrivés dans le petit appartement, mais il l'avait laissée seule après s'être assuré que tout allait bien. Il lui avait répété qu'elle était aussi en sécurité que possible, promettant d'être de retour le lendemain en milieu de matinée.

À présent, un petit coup d'œil au réveil sur la table de chevet qui jouxtait le lit *queen size* lui indiqua qu'il n'était que 7 h 15. Pas exactement le milieu de la matinée.

Ce fut à ce moment qu'elle entendit un bruit. On tapait à la porte d'entrée. C'était sans doute ce qui l'avait réveillée. Kassie n'avait pas la moindre idée de qui cela pouvait être de si bon matin, mais c'était mauvais signe. Rien de bien ne se produisait aussi tôt un samedi.

Soudain complètement réveillée, elle repoussa ses couvertures et se précipita vers la porte d'entrée. La pensée que Hollywood venait lui annoncer un accident survenu à sa sœur surgit dans son esprit. L'appartement n'était pas grand. Il comportait juste une chambre, une salle de bains et une petite cuisine rattachée à une pièce à vivre encore plus petite. Aussi atteignit-elle la porte d'entrée en quelques secondes pour coller son œil au judas. Elle tressaillit. Bon sang, qu'est-ce que c'était que ça ?

Kassie déverrouilla la porte et détacha la chaînette au niveau des yeux ainsi que celle au niveau des hanches.

Après quoi, elle ouvrit la porte en grand pour observer la fillette qui se tenait sur son seuil.

— Salut ! Je suis Annie ! Tu es Kassie avec un « K », pas vrai ? C'est tellement cool. J'étais trop impatiente de te rencontrer ! Maman et papa Fletch ont parlé de toi toute la soirée. Ils ont dit que tu sortais avec Hollywood et que tu allais rester ici pendant tout le week-end. Ça les a fait rigoler, mais je n'ai pas bien compris pourquoi ils trouvaient ça aussi drôle. Enfin, si tu es la petite copine de Hollywood, tu es mon amie aussi. Papa ne laisse jamais une personne habiter ici s'il ne l'aime pas. Et s'il ne lui fait pas confiance. En tout cas, moi, j'habitais ici avant que maman et papa soient ensemble. Tu dors dans ma chambre ? Bien sûr que oui, c'est la seule chambre. C'est génial, hein, comme endroit ? Je peux entrer ? Il y a *Les Tortues Ninja* à la télé. Tu veux regarder avec moi ?

Jetant un œil derrière Annie, Kassie ne vit aucun adulte avec elle.

— Tu es là toute seule ?

— Euh... ben... mais c'est bon, papa a mis des caméras partout, comme ça, on pourra pas m'enlever encore une fois. Alors... tu veux regarder avec moi ?

— Euh... oui, répondit Kassie en reculant pour laisser entrer la fillette.

Hollywood lui avait parlé des caméras et de la sécurité sur la propriété, mais elle ne savait toujours pas si c'était une bonne idée qu'Annie y déambule toute seule.

Dès que la pensée lui vint à l'esprit, elle se raidit. Il s'agissait d'Annie ? La fillette que Richard avait droguée, kidnappée et menacé de blesser si jamais Emily ne faisait pas ce qu'il voulait ? Dieu du ciel ! En refermant la porte, Kassie sentit ses mains trembler. Elle ignorait si elle serait capable d'affronter Annie en sachant ce que son ex avait fait. Elle se sentait sale rien qu'à se trouver en face de la fillette.

Comme elle ne se doutait pas des pensées qui agitaient Kassie, Annie se pencha et lui attrapa une main pour la tirer vers le canapé.

— Viens, ça va bientôt commencer. Waouh, tes mains sont froides. Il doit y avoir des couvertures dans le placard. Toi, tu t'assieds là. Je vais t'en chercher une.

Annie poussa Kassie jusqu'à ce qu'elle soit assise, puis elle fila vers la chambre. Deux secondes plus tard, elle revint au pas de course dans le petit salon, portant une épaisse couette qui traînait sur le sol derrière elle, mais Annie ne semblait même pas le remarquer. Elle la laissa tomber sur Kassie et l'étala sur ses jambes à grand renfort de gestes ostentatoires, puis elle s'agenouilla pour la lui enrouler autour des jambes.

— Voilà, maintenant, tu es comme un coq en pâte. Ma maman dit toujours ça.

Sans attendre sa réponse, Annie sauta vers la télévision et l'alluma. Elle se saisit de la télécommande, grimpa sur le canapé à côté de Kassie et se blottit contre elle, comme si elle la connaissait depuis une éternité. Elle étala la couette sur ses propres jambes et commença à faire défiler les chaînes jusqu'à tomber sur le dessin animé qu'elle voulait regarder.

Kassie demeurait immobile. Paralysée à l'idée de son indignité. Comment cette enfant pouvait-elle avoir un point de vue aussi solaire et positif sur la vie, avec son passif ? Elle avait traversé l'enfer, pourtant elle était à présent assise ici, à faire amie-amie avec quelqu'un parce qu'elle savait que ses parents lui faisaient confiance.

Kassie n'était pas certaine de mériter cette confiance, mais elle aurait préféré se couper un membre plutôt que de faire quoi que ce soit qui puisse blesser l'adorable fillette assise à côté d'elle.

Hésitante, elle passa un bras autour des épaules d'Annie et soupira de soulagement quand celle-ci se contenta de se blottir encore plus contre elle. Elles demeurèrent ainsi pendant les quarante minutes qui suivirent. Annie ne cessait de commenter les faits et gestes de sa tortue favorite, expliquant qu'elle allait apprendre à se battre comme elle, qu'un jour, elle serait un soldat et qu'elle « botterait les fesses des méchants », comme papa Fletch le faisait.

Kassie ne fut pas surprise d'entendre frapper à la porte. Si elle était honnête avec elle-même, cela faisait un moment qu'elle l'attendait. Elle donna une petite tape sur la tête d'Annie en se levant.

— J'y vais.

— Tu dois bien regarder par le trou avant d'ouvrir la porte, la sermonna Annie sans quitter l'écran des yeux.

— Je n'y manquerai pas.

Elle baissa les yeux sur sa tenue et grimaça. Elle n'était pas exactement habillée pour recevoir qui que ce soit, mais il n'y avait rien à faire. Au moins portait-elle un short de nuit et pas seulement le T-shirt immense qu'elle enfilait généralement pour dormir.

Dans l'œilleton, elle découvrit Emily plantée de l'autre côté de sa porte. Soulagée de n'avoir pas à affronter Fletch – Hollywood était peut-être le plus beau gosse qu'elle ait jamais vu, mais ses amis n'étaient pas mal non plus et recevoir Fletch en pyjama la mettrait hors de sa zone de confort –, Kassie ouvrit la porte.

— Salut, Kassie. Désolée de te déranger. Je viens chercher Annie. J'espère qu'elle ne s'est pas conduite comme une peste, lâcha Emily, avec un grand naturel et un sourire d'excuse.

Kassie n'avait pas manqué de remarquer qu'Emily ne lui avait pas demandé si sa fille était ici, elle s'était contentée de s'excuser pour sa présence chez Kassie. À l'évidence, Hollywood et Annie avaient dit vrai concernant les caméras.

— Pas de problème. Nous avons regardé la télé.

Emily se pencha et lui chuchota très bas, afin que sa fille n'entende pas :

— J'allais venir il y a une demi-heure, mais Fletch a décidé de profiter du fait que nous ayons la maison pour nous tout seuls.

Elle rougit, mais poursuivit :

— Il a également décidé qu'Annie avait besoin d'un petit frère ou d'une petite sœur, alors il saisit toutes les opportunités qui se présentent pour faire en sorte que cela se réalise.

Kassie sourit à son interlocutrice. Elle aurait dû trouver bizarre que celle-ci soit tout simplement en train de lui avouer que son mari et elle venaient de faire la chose, mais non. Cela donnait l'impression à Kassie qu'elle était une authentique amie plutôt qu'une fille quelconque hébergée pour la nuit dans la maison d'hôte de leur propriété.

— Comme je l'ai dit, pas de problème. Je suis heureuse d'avoir pu... euh... fournir de la distraction à ta fille.

Elles se sourirent pendant une seconde, avant que Kassie n'ajoute :

— Oh, entre ! Je suis désolée, j'aurais dû te le proposer d'emblée.

Emily balaya son inquiétude d'un revers de la main.

— Pas de souci.

Elle fonça droit sur Annie, à présent allongée sur le canapé, sous la couverture qu'elle était allée chercher, les yeux rivés aux facéties des tortues à l'écran. Emily se pencha et l'embrassa sur le front.

— Bonjour, Annie, dit-elle.

— Bonjour, maman.

— On ne t'a pas dit que ce n'était pas poli de déranger notre invitée si tôt le matin ?

— Oui, mais papa a dit que Hollywood allait venir la prendre dès qu'il pourrait et je voulais la rencontrer, alors il fallait que j'arrive la première.

Emily secoua la tête, exaspérée, puis elle se redressa.

— Tu as faim, ma puce ?

— Ouais.

— Pardon ?

— Carrément, se borna à répondre Annie.

Kassie en resta bouche bée. Dieu du ciel, la fillette parlait comme une adolescente alors qu'elle n'avait que... Elle ignorait son âge, mais cela ne devait pas être plus de huit ans.

Emily croisa son regard et gloussa tout en se dirigeant vers la cuisine.

— Je sais, je sais. Elle passe beaucoup de temps avec Fletch et ses amis, si bien qu'elle a tendance à répéter certaines de leurs expressions.

Emily haussa les épaules.

— Sauf quand il s'agit de propos très grossiers, je ne me casse pas la tête à la corriger.

Sentant qu'elle devait dire quelque chose – Emily était vraiment très gentille avec elle et Kassie n'était pas certaine de le mériter –, elle laissa échapper :

— Je ne savais pas ce que Richard avait l'intention de faire.

Emily, qui avait ouvert le réfrigérateur, se retourna vers Kassie, surprise.

— Bien sûr que tu l'ignorais.

— Ce que je veux dire, c'est que je sortais avec lui, même si, honnêtement, je n'étais déjà plus vraiment avec lui au cours des derniers mois, mais il ne voulait pas me laisser partir. Si j'avais su ce qu'il te faisait, ou ce qu'il avait l'intention de vous faire, à Annie et à toi, je serais allée trouver la police. Je jure que je l'aurais fait.

Emily referma la porte du frigo et se dirigea vers l'endroit où se trouvait Kassie. Elle posa les mains sur ses épaules et déclara d'une voix douce :

— Kassie, je sais. Rien de ce qu'il a fait n'était ta faute. Je sais mieux que quiconque combien il peut être menaçant. Alors du calme, d'accord ? Ni Fletch ni moi ne te reprochons quoi que ce soit.

— Si Annie était ma fille, je ne pense pas que je serais aussi encline à pardonner que tu l'es, répliqua Kassie avec sincérité.

Emily gloussa et désigna l'enfant sur le canapé.

— Tu penses qu'elle me laisserait faire autre chose que de te pardonner ?

Les lèvres de Kassie se retroussèrent.

— Sans doute pas.

— Tout à fait. Elle voulait venir te rencontrer, ce qu'elle a fait. Parfois, son intrépidité et son côté extraverti nous effraient, mais elle est assez intelligente. Avec

Fletch, nous avons fait exprès de parler de toi devant elle. Nous voulions qu'elle sache que tu étais une amie et que tu ne courais aucun danger à te trouver sur notre propriété. Oui, elle est forte, mais elle n'a que sept ans.

— Merci de me faire confiance, lâcha Kassie à voix basse.

— Tu es la bienvenue ici. Maintenant, si j'étais toi, j'irais prendre une douche et m'habiller. J'ai la sensation que Hollywood ne va pas tarder à se pointer. Nous organisons un barbecue, ce soir, et tout le monde est invité.

— Tout le monde ? s'enquit Kassie.

— Oui. Tu as déjà rencontré les filles, mais avec un peu de chance, Mary sera là aussi, comme ça, tu pourras faire sa connaissance. Tu rencontreras Fish aujourd'hui, quoi qu'il en soit, à la réunion.

— À la réunion ?

Kassie n'aimait pas répéter les paroles d'Emily, mais celle-ci parlait de choses dont elle n'avait aucune idée.

— Oh, bon sang. Hollywood ne t'a pas mise au parfum ?

— Oh si, je pense que si. Je dois avoir oublié, j'ai fait un blocage ou quelque chose de ce genre.

Emily gloussa.

— Je ne pense pas que ce sera aussi affreux que tu l'imagines. D'après ce que je devine, Hollywood a organisé une réunion avec son commandant et l'équipe. Fish sera là, lui aussi, ainsi que toi. Ils veulent parler de Jacks et de la prochaine étape pour gérer le problème qu'il représente.

Kassie s'efforça de ne pas paniquer, mais elle ne voulait vraiment pas s'imaginer dans une réunion avec tous les amis de Hollywood, probablement en uniforme.

Surtout en présence de son officier supérieur. Cette perspective lui faisait peur et ressuscitait trop de souvenirs de soirées où elle avait dû rester assise à écouter les échanges entre Richard et ses amis. Ils aimaient porter leurs uniformes et lui donner des ordres pendant qu'ils tenaient leurs réunions.

Comme si elle pouvait lire dans son esprit, Emily s'empressa d'ajouter :

— Ne t'inquiète pas, la plupart des hauts gradés de cette base ont l'air effrayant, mais pas eux. Ils veulent juste comprendre la situation et s'arranger pour que ta sœur et toi soyez en sécurité aussi vite que possible.

D'accord. À l'évidence, Emily était au courant de tout.

— Et tu penses que Hollywood ne va pas tarder ?

— Eh bien, Fletch était en train de lui parler quand j'ai quitté la maison, il lui disait qu'Annie avait dû te réveiller aux aurores. Si Hollywood ressemble ne serait-ce qu'un peu à mon mari, ce qui est le cas, il a envie d'être ici avec toi, frais et dispos, dès l'instant où il a appris que tu étais debout.

Kassie jeta un coup d'œil à sa montre et constata qu'Emily était ici depuis dix minutes environ.

— Pendant combien de temps as-tu connu Fletch avant qu'il sache que tu étais la bonne pour lui ?

— Quand il a compris que nous avions eu un gros problème de communication et réalisé que Jacks n'était pas mon petit ami, mais qu'il me faisait chanter.

— Euh... c'est-à-dire ?

— Dans les trois minutes, je pense, précisa Emily, rayonnante. J'en conclus que Hollywood n'a pas hésité à te faire savoir que ta vie avait changé, maintenant qu'il en faisait partie.

— Quelque chose comme ça, murmura Kassie.

Une part d'elle-même voulait être fâchée et paniquée, mais un doux sentiment prenait le dessus.

— Bienvenue dans la famille, souffla Emily avec le plus grand sérieux.

Elle serra brièvement Kassie dans ses bras et ajouta, mine de rien :

— Il ne faut pas très longtemps pour arriver ici depuis chez Hollywood. Le matin, à cette heure-ci, je dirais entre quinze et vingt minutes.

— Ça me semble correct, admit-elle.

— Alors, tu ferais mieux de la prendre, cette douche, non ? répliqua Emily du tac au tac.

— Merci, lâcha Kassie en espérant qu'elle comprendrait de quoi elle la remerciait.

— De rien. Et maintenant, file. Hop, hop.

Kassie effectua un rapide détour afin de prendre congé d'Annie et lui dire qu'elle la verrait plus tard, avant de se précipiter dans sa chambre pour rassembler ce dont elle avait besoin. Même en sachant qu'elle allait devoir parler de Richard et de Dean avec tous ses amis, elle était impatiente de revoir Hollywood.

11

———

— Tu es sûre que ça ne t'a pas embêtée qu'Annie vienne te voir, ce matin ? s'enquit Hollywood alors qu'ils se dirigeaient vers la base.

— Aucun problème, vraiment.

— Il n'y a pas eu quelques moments gênants ? insista-t-il.

Kassie tourna la tête pour le regarder pendant qu'il conduisait. Elle n'aurait pas dû être surprise qu'il soit aussi en phase avec elle.

— Peut-être un ou deux, mais ça va.

— Raconte-moi.

Ce n'était pas un ordre et Kassie apprécia. Elle savait qu'il se souciait de la façon dont elle allait réagir à la réunion avec tous ses amis et leur officier supérieur. Si elle était honnête avec elle-même, elle était inquiète de savoir comment ça se passerait. Mais le bref laps de temps où elle avait connu Hollywood lui avait permis de savoir qu'il ne la placerait pas dans une position où elle risquerait de se faire malmener.

— Annie m'a sidérée. J'avais rencontré Emily au bal, mais voir de mes propres yeux à quel point Annie est étonnante, drôle et mignonne m'a permis d'en prendre conscience encore plus. Je me sens coupable rien que d'avoir connu Richard.

Hollywood se pencha et lui attrapa la main, entremêlant une nouvelle fois ses doigts aux siens. La familiarité de ce geste était rassurante pour Kassie.

— Personne ne te fait de reproche pour ce qui s'est passé. Annie ou Emily moins que tout le monde.

— Intellectuellement, je le sais, mais émotionnellement, j'ai du mal à l'admettre.

— Du moment que tu ne laisses pas ce sentiment interférer entre nous, tu peux continuer comme ça, répliqua-t-il, très sérieux. Mais j'espère qu'après aujourd'hui, tu seras plus près d'en être convaincue. Tu m'as raconté certaines choses que ce connard t'avait faites et je déteste l'idée qu'il t'ait touchée. Mais même sans savoir tout de A jusqu'à Z, je suis assez malin pour comprendre que tu as vécu et que tu vis encore l'enfer à cause de lui. Ton enfer et le leur peuvent être différents, il n'empêche que c'en est un.

Kassie réfléchit longuement à ces paroles. Il avait raison. Elle devait arrêter de penser à celui que Richard était avant sa blessure. Cet homme n'existait plus depuis longtemps. Elle savait, sans l'ombre d'un doute, que Hollywood et ses amis l'aideraient à échapper une bonne fois pour toutes à l'emprise de son ex. Et avec un peu de chance, ils chasseraient également Dean de sa vie.

— Tu as raison.

Hollywood ricana.

— Il t'a fallu beaucoup réfléchir pour parvenir à cette conclusion.

— Eh bien, tu sais, répliqua-t-elle sans sourire, j'ai d'abord pensé à tous les mecs splendides que j'allais voir en uniforme une fois qu'on serait à Fort Hood. Puis je me suis dit que si j'arrivais à prendre des photos sans qu'ils s'en aperçoivent, je pourrais les montrer à Karina en rentrant à la maison. Et ça m'a fait penser à toi dans ton uniforme de bal et au fait que je n'en avais pas profité comme il fallait. Ça m'a fait penser à ce que tu pouvais bien porter sous ton uniforme bleu... alors oui, pardon, je divague...

Face à la mine choquée de Hollywood, Kassie ne put s'empêcher plus longtemps de sourire. Elle pouffa avec légèreté.

— Tu devrais voir ton visage, lâcha-t-elle entre deux gloussements. Ça vaut son pesant d'or.

— C'est assez intéressant, parce que je me suis demandé plusieurs fois ce que tu pouvais porter sous ta robe, répliqua-t-il.

— Rien.

— Pardon ?

— Rien. Je ne voulais pas qu'on voie la marque de ma culotte. J'avais acheté un soutien-gorge qui convenait sous cette robe, mais il me gênait. Alors, Karina m'a convaincue de rester nue comme un ver dessous. À mon avis, elle espérait que j'aurais de la chance. Elle avait peut-être une idée derrière la tête.

Hollywood s'étrangla et Kassie lui administra des tapes dans le dos du mieux qu'elle le put, étant donné l'espace confiné de la voiture.

— Ça va ? demanda-t-elle, inquiète de voir le visage de Hollywood virer au rouge et sa toux se poursuivre.

Quand il eut repris le contrôle de lui-même, il secoua la tête d'un air piteux.

— Il faut que j'arrête d'essayer d'avoir le dessus avec toi. Tu m'épates chaque fois.

— Qu'est-ce que j'ai dit ? fit Kassie d'un air innocent.

— Tu sais exactement ce que tu as dit, répliqua Hollywood en cherchant une fois de plus à lui prendre la main.

Ravie de saisir la sienne, Kassie se détendit dans son siège, appuyant la tête contre son dossier.

— Qui sera là, aujourd'hui ? demanda-t-elle, une fois redevenue sérieuse.

Hollywood étreignit sa main.

— Primo, arrête de t'inquiéter. Il ne va rien se produire de stressant. Tout le monde connaît déjà ta situation, nous devons juste prendre le contrôle et mettre Jacks et Dean hors d'état de nuire. Tous les gars seront là... Ghost, Fletch, Coach, Beatle, Blade et Truck. Fish aussi, il s'est porté volontaire pour se joindre à nous et s'impliquer dans l'opération. Mon officier supérieur sera présent, également.

— Je n'ai absolument aucune idée de ce que je devrais dire à Dean et à Richard, histoire que tout ce cauchemar s'arrête pour vous, les gars, avoua-t-elle honnêtement.

— C'est pour ça que nous nous réunissons. C'est de cette façon que nous travaillons le mieux... en équipe. On va émettre toutes sortes d'idées et à la fin, on aura un plan. Tu n'es plus seule, Kassie. Tu nous as, tous mes amis et moi, à tes côtés. Je vais faire tout ce qui est en mon pouvoir pour m'assurer que vous soyez en sécurité, ta sœur et toi.

— Mais toi ?

— Quoi, « moi » ?

— Qu'est-ce que tu vas faire pour garantir ta propre sécurité ? demanda-t-elle. Je n'intéresse plus beaucoup Richard. J'en suis venue à la conclusion que j'étais une espèce de vieux jouet pour lui. Il ne veut plus vraiment jouer avec moi, mais il ne veut pas non plus que quelqu'un d'autre le fasse.

Elle grimaça.

— Ce n'était pas la meilleure comparaison possible, mais tu vois ce que je veux dire.

— Oui.

— Quoi qu'il en soit, l'unique raison de ma présence ici, c'est qu'il vous hait, tes amis et toi. On va peut-être trouver un moyen de me mettre à l'abri, mais qu'en sera-t-il de vous, les gars ? J'étais sérieuse quand je t'ai dit, dans le mail que je t'ai envoyé juste après le bal, qu'il voulait vous voir tous morts. Je serais plus que désolée s'il arrivait quelque chose au gars qui me tient à cœur. Ça fera plutôt mauvais effet dans mon palmarès quand je serai à la recherche d'un nouveau petit ami.

— Primo, il n'y aura pas de nouveau petit ami, parce que je ne bouge pas de là, répliqua Hollywood, manifestement contrarié.

Elle en aurait même souri, mais il continua :

— Secundo, je peux te garantir que nous n'allons pas mourir.

— Tu ne peux pas le garantir.

Hollywood prit une profonde inspiration, puis relâcha lentement son souffle avant de répliquer :

— Je vais te confier quelque chose de top secret. Cela pourrait me causer de gros ennuis avec mon officier supérieur et l'armée en général. Mais je te le dis parce que, comme tu es ma copine, tu dois le savoir. C'est quelque chose que je suis embêté de te cacher.

— Oh, bon sang, haleta Kassie en essayant de dégager sa main de la sienne. Tu es marié, c'est ça ?

— Non, répondit-il sans la moindre colère. Calme-toi et écoute-moi.

Kassie essaya sans succès de déchiffrer son expression. Elle n'avait absolument aucune idée de ce qui pouvait être secret au point qu'il risque des ennuis en le lui révélant. Elle pensait en savoir beaucoup sur l'armée, mais comme le bal le lui avait démontré, les informations qu'elle détenait de Richard n'étaient pas tout à fait exactes.

— J'appartiens à la Delta Force.

Les deux mots étaient catégoriques et allaient droit au but. Mais Kassie n'avait pas la moindre idée de ce qu'ils signifiaient.

— D'accord. Et ? demanda-t-elle.

Les lèvres de Hollywood frémirent, mais il se contenta de lâcher :

— Et *quoi* ?

— C'est ça, le grand secret ?

— Oui, Kass. C'est ça.

Elle se creusa la cervelle pendant quelques instants, sans que ses efforts portent leurs fruits. Finalement, elle lui dit :

— Vu ton comportement, c'est censé signifier quelque chose à mes yeux, mais je suis vraiment, vraiment désolée, je ne comprends pas. Je peux faire une recherche sur Google, mais il me semble que ce sera plus rapide si tu me dis simplement ce que tu voulais que je sache. C'est une mauvaise nouvelle ?

— Tu n'as sérieusement aucune idée de ce qu'est la Delta Force ? insista Hollywood, les sourcils haussés par la surprise.

Il ne paraissait pas contrarié, pourtant Kassie n'arrivait pas à interpréter les inflexions de sa voix. Elle jugea opportun d'opter pour une réponse simple.

— Non.

— Tu as déjà entendu parler des SEAL de la Marine, non ?

— Ah oui. Tout le monde a entendu parler des SEAL. Ce sont de gros durs qui partent en missions secrètes à l'étranger. Ce ne sont pas eux, d'ailleurs, qui ont finalement abattu Osama Ben Laden ? Il me semble que j'ai lu ça quelque part, mais...

Sa voix s'éteignit quand la pensée se fit jour dans son cerveau.

— Oh !

À présent, Hollywood souriait.

— Eh ouais : « Oh » !

— Donc tu es un SEAL, mais pour l'armée ?

— Décidément, tu malmènes mon ego, chérie. Non, la Delta Force, ce n'est pas les SEAL, c'est encore plus important.

Kassie plissa les yeux en essayant de se représenter la chose. Non, elle n'y arrivait tout simplement pas. Elle continuait à le voir dans sa chemise blanche de smoking, avec son nœud papillon et son bel uniforme bleu constellé de médailles.

— Tu appartiens à la Delta Force. Et tes amis aussi ?

— Oui. À la différence de celles des SEAL, nos

missions s'effectuent dans un silence médiatique total. Nous n'en parlons pas et ce que nous faisons n'est jamais ni télévisé ni rapporté dans les médias. Nous ne serons jamais invités à la Maison Blanche pour être félicités par le président. Nous faisons ce que nous avons à faire, nous rentrons chez nous et nous vivons sous les radars la plupart du temps. Nous nous focalisons principalement sur la lutte contre le terrorisme.

— Qu'est-ce que ça signifie ? s'enquit doucement Kassie, inquiète désormais.

— On nous envoie en général pour tuer ou capturer des cibles de première importance, ou pour démanteler des cellules terroristes. Nous sommes flexibles et nous opérons soit tous les sept, soit au sein d'unités plus développées. Nous avons collaboré avec la CIA et protégé le président quand il effectuait des visites dans des pays ravagés par la guerre.

— Donc c'est dangereux, conclut Kassie.

Hollywood la dévisagea comme si elle était folle.

— Oui, Kass, se faufiler en Irak sans que ton gouvernement sache que tu t'y trouves pour essayer de tuer des ennemis, ça peut s'avérer dangereux parfois.

Elle lui rendit son regard.

— Ne te moque pas de moi.

— Loin de moi cette idée, répliqua Hollywood. Ce que j'essaie de faire, c'est te rassurer : il n'y a aucun risque que Jacks et son abruti de pote me tuent, moi, ou n'importe lequel de mes amis. Nous sommes aguerris dans le domaine. À ton avis, pourquoi leur a-t-on botté le cul aussi vite pendant cet exercice d'entraînement ? Et bon sang, quand on a secouru Emily et Annie, ça nous a pris moins de vingt minutes. Je ne suis pas inquiet pour mes amis ou moi, je me fais du souci pour toi. Et Karina. Et toute personne à qui il décidera de s'attaquer dans le vain espoir de prendre l'un d'entre nous au dépourvu. Mais ça n'arrivera pas. Point barre.

— Très bien, dans ce cas, lança Kassie, incapable de décider si elle était soulagée ou non. Vous êtes de gros durs, des soldats top secret qui mangez des SEAL au petit déjeuner et crachez sur des ex camarades soldats assez stupides pour penser qu'ils sont des cadeaux de Dieu pour l'armée. Est-ce que j'ai bien résumé la situation ?

— À peu près.

Kassie soupira de soulagement quand il lui sourit. Ils approchaient de l'entrée de la base et elle tenta de maîtriser sa nervosité. Elle s'y était déjà rendue en deux occasions avec Richard, mais c'était différent, cette fois-ci.

Hollywood tendit la main.

— Il doit voir ta pièce d'identité, Kass.

— Bien sûr, fit-elle en fouillant aussitôt dans son sac à ses pieds.

Elle avait son permis de conduire, qu'elle lui remit, et Hollywood la tendit au soldat derrière son guichet. L'homme les examina tous les deux, puis leur rendit les documents.

— Passez une bonne journée, sergent Caverly. Madame Anderson.

Il hocha la tête à leur intention et Hollywood en fit de même. Kassie se contenta de sourire au jeune homme. Puis ils entrèrent dans la base.

— Waouh ! s'exclama-t-elle en se laissant tomber dans son siège. Je suis bien contente de n'avoir pas eu à subir de fouille corporelle, cette fois-ci.

— Ce connard t'a infligé ça ? grogna Hollywood.

Kassie lui jeta un regard surpris.

— Non, non. J'essayais de faire une blague. Un flop, apparemment.

— Une fois, tu m'as dit que tu plaisantais quand tu étais nerveuse. Je n'aime pas te savoir nerveuse à l'idée d'être à la base, entourée de types en uniforme. Tu te sentais bien avec moi, mais je me rends compte que c'est une épreuve, déclara Hollywood tout en la conduisant vers son bureau. Je sais que c'est à cause de cet enfoiré, mais il n'empêche que ça me frustre.

Il dévisagea Kassie. Elle se tordait les mains, si fort que ses articulations avaient blanchi sous l'effort.

— Je ne suis pas...

— Si, insista-t-il. Et c'est à cause de Jacks. Je n'ai pas oublié toutes les conneries qu'il a essayé de t'inculquer à propos des bals militaires et de nos traditions. Je te l'ai dit une fois et je te le répète : si tu as une question sur quoi que ce soit, ou si tu te sens mal à l'aise, promets-moi que tu m'avertiras. Ne sois pas gênée. Comment pourras-tu apprendre quelque chose si tu ne demandes pas ?

— Très bien.

— Et pour info, tout le monde sera en uniforme aujourd'hui, sauf Fish probablement. Il est à la retraite pour raisons médicales et ce n'est pas obligatoire. Mais tu es en sécurité ici, Kassie. J'ignore les autres inepties que ce fumier t'a imposées pendant que ses potes et lui jouaient aux soldats machos, mais ça ne se produira pas. On se saluera simplement de façon amicale. On prendra un café, on s'assiéra autour d'une immense table et on parlera. Il se peut qu'on pousse des jurons. D'accord, je l'avoue, on poussera forcément des jurons. Il nous arrivera d'être excédés et furax, mais pas contre toi. Bref, ni mes amis ni moi ne te ferons courir aucun danger. C'est pigé ?

— Merci, Hollywood.

— Ne me remercie pas. Tu ne devrais jamais remercier ton homme de veiller sur ta sécurité. C'est mon privilège, mon honneur et mon devoir, conclut-il en la regardant. Pardon ? Je ne plaisantais pas, ajouta-t-il, étonné de la voir sourire.

— Je le sais bien, dit-elle en effaçant le sourire de son visage. J'ai juste... On aurait dit une réplique de film.

Hollywood se gara sur sa place de parking et coupa le moteur. Il se tourna vers Kassie pour prendre ses mains dans les siennes et les frotter doucement afin d'essayer de réchauffer ses doigts tout froids.

— Tu n'auras plus à tenter de tout faire toute seule, Kass. Et il n'y a pas que moi qui veuille prendre soin de toi, tu as sept autres gars qui attendent en haut pour faire tout ce qui est en leur pouvoir afin de s'assurer de ta sécurité et de ton bonheur.

— On dirait une secte, murmura-t-elle.

— Non, pas une secte, ma chérie. Des amis. Les meilleurs qu'un homme puisse avoir. Le genre d'hommes qui donneraient leur vie pour moi sans même réfléchir. Et pour qui je le ferais aussi.

— Je suis nerveuse, laissa échapper Kassie.

— Je sais. Si tu t'imagines que je ne l'ai pas remarqué, tu n'as pas toute ta tête. Mais ce n'est pas grave. Parce que je ferai tout ce que je pourrai pour te faciliter les choses. La seule chose qui te reste à faire, c'est t'appuyer sur moi. Dans deux heures, on partira d'ici, on retournera chez moi afin que je puisse me changer et je te ramènerai chez Fletch. On passera du bon temps avec les hommes que tu vas rencontrer ici aujourd'hui ainsi que leurs femmes respectives. Ce sera décontracté. Après cette réunion, ta vie va changer... pour le mieux. Il te suffit de rester à mes côtés et de me faire confiance. Tu y arriveras ?

Les émotions tourbillonnaient dans ses yeux. Il n'avait jamais vu quelqu'un d'aussi expressif que Kassie. Il lut son accord avant même que les mots n'aient franchi ses lèvres.

— Oui, je peux le faire.

— Super. Alors, viens. On grimpe là-haut. Je t'apporte une tasse de notre horrible café. Je te conseillerais d'éviter de le boire, mais serre-le entre tes mains, histoire d'empêcher tes doigts de tomber.

Elle lui sourit.

— Ça me semble une bonne idée.

Hollywood se pencha pour lui déposer un baiser sur le front et laissa ses lèvres sur sa peau pendant de longues secondes avant de murmurer :

— Il n'est pas question que je te laisse me glisser entre les doigts maintenant que je t'ai trouvée. Jacks ne gagnera pas cette guerre.

Il s'écarta et sauta du véhicule sans lui laisser le temps de répliquer.

Il ne se trompait pas. C'était une guerre. Jacks l'avait débutée avec Emily et elle se terminerait ici et maintenant.

12

— On ne pourrait pas juste casser la gueule à Dean ?

— Et si on trouvait quelqu'un pour dérouiller Jacks pendant qu'il est en taule ? Qui connaîtrait un gars ?

— Je pense qu'on devrait lui donner des infos erronées sur l'heure et l'endroit où aura lieu notre prochain exercice d'entraînement, puis coincer ce con de Dean quand il essaiera d'interférer.

— Et pour ce qui est de la sœur ? Tu crois que Dean va tenter quelque chose comme avec Emily ?

— On ne pourrait pas opter pour un procédé légal ?

La tête de Kassie l'élançait. Cela faisait au moins une heure qu'ils étaient autour de la table et rien n'avait encore été décidé. Tout ce que ces hommes avaient fait, c'était poser des questions... sans vraiment décider quoi que ce soit. Elle appréciait le fait qu'ils soient ici, sur un week-end, pour les aider, sa sœur et elle, mais elle n'avait jamais assisté à une réunion de ce genre. Dans son domaine à elle, s'il y avait un problème à résoudre, un manager prenait une décision et c'était terminé. Mais à présent, elle avait plus de questions que de réponses et elle atteignait rapidement son point de rupture.

Hollywood lui avait pris la main sous la table sans la relâcher depuis le début de la réunion, mais elle en avait assez.

Se détachant de lui, elle repoussa son siège et se leva. Elle commença à arpenter le petit espace derrière les chaises rangées sous la table de conférence. Elle se massa le front d'une main, la seconde sur sa hanche, pendant ses déambulations.

— Parle-nous, lui ordonna Ghost alors que les gars s'étaient tus pour la regarder marcher.

Kassie ne tourna même pas la tête. Si elle avait été nerveuse en pénétrant dans la pièce, elle était à présent plus fatiguée et frustrée qu'autre chose. Elle voulait les aider, mais chaque fois qu'ils rappelaient ce que Richard leur avait fait subir, à Emily ou à elle, cela ne faisait qu'accroître son malaise à propos de toute cette situation.

Elle laissait défiler ses pensées au rythme de ses pas.

— Un : Richard est derrière les barreaux, à communiquer sa folie à Dean qui exécute ses ordres. Deux : Dean est idiot. Il n'a pas réussi à décrocher le diplôme de base et a tout juste fini le lycée. Trois : la stupidité de Dean ne signifie pas qu'il ne soit pas une menace. Il est grand. Et fort. Et il peut aisément nous maîtriser, Karina et moi. Quatre : il est malsain et a espionné Karina. Cinq : ils veulent que je leur donne des informations sur vous, les gars, afin de pouvoir en faire quelque chose. Mais quoi ? Six : que se passera-t-il si je ne leur fournis rien ? Qu'ont-ils prévu au sujet de Karina ? S'ils lui font quelque chose, qu'est-ce qu'ils y gagneront ? Sept : si je leur transmets une information, est-ce qu'ils vont arrêter de nous menacer, Karina et moi ? Ou bien ils vont continuer, parce que je leur ai obéi ?

Elle s'arrêta et se tourna vers les hommes assis autour de la table.

— Je ne peux pas ignorer Dean, lâcha-t-elle résolument. Je ne peux ni ne veux mettre Karina en danger. Je dois lui dire quelque chose. Mais quoi ? Telle est la question. Que puis-je demander à Dean de transmettre à Richard pour mettre un terme à tout ça ?

— Ça m'ennuie de te le dire, répondit Fletch, mais je ne crois pas qu'un message de ta part puisse faire cesser ses menaces. Il prend son pied, en l'occurrence.

Kassie poussa un soupir exaspéré et leva les mains vers le ciel, paumes ouvertes.

— Et alors ? Je vais le laisser me menacer éternellement ? Et ma sœur par-dessus le marché ?

— Bien sûr que non, s'empressa de répondre Fletch sans paraître irrité par son accès de frustration. Tu vas communiquer des informations à Dean, qu'il transmettra à Jacks, qui décidera de la suite, et nous mettrons alors un terme à cette farce une bonne fois pour toutes.

Le silence régna quelques secondes sur la pièce avant que Fish ne prenne la parole.

— Karina ne sera pas un problème. Je file à Austin. Je suis officiellement libre de mes mouvements lundi, donc en mesure de garder un œil sur elle.

Kassie le dévisagea, bouche bée, mais avant qu'elle puisse répliquer, Truck avait lâché :

— Tu as terminé lundi ? Putain, c'est génial, mec. Je suis ravi pour toi.

Fish lui adressa un petit signe du menton, mais sans cesser de regarder Kassie.

— Quand Hollywood n'est pas dans les parages, je promets de garder un œil sur ta sœur et toi. Je ferai tout ce qui est en mon pouvoir pour m'assurer que Dean ne soit plus une menace. Et pas uniquement : je te garantis aussi que tu n'auras plus à te soucier de Richard Jacks une fois que toute cette histoire sera terminée, Kassie.

La voix inflexible de Fish acheva de la convaincre.

— Ne commets aucune imprudence, Fish, le prévint calmement le commandant. Je sais que tu n'es plus sous mes ordres et, techniquement, tu n'es même plus employé par les États-Unis d'Amérique, alors je ne peux plus balayer tes agissements sous le tapis. La dernière chose dont tu aurais envie, ce serait de finir toi aussi à Leavenworth.

Fish se tourna et regarda son aîné.

— Je ne vois pas ce que vous voulez dire, monsieur. Tout ce que j'explique, c'est que je suis certain que mes amis et vous allez trouver un moyen d'empêcher Jacks de menacer Mlle Anderson à l'avenir. Je me trompe ?

Personne n'ouvrit la bouche pendant très longtemps, jusqu'à ce que le commandant ne s'éclaircisse la gorge.

— Tu as raison, confirma-t-il.

— Très bien. Alors, quelle information allons-nous charger Kassie de passer à Dean pour qu'il la transmette à Jacks ?

Le regard de Kassie passa de l'ancien soldat aux autres gros durs réunis autour de la table. Si Hollywood ne lui avait pas dit que ses amis et lui faisaient partie de la Delta Force, elle ne l'aurait jamais deviné, mais... elle aurait senti dans la moelle de ses os qu'ils étaient différents. Plus redoutables. Plus dangereux que le soldat moyen.

Même si elle n'était pas habituée à leurs méthodes de concertation, il y avait quelque chose dans leurs rituels et dans la façon dont ils s'exprimaient et planifiaient leurs actes qui exsudait la compétence.

— D'après Dean, qu'est-ce que tu étais censée faire, la nuit du bal ? s'enquit Beatle.

Kassie prit une profonde inspiration et regagna sa chaise. Hollywood la fit pivoter pour elle et, quand elle se fut assise, la retourna dans le bon sens et partit de nouveau à la recherche de sa main.

— Il m'a félicitée pour avoir incité Hollywood à me proposer un rendez-vous. Il voulait savoir si je lui avais envoyé des photos dénudées ou quelque chose du genre.

— L'enfoiré, siffla Hollywood entre ses dents. Ce connard ne saurait même pas reconnaître une femme exceptionnelle si elle se jetait sur lui. Il doit sans doute payer pour voir des femmes nues.

Kassie ne put retenir un sourire. Un coup d'œil autour de la table lui indiqua que tous les militaires souriaient franchement. Elle ignora l'accès de colère de Hollywood et se contenta de lui témoigner sa reconnaissance par une petite pression sur ses doigts.

— Bref, il m'a demandé de voir quelles informations je pourrais dégotter auprès de Hollywood, ou de n'importe lequel d'entre vous : si vous alliez bientôt quitter la ville, des détails sur vos petites amies ou tout renseignement que j'estimerais utile.

— Utile pour quoi ? s'empressa de demander Blade avant que quiconque puisse réagir au fait que Jacks était en quête d'informations sur Rayne, Emily ou Harley.

— Je ne sais pas, avoua Kassie. Si je lui avais obéi, je lui aurais déjà rapporté quelque chose. Mais après vous avoir rencontrés, les gars, je n'ai plus la moindre envie de lui dire quoi que ce soit susceptible de vous porter préjudice.

— Est-ce qu'il t'a contactée depuis le bal ? demanda Truck.

Kassie hocha la tête.

— Il m'a envoyé plusieurs textos. Je lui ai dit que je continuais à voir Hollywood et que j'essayais de trouver quelque chose qu'il puisse utiliser.

— Comment a-t-il réagi face à votre retard ?

C'était le commandant qui l'avait interrogée, cette fois-ci.

— Il m'a appelée pour me dire que j'étais une minable et que je ferais mieux de lui apprendre quelque chose d'utile très bientôt, sans quoi Karina serait vendue à un proxénète et finirait dans un bordel de Mexico.

Kassie frémit à cette pensée. Ça n'avait pas été une bonne journée et Hollywood avait dû l'empêcher d'enlever sa propre sœur pour déménager à Tombouctou.

— Merde, grommela Beatle.

Kassie entendit les autres grogner dans leur barbe sans parvenir cependant à saisir un mot, mais Hollywood l'obligea à se tourner vers lui pour lui poser une main sur la joue.

— Tu t'en sors parfaitement bien, ma chérie. Tiens bon.

— Merci, murmura-t-elle avec la sensation contradictoire de ne pas bien s'en sortir du tout.

— La dernière chose que nous voulons, c'est le voir s'en prendre encore une fois à l'une de nos femmes, déclara le commandant alors que les Delta eurent fini de grogner. Le problème, c'est qu'il ne va pas être facile de prouver que Jacks est derrière quoi que ce soit. Nous voulons que Kassie donne à Dean des informations à transmettre à Jacks, mais je ne suis pas certain de la manière dont nous pourrons prouver qu'il a orchestré tout ce merdier depuis sa cellule.

— Mais si nous éliminons Dean, qui est actuellement le plus menaçant pour Kassie et sa sœur, raisonna Hollywood, Jacks pourrait recruter quelqu'un d'autre. Seulement à ce moment-là, nous aurons, avec un peu de chance, trouvé un autre moyen de l'empêcher de nuire... et encore une fois, Kassie sera en sécurité.

— Bien vu, approuva le commandant.

— Et qu'est-ce que vous pensez de l'idée d'un autre exercice d'entraînement ? reprit Truck.

— Oui, convint Blade en comprenant où Truck voulait en venir. Si Kassie dit à Dean que Hollywood quitte la ville et ne sera pas en mesure de lui parler ou de la voir pendant quelques jours, on pourrait ensuite être à l'affût et guetter celui qui essaierait de s'en mêler.

— Et si on organisait ça quelque part loin d'ici, ils devraient s'y rendre, au moins Karina et Kassie seraient hors de leur portée pendant ce temps, ajouta Hollywood.

— Galveston, trancha Ghost. C'est assez loin, mais on pourrait prétendre que c'est une manœuvre liée à l'État islamique et à ses tentatives pour faire passer des marchandises douteuses en contrebande via des bateaux.

— C'est plutôt pointu pour un exercice de l'armée, objecta Fletch. Et Galveston n'est pas vraiment loin.

La tête de Kassie allait de droite et de gauche, suivant ces hommes qui précisaient et redéfinissaient leurs pensées. Elle était béate d'admiration de les voir rebondir sur les idées des uns et des autres.

— Pas Galveston, décréta le commandant. Le parc naturel national de Brazoria. Ce n'est pas très loin, mais ce sont essentiellement des pâturages et, bien entendu, c'est désert. On pourrait installer un faux centre de commandement près de Christmas Bay. On pourrait faire appel à une autre équipe de Del... enfin, d'autres hommes sous mon commandement, pour cette opération.

— Quels sont les risques que Jacks décide plutôt que notre départ lui offre l'occasion rêvée de kidnapper nos femmes ? demanda Coach. Pas question que je laisse Harley et les autres en proies faciles pendant qu'on sera là-bas à se tourner les pouces, en attendant une embuscade qui pourrait ne jamais survenir.

— C'est toujours une possibilité, concéda Ghost. Il a déjà prouvé qu'il ne rechignerait pas à utiliser nos femmes pour nous atteindre. Mais je compte sur son arrogance et la chance que nous lui offrons de nous piéger tous à la fois. Ce sera trop tentant pour qu'il puisse résister. Pourquoi s'en prendre à elles s'il peut nous tuer tous pendant le même exercice d'entraînement ?

— J'ai déjà dit que je garderais un œil sur Karina et Kassie, déclara Fish dans le silence qui suivit la réplique de Blade. Si Rock ne travaille pas, je sais qu'il viendra garder un œil sur les filles.

— Je parie que je pourrais inciter Rayne à organiser une de ses soirées entre filles quand nous serons partis. Comme ça, elles se trouveront toutes au même endroit, fit Ghost en réfléchissant à haute voix.

— Elles pourraient venir ici, à la base, proposa le commandant. Nous avons une maison d'hôtes qu'elles pourraient réquisitionner. Impossible d'être plus en sécurité qu'ici.

— Ne sous-estimez pas ce fumier, lâcha Hollywood, les dents serrées.

— Annie adore venir à la base, intervint Fletch. Il y a cette nouvelle section féminine de Rangers, non ?

Le commandant et Fletch échangèrent un regard avant que le commandant ne déclare :

— Oui. Qu'est-ce que vous en pensez ?

— Disons qu'Annie et les filles sont invitées à la base pour assister à une course d'obstacles des femmes soldats. Annie adore ce truc. Puis elles participeront à un dîner spécial où elles pourront s'entretenir avec elles et en apprendre plus sur la vie d'une femme dans une organisation comme les Rangers, dominée par des hommes. Après quoi, elles pourront toutes passer la nuit ici, à la base. Je ne dis pas que les Rangers doivent être briefées sur tout ce qui se passe, mais on peut les prévenir qu'une menace pèse sur Rayne, Emily, Harley, Mary et Annie.

À l'évidence, Fletch avait bien réfléchi à la question.

Kassie était surprise. Elle avait entendu parler des Rangers, mais elle ne se doutait pas que les femmes avaient reçu l'autorisation d'en faire partie. Richard détesterait l'idée. Il avait essayé d'intégrer ce groupe d'élite, mais il s'était vu éliminé assez tôt dans le processus de sélection. Les femmes qui avaient franchi toutes les étapes avec succès devaient être des dures à cuire, c'était certain.

— Ça pourrait fonctionner, admit le commandant. Elles seraient protégées, au cas où Jacks ne morde pas à l'hameçon. Laissez-moi voir ce que je peux faire.

— Quand ? demanda Kassie avant de s'empresser

d'ajouter, en voyant tous les regards se tourner vers elle :
Le bal de Karina est dans deux semaines. Je ne sais pas ce
que « nous protéger » signifie, mais jamais elle ne voudra
manquer ça. Cela fait des semaines qu'elle attend cet
événement. Elle a même acheté sa robe ce week-end. Elle
a un nouveau petit ami et n'a jamais été aussi enthousiaste à la perspective d'une fête.

— En fait, je pense que ça tombe bien, intervint le
commandant. Si elle participe à un bal, en public, surtout
avec un nouveau petit ami qui, espérons-le, ne la quittera
pas des yeux, je pense qu'elle sera plus en sécurité.

Dubitative, Kassie ne dit rien.

— Pendant que vous serez au refuge, les gars, je
surveillerai Kassie, promit Fish.

— Non. Je demande la permission de ne pas participer à l'embuscade et de rester à Austin pour la protéger,
déclara Hollywood d'une voix ferme, les yeux rivés sur
son commandant. Fish pourrait se retrouver coincé avec
Karina. Il ne pourra pas être à deux endroits en même
temps.

— Tu ne penses pas que tu devrais participer au faux
entraînement pour y ajouter de l'authenticité ? Si Kassie
en parle à Jacks, il s'attendra à ce que tu t'y trouves.

— Si tout le monde porte un treillis et a le visage
couvert de peinture, il sera presque impossible de savoir
qui est qui. Surtout pour l'armée de racailles qu'il aura
réunie. Ils ne pourront pas déterminer si je suis là ou pas.

— Tu n'as pas à rester avec moi, protesta Kassie. Tout
ira bien de mon côté. C'est vous que veut Richard.

— Permission accordée, déclara le commandant sans
laisser à Hollywood la moindre chance de répliquer.

— Merci, monsieur, dit-il avant de se tourner vers

Fish. J'apprécierais quand même ton soutien. Je suis heureux que tu sois sorti de rééducation. Mais ça craint pour l'armée de perdre un bon soldat comme toi.

— Tu as mon soutien. Mais ne t'y habitue pas trop. Je pars m'établir dans l'Idaho dès que la vente de la maison que j'ai achetée sera finalisée.

— Tu as acheté une maison ? s'étonna Truck. Je croyais que tu en étais encore au stade des recherches.

— En effet. J'en ai trouvé une qui me plaît.

Il haussa les épaules.

— Il ne me reste plus qu'à remplir toute la paperasse et à donner un rein ou deux à la société de crédit, mais c'est en route. L'inspection de la maison aura lieu la semaine prochaine.

— Je ne pourrais pas être plus heureux pour toi, fit Truck en gratifiant Fish d'une grande claque dans le dos. Je suis impatient de voir ça. J'espère que ton départ ne signifie pas que tu t'éloignes de nous.

— Dans tes rêves ! Je pendrai ma crémaillère autour d'un barbecue quand je me serai installé.

— Un super plan ! approuva Truck.

— Alors, nous sommes d'accord ? s'enquit le commandant.

Tout le monde confirma, mais Kassie regardait autour d'elle, perplexe.

— Euh... je n'ai pas la moindre idée de ce qui a été décidé, admit-elle honnêtement.

Hollywood lui prit la main et lui embrassa le creux de la paume avant de refermer ses doigts autour.

— Tu vas dire à Dean que tu m'as entendu parler d'un exercice d'entraînement top secret au parc naturel de Brazoria, près de Galveston. Tu m'as entendu dire que ce serait une petite opération, section contre section. Ça devrait piquer sa curiosité, car ce sera une bonne chance de nous éliminer. Les filles iront toutes à une démonstration des nouvelles recrues de l'armée... qui se trouvent être des femmes. Ta sœur sera en sécurité à son bal. Je serai à tes côtés chez toi, Fish se tiendra prêt et, quand Dean et ses larbins se pointeront, on leur bottera le cul et on les fera arrêter pour s'être immiscés dans un exercice d'entraînement du gouvernement.

— Et Richard ?

— Je vais m'occuper de lui, répondit Fish sans laisser au commandant la possibilité de le faire.

— Non, écoute, Munroe. Tu l'as déjà dit, tu ne peux pas...

— Je peux. Et je le ferai. Avec tout le respect que je vous dois, monsieur. Vous savez, aussi bien que chaque homme ici présent, que pour tuer un serpent, on doit lui couper la tête.

Kassie aurait pu jurer entendre une mouche voler dans la pièce. Le silence était total.

Finalement, le commandant lâcha d'une voix calme :

— Quand déménages-tu, Munroe ? Plus vite tu seras loin de moi, mieux ce sera.

Étrangement, ces mots parurent détendre tout le monde.

— Dès que j'ai l'accord pour mon prêt d'ancien combattant et que j'ai signé les papiers pour la maison, je file d'ici.

— Si je peux faire quoi que ce soit pour accélérer le processus, n'hésite pas à demander, ajouta le commandant qui fit reculer sa chaise et se leva. Pour ce qui est de vous autres, je vais parler avec le général et lui demander de valider le tout. Mais les mêmes règles seront en vigueur. C'est une opération sans autorisation de tuer. L'armée américaine ne peut pas dézinguer des gens uniquement parce qu'ils menacent les petites amies de nos soldats.

— Ce n'est pas une histoire de menace à l'encontre de ma petite amie, grogna Hollywood.

Kassie ne l'avait encore jamais vu aussi en colère. Elle voulut relâcher sa main pour lui laisser de l'espace, mais il refusa et poursuivit :

— C'est une menace contre la sécurité nationale. Jacks agit depuis sa prison. Comment s'y prend-il, hein ? Il doit bénéficier de soutiens. Que des traîtres opèrent à Leavenworth, ce n'est pas un problème que nous devons prendre à la légère. Réfléchissez aux prisonniers qui sont incarcérés là-dedans. Ce ne sont pas exactement des citoyens honnêtes et Jacks est un débutant en comparaison avec certains des hommes qui sont derrière ces barreaux. Vous voulez que des criminels violents ou des membres de gangs transmettent des informations à leurs complices ? À des violeurs ? Des meurtriers ? Des traîtres en lien avec les Talibans ou l'État islamique ? Pas question, putain. Je ne vais pas risquer ma vie à chaque mission si un connard de gardien de prison, qui se fait dix dollars vingt-cinq de l'heure, tourne la tête quand un prisonnier passe un coup de fil à son contact en Afghanistan ou refile des informations à ses potes lors des visites.

— Hollywood... commença le commandant, mais le soldat l'ignora.

— Jacks est un enfoiré d'amateur. Aucun de nous ne se soucie de lui ou de ses larbins, mais nous sommes inquiets de la facilité avec laquelle Dean peut se rendre au Kansas et le rencontrer. Nous sommes préoccupés par la facilité avec laquelle Jacks a pu faire chanter son ancienne petite amie alors qu'il était censé être enfermé pour le bien de la société. S'il en est capable, alors que se passe-t-il d'autre là-bas ? Quelles autres informations sont partagées et quelles autres collaborations sont à l'œuvre ?

— Tu as marqué un point, admit son supérieur à mi-voix. Mais il n'est pas nécessaire de te montrer irrespectueux.

Hollywood prit une profonde inspiration.

— C'est noté, lâcha-t-il.

Apaisé, le commandant hocha la tête, puis regarda Kassie.

— Parlez à Dean. Il faut qu'on règle ce truc. Prenez contact avec lui si nécessaire, mais faites-le.

— Oui, monsieur, répondit humblement Kassie, soulagée de voir le commandant se contenter de hocher la tête, puis de quitter la pièce.

Une fois qu'il fut parti, elle se laissa retomber contre le dossier de sa chaise et souffla à voix basse :

— Bon sang, et moi qui pensais que tu étais autoritaire, Hollywood.

Quelques ricanements retentirent, mais Fish ne souriait pas lorsqu'il demanda :

— Tu es d'accord pour que je m'occupe de ta sœur et toi quand Hollywood ne peut pas être à Austin ?

— Euh, oui... répondit Kassie, confuse. Pourquoi ?

— À cause de ça, répondit-il en désignant sa prothèse.

Le crochet au bout de son bras s'ouvrit et se referma,

posé sur la table, comme pour souligner le propos de Fish.

Kassie jeta un coup d'œil à Hollywood, qui fronçait les sourcils en dévisageant son ami, puis elle se retourna vers l'autre homme.

— Je suis désolée, je ne comprends toujours pas.

— Je n'ai qu'une main, Kassie. Tu ne te demandes pas si je vais être capable de te protéger aussi bien que les autres gars qui en ont deux ?

Kassie dévisagea son interlocuteur pendant quelques secondes, puis éclata de rire. Il s'agissait plus d'un relâchement de la tension que d'autre chose, mais elle n'avait pu se retenir. Finalement, elle parvint à revenir à quelques gloussements au lieu d'un rire à gorge déployée et prit une profonde inspiration pour essayer de reprendre le contrôle.

— Ça y est ? sortit Fish.

Kassie retrouva ses esprits en entendant la douleur qui pointait dans sa voix. Bon sang, elle n'avait pas voulu l'insulter. Elle dévisagea l'ancien soldat. Il avait une barbe, taillée ras sur les joues, mais il l'avait laissée pousser un peu plus au niveau du menton. Cette pilosité combinée au crochet mortel qui terminait son bras lui donnait un air de dur à cuire *plus* redoutable que les autres. Pas *moins* redoutable.

— Je suis désolée, Fish, mais sérieusement, c'était drôle. Est-ce que je pense que tu ne peux pas me protéger ? Même sans le bras qui te manque, tu as l'air plus dangereux et plus féroce que tous les gens que je suis susceptible de croiser dans les rues d'Austin. Je n'ai aucun doute que si, pour une raison ou pour une autre, Dean déboulait dans mon appartement avec une hache, tu pourrais le virer d'une seule main et lui faire regretter d'avoir seulement entendu mon nom. Alors oui, je suis tout à fait d'accord pour que tu veilles sur moi quand Hollywood n'est pas dans les parages.

Ses paroles résonnaient dans l'austère salle de conférence.

Enfin, Truck rompit le silence :

— Je te l'avais bien dit, Fish. Peut-être que tu pourrais te la boucler maintenant et arrêter de ressasser ton infirmité.

Tout le monde ricana et Fish secoua la tête.

— Va te faire voir, Truck.

Pourtant, ses mots ne recelaient aucune méchanceté.

Hollywood se leva et tint la chaise de Kassie pendant qu'elle l'imitait.

— On se voit plus tard chez Fletch, c'est ça ?

Un chœur de « ça marche » et de « bien sûr » monta de son groupe d'amis.

— Prête à partir, Kass ?

Elle hocha la tête, supposant, à le voir se diriger déjà vers la porte, une main dans le creux de son dos, que c'était la réponse attendue.

13

―――――

Après la réunion, Hollywood l'emmena rapidement jusqu'à sa voiture, sans rien de plus qu'un petit signe du menton à l'attention des quelques personnes qu'ils dépassèrent. Il l'installa dans le véhicule et s'empressa de quitter la base.

— Tu as faim ?

— On ne va pas à un barbecue, ce soir ? demanda-t-elle.

— Si, mais pas avant trois heures au moins. Après, on va bavarder avec tout le monde et attendre que les saucisses et les steaks soient cuits. Donc on ne mangera pas avant quatre ou cinq heures. Je me disais que tu voudrais peut-être quelque chose pour patienter. Le bagel que tu as avalé pour ton petit déjeuner... (Il jeta un coup d'œil à sa montre.)... il y a quatre heures et demie, a probablement été digéré à l'heure qu'il est. Et moi, j'ai une faim de loup.

— D'accord. Vu sous cet angle, oui, j'ai faim.

Il afficha un petit sourire en coin. Hollywood voyait

bien qu'elle était mal à l'aise avec tout ce qui venait de se passer, mais il préférait de loin cet aspect narquois de sa personnalité plutôt que son côté incertain et effrayé.

— Bien. Qu'est-ce que tu aimerais ?

— Aller chez *Whataburger*.

— Pardon ?

— *Whataburger*, répéta-t-elle.

— N'hésite pas, vraiment. Dis-moi exactement ce que tu as envie de manger, la taquina Hollywood.

Elle pivota sur son siège et croisa les bras.

— C'est toi qui m'as demandé, l'accusa-t-elle.

— En effet, admit Hollywood avec un large sourire.

— Je te réponds. Tu aurais préféré que je te dise : « Oh, Hollywood, je ne sais pas. Quoi que tu veuilles manger, ça me va parfaitement. Je n'ai aucune opinion sur rien, donc décide et on ira où tu voudras » ?

Il éclata de rire en secouant la tête.

— Non, absolument pas. Je ne suis pas habitué, c'est tout. En fait, même quand je suis avec les gars, il nous faut des plombes pour décider à quel endroit on va manger. Je suis aux anges que tu saches prendre une décision.

Elle lui sourit, pas décontenancée pour deux sous par son rire.

— Super. Parce que je dois t'avouer que j'ai des opinions tranchées en ce qui concerne les fast-foods. J'en adore certains, j'en déteste d'autres, et il y en a quelques-uns sur lesquels je suis ambivalente. Mais quand j'ai faim, j'ai faim, et je veux manger ce que j'aime. Et toi, tu aimes *Whataburger*, j'espère ? s'enquit-elle en haussant un sourcil suspicieux.

— Bien sûr. Quel Texan n'aime pas ?

— Tout à fait.

Elle hocha la tête avec joie.

— Attends, je ne sais même pas d'où tu viens. Tu as grandi dans la région ?

— Non, répondit-il sans façon tout en prenant la direction du *Whataburger* le plus proche. À Fayetteville en Caroline du Nord.

— Fort Bragg, c'est dans le coin, l'informa Kassie même s'il le savait déjà. C'est pour ça que tu es entré dans l'armée ?

Hollywood haussa les épaules.

— Peut-être. Bien sûr, on voyait tout le temps des soldats en uniforme, mais je crois que c'est plutôt lié au fait que mon père est un mordu d'histoire. J'ai grandi en regardant tous les films militaires que tu peux imaginer. Depuis que je suis tout petit, il a semé en moi la fierté de mon pays. Quand j'ai eu mon bac, j'ai compris que je n'avais qu'une envie : m'enrôler.

— Pourquoi avoir choisi l'armée plutôt qu'une autre branche ?

Hollywood afficha un petit sourire en coin.

— C'est eux qui m'offraient le meilleur contrat, répondit-il honnêtement.

— Oh mon Dieu, tu es sérieux ?

— Oui. J'étais patriote, certes, mais j'avais aussi dix-huit ans. J'étais superficiel, qu'est-ce que je peux te dire d'autre ?

— Tu regrettes ? demanda-t-elle en inclinant la tête.

— Pas une seconde.

— Tes parents sont toujours en vie ?

— Oui. Ils sont enchantés. Je crois que je te l'ai dit, mais ma sœur Jade est mariée et vit à Chapel Hill. Elle a étudié à l'Université de Caroline du Nord et elle a tellement aimé qu'elle y est restée.

— Elle a des enfants ?

Hollywood ne parvenait pas à déchiffrer l'intonation de Kassie.

— Oui, deux. Un garçon et une fille.

— Tonton Graham, le taquina-t-elle. Tu les vois souvent ?

— Pas autant que je le devrais, mais on se parle tout le temps par Skype. Je les aime, ces marmots.

— C'est génial.

Hollywood se gara sur le parking du fast-food.

— Tu veux manger sur place ou prendre quelque chose à emporter ?

Il n'avait pas aimé la tristesse qui s'était insinuée dans sa voix et il voulait faire son possible pour ramener le sourire sur son visage.

— Tout dépend de l'endroit où tu m'emmènes après qu'on aura mangé.

— Si on mange ici, tu reviens chez moi jusqu'à ce qu'il soit l'heure de retourner chez Fletch. Si tu préfères qu'on emporte la nourriture, on rentre directement chez moi.

— Alors, on emporte.

Hollywood conduisit dans la file du drive-in et lui jeta un regard sévère.

— Tu veux bien m'expliquer pourquoi tu as eu une drôle d'intonation quand je t'ai parlé de ma nièce et de mon neveu ?

Kassie haussa les épaules.

— C'est juste que... nous ne nous connaissons pas vraiment, toi et moi.

— Si, nous nous connaissons, contesta-t-il.

— Hollywood, je ne savais même pas où tu avais grandi ni que ta sœur avait des enfants.

— Nous ne savons peut-être pas les choses superficielles, mais nous connaissons celles qui importent.

— Ah bon ?

— Oui, Kassie. Par exemple, je sais que tu aimes que je t'embrasse fort et que j'effleure ton front de mes lèvres. Je sais que tu as un instinct protecteur farouche et que tu as en toi cette force qui me stupéfie quand j'y pense. Je sais que tu es honnête, généreuse et que tu as un sens de l'humour diabolique. Je sais que tu n'es pas sûre de ton pouvoir de séduction, ce qui est une énorme connerie, et je n'arrive pas à croire qu'aucun gars ne t'ait montré à quel point tu es belle. Je sais que tu as du caractère, mais qu'il se calme rapidement. Je sais, rien que d'après les commentaires d'Emily sur tes interactions avec Annie ce matin, que tu ferais une mère merveilleuse. Je sais qu'il y a une passion bouillonnante en toi qui ne demande qu'à s'exprimer. Quand je vais t'entraîner dans un lit, j'aurai envie d'y rester une semaine entière pour la satisfaire. Et enfin, je sais que je suis un sacré veinard et que si tu me laisses faire, je passerai le reste de ma vie à te prouver que tu as pris la bonne décision en me faisant confiance et en m'autorisant à entrer dans ton monde.

Un klaxon derrière eux obligea Hollywood à détourner les yeux des prunelles écarquillées de Kassie pour les reporter sur la file menant au guichet. Il avança lentement, s'arrêtant à nouveau derrière la voiture qui le précédait pour revenir à Kassie.

— Tu as d'autres arguments censés démontrer que nous ne nous connaissons pas ?

— Si c'est le cas, tu me ressortiras cette tirade ? s'enquit Kassie.

Elle avait rougi, mais elle soutint son regard sans détourner les yeux.

— Je te le répéterai tous les jours pendant le restant de nos vies si tu as besoin de l'entendre, Kass.

Alors, elle ferma enfin les paupières.

— C'est la chose la plus gentille qu'on m'ait jamais dite. D'accord, peut-être pas le fait que j'ai mauvais caractère. C'est le cas, bien sûr, mais tu n'avais pas besoin de le souligner.

— Je sais que tu te mets facilement en rogne, ma chérie, mais ça passe aussitôt que c'est venu. Ce qui signifie que tu n'es pas rancunière et c'est de bon augure pour les fois où je te pousserai à bout à l'avenir.

Elle rouvrit brusquement les yeux.

— Tu as l'intention de passer ton temps à faire ça ?

— Non. Mais avec toute la passion qu'il y a en toi, je ne vois pas comment l'éviter.

— Hollywood... geignit-elle.

— Kassie... l'imita-t-il en souriant. C'est bientôt notre tour. Tu sais ce que tu veux ?

— Un burger végétarien avec tous les assortiments et le *Whataburger Hulk*.

Hollywood examina le menu pendant un long moment avant de se tourner vers Kassie.

— Ils n'ont pas ça au menu, ma puce.

Elle le dévisagea, bouche bée, avant de lâcher en feignant la déception :

— Si je ne savais pas déjà que tu étais un vrai Texan, je l'aurais deviné en entendant ces mots. Tu prends un burger ?

Hollywood se contenta de hocher la tête.

— Oui.

Elle détacha sa ceinture de sécurité et pointa le doigt devant elle.

— À nous.

— Qu'est-ce que tu fabriques ? Rattache ta ceinture, voyons.

Il se pencha lentement vers le haut-parleur afin de commander.

Kassie le laissa comme deux ronds de flan quand elle s'agenouilla sur son siège et se pencha par-dessus lui. Elle posa les mains sur sa cuisse gauche et se tourna pour lui chuchoter :

— Je passe la commande pour nous deux. Sans quoi tu vas gâcher une expérience *Whataburger* absolument parfaite.

Il n'aurait pas pu retenir ses mains, même si sa vie en dépendait. Avoir Kassie agenouillée sur lui l'amena à imaginer de quoi elle aurait l'air quand elle enserrerait sa taille pour chevaucher son sexe. Hollywood se sentit durcir, mais n'y prêta aucune attention.

— Bienvenue à *Whataburger*. Que puis-je vous servir aujourd'hui ? leur lança une toute petite voix dans le haut-parleur.

— Salut, répondit Kassie, rayonnante. Nous aimerions un burger végétarien avec tous les assortiments et...

— Nous n'avons plus de purée, madame, lâcha l'employé à regret. Mais nous avons des bâtonnets de pommes de terre râpées que nous pouvons utiliser pour préparer votre burger.

— Ça me semble parfait, répondit Kassie à son interlocuteur. Mon ami affamé aimerait un double-double, mais avec la sauce, s'il vous plaît.

— Bien sûr. Désirez-vous des frites avec ?

— Oui, s'il vous plaît. Une grande portion.

— Quelque chose à boire ?

Kassie tourna la tête et chuchota :

— Tu me fais confiance ?

— Sur ma vie, répondit Hollywood sans une once d'hésitation.

Et c'était vrai. La femme agenouillée sur lui, qui souriait parce qu'elle commandait une espèce de menu secret et s'en amusait comme une folle, c'était la femme aux pieds de laquelle il déposerait sa vie. Il espérait qu'avec le temps, elle en viendrait à éprouver la même chose pour lui.

Elle rayonnait quand elle se retourna vers le haut-parleur.

— Comme boissons, deux *Whataburger Hulks*, s'il vous plaît.

— Ça fera 17,43 dollars, à payer au premier guichet, annonça le garçon sans perdre une seconde.

Hollywood décolla son pied du frein et avança juste assez pour laisser le véhicule suivant s'installer devant le haut-parleur, mais il enroula le bras autour de la taille de Kassie pour l'empêcher de se rasseoir sur son siège.

— Hollywood, lâche-moi, il faut que tu paies, gloussa-t-elle.

Il raffermit sa prise et posa son autre main sur sa joue pour l'obliger à tourner son visage vers lui. Sans lui demander son avis, il l'embrassa. Un baiser profond, avec une langue qui cherchait à explorer sa bouche, qui lui disait qu'il la voulait dans son lit. Et elle lui répondit de même.

Hollywood s'écarta bien trop tôt à son goût et se passa la langue sur les lèvres, afin d'y goûter la touche de gloss qu'elle avait appliquée un peu plus tôt, mêlée à sa propre saveur.

— Est-ce que j'ai envie de savoir ce que contient un *Hulk* ? demanda-t-il avec un sourire.

Elle lui rendit son sourire en humectant ses propres lèvres.

— Je ne te dis rien avant que tu goûtes et que tu me dises si tu aimes.

Il avait glissé une main sous l'une de ses cuisses et il exerça une petite pression, appréciant la façon dont elle se tortilla au contact de sa paume.

— Rassieds-toi, mon cœur, lui ordonna-t-il. Il faut que j'aille payer.

Il ne la relâcha pas tant qu'elle n'eut pas reposé ses fesses sur le siège à côté de lui. Puis, avant qu'elle ait pu rattacher sa ceinture de sécurité, il se pencha et lui prit le visage entre les mains.

— Merci.

— De quoi ? demanda-t-elle en inclinant la tête.

— D'être toi. De me faire rire quand tout ce dont j'ai envie, aujourd'hui, c'est de dénicher Dean et de le rouer de coups. De transformer une commande au fast-food en événement à se remémorer plutôt qu'un passage obligé fastidieux.

— Oh. Dans ce cas, tout le plaisir est pour moi.

— Attache ta ceinture, dit-il en se dirigeant vers le premier guichet.

— C'est ce que j'étais en train de faire, mais pas parce que tu me l'ordonnais.

Hollywood savait que le gamin derrière son guichet devait se demander pourquoi diable il affichait un sourire aussi béat, mais il s'en fichait. Il aimait le toupet de Kassie et, pour être honnête, il avait essayé de le provoquer. Il s'efforça de ne pas penser à son érection dure comme du bois quand le serveur lui rendit sa monnaie, puis il avança vers le guichet suivant.

Peu lui importait, aussi, la période d'abstinence qui lui était imposée en attendant que Kassie soit prête. Chaque seconde passée à l'attendre ne ferait que rendre meilleur le moment où il plongerait en elle. Sa vie changerait quand il l'emmènerait au lit. Il n'en pouvait plus d'attendre.

* * *

Une heure plus tard, Kassie souriait à Hollywood. Elle était assise à côté de lui au bar de sa cuisine. Ils avaient fini de manger depuis environ un quart d'heure et vidaient leurs verres tout en discutant.

— Alors ? Tu as aimé ? s'enquit Kassie en s'approchant du gobelet de Hollywood désormais vide.

— Curieusement, oui. Même si on dirait qu'un alien a été assassiné dans mon verre... non que je sache à quoi ressemble un alien, mais ce vert éclatant est exactement celui que j'imagine pour une fondue de petits hommes verts. Alors maintenant, tu vas me dire ce qu'il y a dedans ?

Au lieu de répondre, Kassie lui tira la langue, riant de nouveau devant son visage horrifié.

— Tu as la langue verte, Kass.

— Je sais. Toi aussi. Le *Hulk*, c'est un quart de Powerade et le reste de Vault. Ce n'est pas génial ?

— C'est pour ça que mon cœur bat si vite ? demanda Hollywood. Parce que tu m'as fait ingurgiter une boisson énergisante bourrée de caféine ?

Elle rigola.

— Eh oui.

— Est-ce que Coca-Cola n'avait pas cessé la production de Vault pendant un moment, en raison de la quantité insensée de caféine que ça contenait ? insista Hollywood.

Kassie regarda autour d'elle, comme si quelqu'un pouvait l'entendre, avant d'ajouter en chuchotant :

— J'ai entendu dire ça, moi aussi, mais *Whataburger* a dû passer un accord secret avec eux pour continuer à être fournis. Ne leur porte pas la poisse.

Il lui tira la langue et son hilarité redoubla.

— Et ton « burger végétarien », fit-il en mimant des guillemets avec les doigts, il était bon ?

— Bien sûr.

— Je ne pense pas qu'échanger la viande hachée contre des bâtonnets de pomme de terre râpée rende le truc plus sain.

— Je sais, mais qu'est-ce que c'est *miam* !

— « Miam » ? Je ne me rappelle pas la dernière fois que j'ai entendu quelqu'un utiliser ce mot.

Il aimait la voir aussi insouciante avec lui.

— Peu m'importe. C'était miam et je dirai « miam » si ça me chante. Miam, miam, miam. Tu as remarqué que si tu répètes un mot rapidement et assez longtemps, il commence à donner quelque chose de très bizarre ?

Comme « gobelet » par exemple. Essaie. Gobeletgobelet-gobeletgobelet.

Elle enchaîna les mots si vite qu'ils ne formaient plus qu'un.

— Tu vois ? C'est bizarre.

En effet. Sans plus se soucier de la langue verte de Kassie ou de la sienne, Hollywood se leva et fondit sur elle. Il s'empara de ses lèvres, l'attirant contre lui comme pour la dévorer. Il posa les deux mains à sa taille afin de la ceindre fermement.

Les bras de Kassie s'enroulèrent aussitôt autour de son cou. Hollywood recula juste assez pour ordonner : « Lève les jambes », avant de revendiquer de nouveau sa bouche.

Elle remonta une jambe et il se saisit de son genou. Alors, elle souleva la seconde et Hollywood l'empoigna à son tour. Puis il pivota et se dirigea vers son canapé. Il voulait l'emmener dans sa chambre, mais il avait décidé avant même son arrivée la veille qu'ils n'auraient pas de relation sexuelle ce week-end. C'était trop tôt.

Son sexe n'était pas de cet avis, mais il ignora les requêtes de son corps et câlina Kassie. Il plaça une main sous ses fesses pour la presser contre lui, savourant le gémissement qui s'échappa de sa bouche quand elle se tortilla contre son torse.

Sa première impulsion était de l'allonger sur le dos et de s'installer sur elle, mais à la dernière minute, sa raison intervint et il se détourna pour se laisser tomber sur ses fesses en la maintenant collée à lui.

Le choc de l'atterrissage lui ayant coupé le souffle, elle saisit l'occasion pour s'écarter un peu et le regarder. Elle se mit en appui sur les genoux, de chaque côté de ses cuisses. Leurs entrejambes étaient si proches l'un de l'autre qu'il était certain de sentir sa chaleur, il aurait pu le jurer.

— Qu'est-ce qu'on fait ? demanda Kassie, les pupilles dilatées par un désir si manifeste que Hollywood eut envie de lui arracher ses habits sur-le-champ.

Au lieu de quoi, il sourit paresseusement et répondit :

— On se pelote un peu, vu qu'on a du temps à tuer avant d'aller chez Fletch.

Elle se frotta sur son sexe durci.

— Tu appelles ça « se peloter » ? demanda-t-elle, hors d'haleine.

— Oui. Les règles sont : on garde nos habits. On peut se toucher partout, mais seulement par-dessus nos habits. Pas de doigts qui se faufilent sous les élastiques ou qui touchent la peau.

Elle lui sourit.

— C'est un jeu auquel tu as joué au lycée ?

Il secoua immédiatement la tête.

— Non. Je n'ai jamais joué à aucun jeu sexuel. J'ai pris ce que je voulais et ce qui m'était offert sans jamais regarder en arrière.

La lueur espiègle qui brillait dans ses yeux faiblit.

— Oh.

— Tout est nouveau avec toi, mon cœur. Crois-moi, tu es à cent pour cent plus sexy comme ça que tout ce que j'ai eu jusqu'à maintenant.

Elle se ressaisit et lui adressa un petit sourire coquin.

— Donc pas de contact de peau. Mais on peut quand même s'embrasser, non ?

— Seulement le visage. Pas de baisers en dessous du cou, se hâta-t-il de répondre.

— On dirait deux lycéens. Mais mes parents sont à l'étage et ils ont la désagréable habitude de venir jeter un coup d'œil au rez-de-chaussée pendant qu'on y regarde un film. On en a très envie, malheureusement on sait qu'on ne peut pas faire l'amour avec mes parents qui nous surveillent.

— Zut, grommela Hollywood, amusé de voir qu'elle se pliait au jeu. Oui. Tu n'as pas arrêté de m'allumer ces derniers temps, à laisser tomber tes livres dans le couloir et à te pencher pour me montrer un aperçu de ton décolleté. Je bande comme un taureau et je te désire à mort.

Kassie s'écarta de lui jusqu'à ce que leurs sexes soient séparés d'une quinzaine de centimètres.

— On ne devrait pas. Ma mère va venir jeter un œil dans quelques minutes.

Sa voix était haut perchée et elle gémissait plus qu'elle ne parlait.

Entrant dans le jeu, Hollywood susurra :

— Juste un petit peu, bébé. Laisse-moi te faire du bien.

— D'accord, mais seulement par-dessus mes habits. Je veux me préserver pour le mariage.

Il savait que ces paroles n'étaient qu'une partie du rôle qu'elle jouait, mais ils eurent un effet direct sur sa verge qui tressauta. Il sentit son boxer s'humidifier quand le liquide pré-séminal s'échappa de son gland. *Putain !* Hollywood fit remonter ses mains de la taille de Kassie sur sa jupe, puis son chemisier.

— Juste par-dessus tes habits, chérie. Promis. J'aime que tu sois si pure et innocente.

Ses paroles l'avaient déconcertée, mais au crédit de Kassie, elle n'abandonna pas pour autant son rôle. Ses mains lui couraient sur le torse, le caressant tantôt en haut, tantôt en bas. C'était bon, mais il avait la certitude que lorsqu'ils se retrouveraient enfin peau contre peau, ce qu'il ressentirait serait au-delà du merveilleux.

Décrétant qu'il n'y aurait pas de meilleur moment pour commencer à lui montrer la femme magnifique qu'elle était, Hollywood la porta aux nues.

— Ta peau est si douce. Soyeuse sous mes mains. C'est excitant à mort. Je ne sais pas pourquoi les femmes veulent être tout en angles, avec la peau sur les os. J'adore tes courbes.

Il déplaça les mains sur sa poitrine, qu'il caressa de ses paumes. Kassie se cambra sous son contact, pressant ses tétons dans les mains de Hollywood quand elles passèrent sur ses globes généreux.

Sans cesser de la caresser, Hollywood descendit jusqu'à ses jambes. Il promena les mains sur ses cuisses, non sans effleurer son intimité du bout des doigts à chaque passage. Puis il fit lentement remonter ses mains sur ses flancs avant de recommencer. Il la caressa lentement, encore et encore, sans cesser de regarder sa peau rougir, trahissant son excitation.

— Tu es si réactive. Le jour où tes parents te feront assez confiance pour te laisser seule une nuit, je te baiserai juste là, sur ce canapé.

Hollywood avait toutes les peines du monde à tenir son rôle. C'était devenu plus difficile, maintenant que Kassie s'était penchée vers l'arrière, les mains sur ses genoux. Elle cambra le dos et ses hanches se rapprochèrent de lui, pressant une fois de plus contre son membre.

— Tu aimes ça, constata-t-il.

— Hmm.

— Je vois tes tétons qui pointent sous ton soutien-gorge, commenta-t-il, incapable de détacher les yeux de la preuve de son excitation. Je brûle de les toucher. De les sentir sous mes mains. Ça fait trop longtemps que tu m'allumes, coquine, tu sais que je veux poser mes mains sur toi.

— Graham, gémit Kassie.

Hollywood ferma les yeux en entendant son véritable prénom franchir les lèvres de Kassie. Elle ignorait peut-être l'effet qu'il provoquait chez lui, mais peu importe. Il entendrait son nom susurré, entre gémissement et supplique, pendant le reste de sa vie.

— Touche-moi, le supplia-t-elle.

— Je te touche, répliqua-t-il, mais tes parents peuvent surgir d'un instant à l'autre. Je ne peux pas faire plus.

— Merde.

C'était adorable. Surtout parce que Hollywood savait exactement à quel point elle se sentait frustrée. Mais il avait entamé ce jeu et il était déterminé à s'en tenir aux règles. Il prit ses seins entre ses mains, les soupesant, les modelant à ses paumes. Il alterna entre pression et pincements, avant de descendre le long de son ventre.

Kassie se redressa et attrapa ses deux poignets pour essayer de l'arrêter.

— J'entends ta mère arriver, Kass. Ne fais pas le moindre bruit. Elle ne peut pas te voir, juste l'arrière de ma tête. Mais si tu fais du bruit, elle comprendra ce qu'on est en train de faire. Ne bouge pas et tais-toi.

La respiration de Kassie s'était faite plus lourde. Les lèvres entrouvertes, elle haletait d'excitation, se laissant tomber sur lui. Une main toujours sur ses seins, Hollywood glissa l'autre vers le bas de son ventre, entre ses jambes. Elle écarta les genoux pour lui laisser de la place, mais surtout, lui donner ainsi la permission de continuer.

— Ne bouge pas, murmura Hollywood comme s'il y avait vraiment quelqu'un pour les espionner. Ne fais pas de bruit, ma chérie.

Il utilisa la tranche de sa main pour appuyer contre son clitoris. Il n'avait rien prévu de spécial lorsqu'il avait entamé le jeu. Honnêtement, il voulait juste la tripoter un peu et la détendre. Mais à présent qu'il avait commencé, il ne pouvait pas s'arrêter. Il voulait faire jouir Kassie. Là. Maintenant.

Sachant qu'elle avait besoin d'une caresse plus appuyée – d'autant plus qu'à cause de son idée, son jean et sa culotte le séparaient du but – Hollywood lui pinça un sein en même temps qu'il frottait les doigts entre ses jambes.

— Tu es si belle, Kassie, putain. C'est ça, laisse-toi aller. Laisse-moi faire. Autorise-toi à en profiter.

Elle se tortillait désormais sur sa cuisse et Hollywood dut ôter une main de ses seins pour la placer derrière son dos, l'empêchant de tomber et de se faire mal. Cessant de jouer, il lui ordonna :

— Laisse-moi t'entendre, Kass. Tu aimes ça ?

— Oh, bon sang ! Graham… Ouiiiiiiii, siffla-t-elle.

— Tu es tellement sexy. Je sens comme tu es mouillée à travers ton jean. Tu en veux plus ?

— Ne t'arrête pas. Je suis tout près.

— Bien.

Cette fois, Hollywood utilisa sa main entière. Ses doigts lui touchaient le nombril alors qu'il continuait à la frotter avec le plat de la main. Il ne redoutait pas de se montrer trop rude. Bientôt, un flot continu de « oui, oui, oui » jaillit de la bouche de Kassie.

— Jouis pour moi, Kass. Montre-moi comme tu es belle quand tu jouis sous ma main.

À ces mots, elle arqua le dos et se frotta contre lui. Enfin, elle jouit. Elle trembla entre ses genoux quand la vague de plaisir la submergea. Hollywood maintint la pression sur son clitoris, jusqu'à ce qu'elle se calme et que ses hanches s'écartent légèrement pour lui faire savoir qu'à présent, son contact était devenu plus douloureux que jouissif, même à travers ses vêtements.

Plaquant sa main contre le jean humide de Kassie, Hollywood la ramena brusquement contre son torse, de l'autre. Elle laissa tomber ses mains sur sa taille, où elles agrippèrent son T-shirt comme si sa vie en dépendait. Sa poitrine s'écrasa contre lui et il perçut ses halètements. Elle posa la tête entre son épaule et son cou, faisant naître la chair de poule sur son bras quand son souffle chaud lui effleura la peau.

Au bout de quelques secondes, elle murmura :

— Bon sang, c'est une bonne chose que mes parents n'aient pas songé à venir jeter un œil sur nous. Parce qu'on aurait été sacrément dans la panade.

Il ricana.

— Mais mes mains ne sont jamais passées sous tes vêtements. Comment auraient-ils trouvé quelque chose à redire ?

— Tu es redoutable, où que soient tes mains, Hollywood, lui dit-elle avec un petit sourire.

Regrettant bizarrement qu'elle n'ait pas employé son véritable prénom, mais appréciant à l'inverse que celui-ci soit sorti dans les affres du plaisir, Hollywood sourit et accepta le compliment.

— Tu veux que je te retourne la faveur ? demanda-t-elle en s'écartant pour mettre un peu d'espace entre eux.

Ce mouvement donna plus de liberté de mouvement aux doigts de Hollywood et il les frotta doucement sur son entrejambe.

— Tu l'as déjà fait, l'informa-t-il.

Elle secoua la tête.

— Non, ce que je veux dire, c'est que ce n'est pas juste que tu m'aies donné ça sans rien avoir en retour.

Hollywood la dévisagea. Elle ne s'était aperçue de rien. Tendant la main pour attraper l'une de celles qu'elle avait agrippées à sa chemise, Hollywood la plaça entre eux, sur le devant de son jean.

Il frotta ses doigts de bas en haut pour s'assurer qu'elle comprenne bien en déclarant :

— J'ai obtenu quelque chose en retour, mon cœur.

Elle baissa les yeux sur sa main désormais mouillée, puis les releva vers lui.

— Tu as joui ?

— Oui.

— Mais je ne t'ai même pas touché.

— Je m'en rends compte. J'ai le sentiment que ça ne présage rien de bon pour l'avenir, dit Hollywood, plaisantant à moitié.

— Tu as joui, répéta-t-elle.

Cette fois, ce n'était plus une question.

— Oui, mon cœur. Je n'ai pas pu m'en empêcher. Tu étais tellement sexy. À te contorsionner sur ma main, à me supplier d'aller plus vite. Tu es l'incarnation d'un rêve érotique, Kass. De mon rêve érotique.

Elle s'empourpra. Un rouge éclatant qui partit de son cou pour monter à ses joues. Elle se rejeta contre lui, enfouissant de nouveau le visage dans son cou.

— Tu ne peux pas être gênée par ça, lui souffla Hollywood en enroulant les bras autour d'elle pour la tenir contre lui.

— Si.

— Pourquoi ?

— Je ne sais pas.

— Eh bien, c'est inutile. Prends tes responsabilités. Tu es une femme sexy qui m'excite tellement que je n'arrive pas à me contrôler quand je suis près d'elle. On va être explosifs ensemble, Kass. Je n'en peux plus d'attendre, bordel.

— Tu n'es pas gêné ?

— Non.

— Pourquoi ?

— Parce que je me sens super bien. Détendu. Relaxé. J'ai ma femme satisfaite et comblée entre mes bras et je vais passer une soirée avec les gens que je préfère au monde. Le fait que tu sois sexy au point de pouvoir me faire jouir sans me toucher, ce n'est que la cerise sur le gâteau.

Ils restèrent assis comme ça pendant plusieurs minutes, avant que Hollywood ne demande :

— Tu dors ?

— Hmm, marmonna-t-elle.

— Viens, lui dit-il en se levant sans peine, la portant dans les bras.

— Je ne veux aller nulle part, se plaignit Kassie.

— Tu ne vas pas loin, la rassura-t-il.

Il la transporta dans sa chambre où il la déposa sur

son lit. Elle roula immédiatement sur le côté et il tira le drap sur elle.

De ses yeux pleins de sommeil, elle le regarda se pencher et déposer un baiser sur sa tempe.

— Fais un petit somme, mon cœur.

— Tu ne vas pas te coucher à côté de moi ?

— Si je me couche dans ce lit, on va finir nus tous les deux et aucun de nous ne sera au barbecue ce soir.

— Et... ?

Hollywood serra les dents, mais réussit à lui sourire.

— Tu finiras nue dans mon lit, Kass, mais pour le moment... dors. Je te réveillerai dans une heure environ. D'accord ?

— D'accord.

— Bon.

— Hollywood ?

— Oui, Kass ?

Il se tenait sur le seuil de sa chambre, couvant du regard la femme qui venait de changer sa vie entière en deux petites semaines.

— Merci de m'aider à échapper à Dean.

Hollywood serra les poings à ce rappel de la menace qui planait toujours sur elle. Gardant une voix calme, il se contenta de répondre :

— Je t'en prie. Tout le plaisir est pour moi, ma chérie.

Elle ferma les yeux et il l'observa pendant plusieurs minutes, le temps que sa respiration se relâche et qu'elle s'endorme dans son lit.

Enfin, il revint sur ses pas et attrapa un jean et un boxer propres avant de rebrousser chemin et de fermer presque entièrement la porte. Il voulait entendre si Kassie se réveillait et avait besoin de lui pour une raison ou pour une autre.

Après s'être lavé et changé, Hollywood passa les trois quarts d'heure suivants à élaborer une stratégie et à préparer leur complot. Le plan que l'équipe avait mis au point aujourd'hui était bon, mais ils avaient appris qu'un plan A ne fonctionnait pas toujours comme prévu. Des plans B, C et sans doute D étaient toujours nécessaires.

Jacks n'aurait pas dû chercher des noises aux Delta. Ce rat et ses complices en avaient fini de persécuter Kassie et sa sœur. Dans deux semaines, d'une manière ou d'une autre, ce serait terminé.

Et ce jour-là, Kassie serait sienne. Depuis la pointe de ses orteils jusqu'au sommet de son crâne, elle lui appartiendrait, corps et âme.

14

———————

— Je peux te poser une question ? demanda Kassie alors qu'ils roulaient vers la maison de Fletch, plus tard dans l'après-midi.

— Je te rappelle ce que je t'ai déjà dit : tu peux me demander tout ce que tu veux, répliqua Hollywood qui se sentait encore très détendu.

— Je ne comprends pas pourquoi tu ne veux pas être au parc national quand Dean ou n'importe lesquels des gars qu'il aura enrôlés dans son plan stupide se pointeront. Tu devrais être là-bas.

Ce n'était pas exactement une question, mais Hollywood comprenait ce qu'elle voulait savoir.

— Tu es ma priorité numéro un, Kass. Je n'ai aucun doute sur la capacité de mes coéquipiers à s'occuper de Dean.

— Mais si tu ne penses pas que je sois en danger, à quoi ça sert que tu restes avec moi ?

Hollywood coula un regard vers elle avant de se concentrer de nouveau sur la route.

— Pour info, je ne pense pas vraiment que tu sois en danger, mais comme je ne suis pas à cent pour cent convaincu que Dean n'enverra pas d'autres gars au parc pour faire la sale besogne de Jacks en restant en retrait pour d'autres entourloupes, je refuse de te laisser sans protection.

Il sentit les yeux de Kassie se poser sur lui, mais la laissa poursuivre le fil de sa pensée. En revanche, quand il l'entendit renifler, il tourna aussitôt le regard vers elle.

Elle se déplaça sur son siège jusqu'à lui faire face, autant que sa ceinture de sécurité le lui permettait. Ses yeux étaient pleins de larmes et elle se mordait la lèvre, cherchant à l'évidence à reprendre le contrôle de ses émotions.

— Merde, Kass. Je ne voulais pas te faire pleurer, grommela Hollywood en fronçant les sourcils, inquiet.

— Je sais. Mais comment peux-tu éprouver aussi rapidement des sentiments pareils pour moi ? Si ça se trouve, je suis quelqu'un d'affreux. Je pourrais maltraiter des chiots à mes heures perdues. Me moquer des vieilles dames qui viennent dans mon magasin et achètent des fringues hideuses simplement parce qu'elles sont en vente. Arnaquer mes clients.

— Kass, l'interrompit Hollywood en souriant face à tant d'absurdités. J'ai trente-deux ans. J'ai vu beaucoup de choses dans ma vie. Des choses qu'aucun homme ne devrait voir. J'ai également vu trois des meilleurs hommes que je connaisse tomber amoureux et n'avoir jamais été aussi heureux. En conséquence de quoi, ils sont devenus plus agréables à fréquenter, travaillent plus dur et plus intelligemment qu'avant. Je n'ai jamais ressenti avec une autre femme ce que j'éprouve pour toi.

Je ne veux pas courir le moindre risque, ne serait-ce qu'un pour cent, que Dean voie dans cet exercice d'entraînement une occasion de plus de te nuire.

— Je t'aime beaucoup, mais je ne suis pas certaine que nous soyons sur la même longueur d'onde en ce qui concerne notre relation, répliqua Kassie d'une voix douce. Tu parles de quelque chose sur le long terme – ou du moins, c'est l'impression que j'en ai –, pourtant tu n'as pas idée de ce qui va se passer dans une semaine, un mois ou un an. Je ne comprends pas comment tu peux être aussi convaincu de me vouloir dans ta vie dans un avenir proche.

— Je sais que tu n'en es pas au même stade. C'est d'ailleurs pour ça que je ne te mets pas la pression pour coucher avec moi. Ça me tuerait de faire cette expérience, d'avoir un aperçu du paradis, puis que tu décides que tu ne veux pas la même chose que moi. Mais je suis patient et je sais dans les tréfonds de mon âme qu'il est impossible que tu sois sur terre, offerte à mon amour, sans ressentir la même chose... en définitive.

— Je n'y suis pas habituée, murmura-t-elle. À ce qu'on me protège. À être l'âme sœur de quelqu'un.

— Je sais. Mais il va falloir que tu t'y fasses. Comme tu me l'as déjà assez répété, je suis autoritaire et têtu comme une mule, donc je vais faire tout ce qu'il faudra pour assurer ta sécurité, quitte à te surveiller moi-même. Et si je ne peux pas m'en charger personnellement, sois bien assurée que je prendrai toutes mes dispositions pour que quelqu'un en qui j'ai confiance le fasse à ma place. Dans deux semaines, je pourrai être avec toi, dès que cette sombre histoire sera terminée avec Dean. Tu verras.

Comme elle ne répondait rien, il demanda d'une voix douce :

— Ça te va ?

— Absolument, lâcha Kassie en essuyant ses larmes. En revanche, j'ai un peu l'impression que tu es mon baby-sitter. Et ça, ça ne me va pas du tout.

Tandis qu'il s'engageait dans l'allée conduisant chez Fletch, Hollywood réfléchit à la façon dont il voulait répondre à Kassie. Il ne tenait pas à recourir à une réponse désinvolte. Il souhaitait qu'elle comprenne une bonne fois pour toutes : elle était *sa* femme. Il n'était pas voyant, il n'avait pas la moindre idée de ce que l'avenir lui réservait, mais il savait qu'il donnerait à leur relation le meilleur départ possible pour qu'elle se poursuive éternellement.

Il gara sa voiture près des escaliers qui conduisaient à l'appartement des invités et coupa le moteur. Il détacha sa ceinture, repoussa son siège aussi loin qu'il le put, puis il se pencha pour détacher celle de Kassie.

— Viens là, Kass, murmura-t-il pour l'inciter à enjamber le frein à main et à chevaucher ses cuisses.

Elle obtempéra sans un mot, s'installant sur lui dans l'espace confiné, comme elle l'avait fait un peu plus tôt ce jour-là. Elle posa les mains sur ses flancs et inclina la tête, attendant qu'il ouvre la bouche.

— Primo, je ne fais aucun baby-sitting avec toi. Crois-moi, je connais la différence. Mon équipe a dû garder des personnalités haut placées et des hommes politiques qui ne réfléchissaient jamais à leur propre sécurité, et encore moins à celle des hommes chargés de les protéger. Ils ne se souciaient de rien autour d'eux, à l'exception de leurs propres besoins égoïstes. Toi, mon cœur, tu fais passer tout le monde avant toi. Je ne crois pas que tu aies vraiment pensé à toi depuis longtemps. Je sais que tu as peur, mais au lieu de te focaliser là-dessus, tu m'as confié à quel point tu étais inquiète pour Karina et tes parents. Je sais que ce que tu as traversé avec Jacks était terrible. Je le tiens de tes réactions au bal et des conneries qu'il a essayé de t'inculquer au sujet de l'armée. J'aime la compassion que tu éprouves pour autrui et j'espère que ça ne changera jamais. Mais pendant que tu te soucieras des autres autour de toi, moi, je surveillerai tes arrières. Je m'assurerai que personne ne surgisse dans ton dos pour essayer de te poignarder – au sens figuré. Je me tiendrai à tes côtés pour empêcher les gens de se faufiler en douce afin de te déstabiliser. Je ne te raconte pas des salades, Kassie. Je n'élimine pas Jacks et Dean de ta vie pour entrer dans ton lit. Je le fais parce que tu es toi-même. Parce que tu n'as pas pu t'empêcher de te montrer honnête sur les circonstances de notre rencontre après seulement quelques heures passées ensemble. Tu n'as pas le moindre vice dans ton corps et je vais le protéger coûte que coûte.

Hollywood lui prit le visage entre ses mains pour plonger son regard dans le sien et l'immobiliser tandis qu'il ajoutait doucement :

— En plus, je préfère passer mon temps avec toi, dans un appartement climatisé, plutôt que dans un champ étouffant comme l'enfer à gratter des piqûres d'insecte. Tu me feras une faveur si tu me laisses traîner à tes côtés le week-end prochain.

Elle lui sourit alors et lui saisit les poignets de ses doigts glacés.

— Personne n'a jamais voulu me protéger comme ça.

— Tant pis pour eux, tant mieux pour moi. Ça n'a vraiment rien d'une épreuve. Tu m'embrasses ?

Sans un mot, Kassie se pencha, leurs mains toujours jointes. Leurs lèvres se goûtèrent en un long baiser paresseux.

Au bout de plusieurs minutes, un mouvement à la périphérie de la vision de Hollywood retint son attention et il s'écarta à contrecœur des lèvres de Kassie pour tourner la tête… avant d'éclater de rire.

Le visage et les mains d'Annie étaient collés contre la vitre de la voiture, à quelques centimètres seulement de l'endroit où ils s'embrassaient. Le nez et les lèvres de la fillette s'écrasaient contre le carreau, si bien qu'on aurait dit une créature sortie d'un film d'horreur. Elle souriait comme une folle et les observait avec attention. Dès qu'elle surprit le regard de Hollywood, elle recula et agita frénétiquement la main.

— Salut ! lança-t-elle d'une voix forte, qu'ils entendirent sans peine depuis l'intérieur de la voiture. Vous avez fini de vous embrasser ? Parce que papa m'a dit de vous dire de vous dépêcher. J'ai faim et on ne peut pas commencer les hot-dogs avant que tout le monde soit là. Vous êtes les derniers.

— Pris en flagrant délit, souffla Hollywood à Kassie avec un sourire.

Elle lui sourit en retour.

— Emily m'a dit qu'avec Fletch, ils essayaient d'avoir un autre enfant et qu'il se débarrassait d'Annie aussi souvent que possible afin d'avoir du temps en tête-à-tête avec elle. Y a-t-il un risque qu'ils soient occupés à ça en ce moment ?

Hollywood s'esclaffa et l'attira contre lui.

— Allez, quoi, j'ai faim ! geignit Annie de l'autre côté de la vitre.

Elle souligna son assertion en tambourinant dessus avec ses petits poings.

— Je te donne cinq dollars si tu nous accordes encore cinq minutes, lui cria Hollywood.

— Monte à dix dollars et c'est une affaire qui roule.

— Mon Dieu, c'est du vol de grand chemin pur et simple ! gémit Hollywood.

Mais quand Kassie laissa descendre ses mains jusqu'à la ceinture de son jean pour glisser les doigts sous ses fesses, aussi loin qu'elle le put, il s'empressa d'ajouter :

— Douze minutes. Dix dollars.

— D'accord, consentit joyeusement Annie. Je vais jouer dans le garage avec mon circuit. Je serai revenue dans douze minutes pile.

— Elle sait lire l'heure ? s'enquit Kassie.

— Malheureusement, oui.

— Dans ce cas, on ferait mieux de ne pas perdre une seconde de plus.

Sur ce, Kassie se pencha de nouveau et l'embrassa.

Exactement douze minutes plus tard, Hollywood ouvrait la portière de sa voiture et aidait Kassie à en sortir. Il l'attira une nouvelle fois entre ses bras et baissa les yeux vers elle.

— Je ferai en sorte qu'il ne t'arrive rien, Kass, promit-il avec le plus grand sérieux.

— Je sais.

— Tant mieux. Tu es prête à te détendre quelques heures ?

— Oui. Je suis impatiente de connaître tout le monde.

— Ils vont t'adorer.

Annie s'approcha et tendit la main.

— Dix dollars, Hollywood. Tu as promis.

— En effet, demi-portion, répliqua-t-il avec un sourire.

Il attrapa son portefeuille d'où il tira un billet de dix dollars et le lui tendit. Quand elle voulut s'en saisir, Hollywood le retint quelques secondes, le temps de lui souffler :

— Ça reste entre nous, n'est-ce pas ?

— Motus et bouche cousue, répondit Annie en faisant mine de tirer une fermeture éclair sur ses lèvres.

Elle attrapa le billet et sourit quand Hollywood le lâcha, puis elle le fourra dans sa poche pour pouvoir agripper la main de Kassie.

— Allons-y.

Comme ils se dirigeaient tous les trois vers la maison, la jeune femme demanda à Annie :

— Tu vas faire quelque chose de spécial avec tout cet argent ?

La petite hocha la tête, sans pour autant ralentir l'allure.

— Je mets de l'argent de côté pour m'acheter un tank.

— Un tank ? répéta Kassie, sidérée.

— Oui. J'en ai vu un dans un magazine et je voudrais l'avoir.

Hollywood se pencha vers Kassie pour lui chuchoter :

— C'est une version miniature motorisée. Ça coûte plus de cinq mille dollars. Fletch ne pense pas qu'elle y arrivera, mais les gars et moi, on lui file de l'argent chaque fois que l'occasion se présente. Je suis impatient de voir ce petit démon de la vitesse tondre tout ce qui se trouvera sur son passage.

Kassie étouffa un rire et hocha la tête.

Ils contournèrent la maison et arrivèrent dans le jardin de derrière. Elle essaya de ne pas être jalouse de la belle pelouse aménagée. Il y avait là une véranda abritant trois tables pour accueillir chacun, un immense barbecue intégré et des hectares de cette herbe verte et tendre si caractéristique du Texas. Sur le côté, il y avait un brasero, avec des bancs stratégiquement disposés dans une fosse creusée à même le sol. C'était un endroit douillet où les habitants des lieux et leurs amis pouvaient laisser leurs soucis derrière eux. Kassie eut un coup de cœur immédiat.

— C'est magnifique, chuchota-t-elle.

Hollywood serra sa main dès l'instant où ils s'arrêtèrent.

— Tu aurais dû voir l'endroit quand Fletch y a emménagé. Il y avait de mauvaises herbes partout. Alors, comme il ne voulait pas perdre Annie dans l'herbe, il a fini par embaucher un jardinier.

Elle lui sourit.

Annie se précipita vers Fletch.

— Papa, je suis allée les chercher. Ils s'embrassaient dans la voiture de Hollywood, mais les voilà. Tu peux commencer les hot-dogs, maintenant ? S'il te plaît.

Tous les adultes s'esclaffèrent et Hollywood afficha un petit sourire en coin en constatant que la nuque de Kassie virait au rouge.

— D'accord, demi-portion. Maintenant que tout le monde est ici, je vais mettre les grillades en route. En attendant, va donc me chercher mes pinces dans la maison.

— Super ! L'heure des hot-dogs est arrivée ! hurla Annie en pivotant sur ses petites jambes pour se ruer vers la porte en verre coulissante qui ouvrait sur l'intérieur.

— Ça me fatigue rien que de la regarder, lâcha une femme que Kassie ne reconnut pas.

— Oh, bon sang, moi aussi, renchérit Rayne du fond du cœur.

Hollywood conduisit Kassie vers l'endroit où les femmes s'étaient installées.

— Tu connais Rayne. Mais je ne crois pas que tu aies déjà rencontré Mary. Mary, voici Kassie. Kassie, Mary.

— Salut, fit Kassie, un peu intimidée.

— Salut. C'est chouette de te rencontrer. Rayne m'a beaucoup parlé de toi.

— Oh. Moi aussi, je suis contente de te rencontrer. Tu appartiens à l'un de ces gars ? demanda Kassie, à l'évidence décontenancée.

— Mon Dieu, non, se hâta de répondre Mary. Et je vois bien que tu les as un peu trop fréquentés. Jamais je « n'appartiendrai » à aucun homme.

— Je ne voulais pas dire... commença Kassie, avant que Hollywood ne l'interrompe.

— Laisse-la tranquille, Mary. Ce n'est pas parce que tu ne vois pas ce que tu as juste sous le nez que les autres femmes sont comme toi. À mon avis, tu oublies que si tu appartiens à un homme, celui-ci t'appartient en retour. Et il ne faut jamais dire « jamais », tu ne sais pas ce que l'avenir te réserve, la taquina-t-il.

— Oh, la ferme, répliqua Mary qui lui sourit néanmoins.

Il leva les mains en signe de capitulation et ricana.

— Ça va, sinon ?

— Ça va, répondit rapidement Mary.

Presque trop rapidement.

Hollywood lui trouvait mauvaise mine, mais il ne voulait pas l'embarrasser et il ignorait ce qu'elle avait confié à sa meilleure amie. Mieux valait éviter de dire quelque chose de déplacé devant Rayne. Après le bal, au cours duquel il avait discuté avec Truck de la poursuite de sa chimio, il n'était pas certain qu'elle doive être de nouveau sur pieds comme elle l'était. Mary était vraiment l'une des femmes les plus fortes qu'il ait jamais rencontrées. D'accord, elle était irritable, mais si cela lui donnait la force de surmonter non pas une, mais deux batailles contre le cancer, elle pouvait être aussi impertinente qu'elle le voulait. Il supporterait ses quolibets tous les jours et deux fois plus le dimanche si besoin. Elle poursuivait ses activités quotidiennes comme si on ne lui injectait pas du poison dans le corps une fois par semaine, ce qui le confortait dans son opinion selon laquelle elle était courageuse.

— Si tu as besoin de quelque chose, n'hésite pas à me le demander, d'accord ? lui dit-il en la fixant droit dans les yeux.

— Merci, Hollywood. Je vais bien.

— Surtout que je suis là si elle a besoin de quoi que ce soit, intervint gaiement Rayne. Pourquoi devrait-elle aller te chercher quand elle a sa meilleure amie à côté d'elle ?

Sur quoi, elle passa un bras autour des épaules de Mary et leur adressa un grand sourire.

Son amie grimaça. Ce fut bref, mais néanmoins perceptible.

— Je vais emmener Kassie faire le tour du propriétaire, lança Hollywood aux deux femmes.

— Ramène-la, qu'elle puisse manger avec nous. J'ai un million de questions à lui poser à ton sujet.

— Je suis désolée, j'ai signé un accord de confidentialité, répliqua Kassie le plus sérieusement du monde. Tout ce que j'ai le droit de te dire, c'est mon nom, mon âge et le fait que j'ai une sœur appelée Karina. Oh, et puis que Hollywood est l'homme le plus étonnant que j'aie jamais rencontré.

Les mines de Rayne et Mary valaient leur pesant d'or et Hollywood échoua à garder son sérieux.

Kassie s'empressa de les tirer de leur perplexité en adressant un immense sourire aux deux femmes.

— Je plaisantais. Je serai ravie de m'asseoir à vos côtés pour vous dévoiler tous les secrets de Hollywood. Saviez-vous qu'il ne possède même pas de lit ? Il a juste un matelas posé au sol. C'est vraiment pathétique.

Elle sourit pour lui faire savoir qu'elle le taquinait.

— Oh, mon Dieu ! Tu parles sérieusement ? Ma fille... il va vraiment falloir que tu viennes t'asseoir avec nous. Je dois en savoir plus, s'enthousiasma Rayne.

— Viens, Kass, la pressa Hollywood en posant une main au creux de ses reins. Allons dire bonjour à tout le monde avant que tu ne leur déballes mes secrets.

Il présenta Kassie à tous les petits groupes. Elle connaissait déjà les hommes, mais parut heureuse de les saluer à nouveau. Elle se montra un peu réservée avec Emily. Hollywood en conclut qu'elle éprouvait toujours un certain sentiment de culpabilité à son endroit après ce que Jacks lui avait fait subir. Il devrait faire en sorte qu'elle relègue cette histoire au passé, sachant fort bien que personne ne la tenait pour responsable des agissements de ce connard.

Ils dînèrent. Kassie était assise avec Rayne et Mary et toutes trois gloussèrent et rigolèrent pendant le repas. Emily et Harley s'étaient installées à une autre table avec Annie et leur homme. Le reste des gars avait pris place à la troisième table, dévorant la nourriture comme s'ils n'avaient pas mangé depuis des jours. Hollywood aimait jeter un œil à la table voisine et lire de la joie sur le visage de Kassie, tandis qu'elle se détendait avec ses amies. Sa vie n'avait pas été un long fleuve tranquille et il s'était donné pour but de lui faciliter la tâche à partir de maintenant.

Quand chacun eut fini de manger, ils allèrent tous s'asseoir et se détendre autour du brasero. Hollywood et d'autres gars apportèrent quelques chaises en plastique sur la terrasse pour les disposer dans l'espace libre autour du brasier. Il s'installa et prit Kassie sur ses genoux. Elle poussa un petit cri, mais s'appuya contre lui sans protester.

Ghost fit de même avec Rayne, et Fletch et Emily s'assirent côte à côte sur l'un des bancs près du feu. Truck conduisit Mary jusqu'à une autre chaise pour l'aider à s'y installer, puis il prit place au bout du banc le plus proche. Les autres hommes se choisirent l'un un banc, l'autre une chaise autour du feu. L'ambiance était sereine et détendue.

— Bon, alors, Kassie, attaqua Harley quand tout le monde fut convenablement installé, j'ai entendu dire que tu avais besoin des services d'un avocat.

— Oh, eh bien, je…

— Jacks a un ami qui fait de sa vie un enfer, expliqua Hollywood à Harley et au reste du groupe.

— Bon sang, ne te gêne pas, marmonna Kassie, la tête baissée tant elle était gênée.

— Ne te sens pas honteuse des agissements de quelqu'un d'autre, répliqua Harley. Il n'a pas le droit de te rendre nerveuse et il est encore moins autorisé à te faire suivre ou menacer.

— Je sais, c'est juste… qu'une ordonnance restrictive risque de le mettre encore plus en rage.

— C'est possible, admit Harley en haussant les épaules. Mais ça ne signifie pas que tu doives y renoncer.

— Je te l'avais bien dit, murmura Hollywood avant d'ajouter plus fort : Si tu pouvais prévenir ta sœur que Kassie va l'appeler, on apprécierait vraiment.

— Bien sûr. Et pour info, sache que vous bénéficierez de la réduction réservée aux amis et à la famille, déclara Harley, aussi bien à Kassie qu'à Hollywood. Ce qui signifie que ce sera gratuit. Inutile de protester.

— Je ne…

— J'ai dit : inutile de protester, répéta-t-elle, sans même laisser à Kassie la possibilité d'achever sa phrase.

— Merci, lui dit Hollywood. J'apprécie.

— Avec plaisir. Et ça vaut pour tout le monde ici, au cas où vous ne le sauriez pas. Montesa m'a chargée de vous dire que si l'un d'entre vous avait un jour besoin des services d'un avocat, elle serait là pour vous. Considérez ça comme une manière de vous remercier car vous avez fait tout ce qui était en votre pouvoir pour aider à me retrouver quand j'ai eu mon accident.

— Oh, nom d'un chien, ne dis pas ça, plaisanta Mary. Elle va passer sa vie à nous tirer du pétrin.

Une remarque qui fit rire tout le monde, avant que d'autres conversations débutent ici et là autour du feu.

Fletch aida Annie à faire griller des guimauves sans prêter attention au fait qu'elle avait plus de chocolat sur ses doigts et ses vêtements qu'elle ne semblait en porter à sa bouche. Après avoir passé une heure à courir dans tous les sens, à faire griller des guimauves pour chaque volontaire et, de façon générale, à faire rire les adultes par ses singeries, Annie finit par se pelotonner sur les genoux de sa mère.

— Tu t'amuses bien, ce soir, Annie ? s'enquit Emily.

— Oui. J'aime bien quand tout le monde se réunit.

— Moi aussi.

— Maman ?

— Oui, mon bébé ?

— Je veux un petit frère.

La requête d'Annie retentit clairement dans le silence de la nuit texane. Hollywood ravala un rire tandis qu'Emily tentait de répondre à sa fille.

— Avoir un enfant, c'est une lourde responsabilité pour des parents.

— Oui, je sais. Mais papa a dit qu'il voulait te voir porter son bébé et qu'avec ses super nageurs, tu allais être en cloque en deux temps trois mouvements. Enfin, je ne comprends pas trop le rapport entre toi enceinte et lui qui sait nager très vite dans la piscine.

Fletch s'étrangla et faillit recracher la gorgée de bière qu'il venait d'avaler. Il dévisagea sa fille, les yeux écarquillés.

Les hommes autour du feu éclatèrent de rire et Hollywood fut soudain heureux de ne pas être à la place d'Emily en cet instant.

— Fletch, tu veux expliquer la chose à ta fille ? demanda celle-ci, refilant la patate chaude à son mari.

Fletch posa sa bière dans l'herbe et arracha Annie du giron d'Emily. La fillette enveloppa les bras autour du cou de son père pour se blottir contre lui.

— J'ai très envie d'avoir un bébé, mon bout de chou. Et j'espère que dans quelques mois, on pourra t'annoncer que ton petit frère ou ta petite sœur est en route.

Le visage enfoui dans le cou de son père, Annie ajouta :

— Je veux un petit frère. Mais, papa...

— Oui ?

— Tu m'aimeras encore si tu as ton enfant à toi ?

— Regarde-moi, mon bout de chou, lui ordonna Fletch.

Annie leva la tête.

Fletch prit son petit visage entre ses deux grandes mains et lâcha, sur le ton le plus sérieux du monde :

— Tu es mon enfant à moi, Annie. Tu n'es peut-être pas de mon sang, mais tu as quand même pris possession de mon cœur comme si je te connaissais depuis la seconde où tu es née. Que ta maman et moi ayons un enfant ensemble n'y changera rien. Tu es ma fille aînée. Point barre. D'accord ?

— D'accord fit-elle avant de marquer une pause. Papa ?

— Oui, mon bébé ?

— Je t'aime.

— Je t'aime, moi aussi.

Il n'en fallut pas davantage pour qu'Annie se blottisse

à nouveau contre le seul père qu'elle ait connu et ferme les yeux.

Hollywood tourna le regard vers Kassie : elle fixait pensivement le feu. Il se pencha.

— Ça va ?

Elle s'empressa de hocher la tête.

Hollywood lui mit un doigt sous le menton pour l'obliger à tourner le visage vers lui.

— Qu'est-ce qu'il y a ?

— C'est idiot.

— Pas si ça te contrarie.

— Disons que je ne pensais pas avoir des enfants un jour, chuchota Kassie.

Hollywood entendait ses amis parler et rire autour de lui, mais il n'avait d'yeux que pour elle.

— Qu'est-ce que tu veux dire ? Pourquoi pas ?

— Je pensais que Richard était mon unique chance.

— Kass, tu n'as que trente ans, objecta Hollywood, désorienté.

— Je sais, mais tu n'as pas idée de ce que j'ai vécu, ces deux dernières années. Certains jours, Richard était génial, mais certains autres, il était fou. Pendant quelque temps, j'ai pensé que nous pourrions résoudre le problème, mais quand il a commencé à devenir parano et à demander à Dean de me suivre, c'est devenu affreux. Il s'en prenait à tous les hommes auxquels j'adressais la parole. Je me suis résignée à ne plus avoir une vie normale. Je n'étais pas capable de sortir avec quelqu'un d'autre, sans parler d'être assez proche d'un homme pour avoir un enfant. Et je ne pouvais pas envisager d'avoir un bébé tant que Richard était dans les parages. Je n'aurais jamais fait courir le moindre risque à un être vulnérable. Pas question.

— Tu vas avoir des enfants, Kass, affirma-t-il avec conviction. Des petits garçons et des petites filles avec tes cheveux bruns et tes yeux noisette.

— Je viens seulement de réaliser que j'avais enfin un espoir que ça se produise, lui confia Kassie, la voix et les yeux vibrants d'émotion.

Hollywood ferma les paupières quelques instants, puis il enroula le bras autour d'elle, le passant juste au-dessous de ses seins pour l'attirer vers lui, afin qu'elle se repose de nouveau contre son corps.

— Il faut qu'on arrête de parler de bébés, lui murmura-t-il à l'oreille.

— Pourquoi ?

— Parce que parler de bébés que tu pourrais avoir me fait penser à la manière dont on les fait. Et penser à la façon dont on fait les bébés me donne envie de t'enlever tous tes vêtements, de planter mon sexe bien profond en toi et de commencer à te donner la famille que tu as toujours voulue.

— Graham... gémit Kassie en se retournant sur ses cuisses.

Hollywood sourit en l'entendant utiliser son véritable prénom et enfouit le nez dans ses cheveux tout en refermant la main autour de sa hanche pour la tenir tranquille.

— Du calme, Kassie. Profite de la soirée.

— Tu es le diable, se plaignit-elle avec bonhomie.

— Donc, j'en déduis que tout ce truc de « garde tes amis près de toi, et tes ennemis encore plus près », ça a marché pour toi, hein ? le taquina Blade à brûle-pour-point, depuis l'autre côté du cercle.

Kassie se raidit entre les bras de Hollywood, qui fusilla son ami et coéquipier du regard. Merde, Blade choisissait le pire des moments. Mais avant qu'il puisse rétorquer quoi que ce soit, Fish envoyait de sa main valide une taloche à l'arrière du crâne de Blade.

— Pourquoi tu dis ça ? lança-t-il avec férocité. Tu es un abruti.

— Eh... qu'est-ce que j'ai fait ? demanda Blade en frottant l'endroit atteint par Fish.

— Tu as insinué que Hollywood était avec Kassie pour garder un œil sur elle plutôt que parce qu'il l'aimait, assena Fish sans la moindre once de pitié.

— Je... commença Blade en se tournant vers le couple en question.

Il s'arrêta en constatant combien ses paroles semblaient avoir attristé Kassie.

— Je plaisantais, vieux. Vous étiez en train de parler bébés et tout le bordel, alors j'ai fait une blague. Je ne sous-entendais rien de mal. Je veux dire, juste après le bal, on a parlé de la manière dont Hollywood devrait s'adresser à toi pour découvrir ce que Jacks avait en tête, mais il est évident, à vous voir, que vous êtes faits l'un pour l'autre.

— La ferme, grogna Fish. Tu ne fais qu'empirer les choses.

— Je suis un peu fatiguée, intervint Kassie à mi-voix. Je pense que je vais vous laisser bavarder, les gars, et aller me coucher.

— Kass, il ne voulait pas dire ça, ajouta Beatle pour essayer de réparer le faux pas de Blade.

— Non, je comprends. Laisse-moi, Hollywood, ordonna Kassie en essayant de quitter ses genoux.

Sans un mot, il se releva immédiatement avec Kassie dans les bras pour marcher à grandes enjambées vers l'appartement au-dessus du garage.

— Je garderai Annie à la maison demain, lança Emily. Le petit déjeuner sera servi à 9 heures. Mais s'il n'y a personne, je lâcherai Annie.

Hollywood ne prit pas la peine de répondre. Il ignorait si Em s'adressait à Kassie ou à tous les deux, mais cela n'avait pas d'importance. Il sentait la contrariété de Kassie à la manière dont elle se raidissait entre ses bras.

Ils étaient passés, en une fraction de seconde, d'une conversation sur la probabilité qu'elle porte ses enfants à une situation où il devait essayer de revenir en grâce auprès d'elle. Il aurait été le premier à admettre qu'il aimait le côté passionné de Kassie, mais quand c'était pour le repousser, il l'appréciait beaucoup moins.

— Hollywood, repose-moi, je…

— Tais-toi, Kass, la coupa-t-il.

— Pardon ? Non, sérieusement…

— Oui, sérieusement, Kass. Attends que nous soyons en haut.

— Je suis fatiguée. Il faut que tu me laisses. On se verra demain.

— Non, bon sang ! Tu es furieuse contre Blade, à juste titre d'ailleurs, et peut-être un peu contre moi pour être ami avec lui. Tu es probablement blessée aussi, et ça me tue. Je dois t'expliquer. Il faut que tu me pardonnes, et ensuite on se remettra à parler des bébés que tu vas me donner.

— Hollywood, non. Tu as raison, je suis fâchée... et blessée. J'ai besoin de temps.

— Non, tu n'en as pas besoin, répliqua-t-il en s'engageant dans l'escalier qui flanquait le garage pour mener à la porte de l'appartement. Il faut qu'on en parle. Ce n'est pas grave si tu es fâchée, mais si je te laisse seule cette nuit, tu vas penser à toutes les raisons pour lesquelles, selon toi, ça ne va pas fonctionner entre nous. Tu en concluras que ça va trop vite, que tu dois te concentrer sur la sécurité de Karina, et tu remonteras dans ta voiture pour rentrer chez toi.

Dès qu'il eut fini de parler, Hollywood lui relâcha les jambes et la tint serrée contre lui pendant qu'elle recouvrait son équilibre.

— Donne-moi les clefs, chérie.

Sans un mot, avec un air de défi, elle sortit de sa poche les clefs de l'appartement et les lui colla sans ménagement dans la paume. Hollywood déverrouilla la porte et l'ouvrit. Elle entra d'un pas lourd pour filer droit sur le réfrigérateur.

Hollywood referma et verrouilla derrière eux avant de poser les clefs sur le guéridon qui flanquait la porte. Il était irrité par les propos irréfléchis de Blade, mais au fond, la réaction de Kassie lui plaisait.

Il n'était pas content qu'elle soit triste, cependant la colère qu'elle éprouvait contre lui signifiait qu'il comptait à ses yeux. Il pourrait lui faire comprendre que la conversation qu'il avait eue avec ses amis s'était déroulée quand il était encore en train de digérer ce qu'elle lui avait révélé au bal. Pas une seule fois, depuis qu'il avait décidé de l'avoir dans sa vie pour l'éternité, il ne s'était dit qu'il était avec elle afin de garder un œil sur Jacks.

Il garda le visage fermé en suivant Kassie, mais à l'intérieur, il souriait. Ils surmonteraient ça et elle comprendrait, une bonne fois pour toutes, combien ses intentions étaient sérieuses à son égard.

Elle pourrait également apprendre dès maintenant qu'il refusait d'aller se coucher alors qu'ils étaient fâchés l'un contre l'autre. Et qu'il avait l'intention d'aller au lit avec elle ce soir. Son vœu de ne pas faire l'amour avec elle ce week-end était toujours intact, mais elle dormirait quand même dans ses bras.

15

Kassie saisit une bouteille d'eau dans le frigidaire et l'ouvrit brusquement. Elle était furieuse, embarrassée et démoralisée tout à la fois. Elle savait que sa relation avec Hollywood allait trop vite. Elle avait eu tellement envie de se sentir aimée et en sécurité qu'elle avait « oublié » toutes les raisons de se montrer prudente pour préserver son cœur. N'importe quoi.

Elle avala l'eau, mais s'arrêta quand Hollywood lui prit la bouteille en plastique des mains, l'abaissa et l'écarta de sa bouche.

— Ça suffit, ma chérie.

— Oh, donc maintenant, tu vas te mettre à me dire quoi boire, en plus ? Ensuite, tu me diras que je suis trop grosse et ce que j'ai le droit de manger ? cracha-t-elle, amère.

Elle savait qu'elle n'était pas raisonnable, car Hollywood n'avait cessé de lui répéter combien il l'appréciait, combien il désirait être avec elle, mais les paroles de

Blade l'avaient profondément blessée et elle avait du mal à se montrer impartiale.

— Tu n'es pas grosse, répliqua Hollywood en reposant la bouteille d'eau sur le plan de travail, à côté du réfrigérateur. Et si tu me dis ça parce que c'était ce que ton ex de malheur avait coutume de te répéter, il est temps que tu comprennes : tout ce qui sortait de sa bouche, c'étaient des mensonges. Tu es magnifique.

Il posa les mains sur ses hanches et l'obligea à se tourner vers lui.

— Chacune de tes courbes. Chaque centimètre carré de ta peau. Tu es super belle, bon sang !

Kassie tourna la tête à ces mots. Il avait l'air ferme et définitif dans son opinion. Aucun homme ne lui avait jamais dit qu'elle était jolie. Alors belle, encore moins.

— Hollywood, répliqua-t-elle, ça ne va pas fonctionner.

— Ça fonctionne déjà, objecta-t-il aussitôt. Allez, viens t'asseoir. On va régler le problème.

Kassie se laissa entraîner à sa suite, jusqu'à ce qu'ils soient tous les deux installés sur le canapé, à bonne distance l'un de l'autre. Il plongea son regard dans le sien.

— Je sais que tu es fâchée, dit-il. Parle-moi.

Elle prit une profonde inspiration avant de s'affaler dans les coussins. Heureusement, Hollywood avait compris qu'elle avait besoin d'un peu d'espace. Il ne l'avait pas collée à ses côtés, ni prise dans ses bras. Au lieu de quoi, il l'avait laissée se carrer dans un coin du canapé tandis qu'il s'installait à l'autre extrémité.

Elle était incapable de le regarder pendant qu'ils avaient cette conversation.

— Je ne suis pas fâchée, marmonna-t-elle.

— Kass, je sais...

— D'accord, le coupa-t-elle. Je suis un peu fâchée. Surtout par la situation, pas vraiment à cause de toi.

— Dans ce cas, pourquoi te tiens-tu là-bas alors que je suis ici ? demanda-t-il d'une voix douce.

— Parce que j'ai mal, répondit Kassie, les lèvres pincées. J'ai compris le message. Vraiment. Ce que j'ai fait était horrible. Affreux. Impardonnable. Mais après nos excuses, je croyais que l'affaire était réglée.

— L'affaire est réglée, Kass, déclara Hollywood d'une voix ferme.

— En fait non, rétorqua-t-elle, exaspérée. Tes amis, tes coéquipiers n'ont pas tourné la page. Et ça me va, je peux comprendre qu'ils ne m'aiment pas en raison de ce que j'ai fait, en revanche, toi, tu dois continuer à travailler avec eux. Tu as besoin qu'ils assurent tes arrières autant qu'eux ont besoin de toi. Je peux voir la vérité en face, Hollywood. Ils aiment Emily, Rayne, Harley et même Mary. C'est facile à voir.

— Kassie... tenta une nouvelle fois Hollywood.

Mais elle était lancée.

— L'intervention de Blade, c'était juste sa manière à lui de me faire savoir qu'ils ne m'avaient pas pardonnée. Et il a raison. Je ne te blâme pas d'être venu me trouver après ce que je t'ai révélé. J'aimerais garder un œil sur Richard, moi aussi. Mais j'ai baissé ma garde. Ces deux dernières semaines ont été merveilleuses. Je me suis auto-risée à oublier comment ça a commencé entre nous.

Elle ferma les yeux pour ravaler les larmes qu'elle retenait.

Elle sentit tomber le coussin à côté d'elle, mais Holly-wood ne la toucha pas.

Rouvrant les paupières, elle tourna la tête vers lui. Il était assis à côté d'elle. Pile à côté. Aussi près que possible sans la toucher. La chaleur de son corps commençait à se communiquer au sien.

— Tu as fini ? murmura-t-il.

En effet. Elle hocha la tête. Puis elle eut une nouvelle pensée.

— Dans ce cas, vas-y. Vide ton sac.

Elle leva les yeux au ciel.

— Merci pour la permission, lâcha-t-elle avec une pointe d'humour. J'apprécie tes amis. Tous. Fish avec ses yeux hagards. La manière dont Ghost regarde Rayne, comme s'il n'en revenait pas qu'elle soit assise à côté de lui. Le comportement de Fletch et d'Emily avec Annie. Coach, qui ne peut s'empêcher de toucher Harley, même si elle rougit chaque fois qu'il le fait. La proximité quasi fraternelle entre Beatle et Blade. Et j'aime surtout la façon dont Truck prend soin de Mary sans qu'elle s'en aperçoive. J'ai bien remarqué qu'il veillait à ce qu'elle ait un verre d'eau toujours plein et qu'il l'encourageait à finir au moins ses légumes quand elle ne mangeait pas assez. L'espace de quelques heures, j'ai oublié que j'étais une inconnue pour eux, ce soir.

— Tu as terminé, décréta Hollywood sans équivoque.

Apparemment, c'était son tour.

Il leva les mains pour lui encadrer le visage et l'obliger à le regarder dans les yeux pendant qu'il parlait.

— Ce n'est pas toi, l'ennemi.

— Blade a dit...

— Non, c'est à moi de parler maintenant, la réprimanda Hollywood avant de continuer. Le lendemain du bal, j'ai réuni mon équipe pour leur parler de ce qui s'était passé. Tu sais que j'étais en colère. Mais une fois de plus, cela mérite d'être répété, mon cœur : j'étais en colère parce que tu comptais déjà beaucoup pour moi. Quelqu'un – je ne sais plus qui – a dit quelque chose qui allait dans le même sens que ce que Blade a sorti ce soir. C'était cohérent, mais seulement parce que cela me fournissait une excuse pour venir te trouver à ce moment-là. Tu penses qu'on n'aurait pas pu garder un œil sur Jacks sans toi ? railla-t-il. Mon cœur, tu serais sans doute effrayée d'apprendre toutes les relations que nous avons. Nous n'avions pas besoin de toi pour nous apprendre ce que fabriquait Jacks. Bien sûr, le fait que tu puisses parler à Dean, qui rendra compte à Jacks, ça nous aidera à neutraliser plus rapidement la menace que constitue cette ordure, mais ce n'est absolument pas la raison pour laquelle tu es ici maintenant.

Kassie se passa nerveusement la langue sur les lèvres.

— Pourquoi je suis ici ?

Sans une hésitation, Hollywood se livra :

— Tu es ici parce que tu m'as demandé pourquoi des hommes envoyaient la photo de leur bite à des femmes qu'ils ne connaissaient pas. Tu es ici parce que, quand tu souris, je ne le ressens pas seulement dans mon sexe, mais aussi dans mon cœur. Tu es ici parce que tu as accepté de me rencontrer à un gala de l'armée alors que ce truc te faisait flipper à mort. Tu es ici parce que je suis fou de toi, Kass. Peu importe le nombre de fois où je devrai te le répéter. Peu importe le nombre de fois où tu vas l'oublier et où j'aurai besoin de te le rappeler, je le ferai.

Il marqua un temps d'arrêt, puis, constatant qu'elle ne répondait rien, il demanda :

— Pas de retour en arrière possible ?

Kassie secoua la tête, doutant de pouvoir parler même si sa vie en dépendait.

Hollywood continua :

— Je déteste que les propos de Blade t'aient blessée. Mais je peux t'affirmer avec cent pour cent de certitude que toutes les personnes présentes ici ce soir te considèrent déjà comme un membre du groupe. Fish s'est porté volontaire pour veiller sur Karina et toi quand je ne pourrai pas être à Austin. Ce soir, à un moment ou à un autre, chacune des filles m'a pris à part pour me donner son approbation. Harley m'a même informé qu'elle créait un personnage qui te ressemble dans son nouveau jeu. Tu sais à quel point Annie t'apprécie, elle t'a jeté le grappin dessus. Et les gars ? Blade et Beatle te voleraient pile sous mon nez s'ils pensaient avoir la moindre chance. Tu as déjà compris que Truck était pris, même si Mary ne l'a pas encore admis. Il n'y a absolument aucune raison d'être blessée. Aucune.

Kassie ferma les yeux pour se protéger de l'intensité qu'elle lisait dans ceux de Hollywood.

— Je comprends que c'est nouveau pour toi. Pour moi aussi, ça l'est. Je suis sûr qu'on aura d'autres épreuves du même ordre sur lesquelles travailler, à l'avenir. Mais je n'ai pas l'intention de te laisser t'en tirer en te cachant de moi. Si tu es en colère, explique-moi pourquoi. Si tu es blessée, je veux le savoir aussi afin d'arranger ça. Triste, heureuse, irritée, en passe d'avoir tes règles… Peu importe ce dont il s'agit, si tu éprouves quelque chose, je veux le savoir.

Kassie ouvrit les yeux.

— Ça fonctionne dans les deux sens ?

— Quoi, mon cœur ?

— Le partage des émotions ?

— Naturellement.

— D'accord, mais il faut que je te dise... je ne sais pas très bien gérer ma colère. Je sais que ce n'est pas juste, j'ai été en colère contre toi, mais Richard piquait une crise pour n'importe quel petit truc et il me faisait venir ou venait me trouver pour me hurler dessus. Ses courses avaient mal été rangées dans un sac, quelqu'un lui avait coupé la route alors qu'il se rendait à Austin, je lui avais fait honte devant ses amis... Il n'hésitait jamais à me faire savoir à quel point il était furieux.

— Bon, c'est noté, déclara aussitôt Hollywood. Je garde ça à l'esprit, mon cœur.

— Je ne veux pas dire...

— Je garde ça à l'esprit, répéta-t-il d'une voix ferme.

— D'accord, murmura Kassie.

— Tout va bien ?

— Je crois.

Hollywood était enfin tout proche d'attirer Kassie dans ses bras pour la première fois depuis qu'ils s'étaient assis.

— De quoi doutes-tu encore ?

Kassie fondit contre le torse de Hollywood. Elle était assise de biais par rapport à lui, les jambes sur le coussin, les fesses sur ses genoux. Il l'enveloppait de ses mains, qu'il avait posées sur ses hanches tandis qu'elle en avait glissé une derrière lui pour la réchauffer contre son dos, et l'autre sur son ventre. Appuyant la tête sur son épaule, elle inhala profondément. Bon sang, comme elle aimait son odeur.

— Kass ?

— Hmm ?

— Quoi d'autre ?

— Oh... c'est juste que... je suis inquiète de ce que ma famille va penser de toi.

Il ne se crispa même pas.

— Pourquoi ?

— Eh bien, après ce que je leur ai raconté à propos de Richard et ce qu'il m'a fait... et ce qu'il était en train de me faire par l'entremise de Dean... ils n'étaient pas ravis. Mon père a menacé de prendre son flingue et de tuer Dean s'il le voyait rôder autour de la maison pour espionner Karina. Ma mère a pleuré. Et si tu me trouves passionnée, tu devrais voir ma sœur. Elle était effrayée, mais également folle de rage.

— Je les aime déjà, s'esclaffa Hollywood.

— Sérieusement, Hollywood, ils ne plaisantaient pas. Ils savent que je suis allée au bal de l'armée avec toi, mais ils ont sans doute cru qu'il s'agissait d'une histoire d'un soir. Je ne suis pas certaine qu'ils apprécient le fait que nous sortions ensemble.

— Appelle-les.

— Pardon ?

— Là, maintenant. Appelle-les.

Kassie jeta un coup d'œil à la pendule au-dessus de la télévision.

— Il est tard. Ce n'est probablement pas une bonne idée de leur téléphoner à cette heure-ci.

— Dans ce cas, appelle Karina. On commencera par elle. C'est une ado, je sais qu'elle ne dort pas.

— Elle est sans doute avec son nouveau petit ami.

— Téléphone-lui, Kass. Laisse-moi ôter au moins un poids de tes épaules, lui intima-t-il.

— Cet autoritarisme va finir par me lasser, grommela Kassie tout en tendant la main vers son téléphone qui se trouvait toujours dans sa poche arrière.

Elle le déverrouilla et saisit le numéro de Karina, en espérant ne pas interrompre quelque chose d'important.

— Allô ?

— Salut, sœurette, lança Kassie, s'efforçant d'avoir l'air guillerette.

— Kass ! Quoi de neuf ? demanda Karina.

— Tu as une seconde ?

— Pour toi, évidemment, répondit aussitôt sa cadette.

— Tu es avec ton copain ?

— Oui. Le film vient de se terminer. Blake est allé chercher la voiture. Qu'est-ce qui se passe ?

— Tout va bien avec Blake ?

— Oui, répondit Karina en baissant la voix jusqu'au murmure. Je l'aime vraiment beaucoup. Il est extrêmement galant. Jamais il ne me laisserait payer pour le pop-corn ou quoi que ce soit d'autre. Et maintenant, il m'a demandé de l'attendre pendant qu'il allait récupérer la voiture. Oh, et quand il a reçu un appel pendant le film, il est allé répondre dehors pour ne pas déranger les autres.

— Pourquoi est-ce qu'il décroche son téléphone pendant qu'il est au cinéma ? s'enquit Kassie. Ce n'est pas très galant.

— Arrête de faire la rabat-joie, lui ordonna Karina. Bon, alors, quoi de neuf ?

— Tu sais que je suis allée à Temple ce week-end, s'empressa de répondre Kassie, qui avait hâte d'en finir.

— Oui... même si tu ne m'as pas expliqué pourquoi.

— C'est vrai. Alors, le gars avec qui je suis allée au bal... je sors avec lui. C'est sérieux.

— C'est bien... non ? Je veux dire, du moment que ce n'est pas un connard comme Richard.

— Ce n'est pas un connard.

— Sérieusement, sœurette, tu mérites beaucoup mieux. Ça me tuerait que tu revives ce qui t'est arrivé avec Richard, à la fin. Tu n'étais plus toi-même... Ce gars ferait mieux de ne pas te faire ça.

— Passe en FaceTime, lui souffla Hollywood.

— Pardon ?

— Mets-toi en FaceTime avec elle.

— Je ne suis pas sûre...

— Fais-moi confiance, Kass. Vas-y, répéta Hollywood.

Kassie soupira et lança à Karina :

— Appelle-moi en FaceTime.

— OK, cool.

Elles cliquèrent toutes les deux sur l'icône de leur téléphone déclenchant les caméras.

Kassie leva son téléphone et plongea le regard dans les yeux noirs de sa sœur. Elle était ravissante. Elle avait fait un effort de maquillage pour son rendez-vous et Kassie reconnut, d'après ce qu'elle pouvait voir du décolleté de sa tenue, que sa sœur portait sa robe préférée.

— Tu es très jolie.

— N'essaie pas de m'amadouer avec des compliments, Kassie, répliqua sa sœur en rougissant, les sourcils froncés et une lueur entêtée au fond des yeux. Alors, tu as vraiment bien accroché avec lui au bal, hein ? Il est doué au lit... ?

Elle s'interrompit brusquement quand Hollywood prit le téléphone des mains de Kassie. Il l'éloigna un peu afin de placer son visage à côté du sien et que Karina puisse clairement les voir tous les deux.

— Oh merde, murmura Karina. Je ne savais pas qu'il était ici.

Hollywood sourit.

— Salut, Karina. Je suis Graham Caverly. Oui, ta sœur et moi, on a bien accroché au bal.

— Euh… ravie de faire ta connaissance, bredouilla l'adolescente avant de se mordiller la lèvre. J'imagine que je dois m'excuser pour le « il est doué au lit ». C'était vulgaire.

Hollywood riait franchement, à présent.

— Je n'ai pas couché avec ta sœur, lâcha-t-il sans paraître le moins du monde embarrassé. Je la respecte trop pour ça.

— Est-ce que c'est un mot code pour dire que tu n'es pas attiré par elle, que tu veux juste être ami avec elle et la laisser tomber en douceur ?

— Karina, protesta Kassie. Passe-moi le téléphone, Hollywood, insista-t-elle, essayant d'attraper sa main, mais comme il avait les bras plus longs, elle ne put l'atteindre.

— Tout doux, lui intima-t-il gentiment avant d'ajouter à l'attention de Karina. Si, je suis attiré par Kassie. Vraiment. Mais je veux prendre le temps de savoir quelle personne elle est. C'est facile de coucher avec quelqu'un, seulement quand il y a plus que du désir entre les deux parties, c'est mille fois meilleur.

— Bon sang, Kass, haleta Karina dont le regard alternait entre Hollywood et sa sœur. Pas de doute, tu y as gagné au change.

Kassie sourit.

— Oui. Je te présente Hollywood, c'est un surnom. Hollywood, ma sœur Karina.

— C'est chouette de faire ta connaissance, Karina. Je n'ai entendu que du bien à ton sujet par Kassie.

— Euh, oui, du peu qu'elle m'a dit avant le bal... moi aussi. J'ai entendu du bien de toi.

— Je veux que tu saches une chose : j'apprécie que tu te soucies de ta sœur, confia Hollywood à Karina. Je sais tout à propos de Richard Jacks et je tiens à te rassurer : à l'heure où nous parlons, la situation est en cours de résolution.

— Et Dean ? Vous vous en occupez ? Vous allez aussi l'empêcher de continuer à harceler Kass ?

— Absolument. Pas seulement elle, mais toi aussi. Tu as une idée de l'université où tu voudrais aller ?

Devant ce changement de sujet brutal, Karina hésita, mais reprit rapidement ses esprits.

— Peut-être ici, à l'Université du Texas. J'ai également candidaté pour l'université A&M, Baylor et la méthodiste du Sud.

— Rien que des bonnes écoles, commenta Hollywood.

— Oui.

— À qui tu parles, ma puce ? demanda une voix masculine.

Le visage apparut à côté de Karina sur l'écran.

— Ma sœur. Kassie, c'est Blake. Blake, c'est ma sœur... et son... euh... petit ami, Graham.

— Salut ! les salua le garçon.

Les yeux de Kassie se plissèrent quand elle découvrit le nouveau petit ami de sa sœur sur l'écran du téléphone. Il était aussi mignon que Karina le lui avait dit. Il avait cette allure de garçon sans histoire, pas étonnant qu'il ait séduit sa sœur. Il était assez grand pour pouvoir passer un bras autour des épaules de Karina et l'attirer contre son flanc. Ses cheveux châtain clair lui tombaient artistiquement sur les épaules, et le bleu de ses yeux était hors du commun.

Mais ce qui inquiéta Kassie, même si sa sœur l'avait prévenue, c'était qu'il avait l'air plus âgé... vraiment plus âgé.

Hollywood dut avoir la même impression, car au lieu de le saluer, il lui demanda :

— Quel âge as-tu ?

— Bien le bonjour à toi aussi, répliqua Blake avec le sarcasme typique des adolescents. J'ai vingt ans. J'ai abandonné le lycée avant de réaliser que c'était une initiative de crétin. Alors, je suis revenu pour passer les dernières matières dont j'avais besoin pour décrocher mon bac.

— Tu aurais pu obtenir une équivalence, rétorqua Hollywood.

— Je sais, mais des tas d'entreprises veulent savoir si on a une équivalence ou le vrai diplôme. Ce n'est pas grave.

— Tu sais que Karina est mineure, n'est-ce pas ? demanda Kassie en serrant la jambe de Hollywood pour lui intimer le silence.

C'était sa sœur, à elle de s'en occuper.

— Oui, m'dame, se hâta de répondre Blake. J'aime beaucoup Karina, mais nous ne faisons rien d'illégal.

— Tu as intérêt, lâcha Kassie en plissant de nouveau les yeux.

Sa sœur s'écarta de Blake et lui dit, en détournant les yeux de la caméra :

— Accorde-moi une seconde, Blake, tu veux bien ?

— Pas de problème, ma puce.

Karina reposa les yeux sur Kassie.

— Bon, maintenant que tu m'as fichu la honte, est-ce que tu avais quelque chose d'autre à me dire ?

Son intonation comportait une certaine insolence, mais également la même pointe de douleur avec laquelle Kassie s'était adressée à Hollywood un peu plus tôt.

— Non. Je voulais juste te présenter mon petit ami et t'informer que sa bande faisait tout son possible pour pister Dean et s'assurer qu'il cesse de nous harceler, toi et moi.

— Très bien.

Cette réponse laconique indiquait très clairement l'agacement de Karina.

— Il a l'air bien plus vieux que toi, Kari, murmura Kassie, faute de savoir si Blake s'était beaucoup éloigné.

— C'est faux.

— Je m'inquiète pour toi.

— Je sais, admit sa sœur, dont le visage s'adoucit. Exactement comme je m'inquiète pour toi.

Ses yeux allèrent se poser sur Hollywood.

— Si tu touches à un seul de ses cheveux, tu le regretteras. J'ai peut-être l'air petite, mais je trouverai le moyen de te botter le cul. La dernière chose dont Kassie a besoin, c'est d'un mec pour lui prendre la tête.

— Si tu veux, je t'apprendrai comment botter le cul de quelqu'un, proposa Hollywood. Et ensuite, je te permettrai d'utiliser sur moi tous les trucs que je t'aurai appris, si jamais je fais le moindre mal à ta sœur.

— D'accord, lâcha Karina. Mais là, faut que j'y aille.

— Oh, encore un truc, s'empressa d'ajouter Hollywood avant que Karina ne raccroche.

— Quoi ?

— Tu devrais aller à Baylor. C'est plus près de Fort Hood et tu pourrais voir ta sœur plus souvent.

— Pourquoi ? s'enquit Karina, suspicieuse.

— Parce que, si cette relation prend la tournure que j'espère, Kassie va déménager à Temple. Après quelques mois de fréquentation, je lui proposerai d'emménager avec moi. Et quelques mois encore après, je lui demanderai de m'épouser, avec ta permission et celle de vos parents, évidemment. Dès qu'elle aura dit « oui », je ferai tout ce que je peux pour lui donner les enfants dont elle rêve depuis toujours. Alors, oui, Baylor est plus proche et je sais que tu auras envie d'être tout près de tes neveux et nièces pour les pourrir et les gâter, n'est-ce pas ?

— Hollywood ! s'écria Kassie en lui tapant sur l'épaule. Tu ne peux pas lui dire ça !

— Pourquoi pas ? C'est la vérité.

— Bon Dieu ! Il est sérieux, constata sa sœur.

— Sérieux à mort. Et Karina, ne laisse personne te mettre la pression pour faire quelque chose dont tu n'as pas envie.

Kassie sourit et imita la façon qu'avait sa sœur de lever les yeux au ciel. Elle inclina le téléphone afin que son visage paraisse en gros plan.

— Il est du genre autoritaire, expliqua-t-elle, même si sa sœur devait s'en être aperçue toute seule.

— Tu l'aimes bien ? demanda Karina.

Kassie hocha la tête.

— Dans ce cas, je réserve mon jugement jusqu'à ce que je le rencontre en personne.

— Ça me ferait plaisir.

— Tu vas le dire à papa et maman ?

— Quand je rentrerai à la maison. Tu réussiras à te taire jusqu'à ce que je puisse leur parler ?

Karina hocha la tête.

— Mais si tu ne te dépêches pas, je vais cracher le morceau, feignit-elle de la menacer.

Kassie savait que sa sœur la taquinait, mais elle crut bon de certifier :

— Je leur parlerai.

— Bien.

— Fais attention à toi, lança-t-elle en s'adossant contre Hollywood.

Il lui rendit son téléphone et passa les bras autour de ses hanches.

— Tout baigne, Kass. Arrête de te faire du souci.

— Je n'arrêterai jamais de me faire du souci pour toi, répliqua-t-elle à sa sœur.

— Comme tu voudras. Tu vas venir bientôt pour voir ma robe de bal ?

— Je ne sais pas exactement à quelle heure je pars demain, mais je m'arrêterai à la maison pour parler à papa et maman et je jetterai un œil sur ta robe. Ça marche ?

— Oui. Sois prudente sur la route. On se voit demain soir. Prépare-toi à un interrogatoire en règle, la prévint Karina.

— Naturellement. Je n'en attendais pas moins. Je t'aime.

— Je t'aime, moi aussi. Au revoir.

— Salut.

Kassie raccrocha et s'appuya contre Hollywood, comme si elle n'avait plus de muscles.

— Je suis vannée.

— Je pense que ça s'est bien passé, lui souffla-t-il en ricanant.

— Crois-moi si tu veux, mais tu as raison. Elle était surprise, mais elle aurait protesté davantage si elle n'avait pas vraiment senti des ondes positives émaner de toi.

— Elle a la tête solidement plantée sur les épaules, commenta Hollywood.

— Oui. Même si je ne suis pas très contente de Blake.

— Hmm. Oui, pour être honnête, moi non plus. Je vais demander à mon ami Tex de voir ce qu'il peut dénicher sur lui. Ce ne sera pas bien difficile de vérifier son histoire. Tu peux m'obtenir son nom de famille ?

Kassie hocha la tête.

— Sans problème. Je n'arrive pas à croire que tu lui aies parlé de me demander en mariage et de me faire des enfants.

Hollywood afficha un petit sourire en coin.

— Je ne lui ai rien dit qui ne soit la stricte vérité, chérie.

— Tu es dingue, Hollywood. Tu ne sais pas ce qui se passe entre nous.

— Je sais ce que je veux entre nous, et je vais faire en sorte que mon rêve devienne réalité. Tu connais la force de la pensée et tout le tralala.

Kassie ne répondit rien, se contentant de fermer les yeux et de humer son parfum stupéfiant, une fois de plus, se laissant détendre, peu à peu.

— Tu te sens bien ? s'enquit Hollywood pour la seconde fois ce soir-là.

— Je crois que oui. Autant que possible en ce moment.

— Je m'en contenterai, dit-il. Tu veux regarder la télé ?

— Il y a quelque chose d'intéressant ?

— Aucune idée. Mais je peux trouver un truc, si tu veux.

— Tu es fatigué ? Tu n'as pas besoin de rentrer chez toi ? demanda Kassie.

— Non et non. Je reste ici cette nuit. Ne te crispe pas. Il ne va rien se passer. Je ne veux pas te laisser, c'est tout. Nous n'avons plus que cette nuit, puisque tu rentres à Austin demain. On se reverra la semaine prochaine, mais je ne veux pas perdre cette nuit. C'est la dernière fois avant un moment que je te tiens dans mes bras. Je veux juste être proche de toi, Kass.

— Je peux te concéder ça, lui répondit-elle doucement. J'aimerais beaucoup, moi aussi. C'est bizarre, mais tu me manques déjà et je ne suis même pas encore partie.

Hollywood l'embrassa sur le front et se déplaça jusqu'à ce qu'ils se retrouvent allongés. Il l'attira contre son flanc, le dos de Kassie contre les coussins et sa tête sur son épaule.

— Mets ta main sous mon bras, lui murmura-t-il.

— Pourquoi ?

— Tes doigts sont froids. Je déteste ça. Laisse-moi les réchauffer à la chaleur de mon corps.

Kassie essaya de ne pas fondre devant tant de gentillesse, mais sans succès. Elle glissa la main contre son corps et il pressa son biceps dessus. Elle posa son autre main sous la joue qu'elle avait posée sur son torse.

— Ça a été une drôle de journée, lâcha-t-elle, somnolente.

Hollywood ricana.

— En effet, mais je n'en changerais pas une seconde, puisqu'elle se termine avec toi dans mes bras.

— Flatteur, protesta faiblement Kassie.

Il partit d'un petit rire, mais ne répondit pas.

La dernière pensée qui effleura Kassie, c'était qu'elle se sentait en sécurité dans ses bras. Rien n'était réglé avec Dean et Richard et elle devait toujours transmettre la fausse information à Dean concernant l'exercice d'entraînement, mais au bout du compte, ça n'avait pas d'importance. Hollywood veillerait sur sa sécurité. Elle y croyait du plus profond de son âme.

——

16

— Je ne suis pas sûr de vous approuver, dit Jim Anderson à Hollywood en s'adossant dans sa chaise.

Ils venaient de finir de dîner et ils discutaient autour de la table.

— Papaaa, gémit Kassie.

Il lui avait lancé des regards noirs toute la soirée. Elle n'était pas surprise qu'il ait prononcé ces paroles, mais plutôt que cela ait prit autant de temps. Sérieusement, qui disait une chose pareille à quelqu'un après un repas pris ensemble ? Son père, encore sous le choc et surprotecteur, voilà qui.

Hollywood plaça une main sur sa cuisse pour essayer de la rassurer, puis il plongea le regard dans celui de son père :

— Ça ne me dérange pas... pour l'instant. Vous venez de me rencontrer et votre fille vous a expliqué récemment que son ex l'avait traitée comme une moins que rien. J'espère toutefois que vous me donnerez une chance. Laissez-moi vous montrer que tous les hommes de l'armée ne sont pas comme ce sale type.

Kassie apprécia que Hollywood limite son utilisation de jurons devant sa famille. Faufilant sa main sous la table, elle la lui posa sur la cuisse et y exerça une pression pour lui faire savoir combien elle lui était reconnaissante.

— Je ne suis pas certain qu'elle doive fréquenter quelqu'un tant que toute cette histoire n'est pas réglée, ajouta son père, à l'évidence peu convaincu.

— Il m'aide à résoudre le problème, protesta Kassie.

— Je ne sais pas trop ce qu'il peut faire alors que Richard est en prison au Kansas et que son complice suit mon bébé partout.

— L'un de mes amis a été blessé au Moyen-Orient et vient de sortir de rééducation. Son surnom est Fish. Il est à la retraite pour raisons médicales et, ces deux derniers jours, il a surveillé Karina pendant qu'elle allait à l'école, annonça-t-il à sa famille.

— Ah bon ? fit Kassie en se retournant pour dévisager Hollywood.

— Je n'ai pas remarqué que quelqu'un me suivait, objecta Karina.

— Et tu ne t'en apercevras pas, répliqua-t-il avec un sourire. Il est doué dans son domaine.

Il adressa un clin d'œil à Karina, puis se retourna vers le père de Kassie.

— Je vous jure que je fais tout ce qui est en mon pouvoir pour m'assurer que vos deux filles soient en sécurité.

— C'est un bon début, répliqua Jim, guère amadoué, mais au moins un peu dégelé.

— Et je veux aussi que vous sachiez que je vais tout

faire pour montrer à Kassie comment elle doit être traitée par un homme. Je sais que Jacks a changé à cause de l'explosion, mais ce n'est pas une excuse. Si vous me laissez ma chance, je vais chérir Kassie. Je veux lui montrer que ce n'est pas parce qu'elle est en mesure de s'occuper d'elle-même qu'elle est obligée de le faire tout le temps.

Kassie eut toutes les peines du monde à déglutir. Bon sang, il était vraiment difficile de garder ses distances avec lui, sur le plan émotionnel. Elle l'aimait bien. Beaucoup, même. Mais elle avait décidé de freiner leur relation jusqu'à ce que cette histoire avec Richard et Dean soit terminée. Il lui avait compliqué la tâche en venant la voir lundi soir, puis de nouveau ce soir, juste pour pouvoir dîner avec sa famille.

— Ça fait des années que je lui répète de ne pas s'installer, intervint sa mère. Je veux qu'elle connaisse ce que nous avons, Jim et moi.

Donna Anderson jeta un regard à son mari. Il était aisé de lire amour et respect dans ses yeux.

— Puis-je me retirer ? demanda poliment Karina avant de faire suivre sa demande d'une plaisanterie : Je suis à deux doigts de m'étouffer avec toutes les mièvreries qui flottent dans l'air.

Tous les adultes s'esclaffèrent et Donna libéra sa cadette.

— Vas-y.

Karina sourit en repoussant sa chaise.

— Mais pas question d'envoyer des textos avant que tes devoirs ne soient terminés, la prévint Jim.

— Papaaaa.

— Non. Tu connais les règles. Pas de Blake avant la fin des devoirs.

— D'accord, ronchonna Karina. Je n'ai pas grand-chose à faire, de toute façon.

— À plus, lança Kassie à sa sœur.

— À plus, cria Karina en réponse alors qu'elle gravissait les marches à toute allure pour gagner sa chambre.

Quand l'adolescente eut disparu et qu'ils entendirent la musique démarrer dans sa chambre, Hollywood se pencha en avant et planta les coudes sur la table.

— Avez-vous déjà rencontré Blake ? demanda-t-il à Jim.

Celui-ci secoua la tête.

— Pas encore. Il est censé venir la chercher pour le bal de samedi prochain. Pourquoi ?

— Hollywood, je ne crois pas…

— Il est plus âgé qu'elle, poursuivit Hollywood, ignorant l'avertissement de Kassie.

— Elle nous l'a dit. Nous avons des raisons de nous inquiéter ? s'enquit son père, choisissant d'aller droit au but.

— Je ne sais pas, répondit honnêtement Hollywood.

— Kassie ? Qu'est-ce que tu en penses ? s'enquit sa mère, soucieuse.

Elle haussa les épaules.

— Comme Hollywood l'a dit, je ne sais pas. Je savais qu'elle sortait avec un nouveau gars du lycée et qu'il était plus âgé, mais je ne pensais pas que c'était à ce point. Karina et moi, on a parlé par FaceTime, ce week-end, quand elle allait au cinéma avec lui et je dois admettre qu'il a l'air trop vieux pour être au lycée.

— Elle dit qu'il a vingt ans. Qu'il a laissé tomber les études avant de décider de revenir pour passer son bac, dit Jim.

— C'est ce qu'elle nous a dit, à nous aussi, mais... est-ce seulement légal ? demanda Kassie. Je veux dire : est-ce qu'un élève d'une vingtaine d'années peut réintégrer un lycée ?

— J'ai vérifié, déclara Hollywood. Au Texas, toute personne de moins de vingt-six ans peut être admise dans un lycée, mais si la personne n'a pas fréquenté d'établissement au cours des trois dernières années, on ne peut pas la placer dans une salle de classe avec de jeunes mineurs.

— Je crois que Karina m'a dit qu'il n'avait quitté le lycée que pendant deux ans, réfléchit Kassie.

— Donc, c'est légal, conclut Hollywood. Je peux demander à la sœur de Harley – elle est avocate – de jeter un œil là-dessus, mais je ne suis pas certain que nous puissions entreprendre quoi que ce soit avant une semaine et demie.

— Devrions-nous lui interdire d'aller au bal ? s'inquiéta Donna.

— Maman, tu ne peux pas faire ça, protesta Kassie. Elle attend l'événement depuis un mois. Elle est excitée comme une puce.

— Mais si nous ne savons rien de ce Blake, je ne suis pas tranquille avec cette idée, objecta sa mère.

— Pourquoi ne l'inviteriez-vous pas à dîner, comme vous l'avez fait avec Hollywood ? Vous pourriez l'intimider et lui faire comprendre qu'avec Karina, ce n'est pas du tout cuit.

— Nous n'intimidons pas les gens, répliqua Donna, énervée.

— Je me sentirais mieux si ma tentative d'intimidation commençait déjà par avoir un effet sur ton petit ami, lâcha Jim, mine de rien.

Kassie dévisagea son père quelques instants, puis se tourna vers Hollywood pour voir sa réaction, maintenant que son père avait admis avoir tenté de l'intimider. Il souriait. *Il souriait* !

— Ce n'est pas drôle, glissa-t-elle à Hollywood.

— Si, un peu.

Kassie leva les yeux au ciel avant de regarder son père.

— Bref, invite-le et fais-toi ta propre opinion.

— Tu viendras, toi aussi ?

Elle secoua la tête.

— Je ne peux pas. J'ai changé d'horaires avec une fille du boulot. Pour la remercier de m'avoir laissé passer samedi et dimanche en congé, j'ai accepté de prendre ses horaires du soir. Je travaille de midi à 21 heures pendant les sept prochains jours.

— Mince ! s'exclama Hollywood. Tu dois te taper des horaires insensés pendant une semaine pour deux jours de congés ?

Kassie haussa les épaules.

— En temps normal, non. Mais comme tu me l'avais demandé et qu'il était important de parler de Richard et Dean, j'ai serré les dents et accepté le marché.

Hollywood lui prit le visage dans une main et l'obligea à lui faire face.

— Tu as fait ça pour moi, souffla-t-il.

Ce n'était pas une question.

Kassie hocha la tête.

— Oui, fit-elle, consciente qu'il voulait l'embrasser, parce qu'elle-même n'avait que cette idée en tête.

Toutefois, même si elle avait trente ans, qu'elle était donc assez âgée pour embrasser son petit ami devant ses parents, elle n'osait pas le faire.

Comme s'il lisait dans ses pensées, il se pencha vers elle et lui embrassa doucement le front, avant de murmurer :

— Merci.

— De rien.

À l'instant où les mots franchirent ses lèvres, son téléphone sonna. Il se trouvait sur le plan de travail de la cuisine et Kassie l'ignora. Sa mère n'aimait pas que les appareils électroniques prennent place à la table du dîner. La sonnerie se tut, mais recommença aussitôt après.

Kassie jeta un regard nerveux à Hollywood.

— Qu'est-ce qu'il y a ? demanda-t-il en remarquant son malaise.

— Quand Dean veut me mettre la main dessus, il appelle, puis raccroche si je ne réponds pas et rappelle jusqu'à ce que je décroche.

— Veuillez nous excuser, dit Hollywood à ses parents, en s'écartant de la table pour se lever.

— Si c'est en rapport avec ma fille, je veux l'entendre, exigea Jim qui se leva lui aussi.

Hollywood tendit une main.

— Je ne vous le reproche pas le moins du monde, mais si c'est Dean, il faudra donner de l'espace à Kassie pour qu'elle puisse lui parler sans s'inquiéter de ce que son père furieux et surprotecteur risque de dire ou de faire.

Les deux hommes se toisèrent pendant de longues

secondes au cours desquelles le téléphone continua de sonner.

— Je vous jure que j'ai la situation sous contrôle, garantit Hollywood. Nous avons un plan. Mais Kassie doit se concentrer sur l'information qu'elle va communiquer à Dean et elle ne pourra pas le faire si son père et sa mère l'inquiètent et si elle se demande ce qu'ils pensent de notre projet.

Les épaules de Jim s'affaissèrent et il se rassit à côté de sa femme. Donna tendit aussitôt la main pour attraper la sienne.

— On ne bougera pas, convint son père. Mais je veux que vous me mettiez au courant ensuite.

— D'accord, consentit aussitôt Hollywood avant d'entraîner Kassie vers le plan de travail de la cuisine et son téléphone.

Ayant jeté un coup d'œil à l'écran et constaté qu'il s'agissait bien de Dean, Hollywood demanda :

— Y a-t-il une pièce où nous puissions aller pour lui parler ?

Kassie hocha la tête.

— Le bureau de papa.

— Montre-moi le chemin.

Sans rien ajouter, elle pivota et se dirigea vers l'autre extrémité de la maison. Ils traversèrent le salon ainsi qu'un couloir. Elle ouvrit la porte du bout et le conduisit dans un bureau sombre à la décoration masculine. Deux murs étaient garnis de bibliothèques, le troisième était ouvert par une large baie vitrée et le quatrième flanqué d'une table de travail.

Le téléphone avait cessé de sonner, mais dès que

Hollywood eut refermé la porte derrière eux, l'appareil se remit à striduler.

— Tu te rappelles ce que tu dois dire, n'est-ce pas ? s'enquit-il en lui tendant le téléphone.

Kassie hocha la tête.

— Bon. Une petite seconde, fit-il en l'embrassant sur le front avant de tirer son téléphone pour sélectionner un contact. Salut, Ghost. C'est Hollywood. Dean est en train d'appeler. Tu es prêt ? Bien. Mets-toi en alerte. Allez, ma puce. C'est parti. Branche le haut-parleur afin que Ghost puisse t'entendre, lui aussi. Il enregistre tout, histoire que tout le monde puisse avoir les mêmes infos. C'est bon ?

Kassie hocha la tête, plus nerveuse qu'elle ne l'avait jamais été, les autres fois où elle avait eu affaire à Dean.

— Allô ?

— Putain, il t'en faut du temps pour décrocher, salope, la salua Dean. T'es où, bordel ?

Kassie posa les yeux sur Hollywood qui hocha la tête.

— Je suis chez mes parents. On dînait.

— Tu ne dois pas beaucoup te préoccuper de ta sœur, parce que j'essaie de te contacter depuis des jours, grogna Dean.

Kassie secoua la tête pour faire comprendre à Hollywood que Dean mentait. En réponse, il lui posa une main sur la nuque et le front contre sa tempe. Elle percevait sa merveilleuse odeur, qui l'apaisa un peu, du moins assez pour lui permettre de songer à ce qu'elle devait dire à Dean. La proximité de Hollywood lui donna la force de continuer.

— Je suis désolée. Mais tu as réussi à me contacter maintenant. Qu'est-ce que tu veux ? demanda-t-elle.

— Je veux savoir quelle information tu as pour moi.

Tu te rappelles la raison pour laquelle tu es allée à ce putain de bal l'autre week-end, non ? Tu lui as sucé la queue, comme je te l'ai ordonné ? Il t'a forcément dit quelque chose d'intéressant, avec tes lèvres sur sa bite.

Kassie se raidit et ferma les yeux. Elle détestait que Hollywood doive entendre ça. Mais au lieu de se mettre en colère, il lui pressa les lèvres contre la tempe. Il lui donna un baiser aussi léger qu'une plume, puis lui serra doucement la nuque.

— Je ne suis toujours pas sûre du genre d'informations que tu voulais obtenir, Dean.

— Est-ce que ses amis et lui vont bientôt quitter la ville ? Et si oui, pour où et pour combien de temps ? Est-ce qu'il a parlé d'exercices d'entraînement à venir ? Ces connards sont toujours en train de s'entraîner. Est-ce que des membres de leur famille seraient malades ? On veut toutes les infos possibles sur ces ordures. Et on en a ras le bol d'attendre.

Elle ne manqua pas de remarquer qu'il avait employé « on » au lieu de « je ».

— Qu'est-ce qu'ils vous ont fait, à Richard et à toi ? demanda doucement Kassie, vaguement nauséeuse à l'idée qu'ils veuillent savoir si l'une de ces femmes merveilleuses, ou même Annie, était malade.

Que pensaient-ils pouvoir entreprendre ? Du chantage pour les empêcher d'avoir les médicaments dont elles auraient besoin ? Son esprit tourbillonnait. Ce n'était même pas possible... À moins que si ? Elle ne voulait pas imaginer ce que Dean et ses amis pourraient faire à une femme ou une enfant sans défense.

— Tu n'as pas à te soucier de ça, salope. La personne pour qui tu devrais t'inquiéter, c'est ta sœur. Tu ne voudrais pas qu'elle disparaisse sans laisser de traces, si ?

— Ose la toucher, et je le jure devant Dieu, je vais droit chez les flics. Tu ne t'en tireras pas comme ça.

— Attention, je te garantis que j'aurai un alibi en béton, rétorqua Dean du tac au tac. Et tout ce que tu obtiendras, c'est d'assurer à ta petite sœur un avenir sur le dos, dans le lit d'un riche pervers. Bon, alors, quelle putain d'info tu nous as dégottée ? Elle a intérêt à être intéressante, sans quoi tu ne reverras jamais Karina.

— Bon, bon, d'accord, laisse-moi réfléchir, le supplia Kassie, paniquée à présent.

Auparavant, Dean se contentait de vagues menaces à l'encontre de Karina, mais là... il avait franchi un cap. Elle ne supportait pas la pensée d'une disparition de Karina dans un mystérieux réseau souterrain de trafic sexuel.

— Respire, mon cœur, lui chuchota calmement Hollywood à l'oreille. Tu peux le faire. Parle-lui de la réserve naturelle.

— Ils ont un entraînement très bientôt, laissa échapper Kassie.

— Où ? Quand ? la pressa Dean.

— Euh... le week-end prochain. Hollywood en a parlé avec des amis au bal. Ils se disaient très impatients d'y être.

— C'est avec qui ?

— Euh... Je ne suis pas sûre. Il me semble qu'ils rigolaient, ils disaient que ce serait une partie de plaisir parce que ce n'était pas grand-chose. Leur section contre une autre, quelque chose comme ça.

— Ce ne sont pas de grandes divisions qui s'affrontent ?

Kassie regarda Hollywood, faute de comprendre exactement à quoi Dean faisait référence. Hollywood secoua aussitôt la tête pour l'informer de ce qu'elle devait répondre.

— Non. Juste eux contre un autre petit groupe d'hommes.

— À la base ?

— Non. L'un des gars a dit que même s'ils seraient tout près de la plage, ils ne pourraient pas perdre de temps à mater des filles en bikinis.

Kassie improvisait, mais cela semblait fonctionner. Dean était trop intéressé par le récit de ces détails pour proférer d'autres menaces à l'encontre de sa sœur.

— Où ? Merde, contente-toi de répondre à la question, putain.

— J'essaie, Dean ! Donne-moi une seconde pour réfléchir.

— Tu as eu deux foutues semaines. Où ça se passera, bordel de merde ?

Frissonnant sous la haine qui émanait de ces paroles, elle laissa échapper :

— Ils parlaient d'un parc naturel près de Galveston.

Elle entendit Dean taper sur un clavier, sans doute pour afficher une carte à l'écran. Elle détestait la nausée qui l'avait envahie. Même si elle savait qu'elle disait à Dean exactement ce que Hollywood et ses amis attendaient de sa part, elle avait tout de même l'impression de les trahir d'une manière ou d'une autre.

— Le Brazoria ? s'enquit Dean. Merde, pourquoi ils iraient là-bas pour un exercice ?

Livrée à elle-même – les amis de Hollywood ne lui

avaient pas précisé quoi répondre s'il lui demandait pourquoi –, Kassie répliqua :

— Je ne sais pas, mais ils ont dit que leur boss voulait
les voir s'entraîner en zones humides au lieu de faire
toujours des trucs dans le désert.

— Oui, oui, ça me semble plausible, marmonna
Dean, plus pour lui-même que pour elle.

— Bon travail, murmura Hollywood avant de l'envelopper dans ses bras pour la serrer contre son torse.

— C'est une bonne nouvelle ? demanda Kassie dont
la voix frémit spontanément.

Elle n'avait nul besoin de feindre la peur.

— Pour l'instant. Mais si le tuyau est pourri, Karina
en subira les conséquences, la menaça Dean.

— Ce n'est pas le cas ! protesta-t-elle. Je les ai
entendus parler de ça, je le jure. Reste éloigné de ma
sœur. Je t'ai donné l'information que tu voulais.

— Tu es une bonne espionne, ricana Dean. Si tu tiens
à la sécurité de ta sœur, tu ferais bien d'entretenir ta relation avec ce loser de merde. On aura besoin de plus d'infos.

— Non ! Tu avais promis que ça s'arrêterait avec le
bal. Tu as dit que je n'aurais plus rien à faire d'autre,
hurla presque Kassie.

— J'ai menti. Embrasse ta sœur pour moi, ce soir. À
plus.

— Non ! Dean ! Dean ? Tu es toujours en ligne ?

Hollywood lui prit le téléphone des mains et coupa la
communication. Il leva son propre téléphone, qui était
resté dans sa paume tout au long de la conversation.

— Tu as tout eu, Ghost ?

— Affirmatif. Est-ce que je suis sur haut-parleur ?

— Oui.

— Bon travail, Kassie. Tu as fait exactement ce qu'il fallait.

Ignorant Ghost, elle leva les yeux vers Hollywood.

— Je ne pourrais pas supporter qu'il arrive quoi que ce soit à Karina.

— Il ne va rien arriver à ta sœur, la rassura Ghost, croyant qu'elle s'adressait à lui. On s'en charge. On a bien vu qu'il mordait à l'hameçon. On sera prêts à le recevoir le week-end prochain. N'aie aucun doute là-dessus. Hollywood, on se voit demain ?

— Je serai là, promit-il à son coéquipier.

— À plus.

— À plus, répliqua Hollywood avant de couper la communication.

Il fit aussitôt pivoter Kassie pour que leurs poitrines se touchent et il la serra fort sans dire un mot.

Avec la sensation qu'une heure s'était écoulée, alors qu'il ne s'agissait que de quelques minutes, elle murmura :

— On devrait aller dire à mon père ce qui se passe.

— Il n'y a pas urgence, tempéra Hollywood sans bouger d'un millimètre.

— Euh, tu étais bien là quand il a perdu la tête en découvrant que Dean était en train de m'appeler, non ?

Il ricana.

— Oui, Kass. J'étais là. Mais on ne décollera pas d'ici tant que je ne serai pas sûr que tu vas bien et que tu as conscience du boulot fantastique que tu viens d'accomplir.

— J'étais terrifiée.

— Je sais. Ce qui rend ta prestation encore plus impressionnante.

— Il va faire quelque chose à Karina, déplora-t-elle.

Hollywood l'écarta de lui et Kassie sut qu'il baissait les yeux sur elle, dans l'attente qu'elle lève les siens.

Ce qu'elle fit.

— J'aimerais pouvoir te promettre que ce ne sera pas le cas, mais c'est impossible. Et j'ai aussi promis de ne jamais te mentir. Mais je jure devant Dieu que s'il parvient à échapper à Fish et qu'il met la main sur elle, rien ne m'arrêtera jusqu'à ce que je la retrouve et que je la ramène à la maison.

Les larmes qu'elle avait réussi à retenir se mirent enfin à couler.

— P-promis ? s'étrangla-t-elle.

— Je le jure devant Dieu et ses saints, bordel.

Ce qui la fit sourire.

— Je ne crois pas que tu sois censé utiliser le nom du Seigneur pour un oui ou pour un non quand tu promets quelque chose d'aussi important que ça, Hollywood. Ni en général, d'ailleurs.

— Désolé. Je jure que je vais assurer la sécurité de ta famille, Kass. Tu sais pourquoi ?

Elle secoua la tête.

— Parce que c'est ta famille. Parce que je veux envisager l'avenir avec toi. Un long avenir. Plein de rire, de luttes, de passion et d'enfants. Et afin d'avoir ça, je suis prêt à prendre soin de ce qui compte le plus à tes yeux.

— Je le veux, moi aussi, admit Kassie à haute voix pour la première fois.

— Dans ce cas, nous allons l'avoir.

Elle ferma les yeux, prit une profonde inspiration, puis le regarda une fois de plus.

— Il est tard. Tu devrais sans doute y aller.

— Oui, convint-il sans pour autant bouger.

Laissant tomber la tête sur son torse, Kassie soupira.

— Je n'ai pas envie que tu partes.

— Je sais.

— Ce ne sera pas la peine que tu viennes la semaine prochaine, puisque je travaille tard, lui dit-elle.

— Malheureusement, je le sais aussi.

— On pourra se parler au téléphone et s'envoyer des textos.

— Ce n'est pas la même chose.

Ces quelques mots firent l'effet d'une gifle à Kassie. Ce n'était pas la même chose. Absolument pas. Mais elle devait travailler et Hollywood aussi.

— Fish sera dans les parages et il vérifiera avec toi que Dean garde bien ses distances. Si tu as besoin de quoi que ce soit, par exemple si tu es au travail et que tu remarques ce connard en train de rôder dans les parages, tu appelles d'abord Fish, puis moi. Ça me prendra au moins une heure pour arriver sur place, mais comme mon collègue est dans le coin, il parviendra plus rapidement jusqu'à toi.

— D'accord, Hollywood.

— Ça vaut aussi pour Karina. Tu lui en toucheras deux mots ? Enregistre nos numéros dans son téléphone, d'accord ?

— Oui.

— D'ici deux semaines, ce sera terminé, d'une manière ou d'une autre, lui promit-il.

— Tu en es certain ? Qu'arrivera-t-il à Dean et à ceux

qu'il aura recrutés quand vous les capturerez lors de votre « entraînement » ? Comment cela va-t-il empêcher Richard et Dean de me pourrir la vie ? Vous n'allez pas les descendre, n'est-ce pas ?

Hollywood ricana.

— Non, mon cœur. On ne va pas les descendre. C'est plutôt mal vu.

— Alors quoi ? insista-t-elle en levant les yeux vers lui.

— Mon équipe convaincra Dean de renoncer à la voie destructrice qu'il a choisie. S'il se montre rétif, notre officier supérieur a reçu l'autorisation de le traîner dans la prison de Fort Hood.

— Mais il ne fait pas partie de l'armée, objecta Kassie.

— Tu as raison, pourtant faire obstruction à un exercice d'entraînement de niveau fédéral n'est pas un acte très légal. Les avocats de l'armée et notre commandant lui opposeront la dizaine de lois différentes qu'il a enfreintes et ils seront en mesure de le garder un long moment sous les verrous.

Kassie secoua la tête.

— Cela fait longtemps que Richard et lui me tourmentent, Hollywood. Je ne vois pas comment ça les empêchera de continuer, murmura-t-elle en levant ses grands yeux pleins de larmes. Ils n'arrêteront que quand ils seront morts. Tu es sûr que vous ne pouvez pas les descendre ?

Détestant le désespoir qu'il voyait dans ses yeux, Hollywood ne put empêcher ses lèvres de se crisper en entendant ces paroles.

— Nous ne pouvons pas les descendre.

— Merde, maugréa-t-elle.

— Ce sera terminé après le week-end prochain, répéta-t-il fermement.

— Je l'espère.

— Ce sera le cas, insista-t-il avant d'ajouter, sans transition : Tu sais qu'il y a un *JCPenney* au centre commercial de Temple.

— Pardon ? fit Kassie, sans détacher les yeux des prunelles marron de Hollywood.

— Il y a un *JCPenney* au centre commercial de Temple, répéta-t-il. Ça va dans le sens qu'on souhaite, toi et moi. Fletch a dit que tu pouvais louer l'appartement au-dessus de son garage aussi longtemps que tu en aurais besoin. Tu pourrais voir si une mutation est envisageable.

Aussi stupide que cela puisse paraître, Kassie n'avait jamais réfléchi à ce qu'il adviendrait de leur relation une fois que cette histoire avec Dean et Richard serait terminée. Oui, elle voulait être avec Hollywood, mais les questions de logistique concernant l'endroit où elle vivrait et travaillerait ne lui avaient encore jamais traversé l'esprit. Le fait qu'il se soucie de ces aspects et qu'il ait parlé avec Fletch de l'appartement prouvait à quel point il était sérieux quand il évoquait une relation sur le long terme.

Face à la stupéfaction qui avait dû se peindre sur son visage, Hollywood sourit et demanda :

— Quelle partie de ma déclaration à ta sœur, comme quoi elle devrait aller à Baylor pour voir plus souvent ses futurs neveux et nièces, tu n'as pas comprise, ma chérie ?

— Je... c'est juste que... je n'ai pas réfléchi à tout ça.

— Eh bien, maintenant, tu le peux. Que tu tiennes à vivre ailleurs ou à exercer un autre métier, ça me va. Du moment que tu fais tout ça dans un endroit où nous pourrons enfin dormir chaque soir dans le même lit.

— Tu dois vraiment partir ce soir ? s'enquit-elle.

Elle savait que c'était le cas, mais elle posait tout de même la question pour bien lui faire comprendre qu'elle aurait aimé le voir rester.

— Oui. Maintenant que Dean a appelé, il faut que je mette les gars au courant et qu'on finalise les détails de l'entraînement factice auquel ils vont se rendre.

Kassie s'esclaffa. Il paraissait très remonté.

— Je préférerais mille fois te tenir entre mes bras toute la nuit et me réveiller à tes côtés, comme dimanche matin.

— Moi aussi.

Ils se dévisagèrent un long moment, puis Hollywood ordonna :

— Embrasse-moi.

Alors, Kassie se hissa sur la pointe des pieds, noua les bras autour de lui et l'embrassa.

Dix minutes plus tard, ils quittèrent le bureau à contrecœur, main dans la main, pour aller informer ses parents.

Ce fut Hollywood qui parla, laissant Kassie intervenir ici ou là pour mentionner tel ou tel détail qu'il aurait oublié. Quand ils eurent terminé, Jim avait le visage rouge de colère et Donna l'air profondément choquée.

— Je n'arrive pas à croire que le gentil jeune homme que nous avons connu ait fini ainsi, balbutia la mère de Kassie entre deux reniflements.

— Vous pouvez nous demander tout ce que vous voulez, déclara Jim à Hollywood, toute réprobation disparue de son visage et de son intonation.

— Demandez mon numéro de téléphone à Kassie. Ainsi que celui de tous mes coéquipiers. Je vais vous répéter ce que je lui ai dit : si vous sentez qu'il se trame quelque chose, appelez Fish... euh... Dane Munroe. Il est ici, à Austin, et il pourra vous rejoindre sur-le-champ.

Jim tendit la main et serra celle de Hollywood.

— Je suis désolé de m'être conduit comme un idiot, tout à l'heure.

Hollywood secoua aussitôt la tête.

— Non, ne vous excusez pas. Vous êtes seulement un père qui s'occupe de ses filles. Si j'ai la chance d'avoir une fille, soyez bien certain que je me montrerai aussi protecteur que vous. Peut-être même plus.

Il baissa les yeux vers Kassie, qui s'empourpra.

— Malheureusement, poursuivit-il, il faut que j'y aille. Je dois retourner à Temple. Quatre heures du matin, c'est vite arrivé.

Jim hocha la tête.

— En effet.

Kassie se saisit de son sac et ils se dirigèrent tous vers la porte d'entrée.

— J'apprécie ce que vous faites pour mes filles. Merci d'avoir pris le temps de venir dîner et de faire notre connaissance. Et de vous assurer de la sécurité de Kassie.

— Tout le plaisir était pour moi, répondit Hollywood. Non seulement j'ai pu revoir Kassie, mais j'ai aussi mangé le meilleur pain de viande qu'il m'ait été donné de goûter. Cela dit, pas un mot à ma mère. Elle pense que le sien est le meilleur du monde.

Donna rougit, mais leva les yeux au ciel et secoua la tête.

— Merci pour le compliment, mais mon pain de viande est seulement passable, je le sais. En revanche, si vous me dites que mes lasagnes sont les meilleures qu'il vous ait été donné de goûter, là, je vous croirai.

Kassie étreignit sa mère tout en lui glissant :

— Tu racontes n'importe quoi.

Sa mère était une excellente cuisinière et ils le savaient tous. Elle se déplaça vers son père pour le serrer dans ses bras.

— Je t'aime, papa.

— Moi aussi, Kass. Tu fais attention à toi, d'accord ?

— Oui, m'sieur.

Hollywood lui passa un bras autour de la taille et la conduisit jusqu'à leurs voitures respectives garées l'une et l'autre dans l'allée. Il l'avait retrouvée directement chez ses parents en arrivant de Temple ce soir-là. Ils se tenaient à présent devant sa voiture et Kassie poussa un lourd soupir.

— Qu'est-ce qui se passe ? demanda-t-il en l'attirant une fois de plus contre lui.

— J'ai envie de t'embrasser, mais je ne pense pas que ce soit très approprié dans l'allée de mes parents. Les voisins sont sans doute en train de nous espionner. Sans même parler de Karina. Et avec la chance qui me caractérise, Dean est peut-être dans les parages, lui aussi, puisque je lui ai dit que j'étais ici.

— En temps normal, je n'en aurais rien eu à faire, répliqua Hollywood avec un sourire. Mais comme j'essaie toujours d'impressionner ton père et que je ne veux pas le voir sortir de la maison avec un flingue, je vais la jouer sérieux, aujourd'hui.

Sur quoi, son sourire s'effaça.

— Tu m'appelleras tous les soirs quand tu seras rentrée du travail ?

— Je n'y manquerai pas, le rassura-t-elle.

— Dis-moi que tu es de repos samedi prochain.

— Je suis de repos, samedi prochain. Je suis censée venir ici pour aider Karina à se préparer pour son bal. Tu penses que c'est toujours une bonne chose qu'elle y aille ?

— Oui. Tout va bien se passer.

— Et tu viendras chez moi ? s'enquit timidement Kassie.

Il avait eu beau affirmer qu'il préférait être avec elle plutôt qu'au Refuge avec son équipe, elle n'en était pas certaine.

— Absolument, dit-il sans la moindre hésitation. Il n'y a pas d'autre endroit où j'aimerais mieux être.

— D'accord. Dans ce cas, on se voit le week-end prochain, alors.

Il hocha la tête, puis se pencha en avant et l'embrassa. Ce n'était pas un petit bisou sur les lèvres, mais pas non plus un baiser susceptible de précipiter son père en furie hors de la maison. Quand il s'écarta, il lâcha :

— L'un de mes meilleurs souvenirs érotiques, c'est quand je t'ai fait jouir sans même toucher ta peau. Je rêve de l'orgasme que j'ai ressenti cet après-midi-là. Je veux tellement te faire l'amour que ça me fait mal.

Il marqua une pause et Kassie demanda timidement :

— Mais ?

Car il semblait y avoir un « mais » de taille.

— Mais j'aimerais attendre que tu sois débarrassée de Jacks. Et de Dean. Quand tu sauras que nous sommes ensemble parce que nous le voulons, et pas parce que je veille sur ta sécurité. Pas parce qu'on te fait du chantage pour que tu me fréquentes. Quand nous serons deux personnes normales qui sortent ensemble et veulent aller de l'avant en unissant leurs vies. C'est à ce moment-là que je te ferai mienne et que tu me feras tien.

— Tu es affreusement sûr de toi, le taquina Kassie.

— En fait, non. Je suis absolument terrifié, mon cœur, répliqua Hollywood d'une voix douce.

— Par quoi ?

— Par la possibilité que tu reprennes tes esprits et que tu te demandes ce que tu fiches avec un soldat des Forces spéciales qu'on envoie en mission à l'étranger, parfois même sans prévenir. Que tu décrètes que mon TOC en matière de rangement est une habitude ingérable. Que tu cesses de trouver mignonne l'absence de lit dans ma chambre. Qu'une fois toute cette histoire terminée, tu réalises que tu n'as pas besoin de quelqu'un pour te protéger parce que tu as fait tout ce travail toute seule pendant un sacré bon bout de temps.

— Hollywood, jamais je ne penserai ce genre de choses. Tu n'as pas à avoir peur.

— Je n'ai jamais eu de véritable relation. Aucune que j'aie envie de voir continuer. J'ai peur de tout gâcher.

— La dernière relation que j'aie eue, j'ai cru qu'elle allait durer éternellement et l'homme avec qui j'étais m'a forcée à boire un grog infect, à rouler des pelles à ses amis et il menace en ce moment d'infliger quelque chose d'horrible à ma sœur. Je ne pense pas que tu puisses gâcher à ce point notre relation. Je pense que tu es quelqu'un de bien.

Kassie fut soulagée de voir Hollywood lui sourire. Elle n'aimait pas l'imaginer aussi effrayé. Il lui semblait invincible. Il était sa force quand elle n'en avait pas et se dressait, telle une muraille, entre elle et tout ce qui pourrait la blesser.

— Rentre chez toi, Graham, murmura-t-elle. Rêve de moi comme je rêve de toi, toutes les nuits. Je me touche en pensant que ce sont tes mains sur mon corps et j'espère que nous en viendrons là sous peu plutôt que dans longtemps. Cela dit, j'aime bien l'idée d'attendre que toute cette histoire soit terminée. Je ne veux pas penser à quoi que ce soit d'autre quand nous ferons l'amour.

Il pressa les mains sur son dos jusqu'à ce que leurs corps se touchent, des genoux jusqu'à la poitrine.

— Tu te fais jouir en pensant à moi ? demanda-t-il, les yeux plissés.

— Euh... j'ai dit ça à haute voix ?

— Oui. Putain, jura-t-il en rejetant la tête en arrière pour fixer les étoiles. Je ne vais jamais arriver à dormir avec cette image à l'esprit.

Kassie pouffa et se hissa sur la pointe des pieds pour l'embrasser dans le cou. Baissant la tête, il prit une fois de plus ses lèvres. Puis, reculant bien avant qu'elle y soit résolue, il ajouta :

— Si je ne pars pas maintenant, je ne vais jamais y arriver.

Pour lui éviter toute souffrance supplémentaire, parce qu'elle savait qu'il devait vraiment partir, Kassie déclara :

— Sois prudent sur la route. Préviens-moi quand tu seras arrivé chez toi.

— Promis. Et toi aussi.

— D'accord.

— J'ai apprécié de rencontrer tes parents, fit Hollywood en ouvrant sa portière. J'ai l'impression que ce sont des gens bien.

— En effet.

Il se pencha une fois de plus pour lui prendre le menton et l'embrasser rapidement avant de la relâcher et de se mettre au volant.

Kassie recula, le laissant claquer sa portière. Il baissa sa vitre et lança :

— On se parle bientôt. Prends soin de toi, ma chérie.

— Je n'y manquerai pas. Au revoir.

— Au revoir.

Les mots « Je t'aime » frémissaient sur le bout de sa langue, mais Kassie les retint... *in extremis*. C'était insensé qu'elle soit amoureuse de Hollywood après seulement quelques semaines, pourtant c'était bel et bien le cas.

Elle leva les yeux vers ces mêmes étoiles qu'il venait tout juste de contempler. À cet instant, une étoile filante traversa le ciel à toute allure.

Cela faisait longtemps que Kassie n'avait pas fait de vœu à une étoile, mais cette nuit, sa requête sortit sans même qu'elle y réfléchisse :

— S'il vous plaît, faites en sorte que tout s'arrange, murmura-t-elle.

17

Kassie était assise sur son canapé, à siroter un verre de vin rouge tout en regardant Hollywood s'activer dans la cuisine. Elle avait bien tenté de l'aider, mais il l'avait chassée en lui disant d'aller se reposer. On était vendredi soir, après une longue série de dix jours stressants. Dean avait téléphoné cinq ou six fois, en quête de détails supplémentaires concernant l'exercice. Elle n'avait pas été capable de lui donner d'autres informations que celles qu'elle lui avait déjà transmises, tout simplement parce qu'elle n'avait pas la moindre idée de ce que Hollywood et ses amis avaient planifié.

Son travail n'avait pas été une partie de plaisir. Elle qui détestait travailler en soirée avait dû se farcir sept journées de ce régime. Même si elle avait parlé chaque jour à Hollywood, ce n'était pas la même chose que de le voir. Ils étaient tous les deux épuisés, lorsqu'elle l'appelait, une fois rentrée chez elle et, même si elle aimait toujours autant lui parler, il était évident que la situation tendue les affectait tous les deux.

Aussi, quand elle était rentrée du travail ce soir-là et qu'elle l'avait trouvé sur son palier, Kassie avait sauté de joie. Elle s'était jetée dans ses bras et avait enfin senti son humeur s'améliorer. Elle avait erré comme dans un brouillard durant la semaine et demie qui venait de s'écouler, mais la présence de Hollywood dans son petit monde lui donnait une sensation de sécurité.

Elle n'avait jamais éprouvé la même chose.

— Donc, vers 11 heures, tu vas aider ta sœur, c'est ça ? demanda Hollywood depuis l'autre pièce.

— Oui. Je l'accompagne chez le coiffeur, puis on rentre à la maison et on s'occupe de son maquillage. Blake arrivera vers 16 heures, pour que papa et maman puissent prendre des photos. Ils iront manger et se rendront ensuite à l'hôtel où a lieu le bal.

— Ton père n'est pas agacé de ne pas avoir pu inviter Blake à dîner pour l'intimider dans les règles de l'art avant le bal ?

— Si, un peu, admit Kassie. Il était furax que Blake aligne une excuse après l'autre pour esquiver ce rendez-vous.

— Au moins, il passe chercher Karina chez vous.

— Oui. Est-ce que ton ami a fait des recherches sur ses antécédents ?

Hollywood lui avait expliqué un peu plus tôt dans la semaine qu'il avait mis un gars de Pennsylvanie sur l'affaire, afin de voir ce qu'il pourrait dénicher sur Blake. Il tenait à la rassurer.

— Il a été très occupé sur une autre mission, mais il a dit qu'il avait effectué une vérification préliminaire et que rien d'inquiétant n'en était ressorti. Blake Watson a abandonné le lycée quand il avait dix-huit ans. Il avait débuté l'école avec une année de retard parce qu'il est né en automne. Il a effectué quelques petits boulots sans avenir avant de se réinscrire dans le lycée de ta sœur.

— Bon, c'est déjà ça, lâcha-t-elle. Que vas-tu faire demain, quand je serai avec Karina ?

— On va traîner dans le coin, Fish et moi.

— Il a l'air gentil, observa Kassie.

— En effet.

— Et il déménage dans l'Idaho, si j'ai bien compris ?

— Oui. Il a signé toute la paperasse cette semaine.

— Pourquoi l'Idaho ?

— Parce que c'est reculé et qu'il y a beaucoup d'espace, là-bas. Il ne gère pas très bien la foule. Je pense que ça empire avec le temps. Il a vu un psychologue à ce sujet, mais il ne pense pas que ça lui soit d'une grande utilité. Il est obstiné et déterminé à régler lui-même son problème.

— Ça craint, constata Kassie, les yeux rivés à son verre de vin. J'ai de la peine pour lui.

— Moi aussi. Prête à manger ?

— Tout à fait.

Elle se leva et se dirigea vers sa petite cuisine.

— Ça sent délicieusement bon.

À l'évidence, Hollywood avait fait halte dans une épicerie avant d'arriver, parce qu'il avait apporté tous les ingrédients pour préparer des poivrons verts farcis. Kassie s'assit à sa petite table de cuisine et observa le plat préparé par Hollywood.

— Je suis impressionnée, déclara-t-elle avec ferveur.

Il haussa les épaules.

— En fait, c'est assez facile. Tu fais revenir la viande, tu l'assaisonnes, tu ajoutes de la sauce tomate et un peu de riz à moitié cuit. Tu épépines les poivrons, tu les farcis avec le mélange à base de viande. Tu recouvres le tout de sauce tomate et de fromage. Et au four !

— Je ne sais pas pourquoi, je n'ai pas l'impression que ce soit aussi simple, répliqua Kassie avec un sourire.

— Tout le plaisir était pour moi, mon cœur. Je ne pense pas que tu aies pris le moindre repas agréable depuis celui de la semaine dernière, chez tes parents.

— Non, mais je devine que tu peux en dire autant.

— Ça n'a aucun intérêt de cuisiner pour soi-même.

Kassie déglutit.

— Non, en effet.

Hollywood s'assit à côté d'elle et posa la main sur la table, paume ouverte pour qu'elle place la sienne dedans. Ce qu'elle fit sans hésiter, impatiente de sentir sa peau sous ses doigts.

Il referma la main et secoua la tête.

— Je n'arrive pas à croire que tu puisses toujours avoir les doigts aussi froids.

— Je ne m'en étonne plus depuis longtemps.

Couvrant cette paume de son autre main, Hollywood ajouta :

— Eh bien moi, ça m'inquiète.

Il lui frictionna les doigts pendant quelques instants, avant de reprendre :

— C'est bon d'être ici avec toi, Kass. À cuisiner, discuter. Ça semble tellement naturel et normal.

— Oui, c'est exactement ça.

Hollywood lui prit la main pour en embrasser le dos avant d'ajouter :

— Vas-y, mange. Je veux savoir ce que tu en penses.

— C'est délicieux, commenta-t-elle en attrapant sa fourchette.

Hollywood éclata de rire.

— Tu n'as même pas goûté.

— Pas la peine. Si ce plat est aussi savoureux que le suggère son arôme, il sera à tomber par terre.

Et elle avait raison. C'était exquis.

* * *

À 10 h 30, le lendemain matin, Hollywood embrassa Kassie sur le seuil de son appartement. Il ne la serrait pas trop pour pouvoir la libérer sans peine.

— Tu m'appelles quand tu arrives là-bas ?

Elle hocha la tête.

— Quand est-ce que l'entraînement est censé commencer ?

Ils en avaient un peu parlé la veille au soir, avant de mettre un film, mais Kassie était nerveuse et déconcentrée. Hollywood avait souhaité qu'elle se détende sans penser à ce qui se passait au parc naturel.

— Ça a déjà commencé. Ghost et les autres sont sur place en ce moment. Ils y sont arrivés hier après-midi pour tout installer. L'autre équipe Delta est là-bas aussi, ceux qui jouent les « méchants ».

— Vous avez déjà travaillé avec eux auparavant ? Ils savent ce qui se passe ?

— Oui, Kass. On s'entraîne en permanence avec eux et ils sont au courant.

Elle ferma les yeux et prit une profonde inspiration, essayant à l'évidence de contrôler ses émotions.

— Ils ont des surnoms rigolos, comme tes amis et toi ?

Hollywood lui sourit.

— Nos surnoms ne sont pas rigolos.

— Oh que si, rétorqua Kassie. Truck ? Beatle ? Hollywood ? Hilarants.

— Trigger, Lefty, Oz, Grover, Lucky, Brain et Doc, énuméra Hollywood.

— Pardon ?

— Leurs surnoms : Trigger, Lefty, Oz, Grover, Lucky, Brain et Doc, répéta-t-il patiemment.

Kassie ricana et secoua la tête.

— D'accord, je ne dirai plus que vos noms sont rigolos, parce que les leurs sont à rouler par terre.

Heureux de l'avoir fait sourire, Hollywood se pencha et appuya son front contre le sien.

— J'ai adoré me réveiller avec toi dans mes bras, Kass.

Il la sentit se relâcher contre lui.

— Oui. Moi aussi

— C'est ce que je veux. Tous les matins.

— Ce serait chouette, convint Kassie. Je suis désolée de... euh... ton petit problème ce matin.

Hollywood recula et la taquina :

— Tu veux parler de ma queue dure comme du bois ?

— Hollywood ! protesta-t-elle, les yeux écarquillés et les joues cramoisies.

Il sourit.

— Je n'arrive pas à croire que tu sois gênée par le mot « queue » après ce qu'on a fait cette nuit.

Elle serait devenue encore plus écarlate si c'était possible.

— On est le matin. Je n'ai plus la tête à la lubricité et tu me manges du regard, se défendit-elle.

— J'aime bien nos petits jeux, l'informa Hollywood, même si elle le savait sans doute déjà parfaitement. Te faire jouir rien qu'avec ma bouche et mes mains sur tes seins, c'est quelque chose dont je n'étais pas certain d'être capable, mais Dieu merci, tu m'as prouvé que j'avais tort.

— Tu es trop beau à regarder, marmonna Kassie en fronçant le nez. C'est physiquement impossible de ne pas jouir quand tu me touches et m'embrasses.

Le sourire de Hollywood s'élargit.

— Si tu continues à me flatter, je vais prendre la grosse tête.

— Tu as déjà une grosse... tête, répliqua Kassie avec un petit sourire coquin.

Hollywood éclata de rire et plaqua une main à l'arrière de son crâne, tout en la serrant contre lui, un bras autour de sa taille.

— Tu es stupéfiante, Kassie Anderson. Je n'en peux plus d'attendre que tout ceci soit derrière nous, que tu te donnes entièrement à moi.

— Moi aussi, Hollywood. Mais...

Ses yeux se détournèrent des siens.

— Regarde-moi, chérie. Je veux que tu te sentes toujours libre de me dire ce que tu veux.

Elle releva les yeux et lui passa les mains le long du corps, tandis qu'elle obtempérait :

— Si, pour une raison ou pour une autre, cette histoire ne se termine pas aujourd'hui, que Dean ne se montre pas et qu'il continue à exiger de moi que je lui déniche des informations... est-ce qu'on devra encore attendre ? Je te désire, Hollywood.

— Je n'ai jamais voulu te presser. Je ne veux pas te pousser à faire une chose pour laquelle tu ne serais pas prête. Si tu es vraiment d'accord pour nous deux, dans ce cas, on arrêtera d'attendre. Je peux être autoritaire, mais je ne prends pas en dictateur les décisions concernant notre relation, Kass.

Elle lui sourit.

— Bien. Parce que j'y suis allée mollo pour te faire plaisir, mais je ne suis pas loin d'en avoir assez.

Hollywood gloussa de nouveau.

— « Mollo », c'est ça ?

— Oui, tout à fait.

Hollywood attira sa tête vers la sienne. Elle posa les mains dans son dos et agrippa sa chemise pendant qu'il l'embrassait, donnant tout autant qu'elle recevait, la tête inclinée pour bénéficier de l'angle le plus propice. Leurs langues bataillèrent et, quand ils cessèrent de s'embrasser, ils haletaient tous les deux.

— Amuse-toi bien avec Karina aujourd'hui, mon cœur. Appelle-moi quand tu seras sur le chemin du retour.

— D'accord. Et toi, préviens-moi dès que tu recevras des nouvelles des gars.

— Bien entendu. Je suis aussi impatient que toi que tout ça se termine, lui dit-il. Maintenant vas-y avant que je te traîne jusqu'au lit et que tu sois dans l'impossibilité de passer l'après-midi avec ta sœur.

— Merci d'être ici, lui susurra Kassie en prenant son sac avant d'ouvrir la porte.

— Je ne voudrais être nulle part ailleurs.

— À plus.

— À plus, ma chérie.

Depuis le pas de la porte, Hollywood regarda Kassie disparaître au coin. Puis il referma le battant et y appuya la tête, les yeux clos.

— Allez, Ghost. Téléphone-moi, murmura-t-il avant de se redresser pour entrer dans l'appartement de Kassie.

* * *

— Hollywood ? lança-t-elle dès qu'elle eut ouvert la porte de son appartement.

Il était 17 h 30 et elle était prête à passer un moment sur le canapé sans interagir avec personne.

— Salut, répondit Hollywood en émergeant du couloir.

Il fila droit sur elle pour l'enlacer et l'embrasser sur les lèvres.

— Tu as l'air rétamée.

Ignorant sa remarque – pourtant de circonstance – Kassie demanda :

— Tu as reçu des nouvelles ?

— Non.

— Ça signifie que quelque chose a déraillé ?

— Non. Simplement que rien ne s'est produit jusqu'à présent. Ghost a téléphoné il y a deux heures. Il a dit qu'ils allaient envisager différents scénarios avec les autres Deltas, comme ils l'auraient fait s'ils faisaient vraiment un exercice. Ils ont des éclaireurs autour de la zone et la surveillance satellite montre un groupe d'hommes à environ cinq kilomètres de leur camp de base. Dès qu'ils seront là, ils tomberont dans notre piège. Il faut juste leur laisser le temps d'arriver. D'accord ?

— J'ai tellement hâte que ce soit terminé, lui confia Kassie, consciente de son ton geignard qui lui faisait horreur.

— Ça va arriver, déclara résolument Hollywood.

— Qu'est-ce qui sent bon comme ça ? fit-elle pour changer de sujet.

— Un rôti. J'ai trouvé ta cocotte et je l'ai mis à cuire de bonne heure, cet après-midi. J'avais demandé à Fish de s'arrêter au magasin et de m'en prendre un.

— Tu n'arrêtes pas de me faire à manger.

— Ça te déplaît ?

— Non. Absolument pas. Sens-toi libre de me nourrir dès que l'envie t'en prend.

— Marché conclu.

Hollywood la débarrassa du sac qu'elle avait à l'épaule et le posa sur le guéridon près de la porte. Puis il attrapa sa main et la conduisit dans la cuisine.

— Assieds-toi. Tu veux du vin ?

— Oui. S'il te plaît.

Alors qu'il remplissait son verre, Kassie demanda :

— Comme va Fish ? Prêt à partir pour l'Idaho ?

— Plus que jamais. Maintenant que la maison est à lui, ça le démange de filer.

— C'est moi qui le retiens ? demanda Kassie, embarrassée d'empêcher cet homme de faire ce dont il avait envie.

— Non. N'envisage même pas cette possibilité. Fish ne fait jamais rien contre sa volonté. Il est pressé d'emménager dans sa nouvelle maison, mais jamais il ne lui viendrait à l'esprit de partir avant que cette affaire soit terminée. Jamais il ne te ferait ça, et encore moins à l'équipe et à moi.

— Je l'apprécie vraiment beaucoup.

— Moi aussi. Et maintenant, qu'est-ce que tu dirais d'arrêter de me vanter les mérites de mes amis et de me raconter plutôt à quel point ta sœur sera jolie ce soir ? Tu as des photos ?

— Est-ce que j'ai des photos ? réfléchit Kassie dont les yeux s'éclairèrent. Oui. Et j'espère que ça ne t'embêtera pas trop de passer trois heures à les examiner avec moi.

Il sourit, mais son sourire s'estompa avec les paroles qu'il proféra ensuite :

— Et Blake ? Comment tes parents se sont-ils comportés avec lui ?

Kassie haussa les épaules.

— Bien, sans plus. Pas enchantés, mais pas horrifiés non plus. Ils ont été soufflés en découvrant l'âge qu'il semblait avoir, mais il leur a montré en riant son permis de conduire. Il a promis de prendre soin d'elle et de la traiter comme elle le méritait. Après avoir pris un million de photos, je pense qu'ils se sont réchauffés à son égard.

— Tant mieux, fit Hollywood en posant devant elle une assiette garnie d'une pièce de bœuf très tendre sur une tranche de pain de mie. Fish est parti il y a environ une heure. Il les suit pendant le dîner et jusqu'au bal. Dès qu'elle sera à l'intérieur, il traînera dans les parages pour garder un œil sur le parking, au cas où Dean se pointerait.

Kassie hocha la tête.

— Karina a promis de m'envoyer un texto quand elle sera rentrée à la maison.

— Bien, approuva-t-il, l'œil de nouveau brillant. Tu veux qu'on joue à la bouteille tournante, ce soir ? Ou à tout nus dans le placard ?

Elle se mordilla la lèvre avant de répondre :

— Je ferai tout ce que tu veux, Hollywood.

Il ne répondit rien, se contentant de sourire et d'attaquer son dîner.

Pour la centième fois, Kassie s'émerveilla de le voir assis à sa table, à manger la nourriture qu'il avait préparée pour elle, et d'être celle qui s'endormirait au creux de ses bras. Elle n'était pas un laideron, mais elle savait qu'elle ne jouait pas non plus dans la même division que Hollywood. Il méritait amplement son surnom, aussi beau que toutes les stars sur lesquelles elle avait bavé au cinéma. Et il lui appartenait. Il était temps que la roue de la chance tourne en sa faveur, pour une fois.

* * *

Kassie battit des paupières.

Elle ne dormait pas bien, même si Hollywood avait fait de son mieux pour l'aider à se relaxer. Il savait qu'elle était trop fébrile et anxieuse pour jouer au moindre jeu, aussi s'étaient-ils allongés tous les deux sur son canapé afin de regarder la télévision en attendant des nouvelles de Karina.

Finalement, vers minuit, il avait décidé de migrer vers la chambre. Elle s'était préparée pour aller au lit, enfilant un T-shirt trop grand et un short de pyjama, tandis que Hollywood restait en boxer et T-shirt blanc moulant.

Les autres fois où il avait dormi dans son lit, il portait un pantalon de jogging. C'était la première fois qu'elle découvrait une telle portion de son corps et il était absolument magnifique. Elle devinait ses tablettes de chocolat sous son T-shirt et vit saillir les muscles de ses cuisses quand il grimpa sous les couvertures. Il la prit dans ses bras et son odeur familière exerça son habituelle magie.

Même si elle n'avait pas reçu de nouvelles de Karina, elle s'endormit en se sentant aimée et protégée.

Mais quelque chose l'avait réveillée. Il fallut un moment à Kassie pour se remémorer la soirée précédente, or quand elle prit conscience qu'elle s'était endormie sans avoir reçu de nouvelles de sa sœur, elle tourna la tête pour jeter un coup d'œil à sa table de chevet.

Au léger éclat de son téléphone, elle vit qu'elle avait reçu un texto. Ses yeux se posèrent sur sa montre. Il était 4 h 30 du matin. Elle allait botter les fesses de Karina pour l'avoir inquiétée à ce point.

À un moment donné au cours des deux dernières heures, Kassie s'était éloignée de Hollywood. Il était allongé sur le dos, un bras sous sa tête. Il avait la respiration lourde, visiblement épuisé par tout ce qu'il avait fait la semaine précédente, montant la garde auprès d'elle et de Karina.

Pivotant lentement sur le flanc pour éviter de le réveiller, elle attrapa son téléphone et pressa son pouce sur le bouton afin de le déverrouiller. Elle cliqua sur ses textos et son sourire s'évanouit quand elle vit la photo qui lui avait été envoyée depuis le téléphone de sa sœur.

C'était bien Karina. Elle était assise par terre, un bandeau sur les yeux. Il faisait sombre, mais en raison du flash utilisé pour prendre le cliché, Kassie constata que la belle robe de sa sœur était sale et déchirée. Elle avait de la poussière sur le visage et ses mains étaient nouées derrière son dos. Il y avait quelques broussailles à droite et à gauche, mais à part ça, Kassie ne distinguait aucun autre détail susceptible d'aider à la localiser.

Les battements de son cœur s'accélérèrent aussitôt

quand une décharge d'adrénaline fusa à travers son corps. Sa première pensée fut de réveiller Hollywood pour qu'il gère la situation à sa place, mais alors qu'elle se tournait vers lui, un autre texto arriva.

Karina : Si tu veux la revoir, viens au *Dizzy Rooster* sur la Sixième Rue. Seule.

Les doigts de Kassie volèrent sur l'écran pour taper sa réponse.

Kassie : Je veux parler à Karina.

Karina : Non. Dans 1h on lui fait traverser la frontière mexicaine. Si tu ne viens pas, tu ne la reverras plus. Je suis sûr qu'elle adorera se faire baiser jour et nuit par des banditos.

Kassie : Non !

Karina : Rapplique au *Dizzy Rooster*. Tu as 20 min. Si tu ramènes ton petit copain, tu fais de ta sœur une pute.

Kassie : J'arrive.

Kassie: Ne lui fais pas de mal.

Kassie : Ohé ?

— Merde, murmura Kassie.

Elle s'assit lentement et souleva ses jambes du bord du matelas. Elle savait qu'elle n'agissait pas comme elle l'aurait dû, mais elle ne pouvait pas risquer que l'homme qui lui avait envoyé des textos depuis le téléphone de

Karina mette sa menace à exécution. On aurait vraiment dit que sa sœur ne se trouvait pas à proximité d'Austin. À en juger par la terre et les broussailles qui l'entouraient, elle n'était probablement pas dans les environs immédiats.

Cela faisait des heures qu'elle avait quitté le bal. Suffisamment longtemps pour être conduite vers le Sud, en direction de la frontière.

Les mains de Kassie tremblaient quand elle attrapa un jean par terre et l'emporta vers la porte de la chambre. Elle regarda une fois en arrière et hésita. Hollywood n'avait pas bougé. Coupé du reste du monde, paisiblement assoupi.

Elle aurait dû le réveiller.

Elle aurait dû lui demander de gérer la situation à sa place.

Il pouvait l'aider.

Mais si elle le réveillait, elle signait l'arrêt de mort de sa sœur.

Elle ferma les yeux. Elle n'était qu'une idiote. Elle le savait. Hollywood était un dur à cuire des Forces spéciales. Il pouvait s'occuper de ça pour elle. Mais elle n'arrivait pas à s'ôter de la tête les mots sur son téléphone.

Si tu ramènes ton petit copain, tu fais de ta sœur une pute.

Prenant une profonde inspiration et ignorant la larme qui roulait sur sa joue, elle ravala sa salive. Elle enverrait un texto à Hollywood quand elle arriverait sur la Sixième Rue. Elle était idiote, mais pas complètement... Bon, d'accord, mais les secondes s'égrenaient. Elle devait partir. *Maintenant.*

Ses épaules s'affaissèrent comme si le poids du

monde pesait sur elles. Kassie se détourna de Hollywood et se faufila discrètement hors de la chambre.

* * *

Hollywood s'éveilla dans un sursaut en entendant la vibration de son téléphone contre le plateau en bois de la table de chevet. Il tendit le bras pour toucher Kassie, mais sa main ne rencontra que des draps froids. Il tourna la tête et découvrit, sous la faible lumière matinale qui filtrait par la fenêtre, qu'elle n'était pas couchée à côté de lui.

Il s'assit et se frotta le visage. Il avait dormi comme un loir. Il avait été réveillé par un appel de Ghost vers deux heures du matin. Kassie n'avait pas remué pendant leur brève conversation.

L'opération était terminée. Dean s'était pointé avec six autres gars qui jouaient aux soldats. Ils avaient été encerclés par les deux équipes des Delta et tous s'étaient aussitôt rendus, à l'exception de Dean. Quand ses amis avaient laissé tomber leurs armes, il s'était retourné contre eux pour leur crier dessus, leur reprochant leur faiblesse et les traitant de traîtres et de minables. Il avait braqué son fusil sur ses amis et commencé à tirer sans se laisser décontenancer par les cartouches à blanc des armes des Delta. L'un des amis de Dean avait tourné son pistolet contre lui et mis un terme à cette situation hors de contrôle.

Dean était mort. Tué par l'un des gars qu'il avait recrutés pour « jouer » à ce jeu de guerre avec lui.

Comme le commandant l'avait requis, aucun des Delta n'avait de véritables cartouches dans ses armes. Il n'y aurait donc pas de retour de bâton de la part de l'armée concernant la mort de Dean. Kassie était définitivement débarrassée des menaces qu'il faisait peser sur elle.

Hollywood n'avait pas eu le cœur de la réveiller. Décidant de la laisser dormir et de lui apprendre la bonne nouvelle le lendemain matin, il avait pris congé de Ghost avant de retourner dormir, content que, pour la première fois depuis un mois, Kassie et sa sœur soient vraiment en sécurité.

En se penchant, Hollywood attrapa son téléphone pour voir qui le contactait de si bon matin. C'était un texto de la part de Fish.

Fish : Bouge ton cul ! Karina est introuvable et Kassie est partie à sa recherche.

En lisant ces mots, il sentit s'envoler toutes les sensations agréables liées au soulagement de savoir Kassie en sécurité. Hollywood tapa le nom de Fish et porta le téléphone à son oreille.

— Pas trop tôt, lâcha son ami en guise de salutations.

— Expose-moi la situation, lui intima-t-il tout en enfilant un jean.

— Il y a trente minutes, j'ai reçu un texto de Kassie me disant que quelqu'un avait kidnappé sa sœur, lui avait envoyé une photo de Karina ligotée, assise dans la poussière, et lui avait dit d'aller seule au *Dizzy Rooster*, dans la Sixième Rue.

— Merde ! rugit Hollywood. Dean est mort, ce n'était pas lui. Qui lui a écrit, bordel ?

— Aucune idée, répondit Fish. J'ai essayé de l'appeler, mais elle ne décroche pas. Je lui ai envoyé un texto. Pas de réponse.

— Où es-tu ?

— Devant ce putain de *Dizzy Rooster*. C'est désert. Le seul signe de vie dans les parages, ce sont deux commerces dans la rue, près du *Voodoo Doughnut*. J'ai demandé, mais que dalle. Personne n'a rien vu.

— Elle s'est volatilisée ? s'enquit Hollywood, incrédule.

— On dirait bien.

— Merde, merde, merde, maugréa-t-il en arpentant la chambre de Kassie. Pourquoi est-ce qu'elle ne m'a pas réveillé ? Elle pensait à quoi ?

— Hollywood, ne lui en veux pas... commença Fish avant de se faire couper la parole.

— Je ne lui en veux pas, putain. Je sais qu'elle a flippé à mort. Ce connard lui a sans doute dit que si elle ouvrait la bouche, il tuerait sa sœur ou une saloperie de ce genre. Elle est très protectrice à l'égard de Karina et elle ne ferait jamais quoi que ce soit qui puisse la mettre en danger, soupira Hollywood. Elle n'est pas au courant pour Dean, précisa-t-il encore.

— J'avais deviné, mais ça n'a pas vraiment d'importance. Si Dean est mort et Jacks en taule... qui a kidnappé Karina et écrit à Kassie ?

La réponse apparut avec la netteté d'un éclair dans l'esprit de Hollywood.

— C'est ce connard de Blake. Forcément. Ça ne peut être personne d'autre.

— Le nouveau petit copain ?

— Lui-même, confirma Hollywood, en route vers le salon.

— Oh non, grommela Fish sans se départir de son calme. J'ai merdé. Une fois qu'ils se sont retrouvés au bal, je me suis installé dans le parking pendant deux heures et quand Ghost m'a envoyé un texto pour m'informer que Dean se trouvait à l'exercice d'entraînement, qu'ils en avaient la confirmation visuelle, j'ai pensé que tout irait bien et j'ai laissé Karina.

— Ce n'est pas ta faute, répliqua aussitôt Hollywood. J'ai demandé à Tex de faire une recherche sur ses antécédents, mais superficiellement en tout cas, il n'a rien trouvé de suspect. Il avait beaucoup à faire pour une équipe des SEAL. Je n'ai pas insisté. J'aurais dû. Je savais que quelque chose clochait avec cet enfoiré.

— Ça n'a pas de sens de t'en vouloir maintenant. Il faut qu'on trouve où il les a emmenées et quels sont ses plans.

— Tu penses qu'il a été en contact avec Jacks ?

— Peut-être. Je comptais régler son compte à ce salopard une fois que l'histoire avec Dean serait terminée, mais je vais passer quelques coups de fil et voir ce que je peux apprendre.

— Ne te mets pas dans la merde, le prévint Hollywood.

S'il brûlait de retrouver Kassie et sa sœur, il ne voulait pas pour autant que son ami s'attire des ennuis.

— Je ne suis peut-être pas Tex, mais je connais des gens. Qui me doivent une faveur. Je vais les appeler.

Merde. Quand un Delta appelait un débiteur, c'était sérieux. Ils rencontraient des tas de gens dans leur travail.

Des loustics que le gouvernement ne serait pas ravi de voir fréquenter ses soldats d'élite. Alors, l'idée que Fish recoure à ces gens qui lui devaient une faveur pour les aider, Kassie et lui, ce n'était pas rien. Son collègue avait peut-être perdu ses coéquipiers dans le désert, bien des mois plus tôt, mais Hollywood n'avait jamais été certain, jusqu'à maintenant, que Fish soit vraiment motivé au point d'établir à nouveau ce genre de liens.

— Tout ce que tu pourras trouver, ce sera génial, mon pote.

— Appelle les autres. Ils sont sans doute en train de regagner la base. Ils doivent être près d'Austin, maintenant que quelques heures se sont écoulées.

— Je m'en occupe, déclara Hollywood. Mais avant ça, je téléphone à Beth.

— Beth ?

— C'est une longue histoire, mais il s'agit d'une hackeuse basée à San Antonio et qui travaille avec Tex. Je préférerais son savoir-faire à lui, mais puisqu'il est empêtré dans une opération, je ne veux pas mettre mes copains de San Francisco en danger.

— Tiens-moi au jus, lâcha Fish laconiquement, sans même demander si Beth serait en mesure de faire le job.

— Merci pour l'appel.

— Je ferais n'importe quoi pour un Delta, répliqua Fish avant de raccrocher.

Hollywood enfila par la tête la chemise qu'il avait attrapée au passage et composa le numéro de Beth.

— Allô ? répondit-elle d'une voix ensommeillée.

— J'ai besoin que tu me pistes un téléphone, aboya Hollywood, vibrant d'impatience.

— À qui ai-je l'honneur ? demanda Beth.

— Hollywood.

— Merde. D'accord, d'accord, je suis sur le coup. Donne-moi une seconde.

Sa voix se fit étouffée et Hollywood comprit qu'elle s'adressait à Cade « Sledge » Turner, son petit ami.

— Rendors-toi, mon chou. C'est le boulot.

Il n'entendit pas la réponse de Cade, mais Beth revint en ligne.

— Qu'est-ce qui se passe ?

— Ma petite amie et sa sœur ont disparu. La sœur s'est sans doute volatilisée aux environs de 21 heures, hier soir. Kassie a reçu un texto et la photo de sa sœur, ligotée. On lui a ordonné d'aller retrouver quelqu'un au *Dizzy Rooster*, ici, dans le centre-ville d'Austin. Elle a envoyé un texto à l'un de mes coéquipiers.

— Elles ont toutes les deux leur téléphone sur elles ? demanda Beth.

Hollywood, qui percevait en arrière-plan le cliquetis de ses doigts sur un clavier, répondit :

— Aucune idée. Mais c'est un point de départ.

— Donne-moi leurs numéros.

Il s'exécuta et entendit son interlocutrice s'activer. Des visions de Kassie gisant morte quelque part, rien que pour satisfaire Jacks, et de Karina vendue comme esclave sexuelle passaient en boucle dans son cerveau pendant qu'il attendait impatiemment que Beth déniche quelque chose qui l'aiderait à les localiser.

— Bon, voilà, fit Beth, plus pour elle-même que pour Hollywood. Je vois pourquoi Kassie a filé sans t'en avertir.

— Pardon ? Pourquoi ?

— Je vois la photo et la conversation qu'elle a eue avec celui qui lui a envoyé l'image. Je ne dis pas qu'elle a pris la bonne décision, mais je peux comprendre pourquoi elle a agi comme elle l'a fait.

— Putain, jura Hollywood.

C'était le seul mot qui lui semblait résumer ce qu'il éprouvait pour l'heure.

— Je n'arrive pas à croire que tu aies déjà réussi à trouver ça.

— Eh, s'offusqua Beth, tu m'as appelée pour une raison précise. Je suis douée dans le domaine. Alors, ne m'énerve pas pendant que j'essaie de t'aider.

En temps normal, Hollywood l'aurait trouvée drôle, mais là, rien ne l'amusait.

— Qu'est-ce que ça dit ?

— Oh, le genre de conneries que les salopards déballent pour inciter leur cible à se faufiler hors de leur maison sans en informer leur gros dur de petit copain qui, lui, serait capable de nettoyer le terrain où ils posent le pied. C'est la photo qui a dû produire le plus gros effet sur elle.

— Bon sang, Beth, qu'est-ce que...

— Regarde ton téléphone, je viens de te l'envoyer.

Hollywood brancha le haut-parleur et ouvrit ses emails. Il attendit une seconde que la photo se charge, mais dès que ce fut le cas, il prit une profonde inspiration.

— Merde.

— Tout à fait. Je cherche à déterminer par GPS l'endroit où la photo a été prise, mais c'est long. On dirait que ça se trouve au sud d'Austin. À quelle distance, je l'ignore. Enfin, ce n'est pas dans le Hill Country, j'en suis sûre.

Hollywood n'entendait plus que d'une oreille les

ruminations de Beth. Il n'avait rencontré la sœur de Kassie que la fois où il était allé chez eux pour dîner, pourtant elle lui avait plu. C'était Kassie en plus jeune. Vive et drôle, mais également respectueuse de ses parents, et il n'était pas bien difficile de constater que les membres de cette famille s'aimaient. Cela lui rappelait beaucoup la sienne à bien des égards.

Aussi, la terreur absolue qu'il lut sur le visage de Karina le frappa avec la force d'un dix-tonnes lancé à pleine vitesse, lui coupant le souffle. Ses yeux disparaissaient sous un morceau de tissu et ses mains étaient liées derrière son dos, mais il percevait bien son effroi en examinant son visage et la posture de son corps.

Lèvres pincées, épaules voûtées comme pour se protéger de celui qui prenait le cliché. Son maquillage s'était barbouillé et des traînées noires lui dévalaient les joues – à l'évidence son mascara qui avait coulé avec ses larmes. Sur ses jambes relevées devant elle, on distinguait, à travers le tissu en lambeaux de sa belle robe, des écorchures et des bleus.

Il détestait que Kassie se soit esquivée de la chambre sans se tourner vers lui, mais comme Beth l'avait dit, il comprenait.

— Ça y est, je te tiens, petite merde ! s'exclama Beth, tout excitée. J'avais raison. La photo de Karina a été prise tout près de la frontière. Juste à la sortie de Laredo. Il faut environ trois heures et demie pour aller de Laredo à Austin. Celui qui l'a kidnappée l'y a conduite, puis il est revenu, a envoyé un texto à Kassie et l'a retrouvée en ville.

— Ou bien il travaillait avec un complice, objecta Hollywood.

— Oui, mais je ne pense pas.

— Pourquoi ?

— Parce que je localise les deux téléphones sur mon écran, en ce moment.

— Et ?

— Et ils sont en train d'arriver dans la banlieue de San Antonio. D'après les signaux, celui qui possède les téléphones va vers le sud, sur l'I-35.

— Oh non, grogna Hollywood. Je ne vais jamais les rattraper.

— En effet. Mais je connais des gens ici, à San Antonio, qui n'auraient rien contre le fait de botter des culs de bon matin.

Hollywood pensa immédiatement à TJ Rockwell, connu sous le nom de Rock quand il était membre de son équipe Delta.

— Appelle d'abord TJ, ordonna-t-il. Puis tous ceux qui pourraient nous aider. Je vais voir si je peux obtenir un hélico de Fort Hood. Il faut que je récupère mon équipe, mais on peut être en vol dans une heure.

— Alors, tu optes pour une stratégie du genre : « On observe et on attend » ? s'enquit Beth.

C'était la question à un million de dollars. Si c'était bien Blake qui avait kidnappé Karina et qui était revenu chercher Kassie, il filait au sud vers l'endroit où il avait planqué la jeune fille. Mais si Hollywood se trompait et que sa petite amie était blessée, attendre plus longtemps risquait de lui coûter la vie. Si elle mourait parce qu'il avait pris la mauvaise décision, il ne pourrait plus se voir en peinture.

D'un autre côté, s'ils attendaient et coinçaient Blake au milieu de nulle part, en plein milieu du désert, ils pourraient plus facilement le neutraliser.

— Oui, répondit Hollywood en prenant sa décision. Demande à TJ de les suivre sans les intercepter. On l'aura par les airs.

— Qui dois-je chercher pour trouver des renseignements sur la personne à qui nous avons affaire ?

Hollywood était impressionné par son comportement pragmatique et la pertinence de ses questions.

— Blake Watson. Il prétend avoir vingt ans, mais le connard paraît bien plus âgé. Je le savais, et pourtant je n'ai pas creusé.

— Je l'ai.

— Je vais appeler les parents des filles, pour avoir la marque et le modèle de sa voiture. Ils doivent être morts d'inquiétude qu'elle ne soit pas rentrée à l'heure qu'il est. Bien évidemment, si ça se trouve, Blake a utilisé son téléphone pour leur envoyer un bobard à la con, mais si c'était ma fille, je serais en panique.

— Bonne chance pour ton coup de fil. Je te rappelle dès que j'ai une info pertinente dont tu puisses avoir besoin pour lui mettre la main dessus, promit Beth.

— Merci.

Il était évident que Beth avait beaucoup appris au contact de Tex. Elle s'en tenait aux faits et savait exactement comment agir dans le chaos. Sans même parler du fait qu'elle était excellente quand il s'agissait de travailler sous pression.

— Je te suis redevable, dit Hollywood.

— Absolument pas, répliqua Beth du tac au tac. Éliminer des connards dans ce genre, je le fais gratis. À plus.

Elle coupa la communication sans laisser à Hollywood une chance de répliquer.

De toute façon, au diable les civilités. Obsédé par son objectif de retrouver Kassie, il appuya sur un bouton pour appeler les Anderson. La mission la plus importante de sa vie était sur le point de se dérouler. L'échec était inenvisageable.

18

Kassie essaya de ne pas paniquer. Elle s'était rendue au bar fermé de la Sixième Rue, comme on le lui avait indiqué, mais à la dernière minute, elle avait envoyé un texto à Fish pour l'informer de ce qui se passait. Pourquoi n'avait-elle pas écrit à Hollywood ? Elle l'ignorait. En fait, si, elle savait : elle avait peur.

Peur qu'il lui crie dessus. Ou la traite d'idiote. Parce qu'elle en était bel et bien une. Elle avait opté pour un message à Fish, puis elle était sortie de sa voiture. Elle se rappelait un homme vêtu d'un sweat à capuche, qui s'était approché. Elle avait su d'emblée qu'il s'agissait du ravisseur de Karina, l'homme qu'elle était censée retrouver, mais elle avait paniqué et s'était enfuie en courant. Manifestement, elle n'était pas allée bien loin avant qu'il ne la frappe avec une telle force qu'elle avait perdu connaissance.

Elle s'était réveillée sur la banquette arrière d'une voiture qui roulait... conduite par Blake Watson. Elle aurait dû s'en douter.

Il avait essayé de la traiter comme si elle était une invitée dans son véhicule, au lieu d'une victime de kidnapping. Il lui avait proposé d'escalader le siège avant pour s'y installer. Elle avait refusé jusqu'à ce qu'il se retourne à moitié sur son siège, un couteau pointé dans sa direction. Il lui avait fait boire de l'eau et deux aspirines pour soigner sa tête qui l'élançait. Il lui avait même fourni un gant de toilette afin qu'elle puisse nettoyer le sang de son visage. Quel gentleman... de merde !

Quand elle lui avait demandé où ils se rendaient, en revanche, il n'avait pas répondu. Et quand elle lui avait demandé où se trouvait Karina, il n'avait pas répondu non plus. Elle avait voulu parler à sa sœur par téléphone, mais il s'était contenté de rire en disant qu'elle ne tarderait pas à la voir.

Elle avait regardé San Antonio défiler sans rien dire, essayant de croiser le regard des passants, mais Blake, qui s'était aperçu de son manège, avait lâché d'une voix glaciale :

— Si tu fais quoi que ce soit pour m'obliger à m'arrêter, ta sœur va mourir.

— Quoi ?

— Je suis la seule personne au monde qui sache où se trouve Karina. Si tu nous empêches de parvenir jusqu'à elle, ta sœur mourra. Toute seule. D'une mort lente et douloureuse. Tu as déjà été si assoiffée que tu étais forcée d'avaler du sable par poignées, parce que c'était mieux que rien ?

Kassie avait secoué la tête.

— Ce n'est pas une façon agréable de mourir. Alors reste assise. Garde tes pensées pour toi. Et tu reverras ta sœur.

Cette conversation avait eu lieu une demi-heure auparavant. Kassie ne pouvait garder le silence plus longtemps.

— Pourquoi fais-tu ça ? Qu'est-ce qu'on t'a fait, ma sœur ou moi ?

— À moi ? Rien, répondit-il sans développer davantage.

— Dans ce cas, à qui ?

— À mon frère.

— Mais qui est-ce ? s'écria presque Kassie, malade de ce jeu de devinettes.

— Tu n'as pas compris ?

— Manifestement non.

— Dean Jennings.

— Oh, bon sang ! Tu es le frère de Dean ? se récria-t-elle, abasourdie. Tu ne lui ressembles pas du tout.

— Parce que nous avons la même mère, mais des pères différents. Je n'ai pas grandi avec lui et nos noms de famille ne sont pas les mêmes, mais il m'a retrouvé récemment. Ça a collé entre nous. Il m'a tout raconté sur toi et sur ton manque de respect à l'égard de son pote Richard.

Kassie secoua la tête.

— Non, ce n'est pas du tout ça, nous...

Le masque de gentil garçon arboré par Blake se craquela quand l'une de ses mains lâcha le volant pour venir la frapper. Heureusement, elle s'écarta assez vite et le poing rencontra son épaule au lieu de son visage. Mais la douleur fut intense.

— Je sais exactement de quoi il retourne. Tu l'as induit en erreur. Tu lui as promis le monde. Mais quand il a été blessé, tu as soufflé le chaud et le froid. En l'obligeant à te supplier pour avoir ta chatte. En refusant de le suivre en mission. En faisant les yeux doux à tous ses amis. Oh oui, Dean m'a raconté comment tu l'avais chauffé. Mais ce que tu ne savais pas, c'est qu'il racontait tout ce que tu faisais à Richard pendant qu'il n'était pas là.

Blake secoua la tête en feignant la tristesse.

— Pourquoi est-il si difficile de trouver une gonzesse qui suce et baise sur commande, à ton avis ?

— Tu as quel âge ? demanda Kassie au lieu de répondre à ce qui lui semblait être une question rhétorique – une provocation répugnante aux implications sinistres.

— Vingt-neuf, répondit-il aussitôt. Et je dois dire que je ne m'étais jamais intéressé aux chattes des petites ados avant cette histoire, mais maintenant que j'y ai goûté, j'ai changé d'avis. Les adolescentes sont très faciles à manipuler et à embrouiller. C'est génial.

Elle voulut lui poser la question, sans en avoir envie. Mais elle n'y était pas obligée, au fond.

— Et au cas où tu t'interrogerais à ce sujet, non, je n'ai pas baisé ta sœur. L'acheteur voulait une vierge, alors je ne l'ai pas touchée. Même si, à la voir s'enflammer pour moi quand on s'embrassait et à en juger par la façon dont elle me suçait la queue, j'en suis venu à le regretter.

Kassie sentit la bile lui remonter dans la gorge, mais elle se força à la ravaler. Elle espérait vraiment, de tout son cœur, que Blake disait la vérité et qu'il la conduisait à sa sœur. Elle ferait tout son possible pour s'assurer que Karina échappe à cet enfer. Elle échangerait sa place avec sa sœur s'il le fallait. Elle n'était plus vierge, mais peu importait...

— Qu'est-ce que tu vas faire de nous ? demanda-t-elle docilement, essayant de soutirer un maximum d'informations à Blake afin de pouvoir élaborer une ébauche de plan.

Elle avait bien écrit à Fish, mais au point où elle en était, elle ignorait ce qu'il pourrait faire. Elle ne se trouvait même plus à Austin. Elle était seule.

— Vous vendre, répondit Blake sans la moindre hésitation. Richard s'est fait des potes dans sa prison de luxe. Ils connaissent des gens qui connaissent des gens qui achètent et vendent des chattes. Il a décidé qu'il en avait assez de toi et il s'est arrangé avec Dean pour se débarrasser de vous une bonne fois pour toutes.

— Pourquoi entraîner Karina dans toute cette histoire ? s'enquit Kassie, le ventre vrillé par la douleur.

— Pourquoi pas ? Tu l'aimes et Richard veut te voir souffrir. Dean n'a pas eu beaucoup de mal à embaucher un gars pour qu'il falsifie mes papiers et me fournisse une nouvelle identité, en me faisant passer pour un lycéen de vingt ans. Je n'aurais jamais cru que quelqu'un gobe le truc, mais visiblement, les gens sont débiles et croient tout ce qu'on leur raconte, même s'il est évident qu'il s'agit d'un putain de mensonge.

— Je te donnerai tout l'argent que tu veux si tu nous laisses partir, le coupa Kassie, désespérée.

— Je ne veux pas de ton fric, salope, rétorqua dédaigneusement Blake. Je fais ça pour mon frère. Pour Richard. Pour les hommes du monde entier qui se sont fait rouler par une femme.

— Je suis désolée que ton père se soit fait rouler par ta mère, dit doucement Kassie dans l'espoir de l'amadouer, si tant est que ce soit possible.

— Ferme ta sale gueule ! Tu ne sais rien de ce que j'ai vécu ni de ma mère. C'est une pute. Exactement comme toi. Comme ta sœur. Comme ta salope de mère. Des mauviettes. Toutes les femmes sont des mauviettes. Le monde serait meilleur si on vous enfermait. Votre seule utilité, c'est la reproduction. On vous enlèverait les garçons, qui seraient élevés pour devenir de vrais mecs. On ne garderait les filles en vie que si elles sont jolies et capables de donner naissance à d'autres garçons.

Interloquée, Kassie se recroquevilla contre la portière. Comment avaient-ils pu ne pas s'apercevoir que Blake était fou à lier ?

— Saloperies de bonnes femmes. Utiles pour une chose et une chose seulement, siffla-t-il entre ses dents.

Kassie ne lui posa plus la moindre question. Elle resta sur son siège, la tête appuyée contre la vitre, à regarder défiler les paysages du Texas. Elle pensa à Hollywood qui avait dû se réveiller et se demander où elle se trouvait. Elle ne lui avait même pas laissé de message. Il devait être inquiet à l'heure qu'il était.

En fait, il devait même être fou d'inquiétude. Fish avait dû le contacter pour lui parler du texto qu'elle lui avait envoyé. Ils essayaient tous les deux de comprendre où elle était. Kassie ignorait si le reste de l'équipe se trouvait toujours au parc national, à s'occuper de Dean et de ses plans infernaux.

S'autorisant quelques minutes d'apitoiement, elle ne chercha même pas à essuyer la larme qui coulait d'un de ses yeux. Mais dès que celle-ci se fut échappée, elle plissa les paupières aussi fort qu'elle le put pour refouler le reste. Elle ne devait pas se laisser aller au désespoir. Avant la fin du jour, elle serait le nouveau jouet sexuel d'un homme de l'autre côté de la frontière, ou bien elle serait morte. Quoi qu'il arrive, elle n'allait pas rester les bras croisés et se contenter de subir.

Un mois plus tôt, cela aurait pu être le cas. Mais Hollywood avait changé la donne, ainsi que le récit de ce que Rayne, Emily et Harley avaient traversé. Elles n'avaient pas abandonné, elles n'étaient pas restées sans rien faire. Kassie avait peut-être laissé Richard et Dean lui gâcher un grand pan de sa vie, mais c'était terminé désormais.

Une fois qu'elle eut repris le contrôle de ses émotions, elle se mit à réfléchir, à envisager différents scénarios et ce qu'elle pourrait faire pour sauver sa sœur. Elle n'avait vu personne d'autre en compagnie de Blake pour l'instant et, s'il n'y avait que lui, elles avaient peut-être une chance, avec Karina. Deux contre un, c'était toujours une bonne chose, non ? Même si Blake était fou à lier, elles seraient peut-être capables de le dominer.

Alors qu'ils se dirigeaient toujours vers le sud, Kassie pria pour que Dean soit retenu à Galveston. Pour que Blake n'ait pas d'autres demi-frères de par le monde qu'il ait embrigadés dans son délire. Et que celui qui projetait de les acheter, sa sœur et elle, ne se montre que plus tard. Une fois qu'elles seraient loin depuis longtemps, si possible.

Elle ferma les yeux et fit semblant de dormir pendant que Blake continuait à marmonner des propos sur l'inutilité des femmes. Elle pensa à Hollywood. Comment agirait-il dans une situation comme celle-ci ? Il attendrait le moment idéal et il passerait à l'action. Exactement ce qu'elle allait faire, elle aussi.

19

— Beth, c'est Hollywood. Des nouvelles concernant les coordonnées ?

— Non. Ce sont les mêmes qu'il y a une demi-heure. Vous êtes là-bas ?

— On vient d'atterrir. On est à trois kilomètres, on devrait arriver sur place dans dix minutes ou moins.

— Soyez prudent, le mit-elle en garde.

— Comme toujours, répliqua Hollywood avant de couper la communication.

Il se retourna vers son équipe. Ghost et les gars étaient tout près d'Austin. Ils étaient même à Austin, en fait. Ils avaient conduit depuis le parc naturel et pris une chambre d'hôtel avant de rentrer chez eux. Même s'il ne leur restait plus qu'une heure de route, quelque chose les avait poussés à s'accorder pour passer la nuit ici et rentrer chez eux le dimanche, douchés, frais et dispos, plutôt que de persister.

Dieu merci.

Même leur commandant se trouvait en ville. Il avait

rapidement pris la situation en main et obtenu l'autorisation de faire décoller l'hélico stationné au parc afin de voler jusqu'à Austin, récupérer l'équipe et filer sur Laredo.

Le commandant avait prétendu à son officier supérieur qu'il s'agissait d'une extension de leur exercice. Comme c'était une équipe de la Delta Force, on ne lui avait pas posé beaucoup de questions et ils avaient pu se retrouver à l'aéroport et prendre la direction du sud en moins d'une heure.

Coach n'avait pas cessé d'être en contact avec Beth, pour informer l'équipe de ce qu'elle avait appris au sujet de Blake Watson.

Il s'avérait être le demi-frère de Dean. Malheureusement pour eux, leur mère avait souffert d'une maladie mentale extrêmement grave, il y avait plusieurs années. Apparemment, ses deux fils avaient hérité de cette instabilité psychologique.

Blake, qui avait en réalité vingt-neuf ans, était assez proche de l'âge de Dean et avait grandi dans une petite ville près de Laredo. Il avait maille à partir avec la loi depuis son adolescence. Il avait effectivement laissé tomber le lycée, mais à l'âge de quinze ans. Dean avait retrouvé sa trace et ils étaient devenus proches, apparemment, Blake présentant les mêmes traits de caractère que Dean et Richard.

Beth était encline à penser que Blake était un solitaire qui travaillait sans doute pour son propre compte, mais elle n'en était pas certaine.

À présent, l'équipe – Ghost, Fletch, Coach, Beatle, Blade, Truck et Hollywood – se dirigeait à travers le désert, vers l'endroit où bornaient les téléphones de

Kassie et Karina. Les appareils n'avaient été ni éteints ni détruits. Soit Blake ne s'y connaissait pas suffisamment en électronique pour comprendre qu'il était en train de diffuser sa localisation à toute personne bien informée, soit c'était un piège.

Quoi qu'il en soit, l'équipe devait vérifier. Si les sœurs n'étaient pas là, ils pourraient mettre la main sur Blake, avec un peu de chance, et lui faire avouer ce qu'il leur avait fait. La perspective que Kassie soit peut-être morte n'était même pas envisageable pour Hollywood. Il ne pouvait pas se le permettre s'il voulait continuer à fonctionner.

Non, elle allait bien. Peut-être blessée, sans doute terrifiée, mais ça, il pourrait l'arranger. En revanche, ce serait impossible si elle était morte.

L'équipe avançait sans un bruit dans le désert déjà chaud ce matin-là. Ils communiquaient via une série de clics dans leurs écouteurs et par des gestes de la main quand ils étaient assez proches pour se voir.

Au bout de dix minutes, ils se réunirent afin de discuter de la meilleure tactique pour approcher la petite cabane que Beth leur avait décrite à partir des photos prises par satellite.

Agenouillés dans le sable et la poussière, derrière des broussailles et des ronces, ils dressèrent un plan.

— Ghost, Blade et toi, vous contournez par ce côté-là, ordonna Hollywood en dessinant la scène dans le sable. Fletch, Beatle et toi, vous approchez par l'autre côté. Coach, tu contournes par l'arrière et tu couvres toutes les issues de ce côté. Truck et moi, on entre par l'avant. On écoutera d'abord pour s'assurer qu'il n'y a personne là-dedans à part les deux femmes et Watson. Beatle et

Fletch, l'un de vous jettera une grenade assourdissante par la fenêtre latérale. Ça les mettra tous sur le carreau, mais ça nous donnera, à Truck et à moi, le temps d'entrer par la porte de devant et de neutraliser Watson. Des questions ?

Les hommes secouèrent la tête. Ils avaient mené si souvent ce genre d'opérations que Hollywood n'avait pas vraiment besoin de la leur expliquer. Ils connaissaient leur affaire. Mais ils savaient aussi que leur coéquipier avait besoin de se sentir en pleine maîtrise de cette situation hors de contrôle. Personne ne suggéra qu'il surveille plutôt l'arrière de la cabane. Personne n'essaya de le convaincre qu'il ferait mieux de laisser quelqu'un d'autre prendre le commandement. C'était sa femme qui était en danger et c'était lui qui affronterait l'ennemi frontalement.

Les hommes se déployèrent, à l'affût de ce qui pourrait modifier la dynamique du plan et les contraindre à passer au plan B, C ou D. D'une manière ou d'une autre, c'était une question de minutes. Ils sauraient alors s'ils devaient s'infiltrer au Mexique pour sauver Kassie et Karina d'une traite d'esclaves sexuelles ou s'ils pouvaient rentrer chez eux, avec les deux femmes saines et sauves.

* * *

Après avoir roulé pendant ce qui lui parut durer une éternité, Blake arrêta sa voiture au bord d'une route et la força à sortir. Ils marchèrent dans un paysage sec et poussiéreux pendant un long moment, jusqu'à atteindre une cabane. Sans un mot, il ouvrit la porte et la poussa à l'intérieur.

Kassie atterrit sur les genoux, juste à côté de sa sœur. Sans lui demander sa permission, elle ôta le bandeau que Karina avait sur les yeux et entreprit de lui libérer les mains. Durant tout le processus, Blake se tint adossé à la porte, un sourire aux lèvres.

— Oh… comme c'est mignon. Les deux sœurs enfin réunies.

Sans lui accorder la moindre attention, Kassie serra fort Karina dans ses bras, puis l'écarta pour lui demander :

— Ça va ?

Sa cadette hocha la tête, mais elle avait l'air traumatisée. Kassie se tourna vers Blake.

— Tu as de l'eau ? Elle doit boire quelque chose.

— Et pourquoi est-ce que je gâcherais une goutte d'eau pour l'une de vous, bordel ? ricana-t-il.

— Parce que tu ne veux pas nous livrer à moitié mortes à ton client. Tu penses que cette personne aura envie de nous porter ?

— On ne vous portera ni l'une ni l'autre, chérie, ironisa Blake. On vous traînera plutôt par les cheveux.

Kassie entendit un faible gémissement monter des lèvres de Karina et elle se tourna vers sa sœur, à qui elle lança un regard farouche.

— Ne fais pas attention à lui. Il n'est rien. Tu piges ? Nous, on gère.

— Qu'est-ce que tu racontes ? Je ne suis rien ?

Blake donna une impulsion sur la porte pour s'approcher d'elles d'un pas raide.

Kassie fit passer Karina derrière son dos et tendit les bras, comme si elle pouvait empêcher ce forcené de passer pour déloger sa sœur.

— Je veux seulement dire que nous avons de plus gros soucis que cette question d'eau, répliqua-t-elle dans l'espoir d'apaiser Blake.

Mais il ne se laissa pas berner.

Kassie la vit arriver, pourtant elle ne recula pas, sachant que si elle l'esquivait, c'était sa sœur qui la recevrait. Le revers de la main de Blake heurta sa joue et Kassie faillit tomber. Elle se rattrapa en posant une main par terre et reprit sa place devant Karina. Blake pouvait la frapper autant qu'il le voulait, elle ne bougerait pas. À en juger par les hématomes sur le visage de Karina, il était évident qu'il l'avait battue, mais il ne recommencerait pas si elle pouvait l'en empêcher.

Alors qu'il serrait le poing et prenait son élan, Kassie pivota et attrapa sa sœur, qu'elle renversa sur le sol. Elles se recroquevillèrent ensemble par terre.

Kassie attendit que le coup s'abatte, mais son mouvement brusque avait désarçonné Blake et il avait retenu son coup de poing. Au lieu de quoi, il lui flanqua un coup de pied. Violent. Kassie grogna en recevant sa botte au creux des reins. Ça faisait mal. Atrocement mal. Mais elle ne bougea pas. Elle se pelotonna autour de sa sœur, qui coopéra en formant une boule aussi petite que possible, blottie entre ses bras.

Pendant que Blake perdait la tête et prenait un plaisir immense à frapper Kassie partout où il pouvait l'atteindre, celle-ci murmurait à l'oreille de Karina.

— Il y a une fenêtre au-dessus de nous, commença-t-elle avant de grogner de douleur quand le pied de Blake lui frappa la cuisse. Je vais le distraire. Il y a une... (Elle hurla quand ce même pied lui atterrit sur les fesses.) Une planche juste derrière toi. Utilise-la pour briser la vitre et sauter dehors. Ça va faire mal, mais... (Elle retint *in extremis* le gémissement qui voulut remonter dans sa gorge quand Blake ricana comme s'il était sur le point de commettre un acte inhumain, et elle continua, sans un regard pour son bourreau.) Ça n'a pas d'importance. Sors et enfuis-toi, Karina. Ne t'arrête pas, quoi que tu entendes. Pigé ?

Kassie perçut son hochement de tête en même temps que Blake se penchait pour l'écarter violemment de sa sœur. Il enroula un bras autour de sa gorge et la redressa d'un mouvement brusque.

Elle se débattit de toutes ses forces. Elle devait détourner son attention pendant que Karina brisait la vitre et s'échappait.

— Maintenant, Kari ! Maintenant ! hurla Kassie en se jetant sur Blake pour lui agripper le pénis.

Elle serra aussi fort qu'elle put, ravie de l'entendre pousser un cri haut perché empreint de douleur, qui lui blessa même ses propres tympans.

Kassie entendit un bris de verre et fit pivoter sa main avec l'espoir d'avoir assez de force pour arracher le sexe de Blake. Il lui relâcha le cou et elle put pousser un soupir de soulagement qui vira aussitôt au cri quand il la frappa de toutes ses forces.

Le coup atterrit sur sa tempe et l'envoya valser. Il était hors de question qu'elle s'évanouisse maintenant ! Elle sauta vers l'endroit où elle pensait trouver Blake. Elle ne voyait plus rien avec le sang qui dégoulinait dans l'un de ses yeux et les points noirs qui dansaient devant l'autre, mais elle réussit à se cramponner à son bras.

— Qu'est-ce que tu fais, sale pute ? Non, reviens ici !

Blake se jeta en avant vers Karina et la fenêtre, mais

Kassie utilisa toute la force qui lui restait pour le frapper au flanc, à l'emplacement des reins, espérait-elle. Cela fonctionna plus ou moins. Blake se plia en deux, fou de douleur, mais il ne tomba pas.

Levant les yeux, elle vit les jambes de sa sœur s'agiter dans les airs tandis qu'elle essayait de faire levier pour hisser le reste de son corps à travers la fenêtre. Se jetant en avant, Kassie attrapa les jambes de sa sœur et poussa.

Elle entendit un rugissement monter de la gorge de Blake alors qu'elle donnait à sa sœur la dernière poussée dont elle avait besoin. Au même moment, elle ressentit une douleur inouïe dans son dos. Elle hurla et se jeta sur le côté pour tenter d'y échapper. Mais Blake la suivit. Elle sentit une autre douleur tout aussi aiguë entre ses omoplates, qui lui coupa aussitôt le souffle. Elle avait l'impression de suffoquer.

— Elle n'ira nulle part, déclara Blake au-dessus d'elle. Tu n'as fait que reculer l'inévitable. Elle sera quand même vendue, mais maintenant, je vais l'attraper et la baiser par tous les trous, juste sous tes yeux, avant que l'acheteur arrive ici. Ce sera ta faute, salope. J'avais l'intention de la laisser partir bien gentiment avec le client, mais après ton intervention, elle va regretter de ne pas être morte avant qu'il pose les mains sur elle et qu'il fasse réellement de sa vie un enfer.

Kassie n'arrivait pas à faire entrer de l'air dans ses poumons. Blake l'avait salement blessée, la douleur était insupportable. Pourtant, elle ne renoncerait pas. Elle ne pouvait pas le laisser poser les mains sur sa petite sœur.

Rassemblant ses dernières forces, lesquelles – Kassie le savait – provenaient de l'adrénaline et de rien d'autre, elle poussa un nouveau cri et se rua sur Blake, faisant pivoter son corps pour se retrouver face à lui. L'espace d'une seconde, elle entrevit son air narquois, puis elle lui fonça dessus.

À l'instant précis où elle projetait les doigts dans ses yeux, une explosion retentit à travers la petite cabane.

Hollywood se précipita aussi vite que possible vers la bâtisse. Il entendait des voix à l'intérieur, mais il n'en distinguait pas le sens. Il jeta un regard à Truck qui hocha la tête et leva deux doigts avant de les pointer vers la droite et la gauche.

Hollywood hocha la tête à son tour. C'était presque le moment.

Il le savait, il devait attendre que son équipe soit prête, mais tout en lui brûlait de se lancer à l'assaut de la cabane.

Truck lui posa une main sur le bras.

— Dix secondes et ils seront prêts à l'action, lui chuchota-t-il d'un ton pressant.

La voix de Coach leur parvint dans le casque.

— Quelqu'un sort par la fenêtre de derrière. C'est la sœur.

Hollywood retint sa respiration alors que le temps semblait se figer. Il voyait la cabane délabrée comme s'il se tenait à l'extrémité d'un très long tunnel et que la bâtisse se trouvait à l'autre bout. Son attention était focalisée sur la porte d'entrée vers laquelle tendait tout son être.

— Elle est dehors, les informa Coach. Putain, elle court.

Du coin de l'œil, Hollywood distingua une petite silhouette s'éloigner à toute allure de la cabane. Il vit Coach la rattraper rapidement et la plaquer au sol en veillant à amortir sa chute.

— Il faut qu'on entre, annonça Hollywood à son équipe via le casque qui les reliait.

— Karina va bien, les informa Coach. Amochée, mais sinon elle va bien.

Hollywood eut beau être soulagé, cela ne fit pas décroître son anxiété d'un iota. Pas plus que le cri sonore, terrifié et furieux que poussa Kassie à l'intérieur de la cabane.

— Maintenant ! ordonna Ghost.

Presque aussitôt, la grenade fusa dans la cabane.

Elle avait été jetée par la fenêtre latérale.

Hollywood bougeait déjà quand Ghost avait ordonné qu'on lance la grenade. Habitué au bruit et à la lumière de ces explosifs censés neutraliser plutôt que tuer ou mutiler, il envoya un coup de pied dans la porte fragile et entra.

Blake était au sol, une main sur le visage et l'autre couvrant l'une de ses oreilles. Sous le regard de Hollywood, il lâcha son oreille et tâcha d'atteindre le couteau qu'il avait visiblement laissé tomber quand la grenade avait explosé.

Le soldat de la Delta appuya sur la détente de son arme en même temps que Truck. Les deux balles atteignirent leur cible. Celle de Truck se ficha dans la main de Blake, pour le forcer à relâcher son couteau, et celle de Hollywood dans sa tempe.

Sans se soucier d'avoir tué un autre être humain, de

son plein gré qui plus est, Hollywood rengaina son arme et fonça sur Kassie qui gisait, immobile, sur le sol. Il voulut la serrer dans ses bras, mais Truck le retint d'une main ferme.

— Elle a peut-être une blessure à la colonne vertébrale, la déplacer risquerait de la paralyser, le prévint-il.

Hollywood serra les dents, au comble de la frustration. Il se posta à ses côtés dans la poussière, les mains en suspens au-dessus d'elle.

Un vacarme détourna son attention de Kassie et il ne lui fallut qu'une seconde pour analyser ce qui était en train de se passer. Pleurant de désespoir, Karina voulait se jeter sur sa sœur. Hollywood l'intercepta et la fit pivoter afin d'éviter qu'elle ne blesse Kassie plus qu'elle ne l'était déjà.

Il entendit vaguement Fletch appeler l'hélico et demander à l'hôpital de se tenir prêt. Puis Coach prit la parole, informant Ghost et les autres de ce que Karina lui avait expliqué. Un acheteur était censé venir les chercher toutes les deux et ils devaient rester vigilants.

Beatle et Blade firent irruption dans la petite cabane et s'agenouillèrent à côté de Kassie. Ils entreprirent d'évaluer ses blessures. Hollywood aurait voulu s'occuper d'elle en personne, mais pour l'instant, Karina avait besoin de lui.

Il s'écarta et l'examina rapidement. Elle avait des entailles sur les bras et quelques-unes sur les jambes, sans doute résultant de son saut par la fenêtre, mais elles étaient superficielles. Il la serra de nouveau dans ses bras et elle se blottit contre lui comme si elle le connaissait depuis toujours.

— Là, là... Nous sommes ici, tout va bien, chuchota-t-il sans lâcher des yeux ses coéquipiers et la femme qui représentait tout pour lui.

— Elle m'a dit de le faire, sanglota Karina. Elle s'est mise entre lui et moi. Il lui envoyait des coups de pied, il lui faisait du mal et elle, elle ne pensait qu'à moi.

— Ça t'étonne ? Elle t'aime énormément.

Karina, dont les sanglots redoublèrent, ne répondit rien.

— Désolé, mec, murmura Blade en le regardant. Ça ne se présente pas bien.

— Pardon ? fit Hollywood qui ne comprenait pas où son ami voulait en venir.

— Elle a perdu beaucoup de sang. Beaucoup trop. Elle a un pouls, mais faible et ses mains sont glacées.

Hollywood se tourna vers Coach et lui fourra Karina entre les bras. Il y alla doucement, mais il devait retrouver Kassie. Hors de question qu'elle meure. Il ne pouvait pas être arrivé trop tard.

Sans attendre d'avoir la confirmation que Karina allait bien, Hollywood se tourna vers Kassie. Il lui prit la main et constata que Blade n'avait pas menti. Il transpirait de chaleur dans la petite cabane, mais la main de la jeune femme était glacée.

Refoulant les murmures de Blade, qui lui répétait combien il était désolé, Hollywood tendit une main tremblante vers le cou de Kassie, forcé de ravaler la bile logée dans sa gorge avant de pouvoir parler.

— Elle va bien.

— Hollywood, je sais que tu veux y croire, mais...

— Ses mains sont toujours froides, Blade. Toujours. Je ne sais pas pourquoi. Peut-être une mauvaise circulation ou quelque chose de ce genre, mais c'est normal pour elle.

Il se tourna et regarda Blade droit dans les yeux.

— Son pouls est faible, certes, mais elle va s'en sortir. Je le sais.

Alors que Hollywood prenait une main de Kassie dans les siennes, Blade s'empara de l'autre et tenta de la réchauffer comme le faisait son ami.

— Pardon, mec. Je ne pouvais pas imaginer pour quelle autre raison elle était aussi glacée alors qu'il ne fait pas franchement froid.

— Aucun problème, le rassura calmement Hollywood. Tu pourras lui offrir une paire de gants pour Noël.

— C'est sur ma liste, répliqua Blade avec un sourire, qui disparut bientôt lorsqu'il constata : Elle saigne trop. Il faut qu'on la retourne pour voir ce que ce connard lui a fait.

Hollywood hocha la tête et aida Blade à placer Kassie sur le côté tandis que Beatle lui maintenait le cou en place. Les deux hommes poussèrent un juron en découvrant les trous béants dans son T-shirt et les flaques de sang sous son corps.

— Elle va bien ? demanda Karina depuis l'autre bout de la pièce.

Sans quitter des yeux la femme qu'il aimait plus que tout au monde, Hollywood déclara d'une voix ferme :

— Elle va s'en sortir, Karina.

— Mais il y a tellement de sang.

— Elle est forte. Elle n'a pas fait tout ça pour capituler maintenant, hein, Kass ?

Après qu'ils eurent retourné Kassie pour l'allonger sur le ventre, Hollywood se pencha et lui parla directement à l'oreille pendant que Blade retirait l'un des couteaux toujours fichés en elle et déchirait l'arrière du T-shirt pour voir à quoi ils avaient affaire.

— Tu lui as botté le cul, n'est-ce pas ? murmura-t-il, tenant l'une de ses paumes dans une main tout en plaçant l'autre sur sa nuque. Tu as fait ce que tu avais à faire, tu as permis à Karina de s'échapper pendant que tu restais derrière pour t'assurer que ce connard ne constituerait pas une nouvelle menace.

Il regarda Blake qui gisait, inerte, et remarqua le sang qui coulait de son œil. S'efforçant de ne pas regarder le dos de Kassie, Hollywood se pencha une fois de plus et ajouta :

— Tu lui as crevé un œil, figure-toi. Beau travail. Je suis fier de toi, mon cœur. Je...

— L'hélico est là dans soixante secondes, les informa Ghost via leur casque. Hollywood, Karina et toi, avec Blade et Kassie. Nous autres, on reste ici. On attend pour voir si quelqu'un se pointe et aussi pour vider les ordures.

Hollywood hocha la tête sans détacher les yeux du visage de Kassie. Il voulait y déceler le signe qu'elle était encore là, qu'elle luttait pour lui revenir.

— Deux coups de couteau. L'un d'eux semble lui avoir perforé un poumon. L'autre paraît avoir été porté trop haut pour avoir touché quoi que ce soit de vital, mais je ne peux pas en être sûr, les informa Blade.

Hollywood entendit Ghost relayer l'information aux urgentistes dans l'hélico, mais il ne pouvait quitter des yeux les déchirures sinistres dans la chair de Kassie.

Il avait promis de veiller à sa sécurité et de prendre soin d'elle. Il ferma les yeux et inspira profondément. Il devait placer ses émotions sous contrôle. Ça ne serait d'aucune utilité à Kassie, en ce moment, s'il perdait les pédales.

— Ce serait plus facile de se contenter de l'emmitoufler et de laisser les gars de l'hélico s'en occuper, conseilla Blade tout en tirant de nouveau le T-shirt de Kassie par-dessus ses blessures.

Hollywood eut encore une fois l'impression de se trouver dans un long tunnel. Tout était assourdi autour de lui et il ne les entendait que partiellement. Il voyait seulement Kassie. Reculant, il laissa Blade, Beatle et Truck la soulever. Il fit une grimace quand elle gémit dans le mouvement. Il garda la main sous sa tête pendant qu'ils quittaient la cabane pour se diriger vers l'hélico qui avait atterri à proximité.

La poussière était épaisse, mais Hollywood ne songea même pas à se protéger la bouche. Il avançait, courbé en deux, s'efforçant de protéger Kassie. Il grimpa dans l'hélicoptère et aida ses coéquipiers à l'installer à l'intérieur. Les deux urgentistes prirent alors la direction des opérations et Hollywood s'approcha de nouveau de la tête de Kassie. Blade aida Karina à se hisser dans la cabine avant de la suivre. L'adolescente marcha de guingois vers Hollywood, puis elle se blottit contre son flanc.

Il passa un bras autour de l'adolescente tout en laissant l'autre sous la tête de Kassie, pendant que les secouristes s'affairaient. Il sentit que l'hélicoptère s'élevait dans les airs et entendit vaguement Truck demander à Beatle, via le casque, s'il pensait que Kassie allait s'en sortir.

La réponse de son coéquipier fit sourire Hollywood pour la première fois depuis des heures.

— Putain, oui, elle va s'en sortir. Elle est comme nous. Coulée dans l'acier.

20

Hollywood était assis, un bras sur les épaules de Karina, dans la salle d'attente d'un l'hôpital de San Antonio. Il n'avait pas la moindre idée de quel établissement il s'agissait, mais il s'en fichait. Kassie était en chirurgie. Blade ne s'était pas trompé. L'un des coups de couteau lui avait perforé un poumon tandis que l'autre, quoique sérieux, n'avait pas touché le moindre organe vital. Blake avait raté son cœur de quelques centimètres seulement. Il avait déchiré un muscle et ce serait douloureux, mais la vie de Kassie n'était pas en danger.

Hollywood avait demandé aux médecins de vérifier si elle n'avait pas été violée. Karina avait affirmé que Blake ne l'avait pas touchée, mais Kassie s'était trouvée à ses côtés pendant un long moment sur le trajet jusqu'à Laredo. Il pouvait très bien s'être arrêté et l'avoir agressée en cours de route. Hollywood tenait à ce que les médecins procèdent à l'examen pendant qu'elle était inconsciente, afin qu'elle ne se rappelle rien. Pas question de lui infliger un traumatisme supplémentaire s'il pouvait l'empêcher.

Les médecins avaient promis de procéder à un examen physique dès que le reste des blessures serait sous contrôle, afin de s'assurer qu'il n'y avait pas d'autres problèmes à gérer... notamment si elle avait été agressée sexuellement.

Pour commencer, ils n'étaient que trois à patienter dans la salle d'attente, Hollywood, Blade et Karina. Puis Rock était arrivé avec deux autres hommes. Enfin, lentement mais sûrement, de plus en plus de proches avaient rempli la salle. Le personnel hospitalier avait fini par céder et assigner au groupe sans cesse croissant une petite salle de conférence.

Avant même qu'il en prenne conscience, il y avait près de vingt-cinq personnes à attendre de savoir comment Kassie s'en sortirait.

— Qui sont tous ces gens ? chuchota Karina à Hollywood lorsqu'ils eurent salué chaque nouveau venu, la mine sombre.

Ils étaient venus échanger quelques mots avec eux afin de leur faire savoir qu'ils priaient pour Kassie, mais pour la plupart, Hollywood ignorait de qui il s'agissait.

Rock, qui avait entendu la question de Karina, répondit :

— Ce sont parmi les meilleures personnes que je connaisse. Là, expliqua-t-il en désignant du menton un côté de la pièce, ce sont mes amis des forces de l'ordre. Daxton, Quint, Cruz, Wes, Hayden, Conor et Calder. La rouquine, là, c'est une flic, Hayden, mais le reste des femmes, ce sont leurs compagnes.

Il se tourna pour indiquer l'autre côté de la pièce.

— Et eux, ce sont aussi mes amis. Des pompiers. Sledge, Crash, Chief, Squirrel, Taco, Driftwood, Moose et Tiger. La petite amie de Sledge n'est pas là, mais celle de Crash, c'est… la femme avec le chien, Adeline.

— Beth n'est pas ici ? s'enquit Hollywood. Pourquoi ? Il y a quelque chose qui cloche ?

Rock s'empressa de secouer la tête.

— Non. Elle est agoraphobe… enfin, elle l'était. Elle se soigne, mais d'après ce que Sledge m'a dit, elle se sent plus à l'aise à proximité de son ordinateur, à communiquer les infos à Tex.

Hollywood sentit Karina s'affaisser contre lui et resserra son étreinte autour d'elle.

— Ça va ? demanda-t-il, même s'il connaissait la réponse.

Il avait le pressentiment qu'elle éprouvait à peu près la même chose que lui. Accablée, épuisée, impatiente… et terrifiée à l'idée de voir le médecin entrer dans la salle pour leur annoncer que Kassie n'avait pas survécu.

Il ignorait combien de temps s'était écoulé depuis qu'elle avait été admise en chirurgie, mais il lui semblait que cela durait depuis toujours.

Alors que Hollywood était persuadé que la pièce ne pourrait pas contenir une personne de plus, la porte s'ouvrit sur les parents de Karina qui entrèrent, suivis de Fish.

La jeune fille bondit de la chaise sur laquelle elle était assise pour courir vers son père et sa mère. Ils s'étreignirent sur le seuil pendant un long moment, avant que Fish ne prenne Donna par l'épaule et ne conduise le groupe vers des chaises à proximité.

Hollywood se leva pour aller leur parler. Il serra la main de Fish.

— Merci de les avoir conduits jusqu'ici.

— Je suis désolé, lâcha Fish en esquivant le regard de Hollywood.

Celui-ci agrippa énergiquement la main de son ami, refusant de la lâcher. Il attendit que Fish lève enfin les yeux vers lui.

— Tu n'as pas à être désolé.

— J'aurais dû rester et m'assurer que Karina était rentrée chez elle sans encombre.

— Non. Tu n'avais plus de raison de soupçonner quoi que ce soit. Dean était neutralisé et nous pensions que la menace était derrière nous.

— N'empêche…

— Non, Fish, l'interrompit énergiquement Hollywood. Ce n'est pas ta faute.

Les deux hommes échangèrent un long regard avant que Fish ne hoche finalement la tête. Hollywood lui relâcha la main et s'adressa aux parents de Kassie.

— Elle est toujours au bloc. Nous ne savons pas grand-chose, mais je suis sûr qu'elle va s'en sortir. C'est une battante.

— Tu aurais dû la voir, papa, renchérit Karina d'une voix tremblotante. Dès qu'elle est entrée dans la cabane où Blake me retenait prisonnière, elle a pris les choses en main. E-elle n'a pas perdu une seconde pour me détacher et t-trouver un m-moyen de me faire sortir.

Jim Anderson passa la main dans les cheveux de sa fille et lui embrassa la tempe.

— Je parie que c'était quelque chose à voir.

Karina hocha la tête avant de la poser sur l'épaule de son père.

— Merci de nous avoir appelés, mon gars, glissa Jim

Anderson à Hollywood. Nous avions reçu un texto qui était censé provenir de Karina, mais qui pouvait signifier que quelque chose clochait. Primo, jamais elle n'aurait découché, impossible, et secundo, ce n'étaient pas ses mots. D'un côté, votre appel ne nous a pas empêchés de nous inquiéter, mais d'un autre, nous savions au moins que nous n'étions pas fous et que vous faisiez quelque chose pour la retrouver. Vous avez obtenu des infos sur l'état de Kassie ?

Hollywood s'apprêtait à répondre à l'homme qui serrait toujours sa cadette dans ses bras que oui, il savait, quand ils furent interrompus par un médecin qui vint se planter dans l'encadrement de la porte.

— Vous êtes les amis et la famille de Kassie Anderson, je suppose ? demanda-t-il avant d'ajouter, face aux réponses affirmatives : Elle va s'en sortir. L'opération s'est bien passée. Nous avons réparé son poumon perforé et recousu les deux blessures dans son dos. Elle va avoir mal et devra rester un moment à l'hôpital, pour que nous soyons certains qu'il n'y aura pas de complications. Apparemment, elle a été battue avec la plus grande violence. Ses reins sont contusionnés, elle a des côtes brisées et plusieurs gros hématomes sur le dos et les cuisses.

Après quoi, il se tourna directement vers Hollywood pour lui faire comprendre sans avoir besoin de le formuler qu'elle n'avait pas été violée.

— Nous n'avons pas décelé d'autres lésions graves. Même si elle va souffrir pendant plusieurs semaines, c'est une femme très chanceuse.

Hollywood ferma les yeux de soulagement. Les blessures de Kassie étaient terribles, mais au moins n'aurait-elle pas à affronter l'angoisse d'avoir été violée en prime.

Il était certain qu'elle devrait parler à quelqu'un de ce qu'elle avait enduré... être enlevée et passer à un cheveu de la mort, ça chamboulerait n'importe qui, mais au moins, il pourrait l'aider.

— Peut-on la voir ? demanda Donna, anxieuse.

— Elle est en réanimation pour le moment, répondit le médecin. Toutefois, je vais autoriser deux visites de dix minutes. Deux personnes à la fois au maximum. Elle ne sera pas réveillée, donc le mieux que vous puissiez faire, pour le moment, c'est de rentrer chez vous et d'aller vous coucher. Si cette nuit se passe bien, je la ferai transférer dans une chambre normale demain.

— Merci, soupira la mère de Kassie. On peut y aller, maintenant ?

Hollywood voulut protester. Il tenait à la voir en premier, mais il devait se mettre en retrait et laisser les parents de Kassie se rassurer quant à son état.

— Oui, si vous voulez bien me suivre, répondit le médecin avant de se détourner.

À la grande surprise de Hollywood, Donna lui toucha le bras.

— Nous ferons vite, pour que vous puissiez y aller ensuite, lui murmura-t-elle.

Il croisa le regard de la femme et y lut compréhension et compassion, à côté du soulagement de savoir sa fille tirée d'affaire.

— Merci, parvint-il à articuler.

Il n'aurait pas pu ajouter un mot de plus, tant il avait la gorge serrée.

— Reste ici avec Hollywood, intima Jim à Karina. On revient tout de suite et après, on ira dormir à l'hôtel pour cette nuit.

— Pardonnez-moi, monsieur, intervint un homme derrière eux.

Tous les regards se tournèrent vers le grand homme blond qui avait parlé.

— Oui ?

— Je m'appelle Conor Paxton. Je suis garde-chasse à la réserve du Texas. Je suis une connaissance de Hollywood... et j'aurais voulu vous offrir l'hospitalité, à votre famille et à vous. J'ai une maison tout près d'ici. Vous êtes les bienvenus chez moi.

— Oh, mais... je ne pense pas que nous pouvons. Ce serait abuser, protesta faiblement Donna.

— Je vous en prie, insista Conor. Je peux vous y emmener, vous installer et je passerai la nuit chez mon ami TJ.

Il se déplaça vers l'ancien soldat de la Delta Force qui se tenait tout près de lui.

— Ce n'est pas un palace, mais je crois que vous y serez mieux qu'à l'hôtel.

Donna échangea un regard avec son mari, lequel passa de l'homme devant lui au groupe de gens assis dans la pièce, avant de reporter son attention sur sa femme.

— Ce serait un plaisir, merci, dit Jim à Conor en lui serrant la main.

— Je vais attendre que vous ayez rendu visite à votre fille.

Sur ce, il recula pour leur laisser de l'espace.

Quand Jim tendit la main à Hollywood, on aurait dit que tout le monde retenait son souffle dans la salle. Lentement, ce dernier l'imita et ils échangèrent une poignée de main.

— Merci d'avoir sauvé mes petites, murmura Jim.

— Je n'aurais jamais dû permettre qu'elles se retrouvent dans cette situation, pour commencer, avoua Hollywood honnêtement.

Au lieu de retirer sa main, Jim agrippa plus vigoureusement celle de Hollywood.

— Peut-être. Peut-être pas. Mais ce qui est fait est fait. Nous ne pouvons changer le passé, il nous faut aller de l'avant. Mais dites-moi une chose…

— Tout ce que vous voulez, répondit aussitôt Hollywood, comprenant que le père de Kassie était bien plus enclin à lui pardonner que lui-même l'aurait été en pareil cas.

— Va-t-il falloir que je m'inquiète de voir ce cirque se reproduire ? Ces hommes ont-ils fini de terroriser ma famille ?

Il ouvrit la bouche pour répondre, mais Fish le devança. Il vint se planter aux côtés de Hollywood et déclara d'une voix ferme :

— Vous n'avez plus rien à craindre de cet ordre, monsieur. Vos filles sont libres de vivre où elles veulent, avec qui elles veulent.

Jim relâcha enfin la main de Hollywood et plissa les yeux pour dévisager Fish.

— J'ai votre parole ?

— Tout à fait, répondit-il sans la moindre hésitation. À partir d'aujourd'hui, Richard Jacks, Dean Jennings, Blake Watson et tous leurs amis ne seront plus un problème pour votre famille.

— Bien.

Et ce fut tout. Comme si les paroles de Fish avaient force de loi, l'inquiétude disparut du visage de Jim, comme effacée par une gomme.

— Merci de nous avoir informés de ce qui se passait et de nous avoir conduits jusqu'ici, dit-il à Fish. Nous étions malades d'inquiétude. Le fait de savoir que vous et vos amis, vous suiviez ce qui se passait et vous aviez localisé nos filles a rendu cette expérience... non pas agréable, bien sûr, mais du moins plus supportable. J'ai toujours respecté les hommes et les femmes qui combattaient pour notre pays. Je suis heureux de savoir que l'ex de Kassie était l'exception plus que la norme.

— Oui, monsieur, convint Fish. Il y a des enflures dans chaque métier, y compris dans l'armée américaine, mais vous pouvez faire entière confiance aux hommes et aux femmes présents dans cette pièce.

— Vous êtes prêts ? s'enquit le médecin depuis le seuil. Nous devrions y aller.

Hollywood regarda les parents de Kassie emboîter le pas du médecin. L'une des femmes s'approcha d'eux et incita Karina à s'asseoir avec elle et ses amies. Hollywood ne savait pas vraiment de qui il s'agissait, mais il était content que quelqu'un d'autre se charge de la jeune fille pendant un moment.

Chaque fibre de son être voulait se trouver auprès de Kassie. Observer sa poitrine monter et descendre. Constater de ses propres yeux qu'en effet, elle allait bien.

* * *

— Salut, Kass, murmura Hollywood vingt minutes plus tard.

Ses parents avaient regagné la salle d'attente pour partir juste après, en compagnie de Karina et de Conor.

Il avait remercié tous ceux qui étaient venus manifester leur soutien à Kassie et suivi l'infirmière jusqu'à sa chambre. Les appareils autour d'elle bipaient en surveillant sa respiration, son rythme cardiaque et même le taux d'oxygène dans son sang.

Mais il n'avait d'yeux que pour elle. Un large hématome s'étalait sur sa tempe et un coquard se formait sous l'un de ses yeux. Elle était allongée sur le dos, une intraveineuse dans le bras, un masque à oxygène sur le visage. Ce fut seulement quand il lui toucha le bras que Hollywood lâcha un soupir de soulagement.

Chaude. Sa peau était chaude.

Il avança pour prendre sa main dans les siennes, mais il grimaça : elles étaient froides. Il lui frictionna doucement les doigts tout en parlant.

— Ta sœur va bien. Tu l'as protégée contre le connard qui lui faisait du mal. Elle s'est enfuie en courant à toute vitesse. Tu aurais dû la voir. J'ai bien cru que Coach n'arriverait pas à la rattraper.

Il marqua une pause et approcha sa chaise le plus près possible du lit, afin d'être tout à côté de la tête de Kassie. Il lui dit les mots qu'il n'aurait jamais osé lui dire si elle avait été éveillée et consciente. Il ne s'était pas rendu compte de l'étendue de sa colère avant cet instant. Il avait été trop désireux de la retrouver et de lui fournir l'assistance médicale dont elle avait besoin. Mais à la voir étendue sur ce lit d'hôpital, souffrante, l'émotion affleurait désormais à la surface.

— Je n'ai jamais été aussi furax contre quelqu'un qu'au moment où je me suis réveillé et que j'ai réalisé que tu avais décampé. Tu aurais dû me réveiller, mon cœur. Tu ne serais pas là. Mon équipe et moi, on est entraînés pour ce genre de situation. On aurait pu s'en charger.

Il s'arrêta, et quand il reprit la parole, on aurait dit que sa colère s'était évanouie.

— Je déteste te voir dans cet état. Mais sache que je vais t'aider à traverser cette épreuve. Je serai à tes côtés tout au long du chemin. Tu vas me prendre en grippe, m'en vouloir de te baby-sitter et tu auras envie de revenir à ta vie normale bien avant d'y être prête. Mais ce n'est pas grave, parce que je serai là pour veiller à ce que tu ne fasses que ce dont tu es capable. Je t'aime, Kassie Anderson. Je veux t'épouser. Je veux te donner autant de bébés que tu pourras en élever, et même deux de plus. Je ne veux pas passer une minute supplémentaire de ma vie sans la partager avec toi.

Elle ne réagissait pas.

— Dors, ma chérie, ajouta-t-il en souriant. Guéris. Je reviendrai demain matin et on entamera notre vie ensemble.

Il ramena précautionneusement la main de Kassie contre son flanc et la couvrit du drap. Il fit de même avec son autre bras, s'assurant de ne pas déplacer son intraveineuse. Quand elle fut bien bordée, Hollywood se leva et lui posa une main sur la joue avant de se pencher et de déposer un doux baiser sur ses lèvres desséchées. Puis il approcha leurs fronts et murmura :

— Je remercie Dieu que ton ex ait été un abruti et t'ait fait du chantage pour que tu me contactes sur ce site de rencontres.

Il se leva, embrassa ses propres doigts pour les lui poser sur les lèvres, puis il se détourna et quitta la chambre, le visage éclairé d'un grand sourire.

21

Six semaines plus tard

— Bon sang, Hollywood, vas-y, s'agaça Kassie.

— Non. Tu n'es pas prête.

— Je vais bien, répliqua-t-elle. Ça fait un mois et demi. Mon médecin a dit que je pouvais reprendre la plupart de mes activités habituelles. Je t'aime, mais je n'ai plus besoin que tu sois collé à mes baskets.

Sa voix s'adoucit.

— Tu dois retourner au travail, chéri. Comment va-t-on manger si tu n'as pas un boulot qui te permette de nous nourrir ?

— Je ne veux pas te quitter, avoua Hollywood.

Ils se tenaient dans la cuisine de l'appartement au-dessus du garage de Fletch. Hollywood avait songé à installer Kassie dans le sien, mais il se sentait mieux à l'idée que le couple ne se trouve qu'à quelques pas, au cas où il aurait besoin d'aide pour Kassie ou pendant qu'il travaillait à la base.

Elle était restée une semaine à l'hôpital de San Antonio, puis elle avait demandé à être transférée dans un établissement d'Austin. Elle voulait que ses parents et sa sœur retournent à leur vie normale – et vivre chez Conor Paxton à San Antonio, ce n'était pas leur vie normale.

Elle avait passé une autre semaine à récupérer et à se faire changer ses pansements à l'Austin Memorial. Ses parents auraient souhaité qu'elle vienne s'installer chez eux pendant qu'elle se rétablissait, mais Hollywood l'avait convaincue de déménager temporairement à Temple, le temps d'être remise sur pieds.

Elle était en congé maladie de son travail et la possibilité de voir Hollywood au quotidien était trop tentante pour qu'elle résiste. Il était allé la voir tous les jours pendant qu'elle était à l'hôpital d'Austin et elle s'était habituée à le trouver auprès d'elle à chacun de ses réveils.

Résultat, elle s'était laissé convaincre d'habiter dans l'appartement au-dessus du garage, où Hollywood avait finalement emménagé avec elle.

Ils avaient eu leur première dispute un mois après les événements, quand elle avait découvert, par l'entremise de Rayne, que l'équipe était censée partir en mission, mais que Hollywood avait carrément refusé de la quitter. Suivant son exemple, les autres gars avaient eux aussi décliné. Leur commandant n'avait pas été content, pour dire les choses poliment : ce n'était pas comme s'ils avaient la possibilité de se soustraire aux ordres. Pourtant, Hollywood l'avait fait.

Kassie avait hurlé et crié tant et plus, répétant qu'il devait y aller. Qu'elle ne voulait pas le voir traîné en cour martiale, rétrogradé ou autre, s'il n'obtempérait pas quand l'oncle Sam lui intimait de se rendre quelque part.

Mais Hollywood avait refusé de céder, sous prétexte qu'elle n'était pas assez bien pour rester seule à la maison pendant leur absence. Heureusement, certains avaient gardé les idées claires et Ghost avait parlé aux gars en charge de l'équipe Delta avec laquelle ils avaient travaillé au parc national : ils s'étaient arrangés pour accomplir la mission à leur place.

Mais l'on était désormais deux semaines plus tard et Kassie se sentait bien. Elle n'était pas à cent pour cent de ses capacités, pourtant elle se sentait bien mieux qu'il y avait deux semaines. Elle arrivait à gravir sans problème l'escalier menant à l'appartement, du moment qu'elle y allait lentement. Elle pouvait même enfiler un soutien-gorge toute seule, ce qui était un immense progrès à ses yeux.

Elle posa une main sur le bras de Hollywood.

— Je vais bien, je te le jure.

Il prit une grande inspiration et lui enroula précautionneusement les bras autour de la taille pour l'attirer contre lui.

— J'ai passé les quarante et quelques dernières nuits à tes côtés. Je ne veux plus en dormir une seule sans toi.

— Je sais, admit-elle, plus calme, en lui caressant le dos. Mais il le faut, ajouta-t-elle, la joue contre son torse.

— Je n'en ai pas envie.

— Je sais, répéta Kassie. Mais il le faut.

Il repoussa du bout de son nez les cheveux tombés sur ses oreilles pour murmurer :

— D'accord.

— Tout va bien, Graham.

— Oui, je sais, dit-il en reculant d'un pas. Je veux te montrer quelque chose.

— Ah bon ?

— Va t'asseoir sur le canapé. Je reviens.

Elle leva les yeux au ciel en souriant. Sans un mot, elle obtempéra. Il avait été particulièrement autoritaire depuis qu'elle était rentrée de l'hôpital, mais comme la plupart du temps, il lui ordonnait de faire des choses qu'elle voulait ou dont elle avait besoin, Kassie ne lui en avait pas fait le reproche.

On aurait presque dit qu'il connaissait mieux son corps qu'elle-même. Il savait quand elle en avait trop fait et qu'elle était fatiguée, ou quand elle souffrait et qu'elle avait besoin d'un antidouleur. Elle aurait pu s'inquiéter qu'il lise dans ses pensées, mais honnêtement, elle s'en fichait. C'était agréable de se faire choyer ainsi.

Elle s'installa lentement sur le coussin du canapé et attendit le retour de Hollywood.

Il revint une seconde plus tard dans le petit salon, portant ce qui ressemblait à une lettre.

Une fois assis, il la lui tendit.

— Qu'est-ce que c'est ?

— Lis et tu verras, répondit Hollywood.

Il se positionna dans le coin du canapé pour l'attirer entre ses bras.

Kassie se déplaça, s'adossant contre lui. Quand les bras de son homme lui entourèrent la poitrine, elle se détendit encore. Ils avaient passé de nombreuses nuits ainsi, à regarder la télévision ou simplement à discuter.

Elle avait eu du mal à s'allonger sur le dos pendant plusieurs semaines et ils avaient trouvé que cette position était la plus agréable. Assise, elle diminuait la pression qui pesait sur ses blessures et ses côtes, mais cela lui permettait aussi de se pelotonner, ce qui était le plus important à ses yeux.

La lettre avait déjà été ouverte, si bien qu'elle n'eut qu'à tirer la feuille de papier et à commencer sa lecture.

Hollywood,

Bonjour du bel État de l'Idaho. C'est si calme parfois ici que c'en est presque inquiétant. J'espère que le reste de l'équipe et toi viendrez me rendre visite et inaugurer le barbecue que j'ai acheté récemment. Les amis sont difficiles à trouver par ici, la devise de cet État semble être « Laissez-moi tranquille ». Tu détesteras sans doute parce qu'il est difficile d'y faire la différence entre un simple survivaliste hanté par la peur de la fin du monde et un véritable terroriste planifiant une destruction à grande échelle.

Je te jure, j'ai l'impression d'être sans cesse observé. Je n'arrive pas à comprendre si c'est seulement à cause de mon statut de nouveau venu ou s'il y a autre chose. Ça craindrait vraiment que j'aie effectué tout ce trajet pour vivre en paix et au calme et que je me retrouve au milieu d'une cellule dormante de l'État islamique, non ? Mais ne t'inquiète pas, j'ai enregistré le numéro de Tex dans mon téléphone et Truck m'appelle toutes les semaines pour causer avec moi comme une gonzesse. Je vous ferai savoir si j'ai besoin de renfort, les gars, tu le sais, n'est-ce pas ?

Bref, passe le bonjour à tout le monde de ma part. Dis à Annie que j'espère que ses parents vont me l'amener en visite.

J'ai un immense jardin et on pourra organiser la plus grande course d'obstacles qu'elle ait jamais vue.

J'espère que Kassie se rétablit. C'est une nana solide et tu es un sacré veinard, mon pote. Je pense que la pièce ci-jointe pourra accélérer le processus de guérison. Au moins un petit peu.

Fish

Une coupure de journal était attachée à la courte lettre par un trombone. Kassie la parcourut des yeux et poussa un cri, sidérée. Elle leva des yeux écarquillés vers Hollywood.

— C'est... c'est vraiment terminé ?

Il lui donna un petit baiser et hocha la tête.

— C'est terminé.

Kassie relut l'article succinct. Il y avait eu une révolte à la prison fédérale de Leavenworth, causant la mort d'un détenu et de deux gardiens. La prison était pour l'heure bouclée et aucune visite autorisée jusqu'à la fin de l'enquête. Les gardiens tués étaient soupçonnés d'avoir reçu des pots-de-vin de la part de visiteurs pour faire entrer et sortir des objets en contrebande. Mystérieusement, certains téléphones portables n'avaient pas été enregistrés, comme la procédure le préconisait, et le gouvernement « enquêtait » sur des activités terroristes accrues liées aux informations transmises par certains prisonniers à leurs visiteurs.

— Merde alors ! marmonna Kassie.

— On ne connaît pas les détails, lui dit Hollywood

avec douceur, mais Fish a laissé entendre plusieurs fois qu'il avait des relations à l'intérieur de la prison. On ignore qui et comment, mais on le soupçonne d'être pour quelque chose dans cette histoire. Il a appelé un ou deux de ses indicateurs et réglé le problème.

— Il a fait éliminer Richard ? demanda Kassie, désireuse d'obtenir une confirmation.

Hollywood hocha la tête.

— Alors, c'est vraiment terminé, constata-t-elle.

— C'est terminé.

Elle laissa tomber la lettre et l'article par terre, sans attendre qu'ils aient atterri pour se tourner vers Hollywood. Il lui soutint les hanches pendant qu'elle le chevauchait et déclarait :

— Tu dois revenir à ta vie. J'aurais aimé que nous puissions rester ici sans avoir à nous soucier de travailler ou de quoi que ce soit d'autre, mais c'est impossible. Il faut bien manger. Pour ma part, je vais avoir envie de retourner travailler. J'ai déjà parlé à mon chef et il a dit qu'il ne voyait aucun problème à ce que je sois mutée ici. On a toujours besoin de managers et je suis très douée dans mon domaine. Alors, arrête d'envoyer promener ton commandant et fais ce que tu fais le mieux.

— Ça va aller quand je serai parti ?

— Oui, répondit-elle sans une seconde d'hésitation. Tu vas me manquer et je vais me faire du souci pour toi, mais ça va aller. Emily et Annie sont dans les parages. Et j'ai vu Rayne et Harley presque tous les deux jours. Je n'ai encore jamais eu d'amies aussi proches. Richard a réussi à me manipuler pour que je délaisse mes copines et m'éloigne de tous les gens qui se souciaient de moi. C'est très agréable d'avoir de nouveau des amies. Il y a des gens ici qui vont garder un œil sur moi.

— Tu as un rendez-vous de prévu chez le docteur. Tu laisseras l'une des filles d'y conduire ?

— Oui. Si ça peut te rassurer.

— C'est le cas, avoua-t-il immédiatement.

— Alors, d'accord. Hollywood, ajouta-t-elle d'une voix ferme. D'accord, j'ai été blessée. Ça craint. Mais tu m'as sauvée et ramenée à la santé. Je veux que notre relation fonctionne, mais pour que ça marche, on doit recommencer à mener notre vie d'avant.

— Je refuse, répliqua-t-il en levant une main pour lui caresser la joue. Je veux un « nous » complètement neuf. Un « nous » qui habite ensemble. Qui dîne ensemble. Un « nous » qui fréquente ses amis et rigole à en avoir la nausée.

— Moi aussi, admit Kassie en inclinant la tête pour appuyer son propos.

— Je suis content que l'autre équipe se soit chargée de la mission précédente, mais je dirai au commandant qu'il peut compter sur moi, cette fois, promit-il.

— Bien. Et sache que je vais demander au médecin son opinion sur mon aptitude aux relations sexuelles et quand il estime que ce sera possible d'en avoir.

— Tu n'es pas prête, protesta Hollywood.

— Je savais que tu allais dire ça, s'esclaffa Kassie. C'est le cas, en effet, mais ça viendra. Bientôt. Je t'aime, Hollywood. Il y a encore peu de temps, je n'étais pas en mesure d'envisager cela. Mais j'en ai envie. Je te désire. Je désire tout chez toi.

Les doigts de Hollywood se crispèrent sur les hanches de Kassie, pourtant il relâcha aussitôt sa poigne.

— Je t'aime tellement, Kass, chuchota-t-il. Je ne me savais pas capable d'accorder une telle importance à quelque chose ou à quelqu'un. Oui, je veux te faire l'amour, mais j'ai encore plus peur de te faire du mal.

— Je ne te le permettrai pas.

— J'espère bien, grogna-t-il avant de soupirer. On part demain après-midi.

Kassie tressaillit, puis se ressaisit aussitôt :

— Bien. Ce soir, on se fait des câlins et demain, tu vas botter des fesses.

Il avait beau sourire, elle voyait nettement qu'il se forçait.

— Tu dois te remettre en selle, Hollywood. Si ça se trouve, je ne m'apercevrai même pas que tu es parti.

Ils savaient l'un et l'autre qu'elle mentait, mais il s'abstint d'en faire la remarque.

— Je suis fier de toi, Kass. Tu as traversé l'enfer, pourtant tu ne montres pas ce qu'il t'en a coûté. Je t'ai regardée parler à ta sœur pendant des heures, puis appeler ta mère pour qu'elle sache ce qu'il advenait de son autre fille afin qu'elle puisse veiller au grain. Ensuite, tu t'empresses d'accueillir Annie ici et tu l'écoutes jacasser pendant des heures. S'il te plaît... ménage-toi pendant mon absence. Je ne serai pas ici pour renvoyer Annie chez elle. Ni te dire de prendre tes cachets. Ni t'interrompre quand il te prend l'envie de parler à ta mère pendant des heures.

— Je n'y manquerai pas. Je te promets. Tu sais combien de temps tu vas être absent ?

Hollywood fronça le nez et secoua la tête.

— Ça peut être un jour comme des semaines. Ça dépend.

— Eh bien, abstiens-toi de te faire blesser. La dernière chose dont nous avons besoin, c'est d'être esquintés tous les deux. Ça craindrait vraiment si on obtenait enfin le feu vert pour coucher ensemble et que tu te retrouves sur la touche.

Hollywood éclata de rire.

— Ça n'arrivera pas.

— Je t'aime, lui chuchota Kassie en se recroquevillant contre son torse.

Il enroula aussitôt les bras autour d'elle pour répliquer :

— Moi aussi, je t'aime, Kass.

Elle ferma les yeux et s'imprégna de l'amour émanant de l'homme qui se trouvait sous son corps.

Deux semaines plus tard

Hollywood ouvrit la porte de l'appartement au-dessus du garage et se faufila à l'intérieur. Il avait été absent bien plus longtemps qu'il ne l'avait prévu, mais c'était parfois le cas, avec leurs missions. Ce n'était pas comme si un terroriste bondissait pour leur lancer : « Youhou, par ici ! » en essayant de leur échapper.

L'appartement était silencieux. Il posa son sac en toile par terre et se dirigea vers la chambre à coucher. Il avait besoin de serrer Kassie dans ses bras pour s'assurer qu'elle allait bien.

Il ouvrit la porte de la chambre et regarda, incrédule. Le lit était vide. On aurait dit que personne n'y avait dormi depuis des jours.

Alors qu'il commençait à paniquer, son téléphone tinta pour lui annoncer l'arrivée d'un texto.

Fletch : Elle est ici.

Soupirant de soulagement, Hollywood rebroussa chemin et se dirigea vers l'entrée. Il ignorait pourquoi Kassie se trouvait dans la maison principale, mais peu importait. Peut-être s'était-elle sentie seule. Peut-être s'inquiétait-elle pour lui, et Emily lui offrait son soutien moral. Peut-être Emily s'inquiétait-elle et Kassie lui offrait son soutien moral. Aucune importance. Il s'en fichait. Si elle était heureuse et en bonne santé, il se moquait de savoir dans quel lit elle avait dormi, du moment qu'il pouvait y être avec elle.

Fletch l'attendait dans son entrée alors qu'il traversait la pelouse à grandes enjambées. Dès qu'il fut à l'intérieur, Fletch referma la porte et réactiva l'alarme. Il désigna l'une des chambres d'amis, au bout du couloir. Hollywood adressa un petit signe du menton à son ami et suivit la direction indiquée.

Il ouvrit la porte en grand. La lumière du couloir illumina Kassie, profondément endormie dans un lit *queen size*. Hollywood referma la porte sans un bruit, ôta son T-shirt et son jean. Vêtu de son seul boxer, il se glissa sous les couvertures, derrière elle, et se blottit contre son dos. Passant un bras autour de sa taille, il lui embrassa doucement l'épaule avant de poser la tête sur l'oreiller à côté d'elle.

Elle ne se réveilla pas, mais remua jusqu'à ce que ses

fesses soient fermement pressées contre lui. Hollywood sentit son sexe réagir, pourtant il était trop épuisé pour parvenir à une véritable érection. Pour la première fois depuis deux semaines, il se détendit complètement. Tout était de nouveau en ordre dans son monde.

Un mois plus tard

Kassie se tenait devant Hollywood, complètement nue. Au cours des deux semaines précédentes, ils avaient peu à peu introduit de l'intimité dans leur relation. Ils avaient commencé à se caresser sur le canapé. Puis ils s'étaient pelotés un peu partout dans la maison. Deux jours plus tôt, ils avaient pris une douche ensemble et Hollywood l'avait tenue dans ses bras pendant qu'il utilisait le pommeau de douche pour la faire jouir plus fort que jamais. Après quoi, elle était tombée à genoux, histoire de lui montrer combien elle avait apprécié.

La veille, ils avaient pris un long bain chaud ensemble. Quand elle avait commencé à le caresser, il les avait fait migrer vers le lit où il l'avait léchée pour lui donner un orgasme d'un autre monde, avant qu'elle ne le masturbe jusqu'à la jouissance.

Mais ce soir-là, elle était déterminée à avoir Hollywood en elle. Elle se sentait magnifiquement bien. Le médecin avait affirmé qu'elle pourrait faire tout ce qu'elle voudrait, du moment que ça ne la faisait pas souffrir. Ses côtes s'étaient ressoudées. Les blessures dans son dos étaient désormais d'affreuses cicatrices, mais elle était vivante et elle s'en fichait royalement.

Elle voulait Hollywood. Elle en brûlait.

Il avait fait griller des steaks pour le dîner chez Fletch, puis ils s'étaient excusés, après qu'Annie leur eut fait la démonstration des nouveaux mouvements qu'elle avait appris à son cours de Taekwondo.

Kassie avait à peine refermé la porte que Hollywood avait glissé les mains sous son chemisier et le lui faisait passer par-dessus la tête. Elle faillit crier d'allégresse, mais se retint.

Ils y étaient enfin. Elle se tenait devant leur lit et il ôtait son jean et ses sous-vêtements. Elle prit une profonde inspiration.

— Je n'en reviens pas de ta beauté, murmura-t-elle en levant les mains pour lui caresser le torse.

Il s'empara de ses poignets sur un petit claquement de langue réprobateur.

— Si tu crois que je vais te laisser me toucher avec ces doigts glacés avant que j'aie pu les réchauffer, tu t'égares.

Elle sourit et se rapprocha de lui, passant les mains derrière son dos et entraînant les siennes, étant donné qu'il n'avait pas relâché ses poignets. La sensation de ses tétons effleurant le duvet de son torse la fit haleter. Elle ferma les yeux et répéta l'opération, pointant de plus belle.

— C'est toi qui es une vraie beauté, Kass, dit doucement Hollywood.

Levant les yeux vers les siens, elle n'y lut que de l'amour.

— Fais-moi l'amour, Graham.

— Avec plaisir.

Ils passèrent l'heure qui suivit dans la béatitude sexuelle la plus intense que Kassie ait connue. Son être entier était consumé par Hollywood. Il prit son temps, explorant chaque centimètre carré de son corps pour découvrir ce qu'elle aimait et ce qui l'excitait. Il la fit jouir avec ses doigts, puis de nouveau, mais avec la langue cette fois. Après quoi, il lui permit de faire connaissance avec son corps à lui.

Enfin, quand ni l'un ni l'autre ne supporta plus ces préliminaires, Hollywood déroula un préservatif et s'agenouilla sur Kassie.

Écartant ses jambes à l'aide des siennes, il se positionna en plaçant une main sur ses hanches tandis que la seconde tenait son sexe en érection. Il appuya jusqu'à ce que l'extrémité se loge à l'intérieur du sexe de Kassie, puis il s'arrêta.

— Encore, Graham, le supplia-t-elle.

— Regarde-moi.

Elle leva les yeux vers lui, non sans plaquer une main sur ses fesses pour l'enjoindre à s'enfoncer encore tandis qu'elle cramponnait la couverture près de sa hanche.

— Je t'aime, lui avoua-t-il simplement.

— Je t'aime, moi aussi.

— Dis-moi que tu m'épouseras et que tu me laisseras te donner tous les bébés que tu désires.

Ce n'était pas une question, pourtant Kassie lui fit la réponse qu'il souhaitait entendre.

— Oui, tout à fait.

— Au moins trois.

— Pardon ? fit-elle, s'efforçant de décoller les hanches pour l'inciter à bouger.

Il recula, la privant de ce dont elle avait besoin.

— Trois enfants. Peu importe leur sexe.

— Tout ce que tu veux, haleta Kassie.

— Tout ce que je veux ? demanda-t-il en s'enfonçant d'un autre centimètre.

Cambrant le dos sous l'effet de l'extase, elle hocha la tête.

— Je veux que tu sois heureuse, Kassie. Par-dessus tout. Trois enfants, ou douze, ça m'est égal. Si tu veux déménager en Alaska et cultiver la terre, nous le ferons. Si tu veux quitter ton boulot et devenir maman à plein temps, nous le ferons aussi. Si tu veux continuer à travailler, on se débrouillera. Je peux vivre partout, faire n'importe quoi, être n'importe qui, du moment que je te sais contente et que tu vis la vie à laquelle tu aspires depuis ces dix dernières années.

— Graham, gémit Kassie. C'est adorable. Mais ce à quoi j'aspire, là, maintenant, c'est que tu me prennes.

Il afficha un petit sourire en coin avant de lâcher : « Tes désirs sont des ordres » et de plonger en elle jusqu'à la garde.

Kassie soupira de soulagement et souleva les hanches.

— C'est mille fois mieux que ce que j'avais imaginé.

— Pour moi aussi, chérie, pour moi aussi.

— Maintenant... Fais-moi tienne, mon amour, lui ordonna Kassie.

— Voilà que tu fais l'autoritaire ? plaisanta-t-il en souriant toujours.

Kassie contracta ses muscles internes aussi fort qu'elle le put et vit le sourire s'effacer du visage de Hollywood.

— Tu triches, se plaignit-il avant de se retirer pour mieux plonger en elle.

— La vie est injuste, répliqua Kassie. Plus vite. J'en veux davantage.

Hollywood décida visiblement qu'il en avait fini avec les discours, parce qu'il ne pensa plus qu'à lui faire l'amour. Il entama un lent va-et-vient, plein de douceur, pour s'assurer qu'elle était vraiment prête à le recevoir et qu'il n'allait pas lui faire mal. Puis il accéléra ses poussées, les yeux rivés aux seins de Kassie qui tressautaient au rythme de ses mouvements.

Quand elle se sentit proche, elle le regarda dans les yeux et souffla :

— Vas-y, Graham. Baise-moi fort. Tu ne me feras pas mal. Je n'ai jamais rien ressenti d'aussi stupéfiant.

La prenant au mot, Hollywood relâcha le contrôle qu'il exerçait sur lui-même et se mit à la pilonner. Le claquement de leurs peaux qui entraient en contact était sonore et presque obscène dans la chambre silencieuse. Kassie cambra le dos et sa main se faufila vers l'endroit où leurs deux corps s'unissaient.

Elle caressa le sexe de Hollywood tandis qu'il allait et venait en elle. Ayant enduit son index de ses propres sécrétions, elle le porta à son clitoris qu'elle se mit à frotter frénétiquement. La tête rejetée en arrière, elle gémit.

Kassie sentit que Hollywood la déplaçait, mais elle n'arrivait pas à se concentrer sur ce qu'il faisait parce qu'elle se ruait déjà vers le bord du précipice. L'orgasme déferlant sur elle, elle frémit et se tordit dans son étreinte.

— Regarde-moi, Kass, ordonna Hollywood.

Les yeux de Kassie s'accrochèrent aux siens. Ce qu'elle y vit lui arracha un cri. Il était beau. Absolument magnifique. Chaque muscle de son corps était bandé et une veine saillait sur son front quand il lâcha, les dents serrées :

— La meilleure chose que j'aie jamais faite, ça a été de répondre à ton message. J'ai le monde entier dans mon lit et je n'ai jamais été plus heureux.

Puis, les yeux plissés au point de n'être plus que deux fentes, il plongea une fois de plus en elle avant de s'immobiliser pour jouir.

Tremblant toujours des répercussions de son propre orgasme, elle observa paresseusement Hollywood revenir à lui-même. Il sourit et ferma les yeux pendant un long moment. Puis il s'allongea sur le dos tout en plaquant les hanches de Kassie contre les siennes.

Elle se blottit sur lui. Il leur fallut plusieurs minutes pour reprendre leur souffle.

— Je ne t'ai pas fait mal ? demanda-t-il doucement.

— Pas le moins du monde.

— Bien. Parce que j'ai l'impression que ma copine aime le sexe un peu brutal.

Kassie s'efforça de ne pas rougir, mais elle comprit que c'était peine perdue.

— Je ne l'avais encore jamais fait comme ça.

— Ça doit être un effet de ma baguette magique, plaisanta Hollywood.

— Elle fait des étincelles quand tu jouis ? gloussa-t-elle.

— Pas que je sache.

Ils restèrent allongés encore un moment. Kassie passa le bout du nez le long de sa mâchoire. Elle inspira et poussa un soupir de contentement avant de demander :

— Douze enfants ?

— Environ.

Elle secoua la tête.

— Commençons par deux ou trois, et après on verra.

— Ça marche.

— Hollywood ? demanda-t-elle timidement après s'être mordillé la lèvre.

— Oui, mon cœur ?

— Je veux des enfants. Et ça ne me dérangerait pas d'en avoir plus tôt que tard, mais mes parents sont assez vieux jeu. S'ils n'ont rien trouvé à redire à ce que tu vives pratiquement avec moi, c'est parce que j'étais blessée. Mais...

— Je ne te mettrai pas enceinte avant de t'avoir passé la bague au doigt, ma puce.

— Oh... D'accord. Tant mieux. Parce que mon père perdrait son amabilité si je lui annonçais qu'il va être grand-père avant qu'il ait pu me conduire à l'autel.

— Mes parents ont une maison de plage en Caroline du Nord, lâcha-t-il sans qu'elle comprenne l'enchaînement.

— Ah bon ? fit Kassie en soulevant la tête afin de pouvoir observer son visage.

— Une belle maison.

— J'imagine.

— J'ai toujours rêvé de me marier au bord de l'océan. Pieds nus. Avec le vent qui souffle dans les cheveux de ma fiancée. Une robe blanche toute simple.

Les yeux de Kassie se remplirent de larmes quand elle visualisa leurs noces.

— Je sais que c'est loin et que la logistique sera un vrai casse-tête, mais ma sœur ne demanderait pas mieux que de nous aider, et ma mère aussi. On ferait venir nos familles en avion et on se contenterait d'une petite cérémonie familiale.

— Tu ne veux pas inviter tes amis ? s'étonna Kassie. J'aimerais que Rayne, Emily et les autres soient à nos côtés.

— Si tu y tiens, bien sûr que je les inviterai. Mais ne sois pas surprise de les voir en permanence sur le qui-vive. Après ce qui est arrivé au mariage d'Emily et Fletch, ils vont probablement se montrer un peu méfiants.

Kassie avait entendu parler des quatre hommes armés qui n'avaient rien trouvé de mieux que de braquer une réception de mariage, sans se douter que les invités comptaient dans leurs rangs certains des hommes les plus dangereux au monde.

— Je ne pourrais pas le leur reprocher. Tu penses qu'on pourrait organiser une fête informelle ici, après coup, histoire de réunir tous ceux qui n'auront pas pu venir ?

— Bien sûr.

Kassie garda le silence pendant une seconde, puis elle demanda :

— Est-ce qu'on ne viendrait pas de planifier notre mariage, à tout hasard ?

— Si.

— M'as-tu seulement demandé ma main ?

— Ça n'a pas d'importance.

— Ça n'a pas d'importance ? répéta Kassie, incrédule, en plantant les coudes dans le torse de Hollywood dont elle ignora délibérément la grimace.

Sans un mot, il se retourna précautionneusement, jusqu'à ce que Kassie se retrouve allongée sous lui et il lui tint fermement les mains au-dessus de la tête.

— Kassie Anderson, veux-tu faire de moi le plus heureux des hommes de cette planète en m'épousant ? Laisse-moi te donner des enfants à gâter et à élever. Laisse-moi te rendre la vie plus facile et veiller sur ta sécurité, aussi longtemps qu'il nous sera donné de vivre.

— Eh bien, puisque tu le présentes comme ça... d'accord.

— Je t'aime, murmura Hollywood en se penchant vers elle.

— Je t'aime, moi aussi, répliqua-t-elle.

Vingt minutes plus tard, ils célébraient leurs fiançailles par un orgasme simultané.

Trois mois plus tard

— Elle est belle, souffla Diane Caverly à son fils tandis qu'ils se tenaient au bord de la piste de danse improvisée, sur la plage.

Kassie se balançait d'avant en arrière avec son père. Elle était pieds nus et sa robe, qui lui descendait aux genoux, flottait autour d'elle quand elle dansait. C'était une robe sans manches, avec une encolure dégagée devant et derrière. Elle avait craint que l'une des cicatrices de son dos soit visible en raison de ce décolleté, mais quand elle avait demandé à Hollywood s'il pensait que ça conviendrait, il l'avait rassurée en lui disant qu'on se fichait de ses cicatrices. Si ça ne tenait qu'à lui, elle devrait les montrer parce qu'elles signifiaient qu'elle avait survécu à la pire épreuve que la vie avait essayé de lui infliger et qu'elle n'en était ressortie que plus forte.

— C'est vrai, convint Hollywood.

— Je suis heureuse pour toi, ajouta sa mère.

— Je sais.

— Merci de nous donner cette joie.

Il savait qu'elle voulait parler du mariage sur la plage, mais elle n'avait pas conscience qu'il l'avait organisé pour Kassie et lui plus que pour sa famille.

— De rien.

— Tu as bonne mine. Tu as l'air heureux.

— Je suis heureux.

— C'est tout ce qu'une mère peut demander, approuva Diane, radieuse.

La chanson, lente et sentimentale, céda la place à un tube ringard et guilleret des années 1980. Emily, Rayne, Harley et Kassie rigolaient, braillaient et dansaient comme des folles. Un coup d'œil à ses amis permit à Hollywood de remarquer que Fletch, Ghost et Coach oscillaient amoureusement la tête devant ce spectacle.

Rayonnant, Hollywood regarda sa femme et la vit sourire avant d'agiter son index dans sa direction. Il s'empressa de la rejoindre à grandes enjambées, intensément conscient de la sensation délicate du sable sous ses pieds et du vent qui soufflait dans ses cheveux.

Ignorant ses amis qui avaient eux aussi récupéré leurs femmes respectives, Hollywood, arrivé tout près, attrapa les doigts de Kassie pour l'attirer contre lui. Elle lui sourit.

— Tes mains sont froides.

— Qu'est-ce que tu vas faire pour régler le problème ? le nargua-t-elle.

Il lui approcha les doigts de sa bouche et leur souffla dessus, les frictionnant entre les siens. Puis il lui confia à quoi il pensait depuis qu'il l'avait vue marcher vers lui sur la plage.

— Dans environ une heure, quand il sera acceptable d'abandonner notre propre réception de mariage, je vais te porter, te faire franchir le seuil de notre chambre d'hôtel, te lécher pour te donner un premier orgasme, puis te prendre en levrette pour la première fois, te remplir à ras bord. Ensuite, tu vas me faire l'amour jusqu'à ce qu'on perde tous les deux la tête.

— Je suis impatiente d'être enceinte, murmura Kassie alors qu'ils dansaient sur un rythme endiablé comme si c'était à jamais leur première danse.

— Je n'ai jamais fait l'amour sans préservatif, l'avertit Hollywood. Je n'ai encore jamais vu mon sperme s'écouler d'une femme. Je brûle de faire l'expérience avec toi.

Elle fronça le nez.

— Euh… ça me gêne de te décevoir, Roméo, mais ce n'est pas sexy.

— Mais si, carrément ! répliqua Hollywood. Chaque goutte qui va s'écouler de toi aurait pu être celle qui abritait le spermatozoïde capable de se frayer un chemin jusqu'à ton utérus sans protection. C'est hyper sexy.

Kassie leva les yeux au ciel.

— Comme tu voudras. Si ça te plaît autant, dans ce cas, ce sera toi qui nettoieras après nos ébats.

— Ça marche, répondit aussitôt Hollywood.

— Pardon ? Non, Hollywood, je plaisantais, je…

— Pas question de revenir en arrière. C'est désormais mon rôle de veiller à ce que tu sois propre et heureuse après l'amour. Il va falloir que je t'inspecte chaque fois minutieusement pour m'assurer d'avoir bien bossé.

Kassie lui tapota le bras.

— Arrête ça. Nos parents sont dans les parages.

Hollywood n'ajouta rien, mais se contenta de lui sourire.

Finalement, elle laissa tomber ses récriminations et fondit dans ses bras.

Tandis que la musique continuait à jouer autour d'eux et que leurs familles conversaient entre deux éclats de rire, Hollywood leva les yeux vers le ciel noir et remercia sa bonne étoile de la vie qui était la sienne.

Cinq semaines plus tard

Kassie s'assit sur le lit et fit nerveusement tambouriner ses doigts sur sa cuisse.

Hollywood lui prit la main et la serra doucement.

— Du calme, Kass.

— Je n'y arrive pas. Ça fait combien de temps qu'on attend ?

— Environ trente secondes, lui répondit Hollywood avec un sourire.

— Bon sang, gémit-elle. C'est tellement stressant.

Hollywood éclata de rire.

— Je pense que tu survivras aux deux minutes et demie qui vont suivre, répliqua-t-il gaiement. Kass, ajouta-t-il plus sérieusement. Regarde-moi.

Elle leva les yeux vers lui.

— Du calme, ce n'est pas la fin du monde.

— Je sais. Mais je voudrais vraiment, vraiment que ce soit positif.

— Moi aussi. Pourtant si ce n'est pas le cas, ce n'est pas grave.

— D'accord.

— Bon.

Kassie essaya de ne pas gigoter pendant les deux minutes suivantes. Finalement, Hollywood lâcha :

— Ça y est.

Elle se leva d'un bond et courut vers la salle de bains. C'était idiot de laisser le test là-bas et d'attendre dans l'autre pièce, mais suivant le dicton éculé de sa mère : « Une bouilloire surveillée ne bout jamais », elle avait jugé que cela s'appliquait également à ce cas précis.

Sachant que Hollywood était sur ses talons, elle fonça droit sur le lavabo et regarda. Doutant de ce qu'elle voyait, elle plissa les paupières, puis son corps entier s'affaissa. Chacun de ses muscles se ramollit pendant qu'elle fixait du regard le bâtonnet sur lequel elle avait uriné cinq minutes plus tôt.

— Kass ? demanda Hollywood.

Elle attrapa le test de grossesse et le brandit pour le lui montrer.

— Positif, murmura-t-elle.

Hollywood sourit. Un immense sourire.

— Salut, maman, murmura-t-il.

— Salut, papa.

Aussitôt, elle se retrouva dans ses bras, alors qu'ils étaient tous les deux secoués par un rire de joie absolue.

— Tu as de sacrés bons nageurs là-dedans, le taquina Kassie.

— Non, c'était ton utérus qui était fertile.

— Je ne pense pas que ce soit de bon augure pour l'avenir, dit-elle quand il cessa de la faire virevolter.

— En quel sens ?

— Je suis tombée enceinte à l'instant où tu as cessé d'utiliser des préservatifs. Si tu n'étais pas sérieux à propos de ces douze enfants, on va devoir faire attention.

— Je ne plaisantais qu'à moitié, répondit prudemment Hollywood.

Kassie savait qu'elle souriait comme une imbécile, mais elle ne pouvait s'en empêcher. Elle voulait être mère depuis toujours. Maintenant qu'elle connaissait Annie et qu'elle savait à quel point la fillette était merveilleuse, son désir n'avait fait que se renforcer. Oh, elle n'était pas idiote, elle savait que la vie de parents n'était pas faite que de rigolades et de câlins, mais elle brûlait d'en faire l'expérience par elle-même.

— On le fera par l'oreille, suggéra-t-elle à son époux.

— Génial. Quand est-ce qu'on pourra le dire aux autres ?

Le sourire de Kassie s'effaça et elle fronça le nez.

— On devrait attendre au moins deux mois et quelques. Une fois que le bébé a dépassé les douze semaines, il a de meilleures chances de tenir jusqu'au bout.

— Dans ce cas, on attendra.

— Tu y arriveras ? demanda Kassie en inclinant la tête vers lui. Je ne suis pas sûre que tu sois capable de garder un secret avec tes copains.

— Moi ? demanda-t-il, les sourcils haussés comme s'il s'offusquait. J'appartiens à l'équipe de costauds la plus top secrète de ce pays. Bien sûr que je sais garder un secret !

— C'est ce qu'on verra, fit-elle d'une voix traînante,

avant de le serrer de nouveau contre elle. Je suis si excitée !

— Moi aussi, mon cœur. Je pense que cette nouvelle demande à être célébrée.

Kassie sourit quand Hollywood l'entraîna hors de la salle de bains pour gagner le lit de leur chambre. Il était immense, avec une tête et un pied de lit imposants. C'était le premier meuble qu'ils avaient acheté après le mariage et leur emménagement dans leur nouvelle maison.

Alors que Hollywood lui montrait à quel point il était heureux qu'elle porte son enfant, Kassie ne put que constater combien elle était reconnaissante de la vie merveilleuse qui était la sienne.

Une semaine plus tard

Il était tard, comme d'habitude. Très tard, ou bien tôt. Dane « Fish » Munroe déambulait dans l'épicerie, collectant la nourriture dont il aurait besoin pour la semaine. Il ne cuisinait guère, mais il avait un barbecue et un micro-ondes... il ne mourrait pas de faim. Il avait pris l'habitude de faire ses courses tard le soir parce qu'il y avait alors moins de clients dans les magasins. Ce n'était pas comme si Ratodrome était une métropole trépidante, mais depuis qu'il s'était installé dans l'Idaho, sa capacité à fréquenter ses semblables avait diminué.

Il détestait se laisser affecter par ce qui leur était arrivé, à lui et à son équipe. Mais c'était bel et bien le cas. Non seulement cela, mais en plus, il devenait aussi parano que la plupart des gens du coin. Il ne bâtissait pas encore un bunker dans son jardin, en revanche il commençait à penser qu'on le suivait. Fish sentait des yeux sur lui en permanence, surtout ici, dans l'épicerie.

Regardant autour de lui, il ne vit personne, toutefois la sensation ne disparut pas pour autant. Il acheva ses courses aussi vite que possible et se précipita vers sa fourgonnette. Il détestait se sentir parano, mais il ne s'était jamais trompé quand les poils se hérissaient sur sa nuque pour lui indiquer que quelque chose clochait.

Le coup d'œil qu'il jeta dans son rétroviseur en entamant sa marche arrière dans le parking ne lui révéla rien d'inhabituel. Personne ne l'avait suivi et il ne repéra pas âme qui vive sur le trajet du retour. Tentant de chasser le sentiment que sa vie était sur le point de changer, Dane prit la résolution de se montrer deux fois plus vigilant lorsqu'il pénétra chez lui. Il s'était fait des ennemis au cours de sa carrière de militaire. Il savait que Truck et son équipe le seconderaient en cas de besoin, mais il devait rester en vie s'il voulait leur donner une chance de lui porter secours.

Au moment de sombrer dans le sommeil, ce soir-là, Dane se demanda pour la première fois si son déménagement dans l'Idaho avait été une bonne idée. Il se sentait perdu sans raison. Maintenant qu'il était à la retraite pour motif médical, il prenait conscience du lien étroit entre l'homme qu'il était et son identité de soldat de la Delta Force. Un homme qui protégeait les autres. Or maintenant, il n'avait plus personne à protéger. Plus personne dont assurer les arrières. Il était vraiment seul, et plutôt deux fois qu'une. Il détestait ça.

* * *

À l'épicerie, sans que Dane en ait conscience, une paire d'yeux l'avait pourtant observé. Exactement comme chaque fois qu'il venait en ville. La femme était intriguée par le personnage. Très intriguée. Rien qu'à le voir, elle devinait qu'il n'était pas d'ici. Il était trop... massif... pour cette petite partie du monde. Un seul regard lui avait permis de comprendre qu'il était spécial. Destiné à accomplir de grandes choses. Or il était ici.

La femme était menue. Toute petite. Assez pour qu'en la voyant, chacun repousse l'idée qu'elle puisse représenter une menace quelconque, et à juste titre. D'autant qu'elle était quelconque. Elle se mélangeait à la population de cette bourgade, conformément à ses objectifs. Ses cheveux bruns n'avaient rien d'extraordinaire et les habits qu'elle portait visaient davantage au confort et à la durée qu'à la séduction.

Elle l'avait entrevu une nuit et il avait immédiatement piqué son intérêt. Elle avait commencé à le suivre. Pour en apprendre autant que possible... à distance. Le désir de le connaître, de tout découvrir à son sujet, la dévorait.

Bryn Hartwell était un génie. Un authentique génie. Si elle était venue s'établir dans cette petite ville perdue au milieu de nulle part, c'était pour une raison bien précise et elle devinait que l'homme du magasin aussi. Elle garderait un œil sur lui, le surveillerait, assurerait ses arrières. Et peut-être qu'elle finirait, si elle en trouvait le courage, par l'approcher et lui dire bonjour. Peut-être.

Elle se planta devant la grande vitrine de l'épicerie pendant de longues minutes après que la fourgonnette de l'homme eut quitté le parking. Où se rendait-il ? Quelqu'un l'attendait-il chez lui ? Comment s'appelait-il ?

En secouant la tête, Bryn se réprimanda mentalement. Il n'aurait aucune envie de se lier avec une cinglée comme elle. Personne n'en avait la moindre envie, d'ailleurs.

*

Ne ratez pas le prochain tome de la série *Delta Force Heroes* : Un héros pour Bryn.

DU MÊME AUTEUR

<u>Autres livres de Susan Stoker</u>

<u>Delta Force Heroes Series</u>

Un héros pour Rayne

Un héros pour Emily

Un héros pour Harley

Un mari pour Emily

Un héros pour Kassie

Un héros pour Bryn (Décembre)

Un héros pour Casey (Janvier)

Un héros pour Wendy (Février)

Un héros pour Mary (Mars)

Un héros pour Macie (Avril)

<u>Forces Très Spéciales Series</u>

Un Protecteur Pour Caroline (Décembre)

Un Protecteur Pour Alabama (Janvier)

Un Protecteur Pour Fiona (Mars)

Un Protecteur Pour Summer

Un Protecteur Pour Cheyenne

Un Protecteur Pour Jessyka

Un Protecteur Pour Julie

Un Protecteur Pour Melody

Un Protecteur Pour the Future

Un Protecteur Pour Kiera

Un Protecteur Pour Dakota

En Anglai

Delta Force Heroes Series

Rescuing Rayne

Rescuing Emily

Rescuing Harley

Marrying Emily (novella)

Rescuing Kassie

Rescuing Bryn

Rescuing Casey

Rescuing Sadie (novella)

Rescuing Wendy

Rescuing Mary

Rescuing Macie (novella)

Delta Team Two Series

Shielding Gillian (Apr 2020)

Shielding Kinley (Aug 2020)

Shielding Aspen (Oct 2020)

Shielding Riley (TBA)

Shielding Devyn (TBA)

Shielding Ember (TBA)

Shielding Sierra (TBA)

SEAL of Protection: Legacy Series

Securing Caite

Securing Brenae (novella)

Securing Sidney

Securing Piper

Securing Zoey (Jan 2020)

Securing Avery (May 2020)

Securing Kalee (Sept 2020)

Ace Security Series

Claiming Grace

Claiming Alexis

Claiming Bailey

Claiming Felicity

Claiming Sarah

Mountain Mercenaries Series

Defending Allye

Defending Chloe

Defending Morgan

Defending Harlow

Defending Everly

Defending Zara (Mar 2020)

Defending Raven (June 2020)

<u>**SEAL of Protection Series**</u>

Protecting Caroline

Protecting Alabama

Protecting Fiona

Marrying Caroline (novella)

Protecting Summer

Protecting Cheyenne

Protecting Jessyka

Protecting Julie (novella)

Protecting Melody

Protecting the Future

Protecting Kiera (novella)

Protecting Alabama's Kids (novella)

Protecting Dakota

<u>**Badge of Honor: Texas Heroes Series**</u>

Justice for Mackenzie

Justice for Mickie

Justice for Corrie

Justice for Laine (novella)

Shelter for Elizabeth

Justice for Boone

Shelter for Adeline

Shelter for Sophie

Justice for Erin

Justice for Milena

Shelter for Blythe

Justice for Hope

Shelter for Quinn

Shelter for Koren

Shelter for Penelope

À PROPOS DE L'AUTEUR

Susan Stoker est une auteure de best-sellers aux classements du New York Times, de USA Today et du Wall Street Journal. Elle a notamment écrit les séries Badge of Honor: Texas Heroes, SEAL of Protection et Delta Force Heroes. Mariée à un sous-officier de l'armée américaine à la retraite, Susan a vécu dans tous les États-Unis, du Missouri jusqu'en Californie en passant par le Colorado, et elle habite actuellement sous le vaste ciel du Tennessee. Fervente adepte des fins heureuses, Susan aime écrire des romans où les sentiments laissent place au grand amour.

http://www.StokerAces.com

facebook.com/authorsusanstoker

twitter.com/Susan_Stoker

instagram.com/authorsusanstoker

goodreads.com/SusanStoker

www.ingramcontent.com/pod-product-compliance
Lightning Source LLC
Chambersburg PA
CBHW060313100726

47907CB00002B/378